Kathi Heeren

Das Geheimnis von Vangerow

Kathi Heeren

Das Geheimnis von Vangerow

Roman

Originalauflage 2024

In Erinnerung an
Elisabeth, Wilhelm
& Minna

1

Wilhelmines Geheimnis

Prolog: Vangerow, Winter 1950

Das kleine Mädchen zittert. Im weißen Nachthemd und mit bloßen Füßen steht es auf den kalten Holzdielen und reckt sich in Richtung Fenster. Eigentlich dürfte es nicht hier sein. Vater hat ihm eingeschärft, dass es in dieser Nacht unbedingt schlafen muss und keinen Lärm machen darf. Er wäre furchtbar böse, wenn er wüsste, dass das Mädchen sich aus dem Bett geschlichen hat und von der Schlafkammer aus auf den vom Mond beschienenen Hof blickt. Aber vom Wald aus hört das Kind fürchterliche Schreie. Wer auch immer da draußen so schreit, muss Todesangst haben. Das Gebrüll fährt dem Mädchen durch Mark und Bein. Am liebsten würde es wieder unter die warme Bettdecke schlüpfen, sich einkuscheln und zurück ins Traumland gleiten. Doch da ist etwas, das das Mädchen davon abhält. Dem Mädchen ist, als habe es die Kontrolle über seine Beine verloren. Als würde es von einer magischen Kraft zum offenen Fenster gezogen. Es gehorcht seinem Vater sonst immer. Aber jetzt muss es einfach wissen, was im Wald vor sich geht. Wieder ertönt ein gellender Schrei. Wie ein sterbendes Tier. Aber das Mädchen ist sich sicher, dass es kein Tier ist, das dort schreit. Es ist eine Frau. Das Mädchen wagt es kaum, zu atmen. Sein Herz rast. Wie kann es sein, dass Vater im Wald ist? Trotz des Versprechens, das sich beide am Abend gegeben haben. Felsenfest haben sie sich geschworen, in dieser

Nacht auf keinen Fall das Haus zu verlassen, sondern weiterzuschlafen, falls etwas Ungewöhnliches passieren sollte. Das Mädchen hatte noch gerätselt, was für ungewöhnliche Dinge Vater wohl meinen könnte. Es war stolz gewesen, von ihm ins Vertrauen gezogen zu werden. Umso schwerer wiegt jetzt der Verrat. Wie kann Vater sein Versprechen einfach brechen?

Das Mädchen fühlt, wie ihm ein Schauer über den Rücken läuft. Wenn Vater trotz seines Ehrenworts im Wald ist, kann das nur eines bedeuten: Er braucht Hilfe. Nachts in den Wald zu gehen, ist gefährlich. Wer dort ohne triftigen Grund erwischt wird, läuft Gefahr, an Ort und Stelle erschossen zu werden. Das Kind ist starr vor Angst. Es wagt sich weder aus dem Haus, noch zurück ins Bett. Auf Zehenspitzen steht es mucksmäuschenstill am Fenster. Es ist gerade groß genug, um herunterzusehen. Der Vollmond erleuchtet den Trampelpfad zum Wald. Er ist menschenleer. Plötzlich verstummen die Schreie. Eine gespenstische Stille breitet sich aus, die nur vom Ruf der Eule gelegentlich unterbrochen wird. Ein kalter Windhauch streicht um die Beine des Mädchens und bläht sein Nachthemd auf.

Plötzlich erblickt das Kind seinen Vater. Strammen Schrittes eilt er vom Waldrand auf das Haus zu. In seinen Armen trägt er etwas Schweres. Zuerst sieht es aus wie ein Sack Kartoffeln, aber als er näher kommt und die Umrisse im Licht des Vollmonds deutlicher werden, erkennt das Mädchen, dass es ein Mensch ist, der in Vaters Armen liegt. Ob es die Frau ist, deren Schreie eben so markerschütternd durch den Wald gehallt sind?

Das Mädchen weiß, dass viele Dorfbewohner zu Vater kommen, weil es im Ort keinen Arzt gibt. Vater arbeitet als Stallknecht, pflegt die Tiere, wenn sie krank sind. Aber er kann nicht nur Schafe und Pferde heilen, sondern oft auch menschliche Leiden lindern. Bestimmt ist seine Hilfe auch in dieser Nacht gefragt.

Doch statt ins Haus zu gehen, steuert er auf den Stall zu. Seine Silhouette verschwindet in der Tür. Für eine Zeit, die dem Kind scheint wie eine Ewigkeit, hört es nur den eigenen Atem und den Ruf der Eule aus dem Wald.

Endlich öffnet sich die Stalltür wieder. Vater hat das Pferd gesattelt. Das macht er sonst nur am Tag. Viel zu gefährlich ist es, nachts auszureiten. Wer will schon riskieren, dass sich das Pferd im Dunkeln auf den holprigen Waldwegen ein Bein bricht? Da Vater heute eine Ausnahme macht, muss es um Leben und Tod gehen. Das Mädchen fühlt in seiner Brust großen Stolz für Vater, der schon so vielen Kranken geholfen hat. Jetzt sitzt er im Sattel, hinter ihm hängt der Körper schlapp über dem Pferderücken. Wie eine Frau wirkt die leblose Gestalt nicht. Struppig und kurz stehen die Haare in alle Richtungen ab. Während Vater mit dem leblosen Körper und dem Pferd im Schatten der Bäume verschwindet, fühlt das Mädchen, wie der magische Bann schwächer wird. Es ist wieder Herr über seinen Körper und kann endlich zurück ins Bett gehen. Die Luft ist kalt. Was für ein dummer Gedanke es doch war, hier herumzustehen. Wie leicht kann man sich in dem dünnen Nachthemd eine Lungenentzündung holen. Vater wird es auch ohne Hilfe schaffen. Er wird alles richten. Als die Gedanken des Kindes langsam zurück ins Traumland gleiten, sieht es Vater auf dem Schimmel durch das Mondlicht reiten. Hinter ihm wippt auf dem Pferderücken der leblose Körper auf und ab. Am nächsten Morgen ist Vater wie immer bereits aus dem Haus, als das Mädchen sein Bett verlässt. Ob er tatsächlich nachts unterwegs war? Wohl kaum. Bestimmt war alles ein seltsamer Traum. Das Mädchen gähnt und reckt sich. Dann muss es niesen. Es muss sich heute Nacht verkühlt haben. Das Mädchen beschließt, noch einmal zurück ins Bett zu gehen. Als es die Augen schließt, sieht es Vater auf seinem Pferd ganz deutlich vor sich. Das Kind schüttelt den Kopf, als könne es den Traum auf diese Weise verjagen. Noch weiß es nicht, dass das unmöglich ist. Dass der Traum nie wieder fortgehen, sondern es die nächsten Jahrzehnte jagen und verfolgen wird.

Bielefeld, 10. Juli 2017

Ich bin gerade dabei, das Leben meiner Oma in Kisten zu sortieren, als ich den Brief finde, der alles verändert. Persönliche Dinge, die nicht auf dem Müll landen sollen, in den Karton nach rechts. Nach links die Kartons, die für den Wertstoffhof bestimmt sind. 19 Jahre hat Oma Wilhelmine in ihrer Wohnung am Vogtweg in Bielefeld gelebt. 19 Jahre! Und jetzt sortiere ich die Erinnerungen auf kleine Stapel, getrennt nach Altkleidern, Plastik-, Papier- und Restmüll. Was wirklich wichtig ist, hat Oma Wilhelmine längst in die Seniorenresidenz mitgenommen. Dort lebt sie seit ihrem Sturz aus dem Bett vor drei Wochen.

Die schweren Eichenschränke im Wohnzimmer mit den gesammelten Ausgaben von Readers Digest haben in ihrem winzigen Einzelzimmer ebenso wenig einen neuen Platz gefunden wie das große Ehebett, in dessen hölzernem Kopfende die schwere Uhr eingelassen ist. Ticktack, tick-tack. Das Geräusch des weiterspringenden Zeigers begleitet meine Arbeit genauso wie das Brummen der Fliege, die sich in die Wohnung verirrt hat und zwischen den Rüschengardinen am Wohnzimmerfenster in regelmäßigen Abständen gegen die Scheibe ploppt. Auch für ihr Waffeleisen, mit dem sie die besten Kirschwaffeln weit und breit zubereitet, hat Oma Wilhelmine keine Verwendung mehr. Gleiches gilt für die Badezusätze, die nach Fichte, Rose oder Lavendel duften, und für ihre kultige Nähmaschine. Diese Schätze allerdings sind nicht mehr in der Wohnung, denn die hat meine Cousine Friederike kurzerhand ihrem eigenen Hausstand einverleibt. „Leonie kann die Sachen ja sowieso nicht brauchen. Die wohnt ja immer noch bei Bruno", hatte sie zu Oma gesagt und dabei mitleidig zu mir herübergesehen. Ihr Blick sprach Bände. Nicht zum ersten Mal signalisierte sie mir, dass ich mit meinen 27 Jahren längst auf eigenen Beinen stehen sollte. Aber nicht einmal jetzt, wo mein Bauch sich so unübersehbar wölbt, bekomme ich es hin, bei Papa auszuziehen und mir eine eigene Wohnung zu suchen. Während ich Omas Sachen sortiere, klingelt mein Handy. Ich mache mir nicht die Mühe, zum kleinen Tischchen herüberzugehen, auf dem das Smartphone liegt. Ich weiß sowieso, dass es Manuel ist. „Dein Papa schon wieder. Der kann uns echt gestohlen bleiben", sage ich zu meinem riesigen Babybauch und mache ein paar entschuldigende Streichbewegungen. Es ist mir mehr als unangenehm, dass ich meinem Kind keinen besseren Vater bieten kann. Was das angeht, habe ich leider gnadenlos versagt.

Zu allem Überfluss steht morgen ein Familientreffen an. Allein beim Gedanken daran graust es mich. Meiner Cousine wäre es niemals passiert, schwanger zu werden, ohne in einer betonfesten Beziehung zu sein. Dass ich von Manuel nicht viel mehr als seinen Namen und seine Abneigung gegen Kondome kenne, lässt mich mittlerweile selbst die Hände über dem Kopf zusammenschlagen. Auf Friederikes Sticheleien kann ich gut und gerne verzichten. Sie hat ihr Leben immer unter Kontrolle, ist Lehrerin an der Sudbrackschule und seit sechs Jahren mit Stephan zusammen. Die beiden lassen keine Gelegenheit aus, um anderen zu zeigen, wie verliebt sie sind. Auf Facebook bedenken sie sich gegenseitig mit den wildesten Liebesbeteuerungen. Außerdem wohnen sie gemeinsam in einer völlig überdimensionierten Wohnung am Siegfriedplatz. Für den unwahrscheinlichen Fall, dass in ihrem perfekten Leben doch eines Tages ein Problem auftauchen sollte, können sie sich selbstverständlich aufeinander verlassen. Dafür haben sie sich ja. Und nun haben sie auch noch Omas Waffeleisen, mit dem ich so viele meiner Kindheitserinnerungen verbinde. „Leonie kann ja stattdessen die

Setzkastenfiguren haben. Für das Baby", hatte Friederike zu Oma Wilhelmine gesagt und mich spöttisch angesehen. Oma legte keinen Widerspruch ein. Den Wert der ollen Figuren mit dem des weltbesten Waffeleisens oder der Singer-Nähmaschine gleichzusetzen, schien für Wilhelmine kein schräger Vergleich zu sein. Und so blieb mir nichts anderes übrig, als die Tierfiguren zu entstauben und mit nach Hause zu nehmen.

Habe ich schon erwähnt, dass Friederike viel zu beschäftigt ist, um mir zu helfen, Omas Wohnung aufzulösen? „Leonie hat doch Zeit. Die ist doch jetzt in Mutterschutz und muss sowieso warten, bis das Kind kommt", kombinierte sie messerscharf, während sie die Nähmaschine einpackte. Und weil ich mich nur selten gegen Friederike behaupten kann, sitze ich nun tatsächlich seit zwei Tagen in Omas Drei-Zimmer-Wohnung und bilde Stapel aus alten Erinnerungen.

„Bsssss" macht es unaufhörlich. Wäre mein Babybauch nicht so schwer, hätte ich mich längst auf den Weg gemacht, um eine Fliegenklatsche zu suchen. Irgendwo in diesem Chaos muss ganz sicher eine sein. Stattdessen greife ich nach den Unterlagen, die ich aus Omas Telefonschränkchen hervorgekramt habe. Ich wühle mich durch Stromrechnungen mit der handschriftlichen Notiz „bezahlt". Mir fällt eine Telefonliste von Wilhelmines engsten Freunden in die Hände. Von denen sind einige bereits seit mehr als zehn Jahren tot. Außerdem finde ich eine Kopie des Pommernlieds.

„Wenn in stiller Stunde Träume mich umwehn,
bringen frohe Kunde Geister ungesehn,
reden von dem Lande meiner Heimat mir,
hellem Meeresstrande, düsterm Waldrevier."

Schon die erste Strophe klingt kitschig. Direkt nach dem Lesen zerknülle ich den Zettel. Wo Oma das bloß her hat? Zum einen ist mir nicht bekannt, dass sie in irgendeiner besonderen Beziehung zu Pommern steht. Zum anderen wundert es mich, ein so sentimental angehauchtes Heimatlied in ihrer Wohnung zu finden. Sentimentalität gehört definitiv nicht zu ihren Charaktereigenschaften.

Die Großmütter meiner Freundinnen fangen mit zunehmendem Alter und beginnender Gedächtnisschwäche an, in die Vergangenheit abzuschweifen. Sie erzählen Erlebnisse aus ihrer frühesten Kindheit in Endlosschleife und betonen immer wieder, dass früher alles besser war als heute. Für Oma Wilhelmine aber scheint ein Früher ganz einfach nicht existiert zu haben. Als ich 14 war und wir im Geschichtsunterricht über die Nazi-Verbrechen geredet haben, habe ich Oma einmal gefragt, ob sie mir erzählen kann, wie der Krieg für sie persönlich war. Ich war neugierig, ob Oma und ihre Eltern Gegner von Hitler waren oder vielleicht überzeugte Nationalsozialisten. Ob es Männer in unserer Familie gab, die gefallen sind und ob Oma nicht schreckliche Angst hatte.

„Das war doch früher", sagte sie und schüttelte den Kopf, als sei meine Frage völlig unangemessen. „Was gewesen ist, ist gewesen. Was soll man große Worte an die Vergangenheit verschwenden, wenn die Zukunft doch vor uns liegt." Danach habe ich Oma nie mehr nach ihrer Vergangenheit gefragt. Stattdessen redete ich mir ein, dass sie gar keine Vorgeschichte hat. Sie muss einfach aus dem Nichts aufgetaucht sein. Mir gefällt diese geheimnisvolle Aura, die ich mit der Zeit um das Leben meiner Oma konstruiert habe. Erst seitdem ich schwanger bin, liege ich manchmal wach in meinem Bett und frage mich, was für eine Frau meine Oma war, als sie so alt war wie ich jetzt. Aber allein der Gedanke an eine 27-jährige Wilhelmine ist total abwegig. Sie kann niemals so jung wie ich gewesen sein. Zumindest kann ich mir das einfach nicht vorstellen.

Wieder klingelt mein Handy. Ich mache einfach weiter. Das Handy vibriert und spielt „Despacito" rauf und runter. Noch vor einigen Wochen habe ich zu diesem Lied zusammen mit Manuel wild getanzt und Nächte durchgefeiert. Jetzt aber fängt der Song an, mir auf die Nerven zu gehen. Manuel ruft mich alle fünf Minuten an, um mir Vorwürfe zu machen, dass ich sein Leben zerstöre, weil ich mich entschieden habe, unser gemeinsames Kind zu bekommen. Ich nehme mir fest vor, den Klingelton bei der nächsten Gelegenheit zu ändern. Wenn ich nicht so eine komplette Technik-Analphabetin wäre, hätte ich mich schon längst drum gekümmert. Doch erst einmal muss ich hier fertig werden.

Bei der Durchsicht der Sachen in Omas Zimmer fällt mir auf, dass sie ihre beiden Fotoalben hiergelassen hat. Ich kenne keinen außer Oma, der nur zwei Fotoalben besitzt. Eins ist ausschließlich mit Aufnahmen von Friederike und mir gefüllt. Auf ihre beiden Enkelinnen hält Oma Wilhelmine große Stücke. Auch wenn Friederike und ich uns schon von klein auf nicht leiden konnten.

Im zweiten Fotoalbum sind Bilder meiner Mutter Hannelore und meiner Tante Cordula. Ich sehe meine Mutter als junges Mädchen mit langen, dünnen Beinen. Sie trägt einen kurzen Rock und einen wuchtigen Schulranzen. In der Hand hält sie eine Schultüte. Man sieht, dass sie sich auf die Schule freut. Es ist eines der wenigen Bilder, auf denen meine Mutter lacht. Ein anderes Bild zeigt sie und Tante Cordula als junge Frauen mit dem Pudel Smoky.

Tante Cordula sieht richtig gut aus. Ihr langes, braunes Haar schimmert in der Sonne kastanienfarben. Ihr kurviger Körper ist in eine Bluse gehüllt, die an den Hüften und

Brüsten etwas spannt. Sie ist ein echter Blickfang. Meine Mutter wirkt daneben schmal und blass. Und wie immer kränklich. Genau so habe ich sie vor Augen, wenn ich an sie zurückdenke. Ganz genau kann ich mich allerdings nicht erinnern. Ich war erst vier, als sie starb.

Dieses Foto entstand vermutlich kurz vor ihrer großen OP. Also noch Jahre, bevor ich überhaupt geboren wurde. Meine unbeschwerte Tante steht auf den Bildern in krassem Kontrast zu der nachdenklichen, ernsten Frau, die meine Mutter war. Mir bildet sich ein Kloß im Hals. Ich blättere schnell weiter. Die Alben werde ich Oma ins Altenheim mitbringen. Altenheim? Entschuldigung. Ich meine natürlich Seniorenresidenz.

Nach Aufnahmen aus Omas Kindheitstagen suche ich vergeblich. In den so sorgfältig sortierten Alben ist nichts dergleichen zu finden. Erst in einer alten Keksdose, die mit Postkarten von Verwandten und Bekannten gefüllt ist, werde ich fündig. Zwischen all den Grüßen aus der Schweiz, Travemünde und Berlin entdecke ich eine kleine Schwarzweiß-Aufnahme. Bis heute habe ich nie ein Kinderfoto meiner Oma gesehen. Trotzdem erkenne ich sofort, dass sie das Mädchen auf dem Bild ist. Die Wilhelmine auf dem Foto schätze ich auf sechs Jahre. Mit Zahnlücke und braunen, geflochtenen Zöpfen lächelt sie keck in die Kamera. Sie sieht willensstark aus und hat ihre kleine Hand in die viel größere meines Uropas gelegt. Man erkennt sofort, dass sie Henry verehrt – ja geradezu abgöttisch liebt. Er blickt schüchtern in die Kamera und lächelt verlegen. Seine Arme sind übersät mit Sommersprossen. Schade, dass man auf der Schwarzweiß-Aufnahme seinen typischen Rotschopf nicht erkennt. Das Foto stecke ich in mein Portemonnaie. Auch das will ich Oma mitbringen. Allerdings werde ich es erst zu Hause einscannen und archivieren. Wenn es schon so gut wie keine Bilder von ihr aus Kindertagen gibt, möchte ich nicht riskieren, dass dieses auch noch verloren geht. Und dann passiert es. Der Moment, der alles verändert.

Gerade als ich erwäge, mein nervtötendes Handy aus dem Fenster zu schmeißen, fällt mir der Brief in die Hände. Zwischen den Postkarten in der alten Keksdose sticht das Dokument sofort heraus. Das Schriftbild sieht ungewohnt aus. Ich verstehe kein Wort von dem, was da steht. Nur, dass es sich um Polnisch handelt, begreife ich sofort. Prompt bin ich misstrauisch. Warum bekommt Oma Briefe aus Polen? Das Logo neben dem Briefkopf sieht sehr offiziell aus. Es muss ein amtliches Schreiben sein. Und auch, wenn ich kein Polnisch kann, bin ich mir sicher, dass das Wort „Policja" eigentlich nur „Polizei" bedeuten kann. Sofort schlägt mein Herz schneller. In was für eine Sache ist Oma da hineingeraten? Hoffentlich keine Enkeltrickbetrüger, die sie dazu bringen wollen, Geld ins Ausland zu überweisen. Oma wird doch auf so etwas nicht hereinfallen?

Zum Glück bin ich mir ziemlich sicher, dass meine Oma gar kein Polnisch spricht und daher auch nicht verstehen würde, wohin sie das Geld überweisen sollte. Doch was, wenn der Brief tatsächlich echt ist? Ist Oma Wilhelmine womöglich in kriminelle Machenschaften verwickelt? Soll sie als Zeugin aussagen? Oder ist sie zu schnell gefahren? Absurd. Ich wüsste nicht, dass Oma je nach Polen gefahren ist, geschweige denn zu schnell. Bei den wenigen Autofahrten, die sie überhaupt noch unternimmt, besteht eher die Gefahr, dass sie von Spaziergängern überholt wird. Hoffentlich hat Oma nicht wieder einen Vertrag unterschrieben, ohne den Inhalt zu verstehen. Das letzte Mal, dass ihr so etwas passiert ist, liegt noch keine sechs Wochen zurück. Ein Mitarbeiter der Johanniter drehte ihr an der Haustür eine Fördermitgliedschaft an. Aus der

Sache konnte ich Oma Wilhelmine nur durch energische Telefonate und bittere Schriftwechsel wieder herausmanövrieren. Doch ob ich stark genug bin, es mit der polnischen Polizei aufzunehmen, da bin ich weit weniger optimistisch.

Ich drehe den Brief in meiner Hand herum. Vielleicht war der Absender so schlau, eine deutsche oder englische Übersetzung anzufügen. Einer Behörde müsste klar sein, dass es für Oma schwer wird, diesen Brief zu verstehen. Doch Fehlanzeige. Ich fluche. Heute bleibt mir aber auch nichts erspart. Die nächsten Minuten verbringe ich damit, den polnischen Text mit seinen ungewöhnlichen Buchstabenfolgen in mein Handy zu tippen und durch eine Übersetzungsapp zu jagen. Was dabei herauskommt? Zum einen katastrophales Deutsch. Zum anderen eine Nachricht, die für mich auch nicht gerade beruhigend ist.

Sehr geehrte Frau Nottebrock,

wir möchten Sie darüber informieren, dass in der Nacht zum Sonntag, 8. Januar 2017, die Unbekannten die großen Polen in der Kreisstadt Flatow (Powiat Złotów) in ihr Haus in Węgorzewo (Vangerow) in Woiwodschaft eingebrochen sind. Nach Angaben der unmittelbaren Nachbarn wird es in den Sommermonaten wiederholt, so dass junge Menschen auf ihrem Land knisterten und knisterten. Es ist bekannt, dass das Gebäude nicht bewohnt ist, aber es kann von unserer Seite nicht ausgeschlossen werden, dass das Inventar zerstört wurde oder gekommen ist. Damit unsere Kollegen den Schaden aufnehmen und die Höhe des Schadens zählen können, wenden Sie sich bitte an den Sitz der Bezirkspolizei.

Darüber hinaus empfehlen wir, ihr Land gegen Einbrüche bei anderen Vandalismusfällen zu versichern.

Mit freundlichen Grüßen
Komenda Powiatowa Policji w Złotowie

Aleja Piasta 49
77-400 Złotów

Ich bin erstaunt, dass ich – wenn man die groben Schnitzer der Übersetzungsmaschine mal außer Acht lässt – erstaunlich gut verstehe, worum es in dem Schreiben geht. Ich kann mir einfach nicht vorstellen, dass diese Übersetzung stimmt. Deswegen schicke ich den Text noch durch zwei weitere Übersetzungsprogramme, jedes Mal mit ähnlichen Ergebnissen. Ich bin baff. Meine Oma soll ein Haus in Polen haben? Da könnte man mir genauso gut erzählen, meine Cousine Friederike hätte geplant, Campingurlaub in der Wildnis zu unternehmen. Allein die Vorstellung, dass Friederike auch nur einen Tag ohne Dusche, XXL-Bett, ihren Kleiderschrank und mindestens 20 Paar Schuhe überleben könnte, noch dazu inmitten der Natur, umringt von Spinnen, Ameisen, Käfern oder anderem Getier, ist geradezu lachhaft.

Und dass Oma ein Haus besitzen soll, von dem ich noch nie etwas gehört habe – noch dazu in einem Land, in dem Oma zumindest in den 27 Jahren, in denen ich auf der Welt bin, nie gewesen ist. Das ist wirklich unvorstellbar. Also doch Trickbetrüger. Hoffentlich hat Oma diese vermeintlichen Polizisten nicht angerufen. Nicht, dass sie ihre Bankverbindung an Kriminelle weitergegeben hat. In meinem Kopf spiele ich durch, wie hoch die Wahrscheinlichkeit ist, dass ich Abbuchungen auf Omas Konto noch rückgängig machen kann. Ein Blick auf das Datum des

Briefes sagt mir, dass sie gegen null tendiert. Das Schreiben liegt bereits seit einem halben Jahr in einer Keksdose in der kleinen Kommode. Allerdings hätte ich vermutlich inzwischen davon gehört, wenn ein Unbekannter Omas Konto leergeräumt hätte. Also entspanne ich mich.

Aus reiner Neugierde zücke ich erneut mein Smartphone und tippe den Ortsnamen „Vangerow" ein, der in dem Brief aufgeführt ist. „Vangerow gehörte zum Landkreis Neustettin in der preußischen Provinz Pommern. Es handelte sich um eine Landgemeinde, eine Gebietskörperschaft auf der untersten Verwaltungsebene", erfahre ich bei Wikipedia. Die Ortschaft hatte knapp 400 Einwohner, wurde gegen Ende des Zweiten Weltkriegs von der Roten Armee erobert und wie ganz Hinterpommern unter polnische Verwaltung gestellt. Nach dem Krieg wurden alle Deutschen aus Vangerow vertrieben. Jetzt muss ich stutzen. Vangerow liegt in Pommern. Und in ihrem Telefontisch lag bis eben noch das Pommernlied. Alles Zufall, oder bin ich hier auf ein loses Ende zur Vergangenheit meiner Oma gestoßen?

Mein Magen knurrt. Ich habe schon wieder absoluten Heißhunger auf Torte. Seitdem ich schwanger bin, könnte ich den ganzen Tag lang essen. Ich beschließe, Oma Wilhelmine einen Besuch abzustatten. So kann ich gleich zwei Fliegen mit einer Klappe schlagen. Zum einen kann ich Oma Wilhelmine ein paar Fragen zu diesem Brief stellen. Zum anderen gibt es in der Cafeteria der Seniorenresidenz die besten Sahnetorten der ganzen Stadt. Ich hole das Pommernlied zurück vom Altpapierstapel. Mit der Hand versuche ich die Falten zu glätten. Zusammen mit dem Brief stopfe ich den Zettel und das Schwarzweiß-Foto in meine Handtasche und mache mich auf den Weg.

Nur wenig später bugsiere ich meinen Polo in die einzig freie Parklücke vor der Seniorenresidenz. Mein Kugelbauch macht mich sogar im Auto unbeweglich. Das Einparken dauert eine Ewigkeit, weil ich mich nicht mehr drehen kann. Eine bleierne Müdigkeit verfolgt mich fast die ganze Zeit über.

Auf dem Flur der Seniorenresidenz wird mir flau im Magen. Es riecht nach schweren Putzmitteln, Urin und feuchten Handtüchern. Gepaart mit dem abgestandenen Duft des Eintopfes, den es wohl zum Mittagessen gab, ist es genau das Aroma, das mir sofort den Magen umdreht. Durch die Schwangerschaft reagiere ich extrem empfindlich auf Gerüche. Ich nehme Aromen wahr, die ich vorher nicht einmal ansatzweise bemerkt hätte. Manuels Rasierwasser zum Beispiel. Wenn er sich nur im selben Raum befindet wie ich, muss ich würgen. Aus diesem Grund habe ich jederzeit eine Zitrone in meiner Handtasche dabei. Ich muss sie nur kurz mit dem Fingernagel anritzen, ein paar Mal tief einatmen und schon fühle ich mich besser. Die restlichen Sekunden, die ich brauche, um den Weg durch den Flur bis zum Zimmer meiner Oma zurückzulegen, halte ich die Luft an. Als ich das Gefühl habe, keine Sekunde länger ohne Atmen auszukommen, erreiche ich zum Glück ihre Tür.

Oma Wilhelmine ist an diesem Tag nicht sehr gesprächig. Vielleicht liegt es daran, dass sie es uns immer noch übel nimmt, dass sie nun in der Seniorenresidenz leben soll. Aus dem Zimmer nebenan dringen Schreie. „Mama", ruft eine alte Frau immer wieder. Die Beschwichtigungen der Pflegerin können sie nicht beruhigen. Dass ihre Mutter längst tot ist, hat diese Frau vergessen. Bei jedem meiner Besuche höre ich das verzweifelte Rufen. Ich muss mich zusammenreißen, um das Geräusch auszublenden und meine Gedanken zu sortieren.

„Oma, sag mal, bist du früher mal in Pommern gewesen?", frage ich unverbindlich.

„Wie kommst du darauf?“ Sie schaut mich mit zusammengekniffenen Augen an.

„In deiner Wohnung lag eine Kopie vom Pommernlied. Die habe ich dir mitgebracht, weil ich nicht wusste, ob du sie noch brauchen kannst.“ Ich warte einige Sekunden, ob Oma mir eine Erklärung liefert. Sie schweigt.

„Warst du da mal im Urlaub? Muss ja eine schöne Gegend sein.“ Ich hoffe, dass es mir gelingt, einen eher beiläufigen Tonfall anzuschlagen. Je mehr man meine Oma zu Informationen drängt, desto weniger ist sie bereit, einem diese zu geben.

„Wer sagt das?“, fragt sie schroff.

„Naja, niemand Konkretes.“ Ich hole die Kopie des Pommernliedes aus meiner Handtasche. Mittlerweile sieht der Zettel ziemlich mitgenommen aus. „Aber in diesem Lied hört es sich so an.“ Ich beginne, ihr die zweite Strophe vorzulesen. „Weiße Segel wiegen sich auf blauer See, weiße Möwen fliegen in der blauen Höh', blaue Wälder krönen weißer Dünen Sand. Pommerland, mein Sehnen ist dir zugewandt!“

Oma steht aus ihrem Sessel auf. Sie sagt immer noch nichts. Wie kann sie bei einem so belanglosen Thema so abweisend reagieren? Ich ärgere mich. Da sitze ich stundenlang in ihrer Wohnung und räume auf. Zum Dank schweigt sie mich an. „Hört sich doch idyllisch an. Nach Wäldern, Feldern, Seen und Blumenwiesen. Findest du nicht?“ Ich bin nun fest entschlossen, sie zu einer Antwort zu drängen.

„Das Gras verdorrt, die Blume verwelkt, aber das Wort unseres Gottes bleibt ewiglich.“

Ich hätte es wissen müssen. Jedes Mal, wenn Oma keine Lust hat, auf Fragen zu antworten, zitiert sie einfach aus der Bibel. Wie mich das nervt.

„Okay, Oma. Ich glaube, ich fahre wieder nach Hause. Ich bin echt schlapp. Ich kann nicht mehr so lange auf den Beinen sein." Ich streiche über meinen Bauch. Oma macht mich wahnsinnig. Da dieses Gespräch zu nichts führt und ich mir sicher bin, dass sie mich mit Absicht provoziert, kann ich genauso gut nach Hause fahren und meine Beine hochlegen.

„Ich dachte, du wolltest über Pommern sprechen."

„Ich dachte, du wolltest dazu nichts sagen."

„Du bist ganz schön frech." Oma Wilhelmine sieht mich tadelnd an.

Doch dieses Mal habe ich gewonnen. Auch wenn sie offensichtlich nicht mit mir reden will, will sie genauso wenig, dass ich wieder fahre und sie alleine in der Seniorenresidenz lasse.

„Viel kann ich dir nicht sagen. Aber ich war einmal dort. Als junges Mädchen", sagt sie schließlich.

„Mit deinen Eltern?"

„Ja."

„Wirklich? Ich dachte immer, ihr wärt damals nicht in den Urlaub gefahren." Ich erinnere mich genau daran, wie ich als Kind traurig auf der Stufe vor Omas Tür hockte. Wenn meine Freundin Janina mit ihren Eltern nach Mallorca flog oder in die Schweiz zum Skifahren fuhr, erklärte mir Oma Wilhelmine jedes Mal, dass sie als Kind mit ihren Eltern auch nie weggefahren sei und man tolle Ferien zuhause verbringen könne.

„Wir sind auch nicht in den Urlaub nach Pommern gefahren. Wir haben dort gewohnt."

„Ihr habt in Pommern gewohnt?" Jetzt bin ich tatsächlich überrascht. „Warum hast du mir davon nie erzählt?"

„Das ist doch ewig her. Wie gesagt, ich war noch ganz klein."

„Wann war denn das?“ Warum muss ich Oma immer alle Sätze aus der Nase ziehen? Ich weiß so gut wie nichts über sie. Bin ich für sie so unwichtig, dass sie mir von solchen Dingen nie erzählt?

„Ich bin in Pommern zur Welt gekommen. 1950 sind wir dann nach Westdeutschland gekommen.“

„1950?“ Habe ich mich verhört? „1950 warst du doch kein kleines Kind mehr.“ Ich überschlage die Jahreszahlen in meinem Kopf. „Du bist 1936 geboren, also warst du 1950 vierzehn Jahre alt.“

„Naja, wie ich gesagt habe. Das ist lange her.“ Oma nickt und macht eine wegwerfende Handbewegung.

„Aber Oma, du hast deine Jugend in Pommern verbracht und mir nie erzählt, dass du dort gewohnt hast? Das verstehe ich einfach nicht.“

„Ich wusste ja nicht, dass dich das interessiert“, schlägt sie einen etwas versöhnlicheren Ton an.

„Natürlich interessiert mich das. Du bist doch meine Oma. Ich habe das Gefühl, dass ich dich gar nicht richtig kenne, wenn ich so wenig über dich weiß. Wo habt ihr denn genau gewohnt und weshalb seid ihr nicht dort geblieben?“

Oma scheint zu merken, wie sehr es mich verletzt, dass sie so abweisend ist. Oder sie hat ebenso wenig Lust auf weiteren Streit wie ich und beginnt endlich, mehr als nur ein paar Worte zu sagen. „In dem Ort, wo wir gewohnt haben, war nicht viel los. Ständig Party machen oder in die Stadt gehen zum Schaufensterbummel, sowas hat es bei uns nicht gegeben. Bei uns im Ort lebte nur eine Handvoll Leute. Da haben wir uns überwiegend selbst versorgt. Dass man mal in die Stadt kam, war die Ausnahme. Da musste man schon ganz schön weit mit dem Fahrrad fahren. Das war harte Arbeit, auch für die Kinder. Das kannst du dir heute nicht mehr vorstellen.“

„Nein, wohl eher nicht. Ist das der Grund, weshalb du nie davon erzählst? Mich interessiert das trotzdem. Was musstet ihr arbeiten?"

„Na, alles, was so anfiel", sagt Oma. „Kartoffeln und Rüben ernten, die Kühe melken, all sowas eben."

„Ihr hattet Kühe? Und du weißt, wie man melkt?" Jetzt bin ich echt beeindruckt.

„Nein, nicht wir hatten die Kühe, sondern der Baron und die Baronin. Und natürlich weiß ich, wie man eine Kuh melkt. Das hat man damals schon als Kind gelernt. In unserem Dorf lebten nur Arbeiter, die für den Gutsbetrieb tätig waren. Wir standen bei der Familie von Bonin in Diensten, die auf dem Schloss Vangerow lebte. Da war einiges an Ländereien zu bewirtschaften."

„Du hast für einen richtigen Baron gearbeitet und mir nie etwas erzählt? Oma, das ist ja total krass." Mir wird immer unbegreiflicher, wie sie mir nichts davon erzählen konnte, wo sie doch weiß, wie sehr ich das englische Königshaus liebe und mit welchem Genuss ich den Klatsch und Tratsch über die europäischen Adelshäuser in den Illustrierten verfolge.

„Das stellst du dir viel romantischer vor als es war. Das war ja wirklich nur ein kleines Anwesen. Eher ein Gutshaus als ein richtiges Schloss. Vangerow ist so ländlich, dass dir Bielefeld dagegen vorkommen würde wie eine Millionenmetropole", witzelt Oma.

„Also Schloss ist Schloss, auch wenn es klein ist. Ich kann nicht glauben, dass du für Adelige gearbeitet hast."

„Ja, glaub mal nicht, dass das immer so toll war. Wer als Hausmädchen die Betten machen und Staub putzen durfte, hatte schon Glück. Meine Mutter und die meisten Nachbarn mussten richtig Knochenarbeit auf den Feldern erledigen. Ich fand das schrecklich. Ich wollte zur Schule gehen und lernen, um nicht mein Leben lang als Erntehelferin zu arbeiten. Meine Mutter – deine Uroma Pauline – konnte das nicht verstehen. Die hatte nicht einmal den Ehrgeiz, zum Hausmädchen aufzusteigen. Hat sich lieber die Hände bei der Kartoffelernte schmutzig gemacht, als so eine feine Gesellschaft zu ertragen. Das war nichts für sie. Da war sie lieber draußen auf dem Acker. Aber das war sowieso eine merkwürdige Frau."

„Wieso denn merkwürdig?" Ich bin total fasziniert. Zum ersten Mal redet Oma mit mir über ihre Vergangenheit. Ich habe tausend Fragen. Ich könnte ihr stundenlang zuhören.

„Während andere Frauen darauf brannten, mal in die Stadt zu kommen und sich die neueste Mode anzusehen, stand deine Uroma lieber vor der Auslage des Fleischers und schaute sich die Würste an. Nicht, dass wir oft in die Stadt gekommen wären. Wir sind schon die meiste Zeit in Vangerow geblieben."

Ich muss grinsen. Und dann auf einmal fällt bei mir der Groschen. „Sag mal Oma, hast du gerade Vangerow gesagt?"

„Ja. Wieso? Das ist kaum ein Ort, den du kennen kannst. Vangerow kennt eigentlich niemand."

„Nein. Kennen nicht", sage ich. Ich bin mir ziemlich sicher, dass das der Name aus dem Brief war, den ich bei Oma gefunden habe. Mir stockt der Atem. Ich wühle erneut in meiner Handtasche. „Oma, hier habe ich einen Brief aus deiner Wohnung. Der ist von der Polizei. Eigentlich war ich mir sicher, dass es sich um einen Irrtum handeln muss, aber dort ist von einem Haus in Vangerow die Rede." Endlich kann ich den Brief aus dem Chaos in meiner Handtasche fischen. „Guck mal, hier wird behauptet, dass du ein Haus in Vangerow besitzt, in das eingebrochen wurde." Ich sehe sie erwartungsvoll an und bin gespannt, was sie mir nun offenbaren wird.

„So ein Quatsch", fährt sie mich stattdessen an. „Hört auf, in meinen Unterlagen zu wühlen. Natürlich habe ich kein Haus in Vangerow. Das ist doch völliger Blödsinn. Ich bin nach dem Krieg nach Bielefeld gekommen und nie wieder zurückgegangen. Was soll ich mit einem Haus in Vangerow?"

„Ich dachte ja nur, also der Brief ist von der Polizei. Und da du in Vangerow gewohnt hast ...", versuche ich es noch einmal.

„Da hat sich jemand geirrt. Das kommt davon, wenn man über Dinge spricht, die andere nicht verstehen. Dann werden gleich falsche Schlüsse gezogen." Oma Wilhelmine steht aus ihrem Sessel auf und steuert auf das Bett zu, um mir zu zeigen, dass das Gespräch vorbei ist. Ich ärgere mich über mich selbst. Ich habe es vermasselt. Jetzt hat Oma einmal aus ihrer Kindheit erzählt und da habe ich sie unterbrochen. Natürlich möchte ich nicht, dass Oma denkt, ich verstehe sie nicht und ziehe falsche Schlüsse. Ich würde so gerne mehr von ihrer Zeit in Vangerow hören.

„Ich bin müde", sagt sie und dreht sich auf ihrem Bett mit dem Gesicht zur Wand.

So sehr ich mich auch ärgere, sehe ich doch, dass ich es heute nicht schaffen werde, mehr zu erfahren. Ich stehe auf und gehe zum Bett, um sie zum Abschied zu umarmen. „Tschüss, Oma, ich komme morgen wieder", sage ich leise.

Oma brummt nur zum Abschied. Mir wird das Herz ganz schwer. So sehr sich das Personal bemüht, die Seniorenresidenz wohnlich zu machen, würde ich hier auf keinen Fall wohnen wollen. Oma scheint es auch so zu gehen. Einige Bewohner sitzen den ganzen Tag im Gruppenraum und sehen fern. Andere sind nicht so fit, dass sie das Bett verlassen können. Sie liegen Stunde um Stunde in ihrem Zimmer. Ob überhaupt noch ein Angehöriger da ist, der ab und zu vorbeischaut? Und falls ja, nehmen sie das noch wahr?

„Mama" – das Geschrei der Frau in Omas Nachbarzimmer verfolgt mich bis zum Ausgang. Als ich vor die Tür trete, atme ich dreimal tief ein und aus. Wie können die Pflegerinnen das bloß ertragen? Am liebsten würde ich umdrehen, Oma Wilhelmine einsammeln, in mein Auto packen und sie da herausholen. Aber wo soll ich hin mit ihr? Friederike hat recht. Ich bin 27 Jahre alt, lebe immer noch in der Wohnung meines Vaters, die wir in weniger als zwei Monaten mit einem Baby teilen werden. Als freie Journalistin bin ich oft bis spät abends unterwegs. Es wird schon schwer genug, den Job und das Baby unter einen Hut zu kriegen. Oma Wilhelmine nebenbei zu pflegen, ist undenkbar. Trotzdem fühlt es sich falsch an.

Ich schiebe mich hinter das Steuer meines Polos und quäle mich aus der Parklücke. Mein Magen rebelliert laut. Ich habe völlig vergessen, dass ich Oma Wilhelmine in die Cafeteria einladen wollte. Die schöne Sahnetorte.

Zuhause angekommen, sehe ich, dass Papa den letzten Rest Kartoffelbrei vom Vortag mit zur Arbeit genommen hat. Im Kühlschrank befindet sich nichts, was meinen Heißhunger akut stillen könnte. Also gehe ich in den Keller und hole mir aus dem Vorratsraum zwei dicke Tafeln Nussschokolade. Nicht so gut für die Figur, aber immerhin verhindere ich so, dass mein Kreislauf schlapp macht und ich auf der Stelle einschlafe.

Ich nehme das alte Foto von Wilhelmine und Henry und scanne es ein. Dann lege ich den Brief aus Polen auf den Schreibtisch. Irgendwie müssen sie Oma doch ausgespäht haben. Wie sollten sie sonst wissen, dass Oma früher in Vangerow gelebt hat?

Mein Blick fällt auf die Telefonnummer, die auf dem Schreiben angegeben ist. Ich tippe den Satz „Sprechen Sie

Deutsch?“ und „polnische Übersetzung“ in mein Notebook ein. „Czymówipan/paniponiemiecku?“, zeigt mir die Übersetzungsmaschine an. Na super, da weiß ich ja nicht einmal, wie ich das aussprechen soll. Ich nehme das Telefon und wähle die Nummer aus dem Brief. Es dauert eine Weile, bis sich die Verbindung aufbaut. Es klingelt viermal, bevor jemand abhebt.

„Dzieńdobry, nazywamsię Kowalski, Komenda Powiatowa Policji W Złotowie“, meldet sich eine Männerstimme. Ich kann nichts verstehen. „Hallo, hier ist Leonie Schneider. Do you speak English or German? Sprechen Sie Deutsch oder Englisch?“ Mein Gesprächspartner antwortet mir auf Polnisch. Offenbar versteht er weder das eine noch das andere. „English, German?“, wiederhole ich noch einmal und komme mir ziemlich dämlich vor.

Am anderen Ende der Leitung höre ich Gemurmel. Herr Kowalski scheint sich mit seinen Kollegen auszutauschen. Ich höre im Hintergrund eine kräftige Männerstimme, die wohl irgendwelche Anweisungen erteilt. Irgendwann herrscht nur noch Stille. Ich überlege, ob ich auflegen soll.

„Hallo, hier ist Dorota Michalska vom KPP Złotowie. Wie kann ich ihnen helfen?“ Ich kann mein Glück kaum fassen. Diese Frau spricht Deutsch. Und das auch noch ziemlich perfekt.

„Hallo, hier ist Leonie Schneider. Ich rufe an, weil meine Oma einen Brief von Ihnen erhalten hat.“ Ich nenne ihr das Aktenzeichen und erkläre so knapp wie möglich, worum es geht. „Sie müssen sich vertan haben. Meine Oma hat kein Haus in Vangerow. Es liegt eine Verwechslung vor.“

Ich höre Dorota Michalska auf der Tastatur klappern. „Ah, hier habe ich den Vorgang. Die Kollegen waren nach dem Einbruch vor Ort. Ein Nachbar hatte uns informiert.

Wir haben festgestellt, dass die Tür beschädigt war und in dem Haus randaliert wurde und die Gemeinde kontaktiert, um den Eigentümer des Hauses ausfindig zu machen. Bis zum Jahr 2001 war ein Mann mit dem Namen Henry Woidtke als Eigentümer eingetragen."

„Henry Woidtke? Sind sie sicher? Das ist mein Uropa." Das ist ja kaum zu glauben.

„Nach seinem Tod wurde das Haus an Wilhelmine Nottebrock vererbt. Also Ihre Großmutter, nehme ich an. Das steht hier in meinen Unterlagen. Sie ist nun rechtmäßige Eigentümerin des Hauses", klärt mich Dorota Michalska auf. „Wir wissen, dass ihre Großmutter das Haus nicht bewohnt und dass es leer steht. Aber wie wir Ihrer Großmutter schon mitgeteilt haben, ist es wirklich dringend notwendig, das Ganze abzusperren. Es kommt dort immer wieder zu Vandalismus. Auch die Verletzungsgefahr ist groß. Zumindest sollten Sie ein Schild aufstellen, dass das Betreten des Grundstückes verboten ist. … Hallo? Sind Sie noch da?"

„Ja, ich bin noch da", sage ich. „Vielen Dank, Frau Michalska." Meine Gedanken überschlagen sich. Was hat das alles zu bedeuten?

Vangerow, 31. Juli 1934

Pauline hüpfte nervös von einem Bein aufs andere. Der Morgen hatte sich anders entwickelt als geplant. Eigentlich hätten sie, Martha, Fritz und Henry längst auf dem Kartoffelacker sein müssen. Stattdessen standen sie hier herum und hörten sich Augusts Geschimpfe an. Pauline mochte August Mielke. Er war ein feiner Kerl. Als Kutscher im Dienste des Barons war er nie um eine Geschichte verlegen. August und Fritz verbrachten nach Feierabend fast jede freie Minute zusammen. Die beiden jungen Männer waren Vettern, bis auf wenige Tage gleich alt und teilten ihre Interessen sowie ihren Sinn für Humor. An diesem Morgen war August allerdings alles andere als zu Späßen aufgelegt. Wie jeder im Dorf wusste, war er Wettspielen nicht abgeneigt. Obwohl er tags zuvor beim Skat haushoch gegen Heinz und Emil Pommerening gewonnen hatte, schaute er griesgrämig aus der Wäsche.

„Mit dem Heinz und dem Emil setze ich mich nicht mehr an einen Tisch", wetterte er. „Noch nie habe ich jemanden getroffen, der so schlecht verlieren kann."

„Was regst du dich so auf? Das ist doch alles nur ein Spiel." Henry versuchte, wie immer zu beschwichtigen.

„Pah. Nur ein Spiel. Wetteinsatz ist Wetteinsatz. Wir haben um eine Kiste Schnapsflaschen aus der Schlossbrennerei gespielt. Die habe ich mir ehrlich verdient. Aber denk ja nicht, ich hätte meinen Lohn bekommen. Vom Hof gejagt haben sie mich heute Morgen, als ich den Schnaps abholen wollte. Als Betrüger musste ich mich beschimpfen lassen. Dabei sitzen sie als Brenner doch direkt an der Quelle. Hätte sie kaum was gekostet." August spuckte verärgert vom Kutschbock auf die Erde herab. „Wettschulden sind Ehrenschulden. Das weiß doch jeder."

Fritz schüttelte verständnislos den Kopf.

„Ja. Aber sag das mal den feinen Herren. Was Ehre ist, wissen die gar nicht. Beschimpfen lieber andere als Lügner." August schnalzte mit der Zunge, zog die Zügel an und lenkte die Kutsche in Richtung Gutshaus davon. Kerzengerade thronte er auf dem Schemel. Seine elegante Haltung passte so gar nicht zu seiner ruppigen Art. Pauline blickte ihm amüsiert hinterher.

Weniger amüsiert war sie, als Fritz wenige Minuten später verkündete, dass er August auf keinen Fall hängen lassen könne und fest entschlossen sei, in die Brennerei einzusteigen und Augusts Wetteinsatz herauszuholen.

„Was ist das für ein Dummerjungenstreich. Ihr solltet euch wirklich schämen", schimpfte Martha. „Wenn wir nicht bald auf dem Acker auftauchen, können wir was erleben."

„Du kannst ja vorgehen. Es zwingt dich keiner, hierzubleiben. Geh doch los und sammle Kartoffeln ein. Was wir vorhaben, ist ohnehin nichts für Bangebüxen." Fritz steuerte schnurstracks auf die Brennerei zu.

„Ich bin keine Bangebüxe." Mit hochrotem Kopf folgte Martha Fritz zur Schnapsfabrik.

Pauline gefiel es nicht, dass Fritz und August Martha oft als Angsthäsin oder Besserwisserin bezeichneten. Vielleicht wäre es wirklich schlauer, mit Martha zum Acker zu laufen und Henry und Fritz alleine ihre Dummheit begehen zu lassen. Aber dann müssten sie auch die Schelte für ihre Unpünktlichkeit allein über sich ergehen lassen. Und so fasste Pauline den Entschluss, dass sie ebenso gut auf die beiden Männer warten konnten.

„Was ist, wenn Henry und Fritz sich verletzen oder jemand vorbeikommt und uns sieht?", flüsterte Martha Pauline wenige Minuten später zu. Sie standen direkt vor der Brennerei im Schutze eines Baumes. Die Angst war in Marthas Augen deutlich zu erkennen.

„Pscht. Sei einfach ruhig und warne uns, wenn jemand kommt", zischte Pauline zurück. Sie ließ Henry und Fritz nicht aus den Augen.

„Aber wir sollten gar nicht hier sein. Wir müssten uns längst an die Arbeit machen."

Pauline war Marthas Gejammer langsam leid. Sie beide waren von Kindestagen an unzertrennlich, aber manchmal wünschte sie sich, dass die Freundin sich etwas weniger mädchenhaft aufführte. Trotzdem war Pauline nicht ganz wohl dabei, neben der Schnapsbrennerei Schmiere zu stehen. Es wurde immer später. Das würde richtig Ärger geben. Ganz zu schweigen davon, was passieren würde, falls sie erwischt würden. Wettschulden nicht zu begleichen, war eine Sache. Ein Einbruchsdiebstahl eine andere. Das Herz pochte Pauline bis zum Hals.

Trotz ihrer Angst beneidete sie die beiden Jungen. Statt bloß Schmiere zu stehen, hangelten sie sich den großen Baum neben der Brennerei empor. Wie gerne wäre Pauline an ihrer Stelle gewesen. Sie wollte nicht immer nur zusehen, während andere das Risiko auf sich nahmen. In sportlichem Geschick konnte sie sich gegen die meisten Burschen aus dem Dorf gut behaupten. Auch wenn sie wusste, dass sich so eine Kletterei für eine junge Frau von fast 16 Jahren nicht ziemte.

„Du traust dich ja doch nicht", sagte Fritz und schnitt eine Grimasse in Henrys Richtung. Wie immer konnte er es sich nicht verkneifen, Henry zu sticheln.

Henrys Wangen glühten. Er überragte Fritz um eine ganze Kopflänge. Sein rotes Haar und der schlaksige Körper verliehen Henry das Aussehen eines Schuljungen, obwohl er bereits 20 Jahre alt war – und somit zwei Jahre älter als Fritz. Jetzt ergriff er mit beiden Händen den Ast und stieg in wenigen Sekunden die vier Meter bis in den

Baumwipfel hinauf. Pauline sah von beiden nur noch Henrys rotes Haar aus der Baumkrone schimmern.

„Hört jetzt auf und kommt wieder runter. Das ist doch kindisch", rief Martha.

Ihre Angst machte Fritz nur umso entschlossener. Er hangelte sich von der Baumkrone bis zu einem der Brauereifenster vor. Einen halben Meter musste er sich fallen lassen, griff aber im freien Fall nach dem Fenstersims. Daran zog er sich hoch und verschwand im Inneren des Gebäudes.

Jetzt war Henry an der Reihe. Seine Arme waren schlaksig. Er stellte sich ungeschickter als Fritz an. Gerade so eben schaffte er es, das Fenstersims zu greifen. Nur mit Fritz' Hilfe gelang es ihm, seinen Körper an der Hauswand emporzuziehen. Als auch er nicht mehr zu sehen war, seufzte Pauline leise.

Die Wartezeit kam ihr ewig vor. Noch immer waren weder Fritz noch Henry zu sehen. Endlich erschien eine Gestalt am Fenster. Es war Emil Pommerening. Pauline erschrak.

„Tag, die Damen", begrüßte er Martha und Pauline.
„Guten Tag, Herr Pommerening", grüßten beide zurück.

„Kann ich Ihnen helfen?"

„Nein, vielen Dank. Wir wollten gleich los zur Kartoffelernte. Wir sind schon spät dran. Martha fühlt sich nicht wohl. Ihr ist schwindelig", flunkerte Pauline, ohne rot zu werden. Da die Pommerening-Brüder sie erst in diese Misere gebracht hatten, hatte sie kein schlechtes Gewissen, zu einer Notlüge zu greifen. Sie hätten August eben nicht um seinen Gewinn bringen sollen.

„Wenn Sie sich nicht gut fühlen, setzen Sie sich doch. Ich hole Ihnen ein Glas Wasser. Mit so etwas sollte man nicht spaßen." Emil Pommerening sah teilnahmsvoll zu Martha. „Danke, Herr Pommerening. Mir geht es schon wieder gut. Wir wollten gerade gehen." Martha bedachte Pauline mit einem bösen Seitenblick.

„Nichts da. Keine Ausrede. Ich bin gleich bei Ihnen." Emil Pommerening verschwand vom Fenster. Pauline schalt sich selbst innerlich für ihre Notlüge. Es fehlte gerade noch, dass Emil Pommerening sie ausgerechnet jetzt in ein Gespräch verwickelte. Der Brenner hielt gerne einen Plausch mit jungen Damen. Als Junggeselle im heiratsfähigen Alter achtete er sehr auf Höflichkeit und Benimm. Pauline fand seine ganze Art einfach unerträglich und steif.

„Wie geht es Ihren Eltern, Fräulein Nöske?", fragte Emil Pommerening, als er mit einem Glas Wasser auf die beiden zukam.

„Sehr gut. Danke", antwortete Pauline knapp. Sie fragte sich, wo Henry und Fritz gerade steckten und wie sie ungesehen von Emil Pommerening wieder nach draußen gelangen sollten. Pauline gefiel nicht, wie aufdringlich Emil Pommerening sie anstarrte. Für gewöhnlich ging sie ihm aus dem Weg, so gut sie konnte. „Wir gehen dann mal weiter. Ihnen noch einen schönen Tag." Sie hakte Martha unter und zog sie fort.

Als sie gerade einmal zwei Meter gegangen waren, hörte Pauline aus dem oberen Fenster die Stimme des anderen Pommerening-Bruders, der kurz darauf aus dem Fenster blickte. „Hast du die Flaschen für Familie von Hertzberg weggenommen?", wollte Heinz von Emil wissen.

„Ich? Nein. Wieso fragst du?"

„Na, eben habe ich die Flaschen da hinten in den Raum gestellt. Willi fährt gleich nach Ratzebuhr zum Postamt. Da wollte ich ihm die Flaschen mitgeben, damit er sie unterwegs abliefert, aber auf einmal sind sie nicht mehr da."

Erst jetzt bemerkte Heinz Pommerening die beiden jungen Frauen auf der Straße. Er nickte kurz herüber. Dann machte er ein Handzeichen, das seinem Bruder zu verstehen gab, dass er schleunigst wieder heraufkommen sollte.

„Du bist dir ganz sicher, dass du sie nicht ins Lager gestellt hast?", hörte Pauline Emil noch rufen. Sie blieb ein paar Schritte entfernt stehen, um alles zu beobachten. Die Lage für Fritz und Henry hatte sich nicht verbessert. Jetzt liefen die Pommerening-Brüder im Obergeschoss der Brennerei umher und suchten nach den Schnapsflaschen, die Henry und Fritz mit Sicherheit bei sich hatten. Es war nur eine Frage der Zeit, bis man sie entdeckte. Solange die Brenner im Flur standen, war den beiden Freunden der Rückweg über den Flur im Obergeschoss zum Fenster abgeschnitten.

Heinz Pommerening rief mehrere Arbeiter nach oben, um den Verbleib der Flaschen zu klären. Auf einmal erblickte Pauline Henrys roten Haarschopf. Zusammen mit Fritz war er in einem der hinteren Räume des Gebäudes und lehnte sich auf der Suche nach einem alternativen Fluchtweg aus dem Fenster. Aber das war viel zu weit von einem Baum entfernt, als dass es den beiden gelingen könnte, eine der Kronen zu erreichen. Der Rückweg war definitiv abgeschnitten. Fritz und Henry würden springen müssen oder entdeckt werden. Pauline bekam Panik. Sie sah, wie die beiden flüsternd diskutierten. Kurz darauf schwang sich Henry auf die Fensterbank.

„Nein", Pauline hörte, wie Martha nach Luft schnappte, als Henry mit einem Sprung in die Tiefe sauste.

Mit einem dumpfen Knall landete er auf dem Erdboden. Pauline unterdrückte einen Schrei. Es war totenstill. Niemand regte sich. Dann hob Henry langsam seinen Arm. Noch viel langsamer setzte er sich auf und fluchte vor Schmerzen. Pauline atmete auf und sprintete zu ihm hinüber.

„Mein Knöchel, mein Knöchel", stöhnte er immer wieder und umklammerte mit der Hand sein Fußgelenk.

„Komm, ich helfe dir auf", sagte Pauline, nachdem sie den ersten Schock überwunden hatte. Erleichtert stellte sie fest, dass Henry außer am Knöchel zumindest auf den ersten Blick keine Verletzungen erlitten hatte. Das grenzte geradezu an ein Wunder. Pauline blickte hinauf zum Fenster. Dort stand Fritz und winkte sie heran. Er legte seinen Finger auf die Lippen. Dann hielt er eine Flasche hoch, deutete ihr per Handzeichen an, dass er werfen würde und ehe sie protestieren konnte, hatte sie die Flasche schon in der Hand. Innerhalb weniger Sekunden hatte er auf diese Weise sechs Flaschen aus dem Fenster befördert. Eine rutschte ihr aus der Hand und kam dumpf auf dem Boden auf. Pauline blickte erschrocken zu den Fenstern empor und erwartete jeden Moment, dass jemand sie auf frischer Tat ertappte. Doch nichts geschah. Sie griff nach der Flasche und stellte fest, dass sie tatsächlich unversehrt war. Was hatten sie doch für ein Glück.

Martha kam herüber und nahm ihr den Schnaps ab. Zwei Flaschen verstaute sie fein säuberlich in ihrem Korb, den sie für die Mittagspause gepackt hatte. Die restlichen Flaschen versteckte Martha im Gebüsch. Dort könnten sie sie heute Abend nach Einbruch der Dunkelheit abholen. Fritz stand mit leeren Händen grinsend am Fenster und schien zu überlegen, ob er springen sollte oder nicht.

„Tu's nicht", flüsterte Pauline. „Das ist viel zu gefährlich."

Zwei Sekunden später verschwand Fritz' Silhouette am Fenster.

Vangerow, 31. Juli 1934

Fritz hätte am liebsten laut geflucht. Hätte er sich doch nur etwas mehr beeilt. Jetzt standen die Pommerening-Brüder und einige Arbeiter genau vor seinem Zimmer. Für einen Sprung in die Tiefe war es zu spät. Sie würden ihn hören und aus dem Fenster blicken. Stattdessen rettete er sich mit einem schnellen Satz in den großen Schrank. Nur Sekundenbruchteile später öffnete sich die Tür.

„Wir suchen hier. Seht ihr in den anderen Räumen nach." Heinz Pommerening stand direkt vor dem Schrank. Jetzt saß Fritz wirklich in der Klemme. Er konnte nur beten, dass Heinz nicht auf die Idee kam, im Schrank nachzusehen.

„Herr Pommerening?" Einer der Arbeiter rief aus der unteren Etage. „Willi kann nicht länger warten. Er sagt, er muss losfahren."

„Wir sind sofort unten. Er soll warten. Es dauert nicht lange." Heinz Pommerenings Tonfall verriet, dass er Widerspruch nicht gewohnt war.

Während der Brenner seinen Arbeiter zurechtwies, meldete sich bei Fritz das schlechte Gewissen. Hoffentlich hatte Henry sich beim Sprung aus dem Fenster nicht ernsthaft verletzt. Er wusste genau, dass Henry niemals in die Schnapsbrennerei eingestiegen wäre, wenn er ihn nicht so gestichelt hätte. Es war für jeden klar, dass Henry sich in Pauline verguckt hatte. Henry wäre vermutlich kopfüber in einen Misthaufen gesprungen, wenn das seine Chancen bei ihr erhöht hätte. Vermutlich nahm Pauline gar nicht wahr, dass Henry um sie warb. Obwohl er zwei Jahre älter und besser gestellt war als Fritz, brachte der arme Kerl es einfach nicht fertig, Paulines Herz für sich zu gewinnen. Nicht, dass es Fritz gestört hätte. Ganz im Gegenteil. Pauline war die schönste Frau in Vangerow und die wollte er für sich alleine haben. Immer wieder forderte er Henry zum sportlichen Kräftemessen heraus. Sein Kontrahent schlug sich tapfer. Obwohl er immer unterlag, ging er stets als fairer Verlierer vom Platz. Hoffentlich hatte Fritz es dieses Mal nicht zu weit getrieben. Er hörte die Zimmertür knallen. Willi würde warten. So viel hatte Heinz Pommerening unmissverständlich klar gemacht.

„Einer der Angestellten muss die Flaschen gestohlen haben." Der Brenner war jetzt ganz in der Nähe.

„Das ist doch Unfug. Überleg noch mal genau. Hast du sie vielleicht unterwegs kurz irgendwo abgesetzt?" Emil Pommerening klang so, als würde er gleich die Geduld verlieren.

„Nein. Wenn ich's dir doch sage. Wir brauchen hier nicht länger zu suchen. Wir sollten uns lieber die Taschen der Arbeiter vornehmen. Ich bin mir sicher, dass wir fündig werden."

„Das machen wir auf keinen Fall. Damit stellen wir ja die gesamte Belegschaft unter Generalverdacht. Das fehlte noch. Wir gehen ins Lager und packen neue Flaschen ab." Emils Tonfall ließ keine Widerrede zu.

Fritz hatte die Ohren zum Lauschen gespannt und hielt sogar die Luft an, um besser hören zu können, als auf einmal jemand heftig gegen die Schranktür polterte. Fritz hätte vor Schreck fast einen Satz gemacht, konnte dies aber gerade noch verhindern. Er schloss die Augen, zwang sich, ruhig zu bleiben, und rechnete jeden Moment damit, entdeckt und aus seinem Versteck gezerrt zu werden.

„Dieser Schrank ist nicht ordentlich abgeschlossen. So macht man es Dieben zu leicht", hörte er Emil Pommerening wettern. Von außen rüttelte jemand an der Tür. Der schmale Spalt, der bisher für etwas Licht im Inneren des Schranks gesorgt hatte, verschwand. Draußen wurde ein Schlüssel herumgedreht und abgezogen.

Das kann nicht wahr sein. Jetzt bin ich im Schrank gefangen, schoss es Fritz durch den Kopf. Er hörte, wie Emil und Heinz Pommerenings Schritte sich vom Schrank entfernten. Die Brüder verließen den Raum. Er stieß einen tiefen Seufzer aus. Mit einem kräftigen Ruck schob er von innen gegen beide Schranktüren, die sich sogleich nach außen öffneten. Was für ein Glück, dass Emil Pommerening unter einem ordentlich abgeschlossenen Schrank etwas anderes verstand als Fritz. Er hatte zwar den Schlüssel im Schloss herumgedreht, die Türen aber nicht verriegelt. Wie leichtsinnig. Von einem Diebstahl würde das bestimmt niemanden abhalten. Ohne diesen Leichtsinn hätte Fritz wohl lange im Schrank schmoren können. Stattdessen spazierte er nun schnurstracks aus dem Raum und die Treppe hinunter. Nur noch wenige Meter trennten ihn von der Ausgangstür.

„Kann ich Ihnen helfen, Herr Damaske?"

Fritz, der seine Hand schon auf der Türklinke hatte, ließ diese wieder los, drehte sich um und blickte in das strenge Gesicht von Emil Pommerening. Daneben stand Heinz und grinste bis über beide Ohren. Hatte er doch den Übeltäter auf frischer Tat ertappt.

„Guten Tag, die Herren Pommerening, angenehm, Sie zu sehen", mit ausgestreckter Hand ging Fritz auf die beiden Schnapsbrenner zu, um sie per Handschlag zu begrüßen.

Emil schlug ein, während Heinz einen Schritt zurückwich. „Darf ich fragen, was Sie hier tun?" Emil Pommerening zerdrückte Fritz fast die Hand.

„Ich wollte fragen, ob Sie Arbeit für mich haben. Gute Mitarbeiter können Sie doch sicher immer gebrauchen."

Die beiden Brüder musterten ihn abfällig von oben bis unten. Fritz setzte sein unschuldigstes Grinsen auf.

„Wir brauchen keine Leute. Wir haben genug Helfer."

Das Grinsen verschwand von Heinz Pommerenings Gesicht.

„Und in dem Aufzug. Wer eine Arbeit möchte, sollte sich ordentlich anziehen. Hat man dir das nicht beigebracht, Junge?“ Emil Pommerening schaute missbilligend auf Fritz' abgewetzte Schuhe und das löchrige Hemd. „Man könnte ja sonst meinen, du bist als Langfinger unterwegs.“

„Na, wer sollte denn so etwas meinen? Wo sollte ich meine Beute denn verstauen?“ Fritz grinste immer noch, während er seine Hosentaschen nach außen zog. „Aber wenn's im Moment keine Arbeit gibt, dann weiß ich jetzt ja Bescheid. Vielleicht schaue ich nächste Woche nochmal vorbei.“ Mit diesen Worten flitzte er an den Brüdern vorbei aus der Brennerei.

Kopfschüttelnd blickte Heinz Pommerening ihm hinterher. „Ganz schön von sich überzeugt, der Junge. Wenn das mal gut geht.“

Bielefeld, 11. Juli 2017

„Wie lange ist es denn noch bis zur Entbindung?", fragt mich Tante Cordula. Das Verhör, vor dem ich mich so lange gefürchtet habe, beginnt. Friederike, Tante Cordula und ich haben uns gemeinsam mit Oma um die Kaffeetafel in der Seniorenresidenz versammelt.

So sehr ich nach einem Vorwand gesucht habe, dem Treffen fernzubleiben, so wenig ist mir etwas Plausibles eingefallen. Nichts ist in den Augen meiner Oma unverzeihlicher, als ohne triftigen Grund bei einer familiären Zusammenkunft zu fehlen. Das gilt für alle Familienmitglieder mit Ausnahme meines Vaters, der es regelmäßig schafft, sich vor Familientreffen zu drücken. Wie ich ihn in diesem Moment beneide.

„Das Kind kommt in gut sechs Wochen. Ich bin jetzt in Mutterschutz. Danach beginnt meine Elternzeit", sage ich.

„Die Schmidtsche ist letzte Woche auch Mutter geworden", sagt Oma und meint damit die Tochter ihrer langjährigen Nachbarin, Ines Schmidt. „Hat das Kind Greta genannt. Was'n oller Name."

„Alte Namen sind wieder in", entgegnet Tante Cordula.

„Das stimmt", sagt Friederike. „Ines hat ein Buch mit den beliebtesten Vornamen. Das würde sie dir bestimmt leihen."

„Sie hatte ein Buch und dann ist ihr nichts Besseres eingefallen als Greta?" Ich liebe es, Friederike aufzuziehen.

Die ignoriert mich und fährt unbeirrt fort. „Und sie hat einen Gipsabdruck von ihrem Schwangerschaftsbauch gemacht und ihn bunt angemalt. Das sah echt toll aus. Sowas könntest du auch machen."

„Hmm", sage ich nur knapp.

„Ines hat außerdem einen Yogakurs für Schwangere besucht. Wenn du willst, frage ich für dich mal nach, wo das war. Das ist bestimmt toll." Wäre ja auch mal was Neues, wenn Friederike die guten Tipps ausgehen würden.

„Ja, mal sehen", antworte ich, obwohl ich genau weiß, dass ich ihre Vorschläge auf keinen Fall beherzigen werde. In der Wohnung, die Papa und ich uns teilen, ist nicht einmal Platz für ein eigenes Kinderzimmer, geschweige denn für eine riesige Bauchskulptur aus Gips. Und in der einzigen Yogastunde meines Lebens habe ich einen Krampf im rechten Zeh bekommen und das Gefühl gehabt, dass das kein Sport ist, was ich da mache, sondern eine Einschlafstunde mit Gefahr der Bänderüberdehnung. Aber das muss ich Friederike ja nicht auf die Nase binden.

Die Tortenplatte ist noch lange nicht leer und trotzdem droht das Gespräch bereits eine Wendung zu nehmen, die mir nicht behagt.

„Weißt du immer noch nicht, ob das Baby ein Junge oder Mädchen wird?", setzt Tante Cordula schon wieder an. „Und willst du nicht doch eine Unterhaltsklage gegen den Vater einreichen? Er muss auf jeden Fall zahlen." Tante Cordula tupft sich den Mund mit der Serviette ab. Gut, dass sie nie erfahren wird, wer der Vater ist. Sie wäre entsetzt.

„Also, die Ines, die wäre fast gestorben bei der Entbindung. Du kannst dir gar nicht vorstellen, wie schrecklich das war." Friederike schaut mich herausfordernd an.

„Du warst also dabei?", sage ich.

„Natürlich war sie nicht dabei. Aber die Schmidtsche, die hat uns alles erzählt. Wie es sich unter Nachbarn gehört", sagt Oma mit vollem Mund.

Tante Cordula nickt heftig mit dem Kopf. „Drei Tage lang lag die in den Wehen. Die Ärzte, die konnten kein Wort Deutsch. Es ist ein Wunder, dass sie das Baby überhaupt da rausgekriegt haben."

„Ist dafür nicht normalerweise die Hebamme zuständig?"

Tante Cordula schaut mich an, als hätte ich keine Ahnung, wovon ich rede.

„Hättest du mal auf uns gehört und dich in der Privatklinik angemeldet. Aber jetzt ist es dafür sowieso zu spät."

„Ja, danke. Das Geld spare ich mir. Dafür kaufe ich mir lieber einen Kinderwagen", sage ich. Mich nervt es, im Fokus des Gesprächs zu stehen. Daher wage ich einen Vorstoß zu interessanteren Themengebieten. Zwar will ich Omas polnisches Haus im Beisein von Friederike und Tante Cordula nicht erwähnen, aber trotzdem muss ich einfach mehr über ihr Leben wissen.

„Oma, kannst du nicht erzählen, wie das war, als du bei dem Baron im Dienst standest?", frage ich. „Und weshalb du dann nach Bielefeld gekommen bist?"

Tante Cordula und Friederike schauen Oma Wilhelmine überrascht an. Offenbar hören sie gerade zum ersten Mal von Omas Zeit in Pommern. Ich frohlocke. Es passiert nicht oft, dass ich Dinge weiß, die sie noch nicht wissen. Was Klatsch und Tratsch angeht, sind sie mir meistens weit voraus.

Oma berichtet knapp, was sie mir bei meinem Besuch bereits erzählt hat. „Nach Bielefeld sind wir gekommen, weil nach dem Krieg alle Deutschen ausgewiesen wurden."

Jetzt erinnere ich mich an den Wikipedia-Eintrag, in dem genau das stand. Oma ist also eine Vertriebene. Diese Erkenntnis trifft mich wie ein Schlag.

„Das ist ja echt heftig, Oma. Dass du deine Heimat verloren hast, das tut mir echt leid. Ich wünschte, du hättest uns das vorher mal erzählt."

„Lasst kein faules Geschwätz aus eurem Mund gehen, sondern redet, was gut ist, was erbaut und was notwendig ist, damit es Gnade bringe denen, die es hören." Oma schaut mich auf ihre allwissende Art an. Wieder ein Bibelzitat. Dieses Mal traue ich mich nicht, noch einmal nachzufragen. Der Krieg ist ein Thema, das mir Angst macht. Erst recht, wenn ich mir meine Oma mittendrin vorstelle. Auch Tante Cordula und Friederike schweigen betreten.

Schleppend kommt unser Gespräch wieder in Fahrt. Friederike plappert drauflos, um die Wogen möglichst schnell zu glätten. „In sechs Tagen sind endlich Sommerferien. Wird aber auch Zeit. Die letzten Wochen waren sowas von anstrengend. Ständig Konferenzen. Und die vielen Zeugnisse, die wir schreiben mussten. In der freien Wirtschaft würden sie niemanden derart viele Überstunden machen lassen. Ich bin so urlaubsreif", sagt sie, obwohl sie überhaupt nicht urlaubsreif aussieht, sondern tiefenentspannt wie immer.

„Von was musst du dich denn erholen? Ihr Lehrer habt doch ständig frei." Ups, den Spruch hätte ich mir besser verkneifen sollen, aber ich kann es einfach nicht lassen. Ich kenne keine Berufsgruppe, die so viel über ihre Arbeit klagt wie Lehrer. Es macht mir einen Mordsspaß, Friederike aufzuziehen.

Die wirft mir einen bitterbösen Blick über den Tisch hinweg zu. „Stephan und ich wollen last minute verreisen", übergeht sie meinen Kommentar. „Wir wollen einfach zum Flughafen fahren und gucken, was für Angebote es gibt. Hauptsache irgendwohin, wo es warm ist."

„Das ist ja super. Da seht ihr jungen Leute richtig was von der Welt. So muss das sein", sagt Tante Cordula, die es selbst in ihrem Leben nie weiter als bis Sylt geschafft hat. Dort verbringt sie jeden Sommer ihre Ferien.

„Ihr fahrt alle weg und lasst mich alleine bei diesen alten Leuten versauern", grummelt Oma Wilhelmine. Sie vertilgt gerade das dritte Stück Erdbeertorte und sieht trotzdem wie ein kleiner schlecht gelaunter Zwerg aus. Ihre Dauerwelle sitzt perfekt und das Kostüm ist absolut faltenfrei. Auf den ersten Blick wirkt sie wie eine Märchenoma. Das täuscht. Keiner von uns würde es wagen, sich mit dieser Frau anzulegen.

„Wir lassen dich nicht versauern. Wir sind doch nur zwei Wochen weg. Hier in der Seniorenresidenz gibt es ein tolles Programm mit Ausflügen und Tanznachmittag", sagt Friederike.

Bei dem Versuch, mir meine grummelige Oma beim Tanznachmittag vorzustellen, muss ich grinsen.

„Außerdem ist Leonie zu Hause. Die kommt doch jeden Tag zu dir", sagt Friederike.

„Äh, nein. Da liegst du falsch. Ich fahre in vier Tagen in den Urlaub." Sofort schauen mich sechs Augenpaare ungläubig an.

„Du bist doch schwanger", sagt Friederike.

„Ja, und kann ich deshalb keinen Urlaub machen?"

„Aber wir können nicht alle gleichzeitig wegfahren. Einer muss nach Oma sehen und Mama ist auf Sylt. Das weißt du doch", sagt Friederike.

Aha. Daher weht also der Wind. „Ja. Aber ich habe schon gebucht. Und wenn ihr last minute wegfahren wollt, seid ihr ja flexibel. Als Lehrer habt ihr ja sechs Wochen Zeit. Also bist du in diesem Fall diejenige, die nach Oma sehen kann", sage ich.

„Recht hat das Kind. Wenn das Baby erstmal da ist, ist mit Verreisen sowieso nicht mehr viel", ergreift Oma Wilhelmine ausnahmsweise einmal Partei für mich.

Ich empfinde doch ein wenig Genugtuung, als ich Friederikes Zornesfalte auf der Stirn sehe. Diese Falte passt so gar nicht zu ihrem sonst makellos glatten Gesicht. Wenn Blicke töten könnten, wäre ich spätestens jetzt erledigt.

„Wo willst du denn überhaupt hin?", fragt Tante Cordula.

„Nach Polen."

„Nach Polen?", Friederike sieht mich an, als hätte ich den Verstand verloren. „Was willst du denn in Polen? Stell dir vor, das Kind kommt eher. Dann musst du ins Krankenhaus und wenn du Pech hast, können die Hebammen dort nicht ein Wort Deutsch."

„Wie bei der Schmidtschen", sagt Tante Cordula entsetzt. „Und das, obwohl sie im Städtischen entbunden hat."

„Solange sie das Baby heile rausholen, ist es jawohl egal, welche Sprache die Hebammen sprechen", sage ich. „Außerdem habe ich noch sechs Wochen. Bleibt also genug Zeit für einen Urlaub. Ich will mir ansehen, wo Oma früher gelebt hat." Ich blicke Oma Wilhelmine direkt in die Augen, um ihre Reaktion genau zu studieren. Ich erwarte, dass sie protestiert, aber stattdessen bleibt sie stoisch in ihrem Sessel sitzen und schiebt ihren leeren Teller von sich.

„Ach Kind, was für eine Zeitverschwendung. Willst du dich nicht lieber irgendwo an den Strand legen?"

Fast hätte sie mich getäuscht. Aber mir ist nicht entgangen, wie die Kaffeetasse in ihrer Hand zittert.

Vangerow, 31. Juli 1934

Die Sonne brannte erbarmungslos vom Himmel. Stumm lief Pauline neben dem schweren Pferdewagen über das Feld. Von der Arbeit schmerzte ihr der Rücken. Nach der Zurechtweisung, die sie für ihr Zuspätkommen erhalten hatten, kämpfte sie mit den Tränen. Erst recht, wenn sie daran dachte, was Mutter sagen würde, wenn sie am Abend mit weniger Lohn nach Hause kam. Im Takt schmiss sie die Kartoffeln in die hölzernen Rummeln, die auf dem Wagen befestigt waren. Die vier Pferde vor dem Wagen schwitzten genauso wie die Erntehelfer. Vermutlich ließ der Vorarbeiter Pauline und ihre Freunde an diesem Tag mit Absicht leiden, um sie für ihre Unpünktlichkeit zu bestrafen. Erst weit nach Mittag rief er zur Arbeitspause auf. Wie alle anderen Arbeitskolonnen zündete auch ihre Gruppe ein Kartoffelfeuer an. Der Duft lag über dem ganzen Land. Pauline schloss die Augen und atmete tief ein. Das war der Duft ihrer Heimat.

„Zurück an die Arbeit", rief der Vorarbeiter – viel zu früh.

Pauline seufzte. Sie spürte, dass die Sonne ihre Arme verbrannt hatte. Wie gerne würde sie sich in den schattigen Fichtenwald zurückziehen. Neben ihr stöhnte Henry. Er hielt sich seinen Knöchel, der nach dem Sprung aus dem Brennereifenster inzwischen dick angeschwollen war. Er versuchte, seinen Fuß zu belasten, kam aber nur humpelnd vorwärts. Der Erntewagen setzte sich wieder in Bewegung. Pauline fühlte, wie ihr Schweißtropfen den Rücken herunterliefen. Die Kleidung klebte auf ihrer Haut. Trotzdem sammelte sie flink weiter. Die Luft war schwül und drückend. Das Atmen fiel ihr schwer. Ob es heute noch Gewitter geben würde? Etwas kühlere Luft könnten sie gut vertragen.

Linkerhand von Pauline sammelte Fritz die Flächen von Henry mit ab, weil der wegen seines Knöchels kaum vorankam. Auch die rundliche Martha schwächelte. Ihre geflochtenen Zöpfe wippten, das Gesicht war knallrot und die Schweißperlen standen auf ihrer Stirn. Entgegen ihrer Gewohnheit gab sie keinen Ton von sich. Während Martha sich quälte, warf sie Fritz verärgerte Blicke zu. Den Einstieg in die Brennerei hatte sie ihm noch nicht verziehen.

Am Nachmittag stieß August Mielke zu der Gruppe. Er tauschte die Pferde für den Erntewagen aus und setzte sich selbst auf den Kutschbock. „Heute müssen keine feinen Herrschaften mehr kutschiert werden. Da gehe ich euch hier zur Hand." Von seiner morgendlichen schlechten Laune war nicht mehr viel übrig. Als Fritz ihm von dem Einbruch in die Brennerei berichtete, lachte er.

Pauline freute sich, August zu sehen. In seiner Anwesenheit fiel ihr die Arbeit leichter. Er scherzte und drosselte das Tempo, wenn die Sammler müde wurden. Zwischendurch stieg er ab und packte mit an. Als es dämmerte, sahen Fritz und August nach, ob alle Körbe auf dem Wagen gut gesichert waren. Fritz` braunes Haar stand wild in alle Himmelsrichtungen. Er lächelte Pauline zu. Ihr war, als stünde die Welt einen Augenblick still. Sie kannte Fritz, so lange sie denken konnte. Schon als Kinder hatten sie sich versprochen, später einmal zu heiraten. Aber was unschuldig im Spiel dahingesagt worden war, hatte seit einigen Monaten eine neue Bedeutung. Pauline entging nicht, wie die anderen Frauen Fritz hinterherschauten. Er hatte sich zu einem stattlichen, gutaussehenden Mann entwickelt. Sie selbst konnte ihm kaum in die Augen sehen, ohne zu erröten. Wenn er zufällig ihre Hand berührte, spürte sie, wie ihr ganzer Körper zu kribbeln begann. Nachts lag sie wach, weil sie an ihn denken musste. Tags war sie zu schüchtern, um ihm ihre Gefühle zu gestehen.

Als jüngstes von fünf Kindern der Familie Damaske trug Fritz die Hemden seiner älteren Brüder auf. Und doch streckte er die Schultern würdevoll in die Höhe und hielt sich kerzengerade, so als trüge er keine geflickten Lumpen, sondern feinsten Zwirn. Er war einfach nicht zu übersehen. Wenn er die Straße überquerte, stellten die Nachbarsweiber ihre Gespräche ein. „Was für ein Mann", hatte sogar die Dumkesche letztens gesagt. Und die war eigentlich blind wie eine Kirchenmaus. Zumindest auf einem Auge, denn im Gegensatz zum Rest des Dorfes bekam sie nie mit, dass ihr eigener Mann etwas zu offensichtlich mit der Nachbarstochter verkehrte.

„Bevor wir zurück ins Dorf gehen, brauchen die Pferde Wasser", sagte August. Er spannte ab und führte die Tiere zur Küddow. Den Wagen ließ er so lange auf dem Acker stehen. Pauline schmerzte jeder Knochen. Sie ließ sich neben den anderen am Ufer nieder. Henry hielt seinen dicken Knöchel ins kalte Wasser.

„Jetzt haben wir uns das Abendessen aber wirklich verdient." Martha klopfte sich den Staub von ihren Kleidern. Sie verteilte die Stullen aus dem Verpflegungskorb.

Pauline biss hungrig in ihr Käsebrot. Sie konnte sich nicht daran erinnern, dass ihr eine Stulle schon einmal so gut geschmeckt hatte.

August zog mit einer feierlichen Handbewegung eine Schnapsflasche aus dem Korb. „Jetzt stoßen wir an. Auf euren waghalsigen Einbruch heute Morgen."

Martha schaute ihn missbilligend an. Als ledige Frauen war es ihr und Pauline untersagt, Alkohol in der Öffentlichkeit zu trinken, und so schaute sie August nur strafend an, als er die Flasche an die Lippen setzte und einen großen Schluck der brennenden Flüssigkeit seine Kehle herunterlaufen ließ. Als die Flasche geleert war, war die Stimmung unter den Männern fröhlich und ausgelassen.

Fritz spielte Henrys Sprung aus dem Brennereifenster zur Erheiterung der Gruppe immer wieder nach. Selbst Martha musste lachen und schien für einen Augenblick zu vergessen, dass sie Fritz böse war.

Als die zweite Schnapsflasche kreiste, wurde die Stimmung noch beschwingter. August spielte Volkslieder auf der Mundharmonika. Wenn es nach Pauline gegangen wäre, hätten sie ewig so sitzen können. Doch die Dunkelheit brach herein. August musste den Pferdewagen dringend zum Schloss zurückfahren. Da Henrys Knöchel immer dicker wurde, nahm er neben August auf dem Kutschbock Platz. Auch Martha beteuerte, keinen Schritt mehr laufen zu können. Sie redete Henry gut zu und ermutigte ihn, heute Abend noch Erich Bahlow aufzusuchen. „Der kennt sich mit so etwas aus wie kein anderer. Der hat so viele kranke Tiere versorgt, dass er einfach weiß, was zu tun ist."

Fritz zwinkerte Pauline zu. „Wenn alle auf dem Wagen sind, bleibt es wohl an uns, die restlichen Schnapsflaschen aus dem Gebüsch neben der Brennerei einzusammeln."

Pauline war hin- und hergerissen. Einerseits wollte sie mit dieser Sache nichts mehr zu tun haben. Zudem gehörte es sich nicht, allein mit einem Mann spazieren zu gehen. Andererseits wurde ihr beim Gedanken daran, allein mit Fritz zu sein, angenehm schwindelig. Es gab nichts, was sie sich mehr wünschte.

„Ihr passt auch gut noch auf meinen Wagen", bot August Fritz und Pauline an. „Ich fahre ja ohnehin an der Brennerei vorbei."

„Danke, August. Ich habe nichts dagegen, noch ein Stück zu Fuß zu gehen", sagte Pauline.

August hatte verstanden. Er tippte sich mit dem Finger an die Mütze und fuhr los. Die Räder des Wagens wirbelten trockene Erde auf. Als das Fuhrwerk nicht mehr in

Sicht war, legte Fritz seinen Arm um Paulines Schulter. Ihr lief ein wohliger Schauer über den Rücken. Ohne ein Wort blieben sie noch eine Weile am Ufer der Küddow sitzen. Pauline lauschte dem Fluss, der leise vor sich hin plätscherte. Sie lehnte sich an Fritz' Schulter. Der Duft des Kartoffelfeuers hing noch in der Luft. Sie schloss die Augen. Alles war völlig entspannt. Sie spürte ein wohliges Kribbeln in ihrem Bauch. Wie tausend Schmetterlinge. Was ist doch das Leben schön, dachte Pauline. Wenn dieser Moment bloß ewig dauern könnte.

2

Eine Schwangere auf Reisen

Berlin, 15. Juli 2017

Meine Oma hat ein Geheimnis. Dessen bin ich mir absolut sicher. Leider tappe ich im Dunkeln, was dieses Geheimnis sein könnte. Aber ich habe das Gefühl, dass ich in Polen die Antwort finde. Ich kann es kaum erwarten, anzukommen. Meine Tagesetappe für heute ist Berlin. Für die Nacht kann ich bei meiner Freundin Janina unterkommen. Ich bin tierisch müde und froh, dass ich gleich meine Füße hochlegen kann. Außerdem habe ich schon ewig nicht mehr ausgiebig mit Janina gequatscht. Leider kann ich kein Glas Wein mit ihr trinken, wie wir es sonst immer machen, wenn wir uns nach Monaten endlich mal wieder sehen.

Es ist eine milde Sommernacht. Wir sitzen auf ihrer Dachterrasse, blicken über die Dächer der Hauptstadt und ich fühle mich seltsam zu Hause. Die Mücken surren um das Teelicht auf unserem Tisch herum. Es dämmert und wir könnten die ganze Nacht reden, ohne dass uns die Themen ausgehen.

„Wenn deine Oma ein Geheimnis hüten will, warum lügt sie dich dann derart offensichtlich an?“, fragt Janina. Sie ist fasziniert von der Idee, dass Oma Wilhelmine eine dunkle Vergangenheit hat, an der sie niemanden teilhaben lässt.

„Ich weiß es nicht. Sie stellt sich stur“, entgegne ich.

„Auf jeden Fall muss es etwas sein, von dem nicht nur sie wusste, sondern auch ihre Eltern", sagt Janina.

„Wieso denn das?", will ich wissen.

„Na, ist doch logisch. Haben deine Urgroßeltern dir jemals von dem Haus erzählt?"

„Nein." So weit habe ich überhaupt noch nicht gedacht.

„Na, also. Dann haben sie ebenfalls von dem Geheimnis gewusst. Und als sie nicht mehr da waren, hat deine Oma das Haus geerbt. Und das Geheimnis weiter gehütet. Bestimmt war es nicht einmal ihr Geheimnis, sondern das deiner Urgroßeltern."

Jetzt bin ich wirklich beeindruckt. Das hört sich gar nicht so abwegig an. Erstaunlich, wie logisch Janina kombiniert. Darauf hätte ich mit etwas Nachdenken auch selbst kommen können.

„Wenn du bloß mit nach Polen kommen könntest. Dir würde bestimmt kein Hinweis entgehen", sage ich und seufze.

„Danke für das Kompliment, aber so gern ich auch würde, ich muss arbeiten", sagt Janina. Sie ist Fotografin und hat einen großen Auftrag für eine Modefirma an Land gezogen. „Ich bin mir sicher, dass du das auch gut alleine schaffst. Halt mich auf dem Laufenden. Ich wünschte, meine Familie wäre nur halb so interessant wie deine."

Am nächsten Morgen ist es 10 Uhr, als ich mich endlich aus dem Bett schäle. Janina ist seit drei Stunden aus dem Haus. Ich wollte mich ebenfalls früh auf den Weg machen. Aber seitdem ich schwanger bin, kann ich entweder gar nicht mehr schlafen vor lauter Rückenschmerzen, oder ich schlafe wie ein Stein und überhöre meinen Handywecker. Beim Bäcker um die Ecke kaufe ich mir schnell ein Croissant und zwei Brötchen, die ich mir für die Fahrt schmiere. Mein Ziel für diesen Abend ist das Hotel Pojezierze in Szczecinek, früher Neustettin. Das ist von Vangerow aus die nächstgrößere Stadt, in der ich auf Anhieb ein Hotel finde. Laut booking.com soll das Hotel nur 350 Meter vom Streitzigsee entfernt liegen und über komfortable Zimmer mit kostenfreiem WLAN verfügen.

In Vangerow selbst gibt es laut Internet außer einer Handvoll Häuser nichts, was Fremde in den Ort locken könnte. Ich hoffe, dass ich das Dorf überhaupt finde. Für mein Navi habe ich zwar extra polnische Kartendaten heruntergeladen, aber je näher ich meinem Ziel komme, desto mulmiger wird mir. Die Grenze überquere ich am Grenzübergang Pomellen und folge der Landstraße 20 landeinwärts über Dramburg und Tempelburg.

Die Fahrt über die polnischen Landstraßen dauert länger als gedacht. Einige Fahrbahnen sind von tiefen Schlaglöchern durchzogen. Eine Autobahn gibt es nicht. Ich sehe unvollendete Trassenstücke der Reichsautobahn von Berlin bis Königsberg, deren Bau 1939 abgebrochen wurde. Die meisten der Straßen hat sich die Natur zurückgeholt. Sie sind völlig von Sträuchern und Gestrüpp überwuchert.

Ich müsste dringend zur Toilette. Nirgends ist eine Raststätte. Irgendwann ist meine Blase so voll, dass ich am Straßenrand anhalten und hinter einen Baum springen muss. Gerade als ich mich zurück hinters Lenkrad setzen will, klingelt mein Handy.

„Hallo, Süße, wie läuft es bei dir? Bist du heute Morgen gut losgekommen?“, flötet mir Janina mit ihrer hellen Stimme ins Ohr.

Ich bin erleichtert, sie zu hören. „Ja, danke. Es ist total einsam hier. Größere Städte scheint es gar nicht zu geben. Nur Fichtenwälder und Felder.“

„Ist doch idyllisch.“ Janina lacht. „Eher ein bisschen angsteinflößend. Nicht einmal die Straßenschilder kann ich lesen. Es ist, als wäre ich in einer komplett anderen

Welt. Hier steht nirgends etwas auf Englisch." Erst jetzt, wo ich es ausspreche, merke ich, wie ausgeschlossen ich mich fühle.

„Du schaffst das schon. Sieh es als Abenteuer. Wenn was ist, kannst du mich jederzeit anrufen."

„Danke. Das ist wirklich lieb. Ich frage mich die ganze Zeit schon, ob diese Reise nicht eine komplette Schnapsidee war. Ich habe überhaupt keinen Plan, was ich machen soll, wenn ich am Ziel angekommen bin. Ich habe nicht einmal einen Schlüssel für Omas Haus. Vermutlich kann ich sofort wieder umdrehen."

„Ach was. Das kommt gar nicht in Frage. Du als Superjournalistin bist doch schon an ganz andere Informationen gekommen. Vorher aufgeben und umdrehen gilt nicht."

„Du hast Recht", sage ich und seufze. „Umdrehen kann ich allein deshalb schon nicht, weil ich Friederike diesen Gefallen nicht tun möchte. Die schäumt bestimmt vor Wut, weil sie ihren Last-Minute-Urlaub verschieben muss."

„Na, dann sind wir uns ja einig." Janina klingt amüsiert. Im Hintergrund höre ich Gemurmel. „Ich muss los, Leonie. Meine Kaffeepause ist vorbei. Melde dich, wenn du da bist."

„Mache ich", verspreche ich ihr. Ich lege auf, starte den Motor meines Wagens und gebe Gas. Mit leerer Blase fährt es sich viel besser.

Am frühen Abend komme ich in der „Perle Hinterpommerns" an. So nennt mein Reiseführer das ehemalige Neustettin. Heute heißt die Stadt Szczecinek. Ich bin froh, dass ich das Hotel auf Anhieb finde. Zum Glück ist noch ein Parkplatz frei. Denn weder mein Orientierungssinn noch meine Parkkünste sind stark ausgeprägt. Alles, was ich mir jetzt wünsche, sind eine warme Dusche und etwas zu essen. Letzteres nehme ich aus Bequemlichkeit direkt im

Hotelrestaurant zu mir. Ich bin zu müde, um noch viel zu unternehmen. So kuschele ich mich satt und frisch geduscht in mein Bett, um zu lesen. Doch ich komme nicht weit. Immer wieder schweifen meine Gedanken ab. Ich streichle meinen Babybauch und denke über Oma Wilhelmine nach.

Was mich morgen wohl in Vangerow erwartet? Ich zücke mein Handy und tippe eine SMS an Janina ein. „Angekommen! Werde bestimmt kein Auge zutun. Bin so aufgeregt."

„Supi. Werde auch kein Auge zutun. Habe Männerbesuch. ;-)", kommt es nur wenige Sekunden später zurück.

Ich muss grinsen. Noch eine Weile grübele ich darüber nach, weshalb Oma ihr Haus nie erwähnt hat. Wie es wohl aussieht? Ich versuche mir ein Bild davon zu machen, was für eine Frau meine Oma in jungen Jahren wohl gewesen sein könnte. Es klappt nicht. Ich weiß so gut wie nichts über sie. Und das, obwohl ich als Kind ständig bei ihr war, nachdem meine Mutter gestorben ist. Dass Oma heimlich ein Haus besitzt, hätte ich ihr niemals zugetraut. Es hilft alles nichts. Wenn sie mir keine Antworten geben will, muss ich sie mir selbst holen. Investigative Recherche nennt man das.

Jetzt, wo ich bequem in meinem Bett liege, fühle ich mich schon wieder weitaus optimistischer als auf der Hinfahrt. Wäre ja gelacht, wenn ich Omas Geheimnisse nicht lüften könnte. Am nächsten Morgen nach dem Frühstück mache ich mich auf den Weg nach Vangerow. Allerdings nicht, ohne mich vorher mit Proviant für den Tag einzudecken. Als Kuchenliebhaberin komme ich auf meine Kosten. In den polnischen Bäckereien kann man einzelne Stücke nach Gewicht abrechnen lassen. Ich verstaue alles in einer Klappkiste in meinem Polo und folge den Anweisungen des Navis. In den Fichtenwäldern entlang der Straße sehe ich Arbeiter, die Bäume fällen und die Stämme auf Lastwagen verladen.

Etwa zehn Kilometer folge ich der Straße nach Okonek, das früher Ratzebuhr hieß. Mein Navi leitet mich nach links eine leichte Anhöhe hinauf. Ich bin da. Links sehe ich Plattenbauten, rechts zerfallene Ställe, die schon lange keinem Tier mehr Schutz bieten können. Daran schließt sich die Ruine eines ehemaligen Fabrikgebäudes an. Was hier wohl früher produziert wurde? Nur der Schornstein ist intakt.

Ich fahre auf einen rundlich-ovalen Rasenplatz zu. Neben einer alten Fachwerkkirche parke ich. Was soll ich jetzt tun? Wie finde ich heraus, welches Haus Oma gehört? Es muss auf jeden Fall ein Haus sein, das mindestens 70 oder 80 Jahre alt ist und das seit dem Krieg nicht mehr bewohnt wurde. So ein Haus müsste doch gut zu erkennen sein. Zumal zum Dorf im Ganzen nicht viel mehr als 30 Häuser gehören. Ich laufe über den Dorfplatz und mustere die Gebäude. Dabei stelle ich fest, dass fast alle Häuser hier alt und windschief aussehen. Einige Dächer und Schornsteine sind eingestürzt. Trotzdem wirken alle Gebäude bewohnt. Ich steuere auf eine Sackgasse mit rot verklinkerten Häuschen zu. Grüne Fensterläden machen die Idylle perfekt. So stelle ich mir die Höfe von Bullerbü vor. Nur wesentlich größer. In einem Garten laufen Hühner umher.

Das Leben hier wirkt völlig entschleunigt. Vor einem Hauseingang steht eine alte Frau in blauer Kittelschürze mit Kopftuch. Sie schaut neugierig herüber. Ihr Gesicht ist von Falten durchzogen. Ich winke ihr zu und sie grüßt zurück.

„Sprechen Sie Deutsch?“, rufe ich der Frau zu.

Sie entgegnet etwas auf Polnisch und zuckt mit den Schultern. Hätte mich auch gewundert, wenn sie mich verstanden hätte.

Jetzt bin ich ratlos. Wie soll ich ihr verständlich machen, wonach ich suche? Hätte ich doch bloß Janina dabei. Die ist in solchen Situationen nie um eine Idee verlegen. Ich setze mich auf einen großen Stein und streiche über meinen Bauch, während ich nachdenke. Die Frau verschwindet im Haus. Kurze Zeit später kommt sie mit einem Glas Wasser zurück und läuft auf mich zu. Sie redet auf mich ein, deutet auf meinen Bauch und die Sonne. Ich verstehe, bedanke mich mit einem Nicken und biete ihr ein Stück Kuchen aus meinem Klappkorb an, bevor ich trinke. Sie schüttelt den Kopf und zeigt wieder auf meinen Bauch. Wenn ich doch bloß ein paar Brocken Polnisch könnte. Diese Frau weiß bestimmt, ob es hier ein verlassenes Haus gibt.

Da schießt mir ein Geistesblitz durch den Kopf. Dass ich darauf nicht gleich gekommen bin. Ich sprinte zu meinem Auto. Zumindest kommt es mir vor wie ein Sprint, obwohl es für Außenstehende wegen meines dicken Bauches eher aussehen dürfte wie ein watschelnder Laufenten-Gang. Ich krame im Handschuhfach, bis ich den Brief der polnischen Polizei an Oma Wilhelmine gefunden habe, eile zurück zu der alten Frau und drücke ihr das Dokument in die Hand. Die Frau betrachtet den Brief eine ganze Weile. Ich frage mich, ob sie vielleicht gar nicht lesen kann. Doch dann ruft sie über ihre Schulter hinweg ins Haus hinein jemandem etwas zu.

Kurz darauf erscheint ein älterer Mann mit lichtem Haar, mit dem sie angeregt diskutiert. Sie hält ihm meinen Brief hin, gestikuliert wild und wieder folgt ein Wortwechsel auf Polnisch. Schließlich schreitet der Mann mit Omas Brief an mir vorbei und winkt mit der Hand, dass ich ihm folgen soll. Ich trotte ihm hinterher, quer über den Dorfplatz auf ein anderes Haus zu. Wir gehen um das Haus herum in den Garten. Mein Vordermann klopft mit der Hand an die hölzerne Hintertür, von der rote Farbe abblättert und die in Schräglage in den Angeln hängt. Klingeln scheint hier nicht üblich zu sein. Ich zögere und bleibe im Garten stehen, doch der Mann gibt mir ein Zeichen, ihm zu folgen.

Wir treten in eine Küche, winzig und urig. Auf dem Holztisch liegt eine blau-weiß-karierte Tischdecke. Über dem Gasherd hängen Kaffeebecher aus Zinn und Töpfe und Pfannen, die deutliche Gebrauchsspuren aufweisen. Auf einem Holzschränkchen steht eine Kaffeemühle. Die Küche ist vollgestopft mit altertümlich anmutenden Arbeitsgeräten. Eine rundliche Frau und ihr hagerer Mann, wohl beide um die 60, sitzen zusammen am Tisch und rauchen. Er dreht auf seinem Schoß Zigaretten. Mein Begleiter reicht der Frau den Brief. Die rundliche Frau liest ihn, steht auf und ruft die Treppe hinauf ins obere Stockwerk. Dort taucht ein blonder Mädchenschopf auf. Die Frau gibt dem Mädchen Anweisungen.

Die Kleine läuft aus der Haustür heraus in Richtung Wald. Mir bleibt nichts anderes übrig, als in der Küche herumzustehen, zu lächeln und zu warten. Also genau das, was die anderen auch tun. Zeit scheinen die Menschen hier im Überfluss zu besitzen. Der Zeiger der Standuhr wippt in Seelenruhe vorwärts. Nach ziemlich genau sechs Minuten und 35 Sekunden sehe ich das Mädchen durchs Fenster wieder herbeieilen. Ihr folgt ein blonder sportlicher Typ um die 30. Sein T-Shirt und seine Hose sind voller Holzspäne. Seine Stirn ist schweißnass. Vermutlich hat das Mädchen ihn beim Holzhacken gestört.

„Hallo, ich bin Jurek“, sagt der Mann mit polnischem Akzent. Er streckt mir seine sonnengebräunte Hand entgegen. Er hat einen kräftigen Handschlag. Ich spüre ein paar Schwielen. Aus tiefblauen Augen grinst er mich an. Eine dunkelblonde Haarsträhne klebt an seiner Stirn.

„Leonie", ist alles, was ich herausbringe.

„Schön, dich kennen zu lernen, Leonie", sagt Jurek. „Du gehörst also zum Geisterhaus."

„Geisterhaus?" Jetzt komme ich nicht mehr mit.

„Ja." Jurek muss meine Überraschung erkannt haben. Er lacht über das ganze Gesicht. „So nennen wir hier das leerstehende Haus am Ende der Sackgasse. Es wird seit Jahrzehnten erzählt, dass ein Fluch auf dem Haus liegt. Die meisten Nachbarn meiden das Grundstück."

„Wirklich?" An so etwas glaube ich nun wirklich nicht, aber jetzt bin ich richtig neugierig, das Haus endlich zu sehen. „Könntest du mir vielleicht zeigen, wo ich das Haus finden kann? Es gehört meiner Oma."

Er mustert mich. „Klar. Ich zeige es dir." Mit wenigen Schritten ist er an der Hintertür. Ich folge ihm wie ein Schoßhund, der sich an die Fersen seines Herrchens heftet.

„Wie kommt es, dass du so gut Deutsch sprichst?", frage ich, während wir die Sackgasse entlanggehen. „Hier gibt es keine Arbeit. Jedenfalls keine, die Geld einbringt. Deswegen fahre ich mehrere Monate im Jahr nach Deutschland." Jurek mustert meinen Bauch. „Und wie kommt es, dass du ohne deinen Mann hier bist? Macht der sich keine Sorgen, wenn du mit so einer Kugel alleine auf Reisen gehst?"

„Ich habe keinen Mann. Und Sorgen macht er sich auch nicht. Ich glaube, es wäre ihm relativ egal, wenn mir hier etwas passiert. Wir sind nicht mehr zusammen", sage ich. Gleich darauf bereue ich es schon. Ich stehe hier mit einem Wildfremden und spreche darüber, dass mich niemand vermissen würde, wenn mir unterwegs etwas zustößt. Na, das ist ja wirklich clever. Vielleicht sollte ich nächstes Mal erst überlegen und dann sprechen. Mich wird mein leichtsinniges Verhalten nochmal in Schwierigkeiten bringen.

„Sorry, dass ich gefragt habe." Jurek beugt sich hinunter und streichelt eine Katze, die aus einem der Vorgärten auf ihn zugelaufen kommt und sich an seine Beine schmiegt. Das Tier schnurrt, als Jureks große Hände es berühren.

Ich kann Katzen nichts abgewinnen und bin froh, wenn sie mich in Ruhe lassen. Dafür liebe ich Hunde. Wie wir so hier stehen, kommt mir eine von Oma Wilhelmines Weisheiten in den Sinn. „Bei der Partnerwahl harmonieren nur Katzentyp und Hundetyp. Zwei Hundefreunde oder zwei Katzenliebhaber sollten die Finger voneinander lassen", pflegt sie immer zu sagen. Hätte ich das von vornherein beherzigt, wäre mir Manuel erspart geblieben. „Aus Fehlern wird man klüger", sage ich zu Jurek.

Er zuckt mit den Schultern und führt mich vorbei an den Bullerbü-Häusern. In den Gärten sind bunte Wäscheleinen gespannt. Am Ende der Sackgasse liegt ein verwilderter Garten. Ein morscher Zaun grenzt den Garten ab. Jurek öffnet die Pforte und ich zögere kurz, bevor ich ihm auf das Grundstück folge. Jetzt sehe ich es. Das verlassene Haus. Das Gebäude hebt sich deutlich von den anderen ab, ist nicht verklinkert, sondern aus Fachwerk. An einigen Stellen bröckeln die weiße Farbe und der Lehm heraus. Zwei Fenster sind mit Holzbalken notdürftig vernagelt. Das Haus ist zweigeschossig. Einige Dachziegel fehlen.

„Da sind wir." Jurek blickt mich erwartungsvoll an.

Mir hat es die Sprache verschlagen. Ich weiß nicht, ob es Jureks blaue Augen sind oder der Anblick des Hauses. Ich versuche, durch eines der verstaubten Fenster zu blicken. Im Inneren sehe ich Gardinen, die früher einmal weiß gewesen sein müssen und jetzt mottenzerfressen und verdreckt sind. Wenn mich meine Augen nicht täuschen, ist das Zimmer hinter den Vorhängen möbliert. Oder spielt mir meine Fantasie einen Streich?

„Jetzt verstehe ich, warum ihr es Geisterhaus nennt." Ich stehe verloren herum, während Jurek an der Türklinke rüttelt. „Echt unheimlich. Sieht aus, als wären die Besitzer nur eben in die Stadt gefahren, um etwas zu besorgen, aber dann niemals wiedergekommen."

„Hier in der Gegend gibt es mehrere verlassene Häuser. Teilweise sogar Geisterdörfer, wo die Häuser nach dem Krieg einfach unbewohnt stehen geblieben und nach und nach verfallen sind", sagt Jurek. „Aber dieses Haus hat mich schon immer fasziniert. Es ist, als ob das Haus mich in seinen Bann ziehen und mich nicht mehr loslassen will. Hört sich verrückt an, was?"

Ich nicke, aber tatsächlich kann ich nachempfinden, was er meint. Es ist, als läge eine unsichtbare Kraft auf dem Haus, die mit aller Macht versucht, mich ins Innere des Gebäudes zu ziehen. Mir läuft ein Schauer über den Rücken. Ich habe das Gefühl, dass hier etwas Unheilvolles passiert sein muss. Nur was? Ich bin mir sicher, dass Oma die Antwort kennt. Und sie ist fest entschlossen, sie für sich zu behalten. Genauso fest entschlossen, wie ich bin, das Geheimnis zu lüften.

„Wollen wir reingehen?"

Ich zucke zusammen, als Jurek mich anspricht, weil ich in Gedanken versunken war. „Ich habe keinen Schlüssel." Mein Hals ist trocken und meine Stimme belegt. Ich komme mir doof vor. „Das Haus gehört meiner Oma. Aber die will damit nichts zu tun haben. Sie hat mir nie erzählt, dass sie ein Haus besitzt. Als ich es erfahren habe, musste ich einfach herkommen und nachsehen, aber einen Schlüssel hat sie mir leider nicht mitgegeben", gestehe ich kleinlaut.

„Der Schlüssel würde dir auch nicht viel nützen." Jurek

deutet auf die Tür, die von oben bis unten mit Brettern vernagelt ist. „Nachdem die Polizei hier war, haben die Nachbarn alles vernagelt. Aber keine Sorge. Zur Not kommen wir auch ohne Schlüssel rein. Natürlich nur, wenn du möchtest." Er grinst mich an und ich werde rot.

„Sehr gerne", sage ich.

„Okay, dann warte kurz hier." Jurek lässt mich allein vor dem Haus zurück. Wenige Minuten später taucht er mit einem Stemmeisen wieder auf. „Soll ich wirklich?" Er sieht mich fragend an.

„Ja", sage ich fest entschlossen.

Die nächsten fünf Minuten schaue ich dabei zu, wie Jurek die Bretter von der Tür löst. Zuletzt war ich so aufgeregt, als ich in der zehnten Klasse heimlich mit Janina auf der Schultoilette geraucht habe. Ich blicke mich nervös um, als könnte hinter uns jeden Moment die Polizei auftauchen. Oder meine alte Lehrerin Frau Riemann, die uns doch tatsächlich damals erwischt und beim Rektor angeschwärzt hat.

Als alle Bretter beseitigt sind, drückt Jurek gegen die vermackelte Holztür. Es knarzt. Die Tür schwingt langsam auf und gibt den Blick ins Hausinnere frei.

Vangerow, 31. Juli 1934

Ein Krachen schreckte Pauline aus dem Schlaf. Sie saß immer noch am Ufer der Küddow, der Grenze zwischen Pommern und Westpreußen. An ihrer Schulter lehnte Fritz. Auch er war nach der anstrengenden Feldarbeit und dem Schnaps an ihrer Seite eingenickt. Die Luft flirrte vor Hitze und es war drückend schwül. Am Stand der Sonne konnte Pauline erkennen, dass sie einige Zeit hier gesessen haben mussten. Ihre Familie wartete zu Hause bestimmt schon auf sie. Das Abendessen musste vorbereitet werden. Sie sprang auf. Fritz fiel ins Gras.

„Was ist los?“ Er blickte sich schlaftrunken um.

Es donnerte erneut. Die ersten Tropfen klatschten auf Paulines nackte Arme. „Ein Gewitter zieht auf“, sagte Pauline. „Wir müssen schnell nach Hause. Es ist viel zu spät. Das wird richtig Ärger geben.“

Fritz war mit einem Sprung auf den Beinen, half Pauline den Abhang hoch und gemeinsam liefen sie am Flussufer entlang in Richtung Dorf.

Über ihnen grollte es. Immer dicker wurden die Tropfen, die auf sie herabfielen. Innerhalb weniger Sekunden begann es, wie aus Eimern zu schütten. Da der Boden seit Tagen nach Wasser gelechzt hatte, würde es einige Zeit dauern, bis er weich und matschig wurde. Pauline hörte, wie Fritz schnell und gleichmäßig atmete, es am Himmel grollte und der Regen prasselte. Unter den Bäumen waren sie vor den schweren Regentropfen geschützt, aber der Weg nach Hause führte über die freien Felder. Dort prasselte der Regen so heftig auf sie herab, dass Pauline nass bis auf das Leibchen war. Ihre Kleidung war so schwer, dass sie beim Laufen kaum noch vorwärtskam. Die Sicht wurde immer schlechter.

Wenn sie doch endlich die Schneidemühle sehen könnten. Dann wäre es nicht mehr weit. Pauline zählte die Abstände zwischen Blitz und Donner, die immer enger wurden. Das Gewitter war nun direkt über ihnen. Jedes Mal, wenn ein Blitz die Umgebung hell erleuchtete, zuckte Pauline zusammen.

„Wir müssen anhalten", rief Fritz. „Auf den Feldern sind wir der höchste Punkt und im Wald unter den Bäumen ist auch kein sicherer Ort."

Pauline erkannte, dass sie auf der Wiese standen, auf der im Sommer die Schafe von Erich Bahlow grasten. Fritz führte sie zu einem Unterstand aus Holz. Er drückte die Tür auf, ließ Pauline den Vortritt und zog dann die klapprige Tür hinter ihnen zu. Im Inneren roch es nach Stroh und Schafen. Immerhin war es trocken.

„Glaubst du, dass wir hier sicher sind?" Pauline blickte unsicher umher. Vor Gewitter hatte sie Angst. Wären sie bloß nicht eingeschlafen.

„Die Bäume um uns herum sind ja alle viel höher als dieser Stall. Ich denke nicht, dass der Blitz hier einschlägt. Außerdem gibt es keine andere Hütte auf dem Weg", sagte Fritz. Er strahlte eine Zuversicht aus, die Paulines Bedenken sofort hinwegfegte.

„Mach dir keine Sorgen wegen deiner Mutter. Ich bringe dich nach Hause und sage ihr, dass es meine Schuld war. Dass ich zu sehr getrödelt habe." Fritz zwinkerte ihr zu, während er sich mit den Fingern durch das nasse Haar fuhr.

„Ach nein, das ist nicht nötig. Außerdem ist es vielleicht besser, wenn sie nicht weiß, dass ich mit einem Mann so lange alleine unterwegs war. Das wird sie noch mehr beunruhigen", Pauline lächelte entschuldigend. Ihr gefiel es, dass Fritz sie in Schutz nehmen wollte. In seiner Gegenwart konnte ihr selbst die Aussicht auf das zu erwartende Donnerwetter zu Hause nichts anhaben.

„Mach dir keine Sorgen. Mir fällt schon was ein. Sie muss ja nicht wissen, wie lange die anderen schon weg sind. Ich werde dich auf keinen Fall alleine gehen lassen." Fritz zwinkerte ihr wieder amüsiert zu. „Sonntag in der Kirche warst du das schönste Mädchen aus dem ganzen Dorf." Jetzt lächelte er breit.

Pauline errötete.

„Aber das bist du ja sowieso. Nur da ist es mir besonders aufgefallen." Sein Blick ruhte auf Pauline, die vor Nervosität nicht wusste, was sie mit ihren Händen machen sollte.

„Danke", hauchte sie und blickte zu Boden. Sie war sich sicher, dass sie ohnmächtig werden müsste, wenn sie hier noch länger mit Fritz auf so beengtem Raum saß. In ihrem Bauch flogen die Schmetterlinge wild durcheinander.

Fritz ließ sich auf einem Strohballen nieder und streifte sich das nasse Hemd mit einer kurzen Armbewegung vom Leib. Pauline wagte es kaum, ihn anzusehen. Sie spürte, wie ihr die Röte ins Gesicht stieg. Beim Anblick seines nackten Oberkörpers wurde ihr schummrig. Das Donnergrollen und den peitschenden Regen nahm sie nicht mehr wahr. Sie zitterte. Sie hatte überall am Körper Gänsehaut. Nicht nur wegen ihrer nassen Kleider.

Fritz blickte ihr tief in die Augen. Er nahm ihre Hand, zog sie zu sich heran und legte seine Arme um sie. Pauline schloss die Augen. Sie lehnte sich an seine warme Haut. Der Regen, der wie verrückt auf den Holzunterstand trommelte, verschwamm in ihrer Wahrnehmung zu einem Hintergrundsäuseln. Sie spürte Fritz' Herzschlag.

„Du bist ganz kalt. Du musst aus diesen nassen Sachen raus." Fritz streichelte über ihren Rücken. Etwas unbeholfen löste er die Bänder ihres Kleides. Das nasse, schwere

Kleidungsstück rutschte hinab ins Stroh. Pauline wagte es kaum, zu atmen. Sie überlegte, zu protestieren. Sie war unsicher, ob sie dem Pfarrer am nächsten Sonntag noch unter die Augen treten könnte. Als sie in Fritz braune Augen sah, schob sie diese Gedanken beiseite. Sie schmiegte sich an ihn.

„Wenn Mutter das wüsste, würde sie dich umbringen", flüsterte sie.

„Dann sollten wir es besser für uns behalten." Fritz' Hände wanderten über ihren Rücken und ihren Hals. Seine sanften Lippen berührten ihr Ohr, ihr Gesicht und ihren Mund. Fritz ließ sich rückwärts in Stroh fallen und zog Pauline mit zu sich hinab.

Sie spürte, wie einige Halme in ihre Seite piekten. Unbequem, dachte sie noch. Dann sog sie den Geruch des Strohs und von Fritz' warmer Haut ein. Sie schloss die Augen und vergaß alles um sich herum. Was für ein Sommer. Und was für ein Mann, dachte sie, während sie seine warmen Lippen auf ihren spürte.

Vangerow, 17. Juli 2017

Meine Augen brauchen einen Moment, bis sie sich an die Dunkelheit in Omas Haus gewöhnt haben. Jurek steht neben mir. Es ist totenstill. Es riecht modrig und feucht. Nur aus Jureks Richtung zieht ein Hauch von frischem Aftershave herüber. Er steht so dicht neben mir, dass ich nur den Arm ausstrecken müsste, um ihn zu berühren. Ich versuche, tief einzuatmen, um mehr von seinem Duft zu erhaschen. Stattdessen atme ich den Geruch fauliger Erde ein und muss laut niesen. „Hier hat sich der Staub von Jahrzehnten gesammelt", sage ich und gehe zum Fenster, um zu lüften. Bis auf ein Fenster sind jedoch alle von außen vernagelt.

„Man bräuchte eine Taschenlampe." Ich bewege mich langsam im Raum vorwärts. Da ist wieder dieses seltsame Gefühl, das ich schon draußen hatte. Es ist, als ob mich das Haus in seinen Bann zieht. Ich fühle mich wie als Kind beim Verstecken im Dunkeln. Ich habe das Gefühl, als ob jemand hinter der Tür lauert. Am liebsten würde ich die Beine in die Hand nehmen und rennen. Doch ich kann mich nicht vom Fleck rühren. Als ob das Haus mich in seiner Gewalt hat. Schnell verwerfe ich diesen unsinnigen Gedanken.

„Ich denke, es wird auch ohne Lampe gehen", antwortet Jurek mir. Dann macht er sich am Fenster zu schaffen. Nach kräftigen Schlägen geben die Holzlatten nach und Sonnenlicht fällt herein. Das beklemmende Gefühl lässt nach.

Ich brauche einen Augenblick, bis meine Augen sich an die Lichtverhältnisse gewöhnt haben. Vor mir steht ein Tisch mit Eckbank. Außerdem gibt es einen Kamin und leere Regale. Das muss die Stube sein. Der Anblick ist nicht besonders schön. Die Leute, die in Omas Haus gewütet haben, haben eine Wand mit Graffiti beschmiert. Stühle sind umgestürzt. In den Nachbarräumen sind gar keine Möbel mehr. Die Randalierer haben sie zerkleinert und verheizt. Vor dem Kamin liegen noch verkohlte Holzreste.

Ich kann mir gar nicht vorstellen, dass Oma je in diesem Haus gewohnt haben soll. Es ist so unpersönlich. In der Stube liegen vier Holzstühle, die früher um den alten Tisch herum gestanden haben müssen. Es gibt keine Hinweise darauf, wer hier früher einmal am Kamin zusammengesessen hat. Weder hängen Bilder an den Wänden, noch liegen Bücher oder persönliche Gegenstände herum.

„Falls du hier einziehen willst, musst du Staub wischen. Neue Möbel wären auch nicht schlecht", scherzt Jurek. Ich fühle mich ertappt. Er muss mir meine Enttäuschung ansehen.

„Danke für den Tipp." Ich werfe einen zweiten Blick in alle Räume. Mir wird klar, dass dort nichts zu finden ist, was mir Antworten auf meine Fragen geben wird.

Jurek steht bereits wieder im Garten und macht sich an einem Fensterrahmen zu schaffen. „Das hier kann ich bestimmt reparieren. Dann sieht es wieder aus wie neu", sagt er zu mir. Seine großen Hände streichen über den Holzrahmen.

„Danke." Ich lasse mich auf der Türschwelle nieder und strecke meine Beine aus, um sie von der Sonne wärmen zu lassen. „Ich habe immer gedacht, wenn ich hier bin, werde ich schon wissen, was ich machen soll, aber jetzt bin ich ratlos", sage ich. „Das ist nicht wie in einem Roman von Kate Morton, wo die Hauptfigur in ein historisches Haus kommt und sich die Story wie von selbst entrollt."

„Habe ich nie gelesen." Jurek klopft sich den Staub von der Kleidung. „Aber ich habe etwas, das dich interessieren könnte. Geh nicht weg. Ich bin gleich wieder da." Er läuft mit federnden Schritten davon.

Nach wenigen Minuten ist Jurek zurück. Seine Faust umschließt einen kleinen Gegenstand.

„Mach mal die Hand auf." Seine blauen Augen funkeln mich verschwörerisch an.

„Na, mach schon", sagt er.

Ich gehorche ihm und Jurek lässt eine goldene Halskette auf meine Handinnenfläche gleiten. Ein Medaillon mit der Gravur „Pauline" hängt an der dünnen Kette.

„Das habe ich hier im Garten gefunden. Ist Ewigkeiten her." Jurek lächelt. „Als Kind haben meine Schwester und ich hier immer gespielt. Der Garten war ja verlassen und es gab immer etwas zu entdecken. Hier waren wir ungestört."

Ich blicke auf das Medaillon in meinen Händen.

„Hinter dem Haus gibt es einen Zugang zu einem Kellerraum. Muss der Kartoffelkeller gewesen sein. Da habe ich die Kette als kleiner Junge gefunden. Ich habe sie nie jemandem gezeigt. Nicht einmal meiner Schwester. Das war mein Geheimnis", sagt Jurek. „Mach mal auf. Da sind Fotos drin."

Ich drehe das Medaillon zwischen meinen Fingern und lasse es aufschnappen. Es hat Platz für vier kleine Passbilder. Die beiden Personen auf den vorderen zwei Fotos erkenne ich sofort. Das kleine Mädchen mit Zahnlücke und braunen, geflochtenen Zöpfen auf dem Bild lacht mich selbstbewusst an. „Das ist meine Oma Wilhelmine", sage ich zu Jurek. „Und das hier ist mein Uropa Henry." Ich spüre, wie sich Jurek über meine Schulter beugt.

„Er kann auf diesem Bild nicht viel älter als 20 gewesen sein." Henry wirkt schüchtern. Seine helle Haut ist von Sommersprossen übersät. Auch auf dem Bild von Oma Wilhelmine und ihm, das ich in ihrer Wohnung gefunden habe, sieht er genauso aus. Nur älter. Ich drücke die Trennwand des Medaillons nach links, um die beiden anderen Fotos zu betrachten. Eine Kammer ist leer. Das letzte Bild ist ein Hochzeitsbild. „Das ist Henry mit meiner Uroma Pauline. Aber da sieht sie anders aus als in meiner Erinnerung“, sage ich. Ich kann meinen Blick nicht von dem Foto abwenden. Pauline ist so schön. Wie kann diese Frau dieselbe sein, die ich als meine Uroma kannte? Meine Uroma machte sich nichts aus Mode, ich habe ihre Haare nie anders als zum Dutt gebunden gesehen. Sie lief immer herum wie eine kleine robuste Putzfrau. Ganz anders auf dem Foto. Hier strahlt sie eine Anmut aus, die nur wenigen Frauen vergönnt ist.

„Eine sehr schöne Frau“, sagt auch Jurek. Er deutet auf die leere Medaillonkammer. „Da muss auch mal ein Bild drin gewesen sein. Man erkennt noch den Abdruck, wo das Foto früher mal drin war. Vielleicht ist es rausgefallen.“ „Kann gut sein“, sage ich. „Es ist ein Wunder, dass die Bilder so gut erhalten sind.“

„Dem sandigen, kühlen Klima im Kartoffelkeller sei Dank.“ Jurek grinst mich an.

„Krass, dass du das gefunden hast.“ Ich wundere mich, dass er die Kette nicht beim Juwelier oder Pfandleiher um die Ecke zu Geld gemacht hat. Das Gold hätte ihm bestimmt ein paar Hunderter eingebracht.

„Ich saß früher Stunden lang da drüben auf dem Baum und habe mir vorgestellt, wer die Leute auf dem Foto wohl waren. Dazu habe ich mir Geschichten ausgedacht, was sie so erlebt und weshalb sie das Haus verlassen haben.“

„Den Grund wüsste ich auch gerne“, sage ich.

„Gegen Kriegsende sind viele Leute von hier geflohen oder vertrieben worden. Aber mit diesem Haus war es anders. Deine Familie muss erst lange nach dem Krieg weggegangen sein. Deswegen hat sich auch niemand getraut, einzuziehen. Deine Familie ist immer noch als Eigentümer eingetragen. Anders als bei den vielen Häusern der Vertriebenen. Die wurden schon gegen Kriegsende enteignet und neu bezogen." Jurek tritt von einem Bein aufs andere. „Irgendwie habe ich es immer als mein Haus betrachtet. So war es auch mit der Kette. Deswegen habe ich sie bis heute aufbewahrt", erklärt er. „Aber natürlich ist es deine Kette. Sie hat deiner Oma gehört." Er schaut mich mit schräg gelegtem Kopf an.

„Das ist nett von dir." Am liebsten würde ich Jurek um den Hals fallen. „Ich würde mich gerne revanchieren. Vielleicht kann ich dich zum Essen einladen?", sage ich, ohne nachzudenken. Ich kenne Jurek erst seit einer Dreiviertelstunde. Und jetzt lade ich ihn plump zum Essen ein.

„Sehr gerne." Er grinst, als wäre ein Essen mit einer Schwangeren, die selbst in vorschwangerschaftlichem Zustand als mittelmäßig sexy durchgegangen wäre, für ihn ein Grund zur Freude.

Verlegen starre ich auf das Porträtfoto meines schlaksigen Uropas. Ich versuche, mit meinem Daumennagel ein Stück Schmutz auf dem Foto abzulösen. Auf einmal gibt das Bild nach und verrutscht in der Fassung. „Oh nein, jetzt habe ich es kaputt gemacht." Jurek muss mich echt für einen Tollpatsch halten. „Hinter dem Bild ist irgendwas, so dass ich es nicht wieder richtig reinklemmen kann."

„Zeig mal." Jurek nimmt das Medaillon und löst Henrys Bild vorsichtig heraus. „Wow." Er pfeift durch die Zähne. „Dahinter steckt noch ein Foto." Jurek ist genauso erstaunt wie ich. Er hält mir das Bild eines jungen Mannes unter die Nase. Ich habe keine Ahnung, wer das sein könnte.

„Sieht echt jung aus. Ich tippe auf 18 oder 19 Jahre", sagt Jurek. „Vielleicht ein Bruder deiner Uroma?"

„Kann sein. Ich könnte Oma fragen, wenn ich sie das nächste Mal sehe. Vielleicht weiß sie es.“ Der Mann auf dem Bild sieht auffallend gut aus. Kantiges Gesicht, dunkle Augen. Er strahlt Selbstbewusstsein aus. Er ist das Gegenteil vom unsicheren Henry. „Dieser Mann muss meiner Uroma wichtig gewesen sein. Sonst hätte sie ihn nicht in ihr Medaillon aufgenommen, wo sonst nur ihr Mann und ihre Tochter Platz hatten“, sage ich mehr zu mir selbst als zu Jurek.

„Vielleicht ein Liebhaber. Oder ein Freund, der im Krieg gefallen ist“, sagt Jurek. „Meine Uroma Pauline ist jung schwanger geworden. Sie war erst 16, als meine Oma zur Welt kam. Das war Jahre vor dem Krieg. Es kann also nicht sein, dass das ein gefallener Freund war“, sage ich.

„Dann doch ein Liebhaber?“, Jurek blickt mich erwartungsvoll an.

Ich schüttele den Kopf. „Ich kann mir nicht vorstellen, dass ein Liebhaber Platz in ihrem Leben hatte. Wenn man so jung ein Kind großzieht, hat man doch bestimmt andere Sorgen. Ich dachte immer, Henry wäre ihre Liebe aus Kindertagen“, sage ich.

„Vielleicht gerade dann. Wer so jung große Verantwortung tragen muss, hat doch sicher unerfüllte Träume.“ Er wird rot. Ich habe das Gefühl, dass wir auf einmal nicht mehr über meine Uroma sprechen.

Wer auch immer der Mann auf dem Foto ist, zum ersten Mal keimt in mir Hoffnung auf, dass ich meine Reise nach Polen nicht umsonst gemacht habe. Ich lasse das Medaillon zwischen meinen Fingern baumeln. Nicht nur Oma Wilhelmine hat ein Geheimnis, denke ich.

Vangerow, September 1934

„Ich liebe dich." Fritz' Hände wanderten von Paulines Wangen zu ihrem Nacken. Er spielte mit der wilden Locke, die nie in ihrem Pferdeschwanz stecken bleiben wollte. Sein Gesicht war so nah an ihrem, dass Paulines Herz schneller schlug. Sie hielt ihre Augen geschlossen und strich mit ihren Lippen über sein kantiges Gesicht. Seine Bartstoppeln kitzelten sie.

„Hör auf." Pauline schob seine Hand weg, die er versuchte, unter ihr Kleid zu schieben. „Deine Mutter ist im Nebenraum. Sie kann jeden Moment reinkommen."

„Und wenn schon." Fritz verschränkte die Arme vor der Brust. „Sie kann ruhig wissen, dass ich dich mag."

„Du bist verrückt." Paulines Hände umfassten das goldene Medaillon, das an einer dünnen Halskette um ihren Hals baumelte. Nie in ihrem Leben hatte Pauline ein so schönes Schmuckstück gesehen. Das Medaillon enthielt ein Bild von Fritz.

„Habe ich nur für dich anfertigen lassen. Bin extra nach Neustettin zum Fotografen gefahren." Er grinste Pauline verschwörerisch an.

„Unglaublich." Pauline betrachtete die Aufnahme zum wiederholten Male. Von ihr selbst gab es nur ein einziges Foto. Es war anlässlich ihrer Konfirmation entstanden. Das Porträt und das Medaillon mussten Fritz ein Vermögen gekostet haben. Wie er sich solchen Schmuck leisten konnte, vermochte sich Pauline nicht vorzustellen. Trotzdem hätte sie sich den Goldschmuck am liebsten vom Hals gerissen und weit von sich geschleudert. Sie wollte dieses Medaillon nicht. Alles, was sie wollte, war Fritz. Und der nahm nun Abschied von ihr. Egal wie sehr er sich bemühte, selbst die britischen Kronjuwelen hätten sie in diesem Moment nicht glücklich machen können.

„Du musst mir einfach glauben. Ich lasse dich hier nicht zurück. Sobald ich genug Geld gespart habe, hole ich dich nach.“ Fritz blickte Pauline tief in die Augen.

Sie wollte ihn anschreien. Bis zu Fritz' Abfahrt blieb nur noch eine Stunde. Draußen war das ganze Dorf auf den Beinen. Alle wollten dabei sein, wenn Fritz und August aufbrachen. „Warum musst du gehen? Kannst du nicht hierbleiben? Hier ist unsere Heimat“, flehte Pauline.

„Ich würde uns hier nie ernähren können. Hier gibt es keine Arbeit für mich. Lass mich vorgehen. Onkel Otto ist wohlhabend. Wenn ich eine Zeit lang gearbeitet habe, hole ich dich nach. Dann führen wir das Leben, von dem wir träumen“, sagte Fritz.

Mit seinen 18 Jahren war er einer der kräftigsten Burschen im Ort. Obwohl er wusste, wie man anpackt, reichte für ihn das Geld kaum zum Leben. Als ungelernte Kraft war er einer von vielen, die sich als Tagelöhner mit Hilfsarbeiten durchschlugen. Pauline wusste, dass Fritz es nie wagen würde, sich dem Wunsch seiner Eltern zu widersetzen. Sie hatten über Jahre jeden Pfennig zusammengekratzt, um ihm ein Ticket für die Überfahrt nach Amerika zu bezahlen. Onkel Otto hatte den größten Betrag beigesteuert. Wie oft hatte Pauline zugehört, wenn Fritz' Mutter von dessen Farm in Wisconsin erzählte. Onkel Otto war in den Staaten zu Wohlstand gelangt. Seine Frau Sophie hatte ihm zu seinem Bedauern keine Kinder gebären können, die ihm bei der Führung des Hofes hätten zur Hand gehen können. Seine Hoffnung ruhte nun auf Fritz – dem Neffen aus Vangerow.

Als jüngstes von fünf Geschwistern gab es für Fritz in Vangerow weder Geld noch Möglichkeiten. Der älteste Bruder würde das bescheidene Familienhaus übernehmen, das mehr einer Bruchbude als einer Behausung glich. Ein Bruder hatte in Berlin sein Glück versucht und hielt sich mit Gelegenheitsjobs über Wasser. Die anderen zwei waren als Tagelöhner im Umkreis von Vangerow unterwegs. Fritz, der kräftigste und jüngste Damaske, war der Liebling seiner Mutter. Onkel Otto, der seiner Schwester keinen Wunsch ausschlagen konnte, hatte sofort zugestimmt, Fritz nach Wisconsin zu holen. Er sollte den Onkel bei der schweren Arbeit unterstützen und später einmal die Farm übernehmen.

Ohne zu Zögern hatte er für den Neffen gebürgt, damit diesem die Einwanderung gestattet wurde. Pauline hatte von dieser Planung Dutzende Male gehört. Sie hatte das als tolle Abenteuergeschichte abgetan. Ein vermögender Onkel, der zu Weihnachten Pakete schickte, war etwas, wovon viele Leute träumten. Dass Fritz nun tatsächlich nach Amerika aufbrach, war zu viel für Pauline. Die Staaten waren für sie so weit weg, dass sie sich nicht vorstellen konnte, dass jemand von dort je wieder zurückzukehren konnte, um Familie, Nachbarn und Freunde wiederzusehen.

„Lass mich nicht alleine." Sie hielt Fritz so stark umklammert, dass ihre Fingerknöchel weiß wurden.

„Das werde ich niemals. Du bist die Frau an meiner Seite, so lange ich denken kann. Ich werde nur dann glücklich sein, wenn ich dich wieder bei mir habe."

Als Pauline in Fritz' braune Augen sah, wusste sie, dass das nicht einfach so dahingesagt war. Er meinte es ernst. Die Traurigkeit in seiner Stimme sprach Bände. Sie beschloss, sich zusammenzureißen. „Ich werde jeden Tag zählen, bis wir wieder vereint sind." Sie schmiegte sich an ihn.

Er küsste sie. So blieben sie eine Weile eng umschlungen.

„Fritz, komm jetzt, es wird Zeit", rief Frau Damaske durch die Tür.

Pauline fühlte sich unendlich schwer, als Fritz sie losließ. Sie kam sich verloren vor, als sie mit den anderen Dorfbewohnern winkend an der Straße stand und zusah, wie Fritz und August in die Pferdekutsche stiegen, die sie zum Bahnhof nach Ratzebuhr brachte. Für die anderen war es ein Festtag. Zwei Söhne aus dem Dorf brachen nach Amerika auf, um dort ein besseres Leben zu beginnen. Davon träumten viele insgeheim. Eine Musikkapelle spielte auf. Pauline erblickte unter den Musikern die Pommerening-Brüder mit Trompete und Pauke. Sie nahm das Geschehen verschwommen wahr. Tränen liefen über ihre Wangen. Auch Fritz' Mutter neben ihr konnte kaum an sich halten.

Kurz vor der Abfahrt sprang Fritz aus der Kutsche heraus, lief auf Pauline zu und drückte sie fest an sich. „Ich hole dich nach. Wir gehören zusammen. Das soll jeder wissen. Versprichst du mir, dass du auf mich wartest, bis ich dich nachholen kann?"

„Ich verspreche es", flüsterte sie in sein Ohr und schlang die Arme um seinen Nacken. Er drückte einen warmen Kuss auf ihre Lippen. Ein Raunen ging durch die Menge. Für einen nicht verheirateten jungen Mann war eine so innige Geste in aller Öffentlichkeit ungehörig. Unbeirrt drückte Fritz Pauline noch fester an sich und berührte flüchtig ihren Bauch. Er lächelte sie zum letzten Mal an und sprang zurück in die Kutsche. Auch Pauline lächelte. Sie legte die Hand auf ihren Bauch. Noch war es ihrer beider Geheimnis. Bald würde es nicht mehr zu übersehen sein. Wenn es auch dauern würde, bis Fritz sie zu sich nach Amerika holte. Sie waren bald zu dritt. Deswegen musste am Ende alles gut werden.

3

Das verpatzte Date

Vangerow, 17. Juli 2017

In Vangerow gibt es weder Läden noch Restaurants. Nicht einmal einen Kiosk oder einen Bäcker. Das einzige Gebäude, das heraussticht, ist die Fachwerkkirche aus dem 18. Jahrhundert. Sie gleicht einer Babuschka-Puppe. Man hat den alten Kirchmantel stehen lassen, innen alles entkernt und eine neue Kirche in den Mantel eingebaut. Die Kunststofffolien in den Fenstern wirken von außen wie Bleiverglasungen. Irgendwie stylisch, diese Mischung aus Altem und Modernen. Wenn sie jetzt noch ein Restaurant in die alte Kirche eingebaut hätten wie beim „Glück und Seligkeit" in Bielefeld, wäre es für unsere Zwecke perfekt. Stattdessen kommt Jurek heute Abend zu mir nach Neustettin. So kann ich mein Versprechen einlösen und ihn zu einer großen Pizza einladen.

„Echt krass, dass du es schaffst, in einem Ort zu leben, der kilometerweit vom nächsten Geschäft entfernt ist. Habt ihr überhaupt Internet?" Ich hoffe, dass ich nicht zu überheblich rüberkomme.

„Wenn man gesprächige Nachbarn hat, ist Internet zweitrangig. Was die Läden angeht, muss man eben auf Vorrat einkaufen. Ich brauche nicht viel zum Leben." Jurek schiebt sich ein Stück Pizza in den Mund. Jureks Leben muss ähnlich enthaltsam sein wie in einem buddhistischen Kloster. Kaum vorstellbar, wie es erst vor

70 Jahren gewesen sein muss, als Oma hier wohnte. In ihrem Haus gibt es nicht einmal fließendes Wasser.

„Wolltest du nie von hier weggehen?“ Ich mustere Jurek.

„Doch, klar. Es ist schon einsam hier. Aber ich gehöre hierher. Mich faszinieren die alten Häuser und ihre Geschichte.“

Ich nicke. Mich interessiert nur ein Haus. Omas Haus.

„Kennst du die Geschichte des Ortes?“ Jurek blickt mich ernst an.

Ich schüttele den Kopf.

„Angefangen hat der Niedergang des Ortes im Januar 1945 mit dem Einmarsch der Russen. Sie haben das Schloss niedergebrannt. Das führte dazu, dass auch die Ländereien nicht mehr optimal bewirtschaftet wurden. Ein großer Teil der Ackerfläche lag brach. Die Polen, die das Dorf später übernommen haben, haben meist nur so viel angebaut, wie sie selbst zum Leben brauchten.“

„Du kennst dich gut mit der Geschichte des Ortes aus.“

„Das bleibt nicht aus, wenn man hier lebt“, sagt er. „Wusstest du, dass hier im Ort früher Schnaps gebrannt wurde?“

„Echt? Das ist ja spannend.“

„Ja. Nach dem Krieg war die Brennerei erst noch weiter in Betrieb. Doch sie wirtschaftete schlecht und wurde geschlossen. Heute gibt es nur noch die Ruine. Direkt am Ortseingang. Müsste dir eigentlich aufgefallen sein.“

„Das Gebäude mit dem großen Schornstein?“

„Ja, genau.“ Jurek kaut und nickt.

„Ich habe mich schon gefragt, was das für ein Gebäude war. Sah so nach einer Fabrik aus. Was ist mit den anderen Häusern? Weshalb sind die so herunterkommen?“

„Sind sie ja gar nicht alle." Jurek klingt, als wolle er sich verteidigen. „Viele der öffentlichen Gebäude und Privathäuser sind liebevoll restauriert."

„Habe ich gesehen", sage ich. „Sorry, das sollte kein Vorwurf sein. Mir ist nur aufgefallen, dass manche Häuser in der Gegend so windschief sind, dass man den Eindruck hat, seit Kriegsende wurde nichts mehr gemacht."

„Womit du teilweise Recht hast." Jureks Gesichtsausdruck entspannt sich. „Nach dem Krieg waren die Besitzansprüche lange ungeklärt. Erst kamen die Russen, später wurde alles unter polnische Verwaltung gestellt. Es war offen, ob die Deutschen, die hier früher gewohnt haben, nicht irgendwann in ihre Häuser zurückkommen werden. Das hat viele meiner Landsleute von großen Restaurierungen abgehalten. Außerdem fehlt den meisten Leuten auf dem Land das Geld. Gut bezahlte Jobs gibt es nur in der Stadt. Wer noch hier ist, findet selten Arbeit und hat wenig Einkommen."

Sofort frage ich mich, weshalb Jurek nicht in der Stadt lebt. Soweit ich das beurteilen kann, ist er tüchtig, zuvorkommend und weiß, wie man anpackt. Weil ich ihm nicht zu nahe treten möchte, wechsele ich das Thema und spreche ihn auf das Foto in Omas Kette an.

„Ich habe die Aufnahme abfotografiert und meiner Cousine zugeschickt. Sie war heute bei Oma im Seniorenheim und Oma ist sich sicher, dass sie diesen Mann noch nie gesehen hat", bringe ich Jurek auf den neuesten Stand.

„Dann müssen wir zu Babcią Elzbieta", sagt Jurek, nachdem er einen großen Schluck von seinem Bier getrunken hat.

„Zu wem bitte?"

„Großmama Elisabeth. Ihr richtiger Name ist Elisabeth Nowak", erklärt Jurek.

Trotzdem bin ich immer noch nicht viel schlauer.

„Sie ist eine der letzten Deutschen, die noch hier in der Gegend leben. Ihre Familie hat früher in Vangerow gewohnt und sie hat einen polnischen Mann geheiratet, weshalb sie als eine der wenigen Deutschen nicht von hier fortgegangen ist. Elisabeth Nowak wohnt mittlerweile in Okonek. Das ist nicht weit. Mit dem Auto bist du in ein paar Minuten da", sagt Jurek.

„Und du meinst, sie könnte den Mann auf dem Foto kennen?" Skeptisch schiebe ich mir ein Stück Pizza mit Oliven in den Mund. Mein Teller ist fast leer. Am liebsten würde ich noch eine Pizza bestellen. Dass Schwangere nicht für zwei essen sollen, halte ich für Fake-News. Vermutlich von einem Mann in die Welt gesetzt. Aber ich will natürlich auch nicht, dass Jurek mich für verfressen hält.

„Wenn es jemanden gibt, der uns helfen kann, dann Elisabeth", sagt Jurek. Damit ist die Sache beschlossen.

***

Am nächsten Tag mache ich mich mit meinem Polo auf den Weg vom Hotel nach Okonek. Jurek muss arbeiten und kann mich nicht begleiten. Was er arbeitet, hat er nicht erwähnt. Ich habe einen Blumenstrauß und eine Schachtel Pralinen für Elisabeth Nowak besorgt. Ich hoffe, dass ich die Adresse finde, die Jurek mir auf eine Serviette gekritzelt hat.

Okonek ist eine Kleinstadt. Häuser aus der Vorkriegszeit säumen die Straße, die in den Ort hineinführt. Auf einem Schornstein sehe ich ein Storchennest. Ich folge Jureks Wegbeschreibung und biege an der T-Kreuzung im Ortskern rechts ab. Gegenüber der Schule parke ich neben einem Kiosk. Gelborange Plattenbauten stören die Idylle. Die Sonne knallt auf den Asphalt. Es riecht nach Teer. In einem der Plattenbauten wohnt Elisabeth Nowak. Ich gehe vorbei am Solarium Laguna und studiere die Klingelschilder. Am dritten Hauseingang werde ich fündig und drücke erleichtert auf den Klingelknopf mit der Aufschrift „Nowak".

Die Frau, die mir öffnet, ist klein, resolut, nicht auf den Mund gefallen. Sie begrüßt mich etwas schroff. Trotzdem fühle ich mich wohl in ihrer Gegenwart.

Elisabeth Nowak spricht einen Dialekt, den ich von meiner Uroma Pauline kenne. Mir kommen Erinnerungen und Bilder in den Sinn, die ich längst vergessen hatte. Ich fühle mich wie zu Hause. Die Wohnung ist winzig und vollgestopft mit Regalen, Büchern und Krimskrams. Auf dem Sofa liegen Häkelkissen.

„Es kommen immer mal wieder Deutsche zu mir zu Besuch", sagt Elisabeth, während sie das Teewasser aufsetzt. „Allmählich stirbt die Generation derjenigen aus, die hier vor dem Krieg gelebt haben und geflüchtet sind oder vertrieben wurden. Jetzt sind es deren Kinder oder Enkelkinder, die hierher kommen und nach Antworten suchen. Es klingeln immer mal wieder Menschen bei mir, die sich auf den Weg gemacht haben, um zu erfahren, wo ihre Vorfahren früher gewohnt haben. Das Bedürfnis ist bei vielen da", sagt Elisabeth.

Das überrascht mich. Ich hatte erwartet, dass Elisabeth Nowak mich fragt, weshalb ich in der Vergangenheit meiner Oma herumstochere. Dass sie mich für verrückt erklärt. Mich verblüfft, dass ich nicht die Einzige bin, die so eine Reise macht. Das stößt mich einmal mehr darauf, wie ignorant ich gegenüber meiner Familiengeschichte bisher war.

„Und finden die Leute hier die Antworten, nach denen sie suchen?"

„Das kommt darauf an, was sie wissen wollen." Elisabeth sieht mich an und zieht eine Augenbraue hoch. „Viele möchten einfach nur mit eigenen Augen sehen, wo ihre Vorfahren herkamen. Sie schauen sich die alten Häuser an oder versuchen, aus dem Stadtarchiv alte Urkunden zu bekommen. Auch der Heimatkreis Neustettin organisiert für seine Mitglieder immer noch einmal im Jahr Fahrten hierher", klärt mich Elisabeth auf.

„Und die Reisenden machen dann bei Ihnen Zwischenstopp?"

„Genau. Ich führe die deutschen Besucher herum. Die Straßen und Orte tragen ja heute alle polnische Namen. Ich kann oft helfen, die Leute zu den alten deutschen Adressen zu führen, die sie ohne Hilfe gar nicht mehr finden würden. Dabei höre ich viele persönliche Geschichten."

„Kennen Sie einige der Besucher denn noch von früher?", frage ich neugierig.

„Nein. Ich bin 1945 in Vangerow geboren und damit zu jung, um mich an die Deutschen zu erinnern, die vor Kriegsende hier lebten. Aber aus den Erzählungen meiner Besucher weiß ich viel darüber, wie die Gegend früher aussah, wer wo wohnte und welche Familien es gab. Immer, wenn jemand zu Besuch kam, habe ich notiert, was erzählt wurde. Über die Jahrzehnte habe ich so eine Art Privatarchiv zusammengetragen, das neben meinen Mitschriften auch alte Fotos und Briefe enthält. Das ist mit der Zeit zu meinem Hobby geworden." Elisabeth Nowak schaut mich an. „Aber welche Frage liegt dir auf dem Herzen?"

Ich lege das Medaillon auf den Tisch. „Meine Urgroßeltern Pauline und Henry Woidtke haben in Vangerow gelebt. Ich hatte gehofft, dass Sie die beiden kannten. Sie waren auch noch einige Jahre nach dem Krieg hier. Also könnte es sein, dass Sie sie mal gesehen haben." Ich reiche ihr Paulines Medaillon mit dem aufgeklappten Hochzeitsfoto über den Tisch.

„Pauline und Henry Woidtke, sagst du?“ Elisabeth sieht mich mit durchdringendem Blick an. Ist es nur Einbildung, oder verfinstert sich ihre Miene? Sie nimmt das Medaillon und studiert das Foto eingehend. Dabei schüttelt sie den Kopf und schweigt.

Ich erwarte, dass sie mir die Kette zurückgibt, weil sie die beiden nicht kennt. Stattdessen sagt sie: „Ja, die kenne ich. Die Woidtkes und deine Oma zählten neben meinem Vater und mir zu den wenigen Vangerowern, die nicht geflohen sind, als die Russen einmarschiert sind. Auch sind unsere Familien später nicht vertrieben worden. Eigentlich waren gar keine kriegsfähigen Männer mehr im Dorf, als die Russen kamen. Die waren ja alle an der Front. Dein Uropa und mein Vater gehörten zu den Ausnahmen. Sie waren wegen ihrer landwirtschaftlichen Kenntnisse unabkömmlich. Das ist auch der Grund, weshalb die Russen sie nicht haben gehen lassen, als alle anderen aus dem Land vertrieben wurden. Als einzige Deutsche im Dorf haben wir natürlich in engem Kontakt zueinander gestanden.“

„Wirklich?“ Ich rutsche nervös auf meinem Stuhl hin und her. „Dann wissen Sie vielleicht auch, wer das hier ist?“ Ich klappe das Hochzeitsfoto meiner Urgroßeltern um und zeige Elisabeth das Bild des fremden Mannes.

Elisabeth beugt sich über das Bild. „Nie gesehen.“

Ich nicke stumm und rühre mit dem Löffel in meinem Tee herum. Dann war mein Besuch hier also umsonst.

„Tut mir Leid, dass ich dir nicht helfen kann.“ Elisabeth Nowak tätschelt mir den Arm.

„Leider habe ich meine Oma viel zu wenig über ihr Leben gefragt. Als ich das nachholen wollte, hat sie mir kaum etwas gesagt. Über das, was in der Vergangenheit passiert ist, möchte sie nicht sprechen. Ich denke, dass es trotzdem wichtig war. Eine Art Familiengeheimnis. Deswegen bin ich hierher gekommen, um es herauszufinden. Vermutlich hätte ich das aus Rücksicht auf ihre Gefühle nie tun dürfen." Ich trinke meinen letzten Schluck Tee aus, um Elisabeth zu signalisieren, dass ich sie nicht länger stören möchte. „Ich weiß selbst nicht, warum ich nicht auf meine Oma gehört habe. Ich habe kein Recht, in ihrer Vergangenheit herumzuschnüffeln. Aber ich wollte wissen, weshalb sie uns nichts von früher erzählt. Ich fühle mich schuldig, dass ich so wenig über sie weiß. Sie ist eine tolle Frau. Was kann sie bloß Schlimmes erlebt haben, dass sie es nicht einmal ihrer Familie sagen will?"

„Jeder Mensch hat seine Geheimnisse." Elisabeth rührt konzentriert in ihrer Teetasse. „Und seine Gründe, weshalb er diese für sich behalten möchte. Das muss man akzeptieren."

Ich nicke.

„Trotzdem hat deine Oma Glück. Du liebst sie so sehr, dass du den weiten Weg gekommen bist, um sie besser zu verstehen. So ein Glück hat nicht jeder." Elisabeth steht auf. Sie geht auf den Küchentresen zu. „Ich habe den Mann auf dem Foto zwar nie gesehen, aber wenn ich jetzt mal einfach ins Blaue hinein eine Vermutung anstellen sollte, dann würde ich sagen, das war Fritz, die Jugendliebe von Pauline."

Habe ich mich gerade verhört? „Fritz? Wer ist das? Und wieso denken Sie, dass meine Uroma eine Jugendliebe hatte?" Wenn ich eins hasse, egal ob beruflich oder privat, dann ist es, wenn ich meinem Gesprächspartner die Infos mühsam aus der Nase ziehen muss.

Elisabeth hängt einen neuen Teebeutel in meine Tasse und gießt Wasser auf. Das Gespräch ist also doch nicht vorbei. Jetzt wird es spannend. „In meinem kleinen Archiv habe ich über jede Familie aus Vangerow einen Eintrag angelegt. Mein Vater hat mich dazu angeregt, festzuhalten, was aus unseren früheren Landsleuten geworden ist. Persönlich kannte ich, wie gesagt, nur deine Familie. Schon deshalb habe ich immer wieder versucht, in Erfahrung zu bringen, was aus den Woidtkes geworden ist. Mein Vater hat nie wieder über sie gesprochen, nachdem deine Familie einfach so verschwunden ist, von einem Tag auf den anderen."

„Vielleicht sind sie heimlich geflohen? Wenn alle anderen Deutschen weg waren, war es bestimmt nicht einfach für sie hier", mutmaße ich.

„Und warum haben sie sich dann nach der erfolgreichen Flucht nie gemeldet? Unsere Familien waren sehr vertraut miteinander. Einfach so zu gehen, ohne Abschied, ohne Erklärung, das ist eine Sache. Aber sich auch Jahrzehnte danach nie zu melden, das ist eine andere Sache. Ich habe das nie verstanden." Elisabeth nimmt drei Stücke Würfelzucker auf ihren Löffel und lässt sie in ihren Tee gleiten.

„Das Merkwürdigste war, dass auch keiner der Besucher, die zu mir kamen, je berichten konnte, was aus deiner Familie geworden ist. Viele der ehemaligen Landsleute standen nach dem Neuanfang in Deutschland untereinander in Kontakt. Aber Pauline und Henry, die waren wie vom Erdboden verschluckt."

„Das kann ich mir nicht erklären." Ich zucke mit den Achseln.

„Da bist du nicht die Einzige. Aber während niemand wusste, was aus den beiden geworden ist, wussten die meisten ganz viel darüber zu tratschen, was deine Familie vor dem Krieg gemacht hat. Das waren nicht immer die nettesten Erzählungen, um es vorsichtig auszudrücken."

„Es wurde schlecht über meine Familie geredet?"

Ich merke, wie Elisabeth stockt und errötet. Auf einmal bin ich mir unsicher, ob ich wirklich mehr hören möchte.

Elisabeth bemerkt mein Zögern. „Vielleicht alles nur Gerede.“ Sie zuckt mit den Schultern.

„Wohl kaum“, sage ich und blicke auf das Medaillon mit dem Foto, das immer noch aufgeklappt auf dem Tisch liegt. Dann gebe ich mir einen Ruck. „Okay, ich bin doch zu neugierig. Bitte erzählen Sie weiter.“

Elisabeth schaut mich an und lächelt. „So würde es mir an deiner Stelle auch gehen.“ Dann macht sie eine theatralische Pause. Ich habe das Gefühl, dass sie es genießt, mich auf die Folter zu spannen.

Endlich setzt sie ihre Erzählung fort. „Mir wurde erzählt, dass deine Uroma vor dem Krieg einen Freund hatte, den Fritz. Von dem soll sie ein Kind erwartet haben. Aber Fritz hat sie nicht geheiratet, sondern ist ohne sie nach Amerika gegangen. Deine Uroma war so gebrochen, dass sie das Kind verloren hat.“

„Das ist ja schrecklich.“ Ich fasse mir an meine Babykugel. Nicht auszudenken, wie es sein muss, ein Kind zu verlieren. Obwohl meine Uroma vermutlich ebenso wenig geplant hatte, schwanger zu werden wie ich, kann ich mir vorstellen, wie sehr sie gelitten haben muss.

„Deine Uroma war ja fast noch ein Kind. Sie soll nach Berlin gegangen sein, um sich vom Getratsche über die Fehlgeburt und über die Sache mit Fritz zu erholen. In Berlin soll sie dann auch Arbeit gefunden haben. Dein Uropa Henry soll ihr in dieser schwierigen Zeit beigestanden haben. Die beiden sind sich nähergekommen und haben geheiratet. Einige Zeit lebte deine Uroma in Berlin. Henry hat weiter in Vangerow gearbeitet. Selbst als deine Oma geboren wurde, lief das noch einige Zeit so fort. Aber irgendwann ist Pauline mit Wilhelmine nach Vangerow zurückgekehrt.“

„Das war bestimmt nicht leicht für Pauline“, sage ich.

Elisabeth nickt. „Trotzdem hatten meine Besucher meistens eher mit deinem Uropa Mitleid. Eine Frau sagte zu mir, dass Henry doch wirklich etwas Besseres verdient habe als deine Uroma. Bestimmt schwang da auch etwas Neid mit. Wer weiß.“ Elisabeth lächelt mich an.

Ich werfe einen Blick auf das alte Foto. „Und was ist aus Fritz geworden? Scheint ja kein toller Typ gewesen zu sein, wenn er einfach so weggegangen ist und das Kind nicht wollte.“ Ich muss an Manuel denken. Mir fällt auf, dass der schon lange nicht mehr angerufen hat.

„Fritz wurde mir oft als Draufgänger und Frauenheld beschrieben. Er soll nie nach Deutschland zurückgekommen sein. Vielleicht kein Wunder. Die Familie hat es hart getroffen. All seine Brüder sind während des Krieges gefallen. Seine Mutter ist kurz vor Kriegsende gestorben. Fritz war ihr Liebling. Nachdem alle aus der Heimat tot waren, hatte er wohl nur wenige Gründe, sich hier noch einmal blicken zu lassen.“

„Bestimmt war er auch nicht scharf darauf, Pauline noch mal in die Augen zu sehen, nachdem er sie so abserviert hat“, stimme ich Elisabeth zu. „Aber erklärt das Verhältnis mit Fritz, weshalb Oma und ihre Eltern nie über ihre Vergangenheit gesprochen haben? Heutzutage ist sowas doch längst nicht mehr von Bedeutung.“

„Damals war es anders. Aber wer weiß, was die Gründe dafür waren, dass sie die Vergangenheit hinter sich lassen wollten“, sagt Elisabeth. „Und vergiss nicht, dass man dem Getratsche der Leute nicht immer glauben kann. All das weiß ich ja nur vom Hörensagen.“

„Und nachprüfen lässt es sich sowieso nicht mehr. Henry und Pauline sind tot und Oma schweigt zu diesen Themen“, entgegne ich.

„Letztens war ein junger Mann hier, dessen Großeltern

auch nicht mehr lebten. Aber der hat mir gezeigt, dass sich im Internet viele Daten recherchieren lassen. Es gibt da ganze Datenbanken für Familienforscher. Ich kenne mich zwar nicht damit aus, aber für dich dürfte es bestimmt kein Problem sein. Mit etwas Glück kannst du vielleicht herausfinden, was aus Fritz geworden ist oder zurückverfolgen, was deine Uroma damals in Berlin so gemacht hat. Vielleicht gibt es dort sogar noch ältere Menschen, die sich an sie erinnern können."

„Vielleicht", sage ich eher skeptisch. Doch plötzlich weiß ich, wo ich anfangen muss zu suchen.

Atlantischer Ozean, 2. November 1934

Seit zwei Tagen beobachtete der große, schlanke Mann mit dem Schnurrbart die fünf Pokerspieler, die sich jeden Abend um einen der Tische auf dem Zwischendeck versammelten. Er selbst verabscheute Glücksspiele. Auch wenn er zugeben musste, dass es ansonsten während der Überfahrt nach New York nicht viele Dinge gab, mit denen man sich die Zeit vertreiben konnte. Der wankende Boden unter seinen Füßen sorgte dafür, dass der Schnurrbartträger sich seekrank fühlte. Sein Magen bäumte sich immer wieder auf, seitdem das Passagierschiff in Bremerhaven in See gestochen war. Auch an die Enge auf dem Zwischendeck, den Lärm, den Gestank und die vielen Menschen konnte er sich nicht gewöhnen. Er war ein Einzelgänger. Deshalb hatte er sich einen Platz in der Nähe der Pokerspieler gesucht, in der Hoffnung, dort Ruhe zu haben und nicht von kreischenden Kindern oder aufdringlichen Mitreisenden behelligt zu werden.

„Du siehst aus, als ob du Abwechslung gebrauchen kannst. Willst du mitspielen?“, fragte ihn der Breitschultrige, den sie August nannten.

„Nein, danke“, sagte er. Das fehlte ihm gerade noch.

„Die erste Runde Chips geben wir so aus. Ohne Geld. Das musst du erst einsetzen, wenn du Chips nachkaufen willst“, bot August noch einmal an.

„Trotzdem nicht.“ Der Schnurrbärtige hasste es, auf diese Art bedrängt zu werden.

August zuckte mit den Schultern und wandte sich wieder den anderen zu. Danach nahm die Gruppe keine Notiz mehr von ihm. Er hingegen beobachtete die Männer sehr genau. Während seiner Zeit im Gefängnis hatte er gelernt, dass sich Wissen über seine Mitmenschen nicht selten zu seinen Gunsten einsetzen ließ. Seinen wachsamen Augen entging nichts. Da waren der schmale Georg mit der schiefen Nase, der dicke Karl mit dem Dauergrinsen, der aufbrausende Johann und der wortgewandte August. Am meisten aber fiel ihm Fritz auf. Fritz Damaske. So hatte er sich den anderen vorgestellt. Wer konnte schon wissen, ob dies der Wahrheit entsprach. Im Gegensatz zu seinem Kumpan August hielt sich Fritz beim Pokern zurück. Er stieg oft ganz zu Beginn aus. Waren seine Chips alle, schaute er den Rest des Abends den anderen beim Spielen zu. Für ihn schien es im Gegensatz zu seinen Mitspielern nicht in Frage zu kommen, Geld einzusetzen, um es gegen Chips einzutauschen. Auch jetzt saß er lässig am Tisch und schrieb mit einem spitzen Bleistift in ein Notizbuch, während die anderen pokerten. Was in aller Welt war bloß so wichtig, dass man es in einem Notizbuch festhielt? Er war nicht der Einzige, der sich diese Frage stellte.

„Na, was schreiben Sie denn da die ganze Zeit?" Eine dralle Frau mittleren Alters legte ihre Hand auf Fritz' Schulter. Ihr Anliegen war offensichtlich.

Peinlich berührt vom Anblick der Szene zuckte der Schnurrbärtige zusammen, auch wenn er viel dafür gegeben hätte, ebenso von einer Frau angesehen zu werden. Er neidete Fritz seine muskulöse Figur und den dunklen Teint. Für ihn war Fritz faszinierend.

„Entschuldigen Sie, das sind meine privaten Notizen." Fritz sprang auf und schlug sein Notizbuch zu. Sein Gesicht wirkte angespannt.

„Das konnte ich ja nicht ahnen." Die Frau lächelte, beugte sich vor und gewährte Fritz einen Einblick in ihr tiefes Dekolleté.

„Dann wissen Sie es jetzt." Fritz wandte sich ab und ließ die Frau stehen. Was für ein Abgang. So mancher Mann hätte sich dankbar für diese weibliche Gesellschaft gezeigt. Fritz schien es gewohnt zu sein, dass die Frauen sich nach ihm umdrehten, ohne dass er sich darum bemühen musste. Er schien nicht einmal Gefallen daran zu finden. Es wirkte eher, als fühle er sich von den Frauen gestört. Was hätte der Schnurrbärtige nicht alles gegeben, um nur einen Tag lang so eine Wirkung auf Frauen zu haben wie Fritz.

Einige Tage später hatte der Schnurrbartträger durch seine Beobachtungen das Gefühl, zu der Gruppe der Pokerspieler zu gehören, auch wenn er nicht selbst mitspielte. Seit dem kurzen Gespräch mit August hatte er kein Wort mit den Männern gewechselt. Trotzdem waren sie ihm vertraut. So sehr, dass er viele Gesichtsausdrücke deuten und mitunter den Spielverlauf vorhersagen konnte. Eines wusste er mit Gewissheit. Bei einigen Spielrunden ging es nicht mit rechten Dingen zu. Er vermutete, dass die Karten gezinkt waren. Trotz größter Aufmerksamkeit konnte er jedoch keinen Beweis für diese Annahme liefern. Er war sich sicher, dass August seine Finger im Spiel haben musste. Das Glück war zu oft auf dessen Seite. Zu groß waren seine Einsätze, zu gering seine Zurückhaltung, wenn das Blatt schlecht war.

Heute lief es für August besonders rund.

„Ich bin raus. Meine Chips sind alle. Und ich habe kein Geld mehr", verkündete Georg, obwohl die abendliche Spielrunde gerade erst angefangen hatte.

„Sei doch kein Spielverderber. Irgendwas wirst du doch dabei haben, das als Wetteinsatz taugt", sagte Karl. „Du willst doch nicht etwa kneifen."

„Von dir lasse ich mir gar nichts sagen." Georg herrschte Karl an. „Aber ihr habt Glück. Ich bin in Feierlaune. Weil es unser letzter Abend zusammen ist, bevor wir alle ein neues Leben beginnen, setze ich meinen neuen Tweedmantel und meine Schirmmütze darauf, dass ich das nächste Spiel gewinne. Wenn ich richtig liege, erhalte ich mein Geld von euch zurück. Wenn nicht, geht beides an den Gewinner."

Was für ein Leichtsinn, dachte der Schnurrbärtige. Nur wenige Minuten später händigte Georg fluchend Mantel und Mütze an August aus. Immer wieder versuchte der Pechvogel daraufhin, August herauszufordern. Er bot sogar seinen Lederkoffer samt Inhalt als Einsatz an.

„So einen schicken Mantel setze ich doch nicht aufs Spiel", sagte August, dessen eigene Kleidung zerlöchert und verfilzt wirkte. Im Gegensatz zu den meisten anderen Herren trugen er und Fritz keine Militäruniform. „Man sollte sich gut überlegen, was man einsetzt", sagte August. „Denn Wettschulden sind Ehrenschulden. Oder etwa nicht?" Er zwinkerte Fritz zu und lachte laut.

Ob August und Fritz unter einer Decke steckten? Vielleicht versteckte Fritz in seinem Notizbuch gezinkte Karten. Der Schnurrbärtige verwarf diesen Gedanken wieder. Zu abwegig. So offensichtlich zu betrügen, würden die beiden wohl kaum wagen.

Vangerow, 18. Juli 2017

Als ich mit meinem Polo am späten Nachmittag auf dem Vangerower Dorfplatz vorfahre, kann ich es kaum erwarten, Jurek von meinem Treffen mit Elisabeth zu erzählen. Ich erkenne ihn schon von Weitem. Er steht über den Motorraum eines alten Opel gebeugt und schraubt an dem Auto herum. Als ich aus dem Auto steige, blickt er auf und winkt. Seine Hände sind schwarz vom Motorenöl. Es riecht nach Politur und Benzin.

„Steht dir gut", sagt er und spielt damit auf meinen Rock an, den ich heute Morgen trotz meiner Schwangerschaftskugel aus dem Koffer gekramt habe. Ich werde rot. Ich muss mir eingestehen, dass Jurek der Grund war, weshalb ich mich in dieses enge Teil gezwängt habe, anstatt meine bequeme Jogginghose überzustreifen.

Ich berichte ihm, was mein Gespräch mit Elisabeth Nowak ergeben hat, und er pfeift anerkennend durch die Zähne.

„Was hast du jetzt vor?" Jurek legt sich mit dem Rücken auf ein Rollbrett und lässt sich unter das aufgebockte Fahrgestell gleiten. Ich frage mich, ob er wirklich am Schrauben ist, oder versucht, mir unter den Rock zu schielen.

„Ich suche mir ein nettes Café mit WLAN, um die alten Passagierlisten nach Fritz zu durchforsten. Außerdem ist mir eingefallen, dass Oma Verwandte in Berlin hatte. Keine Ahnung, ob die noch leben. Ich versuche, das herauszufinden. Vielleicht erfahre ich so, wo meine Uroma Pauline damals in Berlin gewohnt hat."

„Hört sich nach einem guten Plan an. Wie wäre es mit dem Restaurant Jolka? So gegen Acht?" Jurek rollt unter dem Auto hervor.

„Ja klar, gerne." Wow, er will helfen. Ich kann mein Glück kaum fassen.

„Hey, und das ist ein Date. Nur damit das klar ist." Er grinst mich an und ist mit schnellen Schritten im Haus verschwunden.

In meinem Bauch melden sich die Schmetterlinge. Oder ist es nur ein Anflug von schwangerschaftsbedingtem Schwindel? Was auch immer. Ich habe ein Date. Mit Jurek. Der Wahnsinn! Ich kann es kaum erwarten.

***

Ich bin anderthalb Stunden vor der verabredeten Zeit im Jolka. Da das ein Date ist, will ich die Internetrecherche lieber vorher erledigen. Außerdem möchte ich in Ruhe telefonieren. Ich bestelle mir eine Orangenlimonade und zücke mein Handy. Drei verpasste Anrufe von Manuel. Er hat also doch noch nicht aufgegeben. In meinen Kontakten rufe ich Friederikes Nummer auf. Ich atme dreimal tief durch, bevor das Freizeichen ertönt. Hoffentlich legt sie nicht gleich auf, wenn sie meine Nummer sieht.

„Hallo?" Friederike hört sich verschlafen an.

„Ich habe dich nicht geweckt, oder? Es ist 18.30 Uhr."

„Was willst du?"

„Schon gut, schon gut. Nicht gleich auflegen. Du bist doch morgen wieder bei Oma, oder?"

„Ist das ein Kontrollanruf?"

„Nein. Natürlich nicht." Oje. Für wie verrückt hält Friederike mich eigentlich? „Ich habe eine Bitte. Ich weiß, du bist nicht gut auf mich zu sprechen, aber im Seniorenheim auf Omas Tisch liegt ein Zettel mit Telefonnummern. Den habe ich ihr aus ihrer Wohnung mitgebracht. Könntest du mir den abfotografieren und per WhatsApp schicken?"

„Sonst noch was?“ Sieht Friederike gar nicht ähnlich, dass sie so schnell zustimmt, mir zu helfen. Da ist doch was faul.

„Also, das wäre echt nett von dir. Ich komme vermutlich auch schon in ein paar Tagen zurück nach Hause. Was ich hier sehen wollte, habe ich gesehen. Dann könnt ihr euren Last-Minute-Urlaub machen.“

„Hmm.“

„Sag mal, stimmt was nicht? Ist irgendwas mit Oma?“ So langsam mache ich mir wegen Friederikes Einsilbigkeit Sorgen.

Zu Recht, wie ich feststellen muss. Plötzlich fängt sie an, mir ins Ohr zu schluchzen. Erst verstehe ich gar nichts. Es dauert, bis sie sich wieder einigermaßen gefasst hat. „Stephan ist weg.“

„Weg“, wiederhole ich. Ich versuche, den Sinn ihrer Worte zu begreifen. „Was heißt weg?“

„Wir haben uns getrennt. Besser gesagt, er hat sich getrennt.“ Jetzt schluchzt sie wieder.

„Du willst mich veräppeln.“

Ihr Geheule zeigt mir, dass sie es ernst meint. Nicht vorstellbar, dass die beiden nicht mehr zusammen sind. Stephan und Friederike gehören zusammen wie Hahn und Henne. Seit sechs Jahren sind die beiden so widerlich harmonisch, dass ich würgen könnte.

„Wie kann denn das sein?“, frage ich.

„Es fing mit dem Urlaub an.“

„Oh nein Hilfe, jetzt sag nicht, dass ich schuld bin, weil ihr wegen mir euren Last-Minute-Urlaub verschieben musstet?“ Das wird sie mir nie verzeihen. Und ich mir auch nicht.

„Ach, quatsch. Er fand es gar nicht so schlimm, dass der Urlaub verschoben werden musste.“

Puh, da bin ich aber erleichtert. „Was ist es dann?“

„Er wollte ohnehin lieber mit seinen Kumpels nach Norwegen zum Angeln. Ruhe haben und alleine sein."

„Stephan angelt?" In den letzten Jahren sind einige Infos an meiner Journalistinnennase vorbeigegangen.

„Nein, er angelt nicht. Aber er will jetzt damit anfangen. Denn noch ist es nicht zu spät. Es gibt viele Dinge, die er ab sofort machen will. Er hat ja jetzt viel Zeit." Wieder ein langer Schluchzer.

„Das tut mir echt leid", sage ich und meine es auch so. Natürlich will ich nicht, dass meine Cousine so leidet, auch wenn ich sie manchmal auf den Mond wünsche. „Er weiß echt nicht, was er da tut. So schnell kriegt er keine Frau wie dich mehr." Selbst das ist ernst gemeint. Es gibt nicht viele Frauen, die in puncto Schönheit, Cleverness oder Schlagfertigkeit mit Friederike konkurrieren können.

„Ich schicke dir morgen die Liste."

„Danke." Jetzt habe ich ein schlechtes Gewissen. „Er ist ein Idiot."

„Ich weiß."

„Und wenn du reden willst, dann kannst du jederzeit anrufen."

„Danke." Sie legt auf.

Atlantischer Ozean, 10. November 1934

Morgen würden sie endlich amerikanisches Festland erreichen. Fritz hatte die Zeit auf dem Schiff satt. Jeden Tag nur herumsitzen und Poker spielen, war auf Dauer nichts für ihn. Während August die Überfahrt genoss und stolz Georgs Tweedmantel zur Schau stellte, sehnte Fritz den Zeitpunkt herbei, an dem er an Land gehen konnte. Er würde Onkel Otto nicht enttäuschen. Harte Arbeit war er gewohnt. Wenn er richtig anpackte, würde Onkel Otto ihm vielleicht einen Vorschuss gewähren, damit er Pauline und das Kind schon bald nachholen konnte.

Fritz seufzte, als Georg die nächste Runde Karten gab. Georgs Pechsträhne war vorüber. Die Rolle des Geschröpften fiel dieses Mal Karl zu. Fritz rechnete Runde um Runde damit, dass Karl aussteigen würde. Doch der zog plötzlich aus seiner Jackentasche ein Klappmesser und rammte die Spitze in den Tisch. Fritz zuckte zusammen. Alle Augen waren auf das Messer gerichtet. Die Schneide schwang hin und her und glänzte verführerisch. Den silbernen Griff zierte ein Adler, dessen Schwingen sich kunstvoll über das Stilett ausbreiteten.

„Ein Familienerbstück", sagte Karl. „Und mein Einsatz für die nächste Runde. Allerdings nur, wenn du den Mantel einsetzt." Herausfordernd blickte er August an.

Stille. Alle starrten zu August herüber. Der ließ sich Zeit. Fritz wusste, wie sehr es dem Freund widerstrebte, den Mantel einzusetzen. August hatte nie zuvor ein solch prächtiges Kleidungsstück besessen. Aber Fritz wusste auch, dass August dem Spiel nicht widerstehen konnte. Und außer dem Mantel hatte er wenig anzubieten, was als Spieleinsatz taugte. Fritz hätte nie in seinem Leben ein Familienerbstück eingesetzt. Das einzige, das er je besessen hatte, war das goldene Medaillon gewesen, das er

Pauline kurz vor seiner Abreise um den Hals gelegt hatte. Es hatte seiner Oma gehört. Seine Mutter hatte Fritz die Kette gegeben, damit er nicht mittellos die Fahrt ans andere Ende der Welt antreten musste.

„Wenn ich dir auch sonst nichts geben kann, so zumindest das hier“, hatte sie gesagt. Als sie erfahren hatte, dass er die Kette nicht mitnahm, sondern den Goldschmied gebeten hatte, Paulines Namen einzugravieren, war sie einer Ohnmacht nahe gewesen. Für Pauline hatte sie nie viel übrig gehabt. Fritz wusste, dass nur seine bevorstehende Reise und die Gewissheit, dass sie ihn womöglich nie wiedersehen würde, seine Mutter davon abgehalten hatten, ihm eine Ohrfeige zu verpassen. Obwohl das erst vor wenigen Tagen gewesen war, kam es ihm vor, als läge sein altes Leben Jahre zurück. Die Zeit auf dem Schiff dehnte sich unendlich aus. Karls Messer wippte vor seinen Augen hin und her. Fritz lief ein Schauder über den Rücken.

„In Ordnung“, unterbrach August die Stille. „Ich setze den Mantel ein.“

Auf Georgs Gesicht breitete sich ein Grinsen aus. „Dann auf in eine neue Runde.“ Er begann, die Karten zu mischen.

Fritz behagte die Sache nicht. Um ein paar Reichspfennige zu spielen, war eine Sache. Wertsachen einzusetzen, eine andere.

„Ich bin dabei.“ Fritz schaute nach rechts, um zu sehen, woher diese Stimme gekommen war. Dort stand der Schiffsoffizier, der bei seinen Rundgängen über das Schiff immer wieder auf dem Zwischendeck aufgetaucht war. Auf seinen schnellen Kontrollgängen hatte er bisher nicht mit ihnen geredet. Höfliche Wortgeplänkel waren den Reisenden der ersten und zweiten Klasse vorbehalten. Der Offizier nahm Karls Messer in seine Hand und strich über die Verzierungen. „Was für ein Kleinod.“ Er griff in die Tasche seiner Uniform und zog eine Taschenuhr heraus, die er auf den Tisch legte. Waren denn jetzt alle verrückt geworden? Wie konnten sie ihre Wertgegenstände so rücksichtslos aufs Spiel setzen? Fritz bekam eine Gänsehaut, als er sah, wie gierig der Offizier mit seinem Blick das Messer fixierte.

„Also los.“ Karl klatschte in die Hände und verteilte als Geber die Karten an die Männer.

„Ich steige aus.“ Fritz hatte kein schlechtes Blatt auf der Hand, aber seine Abneigung gegen den gierig dreinblickenden Offizier und die Höhe des Wetteinsatzes war so groß, dass er es vorzog, seine Karten abzuwerfen.

„Ich erhöhe meinen Einsatz.“ Georg zählte nacheinander seine Chips in den Pot.

„Call.“ August tat es ihm nach und auch der Offizier und Karl gingen mit.

Fritz hoffte, dass August wusste, was er da tat. Er wunderte sich immer wieder darüber, wie abgebrüht August bluffen konnte und wie wenig sein Gesicht verriet, wie sein Blatt aussah.

Heute allerdings hatte er ausnahmsweise nicht geblufft. Als er am Ende des Spiels das beste Blatt präsentierte, sah Fritz, wie Karl die Hände zu Fäusten ballte. Fritz sträubten sich die Nackenhaare. Kurz war er in Sorge, dass Karl mit dem Messer auf August losgehen würde. Stattdessen ließ der das Messer elegant zu August über den Tisch gleiten.

„Du hast mehr Glück als Verstand.“ Karl klopfte August auf die Schulter.

Aus den Augen des Offiziers blitzte blanker Hass. Auch Georg starrte August feindselig an. Das war kein Spiel mehr. Fritz wäre am liebsten aufgestanden und gegangen. Er war froh, dass sie am nächsten Tag endlich New York erreichen würden.

Vangerow, 19. Juli 2017

„Wie sieht er aus? Hast du ein Foto? Du musst mir unbedingt ein Bild von Jurek schicken. Das muss ja ein krasser Kerl sein, der mit einer Schwangeren ausgeht." Janina will es mal wieder haargenau wissen.

„Nicht mit irgendeiner Schwangeren, sondern mit einer, die sich heute extra für ihn in einen superengen Rock gezwängt hat. Obwohl sie den Bauchumfang eines Nilpferds hat", flöte ich zurück ins Handy. Ich sitze im Jolka, habe meine Recherche beendet und warte auf Jurek.

„Das ist ja total abgefahren. Kaum ist der Eine weg, steht schon der Nächste parat", zieht Janina mich auf.

„Haha, sehr lustig. Ich muss jetzt auflegen. Es ist fünf nach acht. Er kann jeden Moment hier sein."

„Gleich zum ersten Date zu spät. Das ist aber nicht sehr gentlemanlike. Und solange er nicht da ist, hast du doch Zeit. Erzähl mir, was du über Fritz herausgefunden hast. Das ist ja absolut abgefahren, dass deine Uroma einen Liebhaber hatte. Wie romantisch. Aber auch hier fällt der Apfel ja nicht weit vom Stamm."

„Könntest du damit bitte mal aufhören?" Fast bereue ich es, dass ich Janina von Jurek erzählt habe. Ich lenke das Thema schnell wieder auf meine Recherchen. „Viel weiß ich nicht über Fritz. In den alten Passagierlisten taucht nur ein einziger Fritz auf, der aus Vangerow stammte und in die USA ausgewandert ist. Wenn wir davon ausgehen, dass er es war, lautete sein voller Name Fritz Damaske."

„Das ist doch schon mal was."

„Ja. Er ist am 2. November 1934 per Schiff von Bremerhaven nach New York gefahren. Es war noch ein zweiter Mann aus Vangerow dabei. Der hieß August Mielke. In der Passagierliste steht, dass beide Männer nach ihrer Ankunft nach Wisconsin weiterreisen wollten."

„Na, das sind doch schon eine ganze Menge Infos."

„Ja. Vielleicht. Ich habe Fritz Damaske in einem Telefonbuch aus den 1960er Jahren gefunden. Er wohnte in Birchwood in Washburn County. Das Dorf kann den Einwohnerzahlen nach nicht viel größer als Vangerow sein. August Mielke taucht im Telefonbuch nicht auf."

„Ein mieser Hund, dieser Fritz. Macht sich in den USA ein schönes Leben und lässt deine Uroma einfach alleine zurück."

„Solche Männer soll es geben." Ich blicke auf die Uhr. Wo bleibt Jurek bloß? Jedes Mal, wenn sich die Restauranttür öffnet, macht mein Herz einen kleinen Sprung. Doch Jurek lässt auf sich warten.

„Sag mal, bist du noch dran?", ruft Janina ins Telefon.

„Sorry, war in Gedanken. Ich habe eben übrigens eine Mail ans Landesarchiv Berlin und ans Standesamt in Berlin geschickt. Da sind Dokumente aus den ehemals deutschen Gebieten archiviert."

„Und du meinst, die wissen noch mehr über Fritz?"

„Nein. Aber Elisabeth hat mir erzählt, dass die Schwangerschaft meiner Uroma ein Gesprächsthema im Ort war. Deswegen vermute ich, dass sie das Kind erst in einem späten Stadium der Schwangerschaft verloren hat. Normalerweise werden Totgeburten im Personenstandsregister vermerkt. Vielleicht habe ich ja Glück."

„Einen Versuch ist es wert."

„Mal sehen, wie lange es mit der Antwort dauert. Die Geburtsurkunde von Uroma Pauline kann ich leider nicht anfordern. Aus Datenschutzgründen. Die Standesämter geben alte Geburtsurkunden erst 110 Jahre nach der Geburt einer Person heraus. Für Sterbeurkunden gilt eine Frist von 30 Jahren."

„Aber dann müsstest du doch Glück haben. Die Totgeburt liegt doch schon lange zurück. Wenn sie verzeichnet ist, kannst du das Dokument einsehen."

„Wenn ich wüsste, in welchem Jahr Pauline das Kind verloren hat. Ich weiß ja nicht einmal, ob meine Uroma in Vangerow geboren ist. Ich kann die Mitarbeiter ja nicht das gesamte Archiv durchsuchen lassen."

„Die finden den richtigen Eintrag schon. Das sind ja Profis." Janina ist Optimistin wie eh und je.

„Ich muss aufhören. Ich muss schon wieder aufs Klo."

„Lass dich nicht von mir aufhalten. Viel Spaß bei deinem Date, Süße."

Als ich zurück an den Tisch komme, ist es 20.15 Uhr. Immer noch keine Spur von Jurek. Ob er mich übersehen hat und wieder gegangen ist? Oder habe ich mich mit der Uhrzeit vertan? Wenn ich eines hasse, dann Männer, die mich beim Date warten lassen. Der Kellner guckt mich schon genervt an. Ich habe mich mit meinem Notebook ganz schön breitgemacht. Erst recht, wenn man bedenkt, dass ich bisher lediglich zwei Limonaden bestellt habe. Und das zur Hauptbetriebszeit.

„Ich warte noch auf jemanden", sage ich, als er noch einmal versucht, meine Bestellung aufzunehmen.

Als Jurek um 20.30 Uhr immer noch nicht da ist, gebe ich auf und winke den Kellner wieder heran. Mein Magen knurrt und viel länger kann ich seine verärgerten Blicke nicht ignorieren.

Noch einmal checke ich mein Smartphone. Immer noch keine Nachricht von Jurek. Dafür hat Manuel es weitere vier Mal versucht. Ob Jurek etwas passiert ist? Vielleicht hatte er einen Unfall. Oder eine Autopanne. Bestimmt. Dass ich darauf nicht gleich gekommen bin. Aufgeregt wähle ich seine Nummer. Es klingelt fünf Mal, dann schaltet sich die Mailbox ein. Ich esse langsam. Vielleicht kommt Jurek ja doch noch. Immer wieder sehe ich zur Tür. Um 21.15 Uhr sehe ich ein, dass er nicht mehr kommen wird, und fordere die Rechnung an. Ich habe umsonst eine Stunde im Bad verbracht, um mein Outfit immer wieder zu überprüfen, mein Make-up zu perfektionieren und die Haare über die Rundbürste zu rollen. Sogar Parfüm habe ich benutzt, obwohl ich diesen Duft seit meiner Schwangerschaft nicht mehr ausstehen kann. Alles vergebens.

Ich fühle mich leer, einsam und total k.o. Warum trifft es mich so, dass Jurek mich versetzt hat? Ich kenne ihn ja kaum. Trotzdem geht er mir nicht aus dem Kopf. Total verrückt von mir, anzunehmen, dass er tatsächlich Interesse an einem Date mit mir hatte. Welcher Mann würde sich schon ernsthaft für eine Schwangere interessieren?

In meiner Einsamkeit werfe ich alle guten Vorsätze über Bord. Als mein Handy klingelt und Manuels Name auf dem Display erscheint, lasse ich den Anruf dieses Mal nicht ins Leere laufen, sondern hebe ab.

„Leonie. Sag mal, spinnst du? Ich versuche seit Tagen, dich zu erreichen. Ich habe mir Sorgen gemacht", brüllt er mir entgegen.

„Musst du nicht. Mir geht es gut. Ich bin in Polen."

„In Polen? Bist du jetzt völlig durchgedreht? Wenn unserem Kind was passiert."

„Unserem Kind? Dem Kind, das du nicht haben willst?"

„Leonie, du hast das alles völlig falsch verstanden. Wir müssen reden."

„Worüber genau?"

„Über uns. Unsere Beziehung. Wie das Kind aufwachsen soll."

„Über uns haben wir doch schon geredet. Wir waren uns doch einig, dass das mit uns und einer Beziehung nicht klappt. Und das Baby hast du doch bisher abgelehnt.

Ich finde es natürlich toll, wenn du es jetzt doch willst. Wäre echt super, wenn das Kind dich auch regelmäßig sieht und eine gute Beziehung zu uns beiden hat."

„Genau darum geht es. Ich habe das alles durchdacht. Du bist doch gar nicht in der Lage, ein Kind großzuziehen. Du lebst selber noch wie ein Kind. Wohnst bei deinem Vater. So sollte unser Kind nicht aufwachsen. Deswegen will ich mich um das Kind kümmern. Es vor größerem Schaden bewahren. Das ist das Beste für uns alle. Aber du kannst es selbstverständlich an den Wochenenden sehen."

Einige Sekunden lang frage ich mich, ob ich mich verhört habe. Dann atme ich dreimal tief durch. „Gute Nacht, Manuel. Das ist wirklich ein ziemlicher Schwachsinn, den du da redest." Ich lege auf.

Zurück im Hotel liege ich noch lange wach. Ob meine Uroma sich damals auch so über Fritz geärgert hat? Vielleicht war sie ja froh, dass er am anderen Ende der Welt war. Ich jedenfalls wäre gar nicht unglücklich, wenn Manuel auswandern würde.

Atlantischer Ozean, 11. November 1934

Das Herz schlug ihm bis zum Hals. Die Lunge schmerzte. Der Schnurrbärtige war trotz seiner schlanken Statur nicht der Sportlichste. Er rannte um sein Leben. War es ihm gelungen, unbeobachtet aus seinem Versteck zu fliehen?

Was für eine Katastrophe! Und das nur wenige Stunden vor der Ankunft in Amerika. Eigentlich hatte die Nacht unspektakulär begonnen. Wie immer bezogen die Kartenspieler ihr Schlaflager in der Nähe des Tisches auf dem Zwischendeck. Fritz und Karl plagte ein leichtes Fieber. Als Magenkrämpfe hinzukamen, gingen sie an Deck, um die Nacht in der Nähe der Reling auszuharren. August leistete den beiden Kranken Gesellschaft. Johann und Georg blieben auf den harten Holzdielen im Gesellschaftsraum zurück.

Der Schnurrbärtige lag nur wenige Meter entfernt von ihnen. Er war außer Sichtweite, weil er hinter einem Gepäckstapel ruhte. Er drehte sich von der linken Seite auf die rechte und wieder zurück. Sein Kopf dröhnte, er fühlte sich schlapp. Hatte er sich mit dem Fieber angesteckt? Er fühlte sich zu elend, um einzuschlafen und zu schwach, um aufzustehen. Der Schnurrbärtige zählte langsam bis zehn, um die Übelkeit zu bekämpfen. Immer wieder von vorne. Während er so dalag und zählte, hörte er, dass Johann und Georg wach waren. Sie packten ihre Habseligkeiten für den Landgang zusammen. Johann kramte in seinen Taschen. Der Schnurrbärtige stützte sich auf seine Unterarme. Während er überlegte, ob er es bis an Deck schaffen würde, fiel sein Blick auf Johann und Georg. Johann fingerte an seiner Jacke herum. Er hielt in seiner Bewegung inne. „Was ist denn das?“, murmelte er ungläubig. „Wie kommen die Geldscheine in meine Tasche? Georg, warst du das?“

„Was redest du für einen Blödsinn? Warum sollte ich dir Geld in die Tasche legen?“ Georg schaute Johann an, als sei er übergeschnappt.

„Wenn du es nicht warst, dann war es jemand anderes.“ Johann wedelte mit den Scheinen vor Georgs Gesicht herum. „Eine Spielkarte ist auch dabei. Und hier, ein Zettel.“

„Was für ein Zettel?“ Georg riss Johann den Papierfetzen aus der Hand. „Wettschulden sind Ehrenschulden. Aber nur, wenn man sie sich ehrlich verdient hat. – August“, las er laut vor.

„Was soll denn das bedeuten?“ Johann drehte die Spielkarte in seiner Hand hin und her. „Das kann doch nicht wahr sein. Die ist gezinkt. Hier. Die Rückseite ist markiert. Da ist das Muster unterbrochen. Jemand hat einen Kreis um das veränderte Muster gezeichnet. Wir haben die ganze Zeit über mit gezinkten Karten gespielt.“ Der Ärger stand Johann ins Gesicht geschrieben.

Der Schnurrbärtige hielt die Luft an. Hatte er es doch von Anfang an gewusst. August war ihm vom ersten Tag an verdächtig vorgekommen.

„Aber wieso hat August das gemacht? Und warum gibt er uns jetzt das Geld zurück, das er gewonnen hat? Das ergibt doch alles keinen Sinn. Oder macht er sich über uns lustig?“, fragte Johann.

Georg antwortete nicht. Stattdessen wühlte er hektisch in seinem Seesack. Er zog eine kleine Box heraus. Er öffnete die Box und nahm einen Papierfetzen heraus. Nach einem Blick auf den Zettel stampfte er mit dem Fuß auf und zerknüllte die Notiz in seiner Faust. „Na warte, wenn ich dich zu fassen kriege.“ Mit diesen Worten stürmte er los.

Johann folgte ihm. Eigentlich erwartete der Schnurrbärtige nach diesem Vorfall nicht, die Kartenspieler vor dem Landgang noch einmal zu sehen. Er stand auf, nahm sein Gepäck und wollte sich einen Platz auf dem Schiff suchen, von dem aus er die Ankunft in Ellis Island beobachten konnte. Weil er sich fiebrig fühlte, beschloss er, zuvor im Krankenzimmer nach einem Schmerzmittel zu fragen.

Er schritt durch den verlassenen Schiffskorridor. Die meisten Menschen waren an Deck. Das Land war bereits in der Ferne zu sehen. Niemand wollte den Moment der Ankunft in der neuen Welt verpassen.

Auf dem Weg zur Krankenstation kam er an vielen leeren Kabinen vorbei. Nur aus einer hörte er Stimmen.

„Ihr habt uns die ganze Zeit über zum Narren gehalten und gemeinsame Sache gemacht", schrie jemand mit rauer Stimme. Der Schnurrbärtige stockte. Das war doch Johann.

Er zögerte. Ohne genau zu wissen, warum, huschte er in die Nachbarkabine. Von dort konnte er unbemerkt lauschen.

„Ihr Schweine" brüllte Johann. So zornig hatte der Schnurrbärtige selten einen Menschen erlebt. Ob es August war, den er zur Rede stellte? Doch bevor er es herausfinden konnte, hörte er einen markerschütternden Schrei. Er spähte in den Schiffskorridor. Ihm stockte der Atem.

Johann taumelte rückwärts aus der Kabine. Blut rann seinen Oberkörper hinab. Johann krümmte sich. Mit den Händen fasste er sich an die Brust, in der ein Messer steckte. Mit einem Schrei zog Johann die Klinge heraus. Das Blut war jetzt überall.

Der Schnurrbärtige schloss die Augen. Trotzdem wurde er das Bild nicht los. Die Klinge, die viel zu tief im Körper steckte. Die Adlerflügel, die sich über dem Messergriff ausbreiteten, hatte er sofort wiedererkannt. Regungslos stand er in seinem Versteck und wagte kaum, zu atmen. Bildete er sich das ein, oder konnte er seinen eigenen Herzschlag hören? Erst nach einer Ewigkeit wagte er es, die Augen wieder zu öffnen. Johann lag reglos vor der Kabinentür. Der Schnurrbärtige hörte, wie zwei Männer in der Nachbarkabine sich gegenseitig beschimpften. Sie zogen Johanns Körper in die Kabine.

„Jetzt gibt es kein Zurück mehr", hörte er einen der Männer sagen. „Wir müssen ihn finden, bevor er das Schiff verlässt."

„Und dann?"

„Bringen wir ihn um. Es darf keine Mitwisser geben."

Vangerow, 20. Juli 2017

Ich kann mich nicht dazu überwinden, aus meinem Bett aufzustehen. Ich würde am liebsten den ganzen Tag über im Hotelzimmer bleiben. Mein Handy zeigt mir zwölf WhatsApp-Nachrichten von Manuel an. Er schreibt, dass er sich einen Anwalt nehmen wird, um das Sorgerecht für unser Kind einzuklagen.

Am liebsten würde ich mein Smartphone im Klo versenken. Aber ohne würde ich auch nicht überleben, also suche ich im Internet heraus, wie ich Manuels Nummer sperren kann, damit ich endlich meine Ruhe habe. Als es kurz darauf trotzdem wieder piept, frage ich mich, ob er meinen Trick durchschaut hat und mir nun von einer anderen Nummer aus schreibt. Doch es ist Friederike.

Zum ersten Mal in meinem Leben freue ich mich wirklich, von ihr zu hören. Vor allem, als ich sehe, dass sie bereits bei Oma in der Seniorenresidenz war und ein Foto der Telefonliste gemacht hat.

Auf der Liste finde ich sofort den Eintrag, nach dem ich suche. Beim Aufräumen in Omas Wohnung war mir die Nummer ins Auge gefallen, weil alle anderen Nummern aus Bielefeld waren. Erna Wolter lautet der Name, hinter dem die Berliner Nummer steht. Keine Ahnung, ob sie noch aktuell ist, aber einen Versuch ist es auf jeden Fall wert.

Da es bereits 11 Uhr ist, entscheide ich, dass ich es direkt ausprobieren kann. Ich werde niemanden aus dem Bett holen, auch für einen Mittagsschlaf ist es noch zu früh. Kurz nach dem Wählen ertönt das Freizeichen. Schon mal nicht schlecht, vergeben ist die Nummer also noch. Nach sechs Mal Klingeln hebt jemand ab. „Wolter?"

Wow. Volltreffer. „Hallo, hier ist Leonie Schneider. Spreche ich mit Erna Wolter?"

„Nein, mit Ruth Wolter. Erna war meine Mutter. Sie ist vor 13 Jahren gestorben."

„Oh, das tut mir leid."

Ich erkläre Ruth Wolter, woher ich ihre Nummer habe, wer ich bin und dass ich auf der Suche nach Hinweisen auf meine Uroma Pauline bin.

Und tatsächlich kann sie mir weiterhelfen. Mit Berliner Schnauze erklärt Ruth mir, dass Erna die Cousine von meinem Uropa Henry war und dass sie bis kurz vor Ernas Tod in lockerem Kontakt gestanden haben. „Meine Mutter hat viele Briefe an Leute in aller Welt geschrieben. Die habe ich alle in Kisten auf meinem Dachboden. Ich kann einfach nichts wegwerfen. Wir könnten schauen, ob da etwas Interessantes dabei ist", macht sie mir Mut. „Zumindest, falls wir in dem Chaos etwas wiederfinden." Sie lacht.

Da ich auf dem Rückweg nach Bielefeld sowieso über Berlin fahren werde, verabreden wir, dass ich einen Zwischenstopp bei Ruth einplane. Schließlich gehöre ich ja zur Verwandtschaft. Wenn auch nur entfernt, aber davon will Ruth nichts wissen. Sie ist ganz versessen darauf, mich kennenzulernen.

Ich lege auf und schon klingelt mein Smartphone wieder. Ich habe meinen Klingelton immer noch nicht geändert. Das ewige „Despacito" nervt. Allerdings setzt mein Herz kurz aus, als ich sehe, dass es Jurek ist.

Ich zögere. Soll ich wirklich abnehmen? Immerhin hat er mich versetzt und sich danach den ganzen Abend über nicht gemeldet. Andererseits bin ich gespannt, was für eine Entschuldigung er mir auftischen wird.

„Hallo Leonie, hier ist Jurek", sagt er, nachdem ich das Gespräch angenommen habe. „Tut mir echt leid, dass ich gestern nicht gekommen bin. Mir ist etwas Wichtiges dazwischengekommen. Kommt nicht wieder vor. Versprochen. Ich hoffe, du hast nicht zu lange gewartet."

„Nein", lüge ich. „Ist ja nicht so wild. Habe mit meinem Exfreund telefoniert. War also beschäftigt".

„Oh, na dann." Einen kurzen Moment herrscht Stille. „Kommst du heute nach Vangerow? Dann kannst du mich auf den aktuellen Stand bringen."

„Ja. Heute Nachmittag. Ich wollte Omas Türschloss erneuern lassen, damit ich alles verschließen kann, bevor ich zurück nach Deutschland fahre."

„Super, dann bis heute Nachmittag." Und schon hat er aufgelegt.

Soll das alles gewesen sein? Ihm ist etwas Wichtiges dazwischengekommen? Er hat sich nicht einmal die Mühe gemacht, sich eine glaubwürdige Entschuldigung auszudenken. Na, das Treffen muss ihm ja echt wichtig gewesen sein. Ich habe gar keine Lust, ihn heute Nachmittag zu sehen. Zum Glück fahre ich in drei Tagen nach Hause. Da muss ich meine Kraft jetzt nicht damit verschwenden, mich über Jurek zu ärgern.

Atlantischer Ozean, 11. November 1934

Überall auf dem Schiff herrschte Trubel. Alle bereiteten sich auf den Landgang vor. Fritz aber nahm das Gedränge um sich herum kaum wahr. Er saß auf einer Überseekiste und schrieb einen Brief an Pauline in sein Notizbuch. Es war bereits sein fünfter Versuch. Er hatte einfach keine Idee, wie er seine Gefühle in Worte fassen sollte. Noch vor einigen Tagen hatte er ganz anders über seine Beziehung zu ihr gedacht, aber jetzt sah er die Dinge klarer. Er musste für klare Verhältnisse sorgen. Aber wie stellte er das am besten an? Briefe waren ohnehin so unpersönlich.

Fritz kaute nervös auf seinem Daumennagel herum. Er schloss die Augen und sah sie in Gedanken vor sich. Sie würde den Brief öffnen, sein goldenes Medaillon um den Hals, mit zittrigen Händen, voller Vorfreude, endlich eine Nachricht von ihm zu erhalten. Wenn er tief einatmete, bildete er sich ein, sie riechen zu können. Ihr Parfüm, das so angenehm nach Lavendel roch.

„Was ist, wenn die amerikanischen Frauen dir schöne Augen machen?", hatte sie ihn vor der Abreise gefragt. In dem Moment hatte er gar nicht gewusst, was sie von ihm wollte. Erst auf dem Schiff hatte er begriffen, was sie beunruhigte. So offen hatten ihm fremde Frauen noch nie den Hof gemacht. Auf einmal erkannte er, welche Möglichkeiten einem ungebundenen Mann in Amerika offenstanden. Deshalb musste er ihr diesen Brief schreiben. Ihr das Medaillon zu schenken, war ein großer Fehler gewesen.

4

Den falschen Frosch geküsst

Vangerow, 20. Juli 2017

Als ich vier Stunden nach meinem Telefongespräch mit Jurek wieder in Vangerow ankomme, gehe ich zielstrebig auf Omas Haus zu. Natürlich muss ich auf dem Weg bis zum Ende der Sackgasse an Jureks Haus vorbei, aber ich blicke nicht zur Seite, sondern beschleunige meine Schritte. Wenn er mich sehen will, kann er ja vorbeischauen. Ich werde ihm nicht hinterherlaufen. Ich habe eine Laterne mit einem Windlicht mitgebracht. Und einen bepflanzten Blumenkübel. Beides stelle ich rechts und links neben Omas Haustür ab. Wenn es auch sonst recht wüst aussieht, trägt meine Deko gleich dazu bei, dass man sich heimisch fühlt. Auch wenn es eigentlich sinnlos ist, Blumen neben ein leerstehendes Haus zu stellen, bringt es mir ein Gefühl von innerem Frieden.

Und weil es ein wirklich angenehmer Sommertag ist, schnappe ich mir als Nächstes einen der Stühle aus Omas Stube und trage ihn in den Garten. Die drei alten Apfelbäume vor dem Haus hängen schon voller kleiner Äpfel. Auch wenn sie noch nicht reif sind, verströmen die Bäume einen angenehmen Geruch. Ein Schmetterling flattert umher. Es duftet nach Sommer. Auf einmal kann ich mir vorstellen, wie es gewesen sein muss, hier aufzuwachsen. Das Dorf gleicht einem Paradies umgeben von Wald und Ackerland. Alles weit entfernt vom Stress und von der Hektik der restlichen Welt. Unten im Tal plätschert die

Küddow. Wie malerisch muss alles gewesen sein, als das Schloss noch gestanden hat.

Dann fällt mir wieder ein, dass es in Omas Haus weder Strom, noch einen Wasseranschluss gibt. Nicht einmal ein Brunnen ist im Garten zu finden. Ganz so paradiesisch kann das Leben dann wohl doch nicht gewesen sein. Was für eine Mühe es gemacht haben muss, das Wasser jedes Mal von der Küddow den steilen Sandweg bis hoch zum Haus zu schleppen. Die kalten Winter ohne Heizung, in denen lediglich der Ofen in der Stube Abhilfe schaffen konnte, möchte ich mir gar nicht erst vorstellen.

Ich nehme Paulines Medaillon aus meiner Handtasche und sehe mir das Foto von Fritz noch einmal an. Kann ich es ihm übel nehmen, dass er all das satthatte und Vangerow den Rücken gekehrt hat? Fritz fasziniert mich. Obwohl ich nur eine Schwarzweißaufnahme von ihm besitze, fühle ich, dass von seiner Erscheinung eine gewisse Aura ausgeht. Elisabeth muss Recht haben. Meine Uroma war sicher nicht die einzige Frau, die sich von diesem Mann angezogen fühlte.

Als ich aufblicke, sehe ich Jurek an der Gartenpforte stehen. In seinen Händen balanciert er einen Werkzeugkoffer und eine große Schale Erdbeeren. Ich merke, wie mir beim Anblick seines durchtrainierten Körpers heiß wird.

„Ich hoffe, du hast Appetit." Er grinst über das ganze Gesicht. Die Schmetterlinge in meinem Bauch melden sich sofort, auch wenn ich ihm noch böse wegen gestern Abend bin.

„Hallo", sage ich kühl. „Danke für die Erdbeeren, aber im Moment habe ich keinen Appetit. Der Schlüsseldienst kann jeden Moment hier sein, um das Schloss auszutauschen." Ich blicke demonstrativ auf mein Handy, obwohl ich sowieso keinen Empfang habe. Aber so schnell lasse ich mich nicht von Jurek umgarnen. Ich habe ja gesehen, dass er am Ende kneift, wenn es drauf ankommt.

„Das sehen wir doch, wenn ein Auto vorfährt. Ich kann mich in der Zeit schon mal ums Fenster kümmern. Da bringe ich von innen einen Einbruchschutz an. Muss ja nicht komplett zugenagelt sein. Es sei denn, du hast vor, das Haus die nächsten 70 Jahre wieder nicht zu betreten." Jurek krempelt sich die Ärmel hoch und öffnet seinen Werkzeugkasten. Alle nötigen Materialien hat er mitgebracht, wie ich sehe.

Ich weiß echt nicht, ob ich sauer sein oder mich bedanken soll. Eigentlich mag ich es nicht, wenn mir die Entscheidungen aus der Hand genommen werden, aber Jurek macht sich direkt an die Arbeit und schraubt mit ein paar geschickten Handbewegungen einen Holzbalken von innen vor das Fenster.

„Du solltest die Erdbeeren probieren, solange sie noch kühl sind", sagt er, ohne seine Arbeit zu unterbrechen. „Sind alle selbst gepflückt von einer Erdbeerstelle etwas weiter flussabwärts nahe der Küddow."

Weil ich ohnehin nichts anderes zu tun habe, folge ich Jureks Rat. Und er hat Recht. „Wow, die sind echt super. Richtig süß. Gar nicht zu vergleichen mit den halbgrünen oder total matschigen Erdbeeren, die bei uns zu Hause im Supermarkt angeboten werden."

Jurek lächelt zufrieden. „Was soll jetzt eigentlich mit dem Haus passieren?", fragt er.

Ich zucke mit den Achseln. „Ich kann da nicht drüber bestimmen. Es gehört ja nach wie vor meiner Oma. Ich habe schon gedacht, wie schön es wäre, alles als Ferienhäuschen herzurichten. Aber ohne Strom, ohne fließend Wasser und ohne richtiges Bad ist das nicht praktikabel."

„Zumindest nur etwas für Leute, die das Abenteuer lieben", Jurek blinzelt mir zu. „Oder für echte Heimwerker."

Als er das sagt, denke ich, dass ich mir niemanden besser in Omas Haus vorstellen kann als Jurek. Er werkelt mit so viel Liebe an dem alten Gebäude herum, dass es eine Freude ist, zuzusehen. Bevor ich Jurek antworten kann, hören wir auf dem Schotterweg am Ende der Sackgasse einen Lieferwagen vorfahren. Das kann nur der Schlüsseldienst sein. Ich möchte aufspringen und loslaufen, aber Jurek signalisiert mir, sitzen zu bleiben. Stattdessen läuft er mit ein paar großen Schritten zum Gartentor und kommt wenig später mit einem Mann zurück, der aussieht, als ob er täglich mehrere Stunden lang im Fitnessstudio Hanteln stemmt. Er klopft Jurek auf die Schulter und beide lachen, als sie Omas Garten betreten.

„Hallo, ich bin Damian. Ich komme, um das Schloss auszutauschen", begrüßt mich der Mann neben Jurek auf Deutsch. Wahnsinn, dass hier so viele Menschen derart gute Deutschkenntnisse haben.

„Super. Ich bin Leonie." Ich reiche dem Muskelpaket meine Hand.

„Damian und ich waren zusammen in der Schule", erklärt Jurek mir. Beide machen sich an die Arbeit und werkeln vor sich hin. Währenddessen nehme ich mir einen Besen und fege ein bisschen durch die Stube.

Mir zuliebe unterhalten Jurek und Damian sich auf Deutsch. Auch wenn sie beide gleich alt sind, könnten die Männer nicht unterschiedlicher sein. Damian hat eine laute Stimme und macht viele Witze. Jurek wirkt auf mich viel ernster und erwachsener.

Ich beginne damit, die Fensterläden mit einem feuchten Lappen von den Spinnweben zu befreien. Ich komme nur langsam voran. Zum einen wegen meines Bauchumfangs, zum anderen, weil ich den zwei Männern bei ihrem Gespräch lausche. Ich höre, wie Damian sich bei Jurek erkundigt, ob er dieses Jahr wieder nach Deutschland fährt, um zu arbeiten.

„Mal sehen. Ich habe noch nichts entschieden", sagt Jurek knapp.

„Wegen Agnieszka? Will dich nicht gehen lassen, was?", fragt Damian.

„Blödsinn." Jureks Mine verfinstert sich.

„Ist ja schon gut, wollte dir nicht zu nahe treten." Damian werkelt weiter an der Tür herum. „Habe nur gehört, dass du gestern Abend wieder bei ihr warst. Ich dachte, das Thema wäre ein für alle Mal abgehakt. Also bist du doch wieder schwach geworden?"

„Das lass mal meine Sache sein. Ich wüsste nicht, was dich das angeht." Jurek schaut mürrisch drein, während er einen Nagel in ein Holzbrett schlägt.

„Schon gut. Geht mich nichts an. Aber du weißt ja, hier in der Gegend kann man sowieso nichts für sich behalten."

Jurek antwortet nicht, sondern arbeitet still vor sich hin.

Ich fühle einen tiefen Stich in meinem Herzen. Agnieszka. Das ist also der Grund, weshalb er gestern Abend nicht zu mir gekommen ist. Hätte ich mir doch denken können, dass ein Mann wie Jurek nicht ungebunden ist. Trotzdem tut es weh, so direkt mit der Wahrheit konfrontiert zu werden. Warum gerate ich nie an einen Mann, der es ernst mit mir meint? Natürlich ist mir klar, dass sich zwischen Jurek und mir nie etwas Ernstes entwickelt hätte. Er lebt hier, ich bin in Bielefeld zu Hause. Und noch dazu werde ich in fünf Wochen Mutter. Trotzdem komme ich mir vor wie vor den Kopf gestoßen.

Die nächste halbe Stunde arbeiten wir alle schweigend vor uns hin. Niemand hat Lust, das Gespräch wieder aufzunehmen. Ich bin erleichtert, als Damian verkündet, dass er fertig und Omas Haus jetzt abgesichert ist. „Vielleicht nicht ganz so sicher wie Fort Knox, aber für ein leer stehendes Gebäude, das 70 Jahre lang nicht mehr bewohnt wurde, absolut ausreichend", sagt Damian.

Nachdem ich ihn bezahlt habe, verabschiedet er sich mit einem kräftigen Händedruck.

„Dann mache ich mich wohl mal wieder auf den Weg zum Hotel", sage ich zu Jurek, nachdem Damian außer Sichtweite ist. Trotz des schönen Sommertages ist mir die Lust vergangen, hier mit Jurek in Omas Garten zu sitzen.

„Willst du mir gar nicht verraten, was du gestern rausgefunden hast?" Jurek sieht mich überrascht an. „Du bist doch nicht etwa sauer auf mich, oder? Ehrlich, es tut mir wirklich leid, dass ich gestern nicht da war. Ich mach's wieder gut. Versprochen."

Was für ein Idiot. Natürlich bin ich sauer. Wer wäre das nicht. Er hat die ganze Zeit über mit mir geflirtet, obwohl er eine Freundin hat. Ich bin sprachlos. Allerdings will ich ihm auch keine Szene machen. Er muss ja nicht gleich wissen, was ich für ihn empfinde. Ich schlucke meinen Ärger herunter. Auch weil ich darauf brenne, meine Ergebnisse mit jemandem diskutieren zu können. Also lasse ich mich seufzend auf dem harten Küchenstuhl unter Omas Apfelbaum nieder und erzähle Jurek von Ruths Einladung, sie in Berlin zu besuchen. „Ich bin mir sicher, dass ich unseren Fritz gefunden habe. Ein Fritz Damaske ist damals mit einem weiteren Vangerower, August Mielke, in die USA ausgewandert. Laut meiner Recherchen wollten beide nach Wisconsin."

„Das ist ja schon mal ein Hinweis."

„Ja. Und Fritz hat dort auf jeden Fall eine ganze Zeit gelebt, bevor sich seine Spur verliert. August habe ich bisher nicht ausfindig machen können, aber das ist auf jeden Fall eine erste Fährte", berichte ich stolz.

„Was hast du weiter vor?“, fragt Jurek.

„Ich habe versucht, das Landesarchiv in Berlin zu kontaktieren. Vielleicht haben die Dokumente über meine Uroma, die mir mehr verraten. Obwohl das schwierig werden könnte. Ich weiß einfach zu wenig, um konkrete Jahreszahlen nennen zu können. Wenn ihre Fehlgeburt der Grund dafür war, dass meine Uroma nach Berlin gegangen ist, ist vermutlich eine Eintragung über die Totgeburt hier vor Ort im Standesamt erfolgt. Da ist aber ein Teil der Dokumente im Krieg zerstört worden. Was noch existiert, ist nach dem Krieg ans Archiv in Berlin übergegangen und dort archiviert. Aber insgesamt bezweifle ich, dass ich so weiterkomme. Auch aus Datenschutzgründen.“

„Vielleicht kann ich dir helfen. Ich habe eine Bekannte, die im Archiv in Okonek arbeitet. Gut möglich, dass sie dort die alten deutschen Geburtenregister einsehen kann. Sie wird wissen, in welchem Archiv zu suchen ist. Und wenn ich ihr erkläre, worum es geht, ist sie uns bestimmt gern behilflich. Hier ist nicht alles so bürokratisch wie bei euch in Deutschland.“ Er zwinkert mir zu.

Ich zögere, weil ich unschlüssig bin, ob ich Jureks Hilfe erneut annehmen soll. Dass er am Haus so mit anpackt, ist eigentlich Unterstützung genug. Andererseits ist es für mich vielleicht der einzige Weg, überhaupt an Informationen zu kommen. Deswegen stimme ich nach kurzem Zögern zu. Danach arbeiten wir den ganzen Nachmittag über an Omas Haus. Ich wische die Räume aus und rücke den Spinnen auf den Leib, die sich hier mehr als heimisch fühlen.

Jurek repariert notdürftig, was noch zu reparieren ist. Die Zeit rast nur so davon. Zusammen mit Jurek könnte ich ewig so vor mich hinarbeiten. Ich stelle mir vor, wie toll alles mit ein paar neuen Vorhängen und Stuhlkissen,

Blumen und Bildern an der Wand aussehen würde. „Hier vor dem Küchenfenster könnte man einen Kräutergarten anlegen“, sage ich zu Jurek. „Mit Oregano, Lavendel, Thymian und allem, was dazugehört.“

„Hört sich gut an.“

„Und neben dem Haus wäre Platz für Gemüsebeete.“ Ich habe bisher noch nie in meinem Leben Lust zu Gartenarbeit gehabt. Ahnung davon habe ich nicht, aber jetzt würde ich am liebsten direkt loslegen. Das hier wäre für mein Baby ein idyllischer Ort zum Heranwachsen. In diesem Garten wäre Platz für einen Sandkasten, eine Schaukel und ein Klettergerüst. Kein Vergleich zu unserer beengten Wohnung in Bielefeld. Ich stelle mir vor, was Manuel dazu sagen würde, wenn ich mit unserem Kind in einem Haus ohne Wasseranschluss und Heizung in Polen leben würde. Ich muss grinsen.

„Von der Journalistin zur Gemüsebäuerin“, neckt Jurek mich. „Sollte man in seinem Garten nicht lieber entspannen? Als Kind haben meine Schwester und ich uns hier zwischen den Bäumen eine Hängematte gespannt. Das war super.“

„Das glaube ich. Aber irgendwie ist Gartenarbeit doch auch entspannend. Fast schon meditativ.“ Ich zupfe demonstrativ ein wenig Unkraut. Die Sonne scheint angenehm auf meinen Rücken und ich fühle mich tatsächlich völlig entspannt, trotz meines Kugelbauchs. Während ich hier und da ein wenig jäte und mich ansonsten schone, unterbricht Jurek seine Arbeit am Haus erst am späten Abend. Was seine Freundin wohl dazu sagt? Ob sie weiß, wo er gerade ist?

Jurek scheint es nicht eilig zu haben, aufzubrechen. Er holt einen Klapptisch aus seinem Haus und stellt ihn vor dem Küchenfenster neben der Stelle auf, an der ich mir ein Kräuterbeet vorstellen könnte. Auch an eine Tischdecke hat er gedacht. Gemeinsam legen wir sie über den Klapptisch, bevor Jurek noch einmal losläuft, um Lebensmittel zu holen. Nachdem wir den Tisch eingedeckt haben, sitzen wir auf den alten Holzstühlen, die vorher in Omas Haus standen. Sie sind noch erstaunlich stabil. Wir essen Baguette mit Tomate und Mozzarella und zum Nachtisch Schokoladentorte. Langsam dämmert es. Das Windlicht, das ich neben der Tür aufgestellt habe, lässt Jureks Augen im Dunkeln schelmisch leuchten. Wenn ich ihn anschaue und er meinen Blick erwidert, wird mir ganz heiß, obwohl die Luft draußen kühler ist. Wir reden über Fritz, Pauline und Henry, bis mir plötzlich auffällt, dass ich ständig über mich rede, aber gar nichts über Jureks Familie weiß.

„Wie ist deine Familie eigentlich nach Vangerow gekommen?", frage ich Jurek.

„Jedenfalls nicht freiwillig." Jurek nimmt einen großen Zug aus der Bierflasche, die er in den Händen hält. „Wie gut kennst du dich mit der polnischen Geschichte aus?", fragt er.

„So lala", muss ich gestehen. „Ich weiß nur, dass Pommern gegen Ende des Zweiten Weltkrieges von den Russen an die Polen übergeben wurde."

„Richtig. Nicht nur Pommern. Polen hat die ehemaligen deutschen Ostgebiete bis zur Oder und Neiße erhalten. Als Preis dafür aber musste es auf die östlich der Flüsse Bug und San gelegene Hälfte des früheren polnischen Staatsgebietes verzichten und dieses an die Sowjetunion abtreten", klärt Jurek mich auf. „Die Gebiete, die an die Sowjetunion gingen, sind 1386 durch die Union zwischen dem Königreich Polen und dem Großfürstentum Litauen an den polnischen Staat angeschlossen worden. Fast 400 Jahre waren sie immer wieder der Grund für erbitterte Kämpfe zwischen Polen und Russen. Bis sie durch die Teilung und den Untergang Polens zwischen 1772 und 1795 dem Kaiserreich Russland einverleibt wurden."

Ich bin erstaunt über Jureks Geschichtskenntnisse. Ich selber kann mir Jahreszahlen nur unter größter Anstrengung merken. Aber Jurek schafft es sogar, die Geschichte so zu erzählen, dass sie sich spannend und logisch anhört. Nicht wie in der Schule, wo jedes Thema einzeln besprochen wurde, mir aber immer die Zusammenhänge fehlten.

„Nach dem Zusammenbruch des Kaiserreichs Russland wurden 1919 die Flüsse Narew und Bug als Ostgrenze bestimmt. Durch einen Krieg gegen Russland konnte Polen jedoch erreichen, dass die Grenze viel weiter in Richtung Osten gezogen wurde, etwa in der Mitte des zwischen Polen und Russen strittigen Gebietes. Das blieb so bis zum Ausbruch des Zweiten Weltkrieges, auch wenn die Sowjetunion immer darauf bedacht war, die Grenze erneut zu verschieben. Dieser Konflikt mündete darin, dass die Russen 1939 einen Vertrag mit Hitler abschlossen, in dem sie Polen zwischen Deutschland und der Sowjetunion aufteilten. Der polnische Staat hörte durch diesen Vertrag faktisch auf zu bestehen."

Jurek blickt mir in die Augen. In seinen Worten klingen weder Verbitterung noch Schuldzuweisungen mit. Er zählt einfach nüchtern die geschichtlichen Fakten auf.

„Und weshalb gibt es Polen trotzdem bis heute?", frage ich. Wieder einmal merke ich, dass ich wirklich kaum etwas gelernt habe in der Schule.

„1941 haben die Sowjetunion und Deutschland begonnen, gegeneinander Krieg zu führen. Aus dem Exil heraus hat die polnische Regierung daraufhin mit den Russen verhandelt, ohne dass es dabei zu einer Festlegung des genauen Grenzverlaufs kam. 1945 stimmten England und die USA auf der Konferenz von Jalta dem Vorschlag der Sowjetunion zu, dass Polen seine Ostgebiete an die

Sowjetunion abtreten und hierfür eine Entschädigung auf Kosten Deutschlands erhalten sollte. Es war also alles diplomatisch zwischen Churchill, Roosevelt und Stalin vereinbart. Wohlwissend, dass die neu gewonnenen Flächen für Polen erheblich kleiner sein würden als die abgetretenen und dass die Verwirklichung dieser Pläne einen Bevölkerungstransfer von mehreren Millionen Menschen mit sich bringen würde. Und dass all dies nur möglich sein würde, wenn alle Deutschen aus den Gebieten, die Polen versprochen wurden, vertrieben würden."

Mir läuft ein Schauder den Rücken herunter. „Mir war nicht klar, dass über das Schicksal all dieser Menschen an einem Verhandlungstisch entschieden wurde. Ich bin immer davon ausgegangen, dass die Polen die Deutschen als Feinde gesehen und sie dann einfach nicht mehr da haben wollten", gebe ich zu und komme mir dumm vor.

Jurek schüttelt den Kopf. „Die Polen hatten gar kein Mitspracherecht. Ihre neue Regierung war nicht viel mehr als ein gefügiges Werkzeug Moskaus. Die alte Regierung, die ins Exil gegangen war, wurde abgesetzt und mundtot gemacht. Gesteuert wurden die Entscheidungen allesamt von Moskau aus." Er nimmt noch einen Schluck Bier. „Aber du hast nach meiner Familie gefragt. Meine Großeltern gehörten zu den zwei Millionen Polen, die nach dem Krieg zwangsumgesiedelt wurden. Neben dem Verlust der Heimat gab es dabei vor allem ein Problem. Alle Umgesiedelten konnten sich ihrer neuen Heimat nicht sicher sein, denn das Abkommen der Alliierten erklärte die Oder-Neiße-Grenze als provisorisch. Während im Osten der polnisch-sowjetische Grenzvertrag dauerhaft gültig war. Das hieß für meine Eltern und alle anderen, die hierher gekommen sind, dass sie ihre alte Heimat definitiv verloren hatten. Dass sie in der neuen Heimat bleiben konnten, wurde hingegen erst 1990 endgültig entschieden."

„Krass. Jetzt wird mir einiges klarer." Ich lege meine Hand auf Jureks Arm. „Das tut mir alles wirklich leid. So unähnlich sind die Geschichten unserer Familien dann also gar nicht, oder?"

„Da hast du Recht." Jurek lächelt mich an und am liebsten würde ich ihn in den Arm nehmen. „Krieg ist echt richtiger Mist. Wenn du mich fragst, gibt es keine Gewinner. Es gibt nur eine einzige Sache, die gut gelaufen ist, nach all dem Mist und dem Elend, das damals passiert ist."

„Welche?", frage ich und überlege, ob ich Jureks Arm noch weiter festhalten kann.

„Dass wir heute Abend hier zusammen sitzen. Das finde ich richtig gut."

„Ich auch", will ich flüstern, aber meine Stimme versagt. Stattdessen schaue ich in seine tiefblauen Augen und habe das Gefühl, dass er auch ohne Worte verstanden hat, dass ich ihm zustimme.

Atlantischer Ozean, 11. November 1934

Weshalb war er bloß so feige? Warum hatte er den Mord nicht sofort gemeldet, als der Offizier erschienen war und Johanns Leiche mit dem Messer gefunden hatte? Das hätte Johann nicht mehr retten, aber den mörderischen Plan der beiden Monster möglicherweise stoppen können. Nie würde er vergessen, wie selbstgefällig der Offizier ausgesehen hatte, als er das Messer aufgehoben und es wiedererkannt hatte. Ganz sicher würde er das Artefakt mit dem Adler mit Freude in seinen Besitz nehmen. Der Schnurrbärtige hatte zugehört, wie der Offizier seinen Kollegen eine Personenbeschreibung von August geliefert hatte. Er selbst war also nur einer von vielen, die in diesem Moment nach August suchten.

Wie ein Irrer sprintete er die Schiffskorridore entlang. Wenn er August bloß entdecken könnte. Nachdem er sich vergewissert hatte, dass für Johann jede Hilfe zu spät kam, war er losgelaufen wie von der Tarantel gestochen. Jetzt hingegen, im Gedränge der Menschen, die Richtung Ausgang schoben, um sich in die Warteschlange für die Registrierung einzureihen, konnte sich der Schnurrbärtige kaum auch nur einen Zentimeter nach vorne bewegen. Es roch nach Schweiß, Tabak und nach den Abgasen des Schiffsmotors. Aber er nahm außer seinem rasenden Herzen nicht viel wahr. Immer wieder hatte er das Bild vor Augen, wie Johann blutüberströmt im Schiffskorridor zusammensackte. Nun stellte er sich auf die Zehenspitzen, um zu sehen, ob er August entdecken konnte. Kurz dachte er, ihn im Gedränge ausgemacht zu haben. Doch Sekundenbruchteile später war August wieder verschwunden. Falls er es überhaupt gewesen war. Der Schnurrbärtige versuchte, sich an den Umstehenden vorbeizuschieben. Einige Reisende drehten sich verärgert zu ihm um und ermahnten ihn, nicht so zu drängeln, aber der Schnurrbärtige nahm davon kaum Notiz.

Da auf einmal erspähte er den Gesuchten. In Georgs Tweedmantel stach er deutlich aus der Menge hervor. Etwa fünfzehn Meter vor dem Schnurrbärtigen stand er zwischen den Wartenden und würde jeden Moment das Schiff verlassen. Das musste der Schnurrbärtige unter allen Umständen verhindern. Kaum war ihm dieser Gedanke durch den Kopf geschossen, hatte die Menge August in seinem Mantel auch schon wieder verschluckt. Der Schnurrbärtige kämpfte sich nun noch entschlossener vorwärts in die Richtung, in der er August eben noch gesehen hatte.

Von der Masse ließ der Schnurrbärtige sich an Land schieben. Er nahm gar nicht wahr, dass er soeben amerikanischen Boden betreten hatte. Die Registrierung mit medizinischer Visitation würde einige Zeit in Anspruch nehmen. Hier würde August ihm nicht entwischen können. Dachte er zumindest. Tatsächlich aber dauerte es fast eine Viertelstunde, bis er den Gesuchten wieder erblickte. August saß mit dem Rücken an einen Holzpfeiler gelehnt vor dem Schiff und starrte in Richtung Meer. Er musste so in Gedanken vertieft sein, dass er es nicht einmal hörte, als der Schnurrbartträger ihn mehrfach beim Namen rief. Ungeduldig lief er die letzten Schritte auf August zu, klopfte ihm von hinten auf die Schulter und wartete auf eine Reaktion. Die erfolgte schließlich auch. Allerdings anders als erwartet. Augusts Körper kippte schlapp wie ein Sack Kartoffeln zur Seite vor die Füße des Schnurrbärtigen. Plopp machte es. Erst jetzt sah der Schnurrbärtige die Stichwunde in Augusts Brust. Als er ins aschfahle Gesicht und in die nun teilnahmslosen Augen des Toten blickte, schauderte der Schnurrbärtige. Er hatte das Gefühl, dass ihm das Blut in den Adern gerann.

Vangerow, 12. Dezember 1934

Seit Tagen wartete Pauline jeden Nachmittag ungeduldig auf den Postboten. Ein ums andere Mal fing sie ihn auf seinem Fahrrad ab in der Hoffnung, dass er einen Brief von Fritz für sie dabei hatte. Doch jedes Mal schüttelte er nur belustigt den Kopf. Dann gelang es ihr kaum, ihre Enttäuschung zu verbergen.

„Ja, liebes Fräulein Nöske, es dauert schon eine Weile, bis ein Brief aus Übersee hier eintrifft", sagte er belehrend. Als ob sie das nicht selber wusste. „Er wird sich schon melden. Haben Sie doch etwas Geduld."

Pauline warf dem Postboten einen bösen Blick zu. Sie empfand es als anmaßend, dass er ihre Ungeduld kommentieren musste. Natürlich würde Fritz sich melden. Das stand doch völlig außer Frage. Was Pauline eher bewegte, war die Frage, warum es so lange dauerte. Ging es Fritz gut? Wusste er etwa nicht, wie sehnsüchtig sie auf ein Lebenszeichen von ihm wartete? Fast eineinhalb Monate war seine Abreise nun her. Er musste doch inzwischen Zeit gefunden haben, ihr wenigstens ein paar Zeilen zu schreiben. Oder war sein Brief vielleicht unterwegs verloren gegangen?

Pauline hatte mehrere Briefe an Fritz auf den Weg gebracht. Den ersten hatte sie schon Tage vor seiner Abreise abgeschickt, um ihn zu überraschen. Immer wieder stellte sie sich vor, wie er den Brief direkt nach seiner Ankunft auf Onkel Ottos Farm gefunden und sich über die Grüße aus der vertrauten Heimat gefreut hatte. Weshalb quälte er sie so, indem er gar nichts von sich hören ließ?

Pauline ging nur noch selten aus dem Haus. Die meiste Zeit des Tages saß sie auf ihrem Bett und hing den Gedanken an ihr künftiges Leben in Amerika nach. Mit den Fingern spielte sie an ihrem Goldmedaillon. Es war wunderschön. Und mehr als das. Das Medaillon war ihr Heiligtum. Seit Fritz' Abreise hatte sie es niemals abgelegt. Es stand für sein Versprechen, sie nach Wisconsin nachzuholen, und für ihre gemeinsame Zukunft. Sollten die anderen Leute darüber denken, was sie wollten. Gedankenverloren blickte Pauline an ihrem Körper hinunter. Allmählich war ein deutlicher Bauchansatz zu erkennen. Schweren Herzens hatte sie es vorgezogen, der Baronin zu erzählen, dass sie in anderen Umständen war, bevor sie es vom Dienstpersonal erfuhr.

Klatsch verbreitete sich in Vangerow schnell. Lange hätte Pauline ihr Geheimnis vor den Dorfbewohnern nicht mehr verbergen können, allein schon, weil ihr ständig übel war. Pauline mochte die Arbeit auf den Gutsanlagen. Obwohl sie wusste, dass sie diese mit Bekanntwerden der Schwangerschaft nicht mehr ausüben konnte, war sie enttäuscht gewesen, als Frau von Bonin ihr gedankt und sie entlassen hatte. Sie hatte immer ein gutes Verhältnis zu der Freifrau gehabt und gehofft, sie werde ein Auge zudrücken und sie noch einige Monate beschäftigen. Seit einer Woche war es in ganz Vangerow bekannt, dass Pauline ein Kind erwartete.

Sie wusste, dass die Leute hinter ihrem Rücken über sie tratschten, sobald sie auf die Straße trat. Das Gerede der Leute machte ihr wenig aus, aber auch ihre beste Freundin Martha, die sonst immer treu an ihrer Seite stand, mied nun den Kontakt zu Pauline. Martha war auf der Suche nach einem Ehemann. Mit Pauline wollte sie nicht zusammen gesehen werden, denn sie fürchtete um ihre Reputation.

„Das ist wirklich nicht böse gemeint, Pauline. Lass dich umarmen, du weißt, wie sehr ich dich mag", hatte Martha Pauline erklärt. „Aber all das Gerede. Das ist ein bisschen viel. Und für mich kommt es nicht in Frage, unverheiratet zu bleiben. Da ist es erstmal besser, wenn wir nicht so oft zusammen gesehen werden. Ich möchte mir die Heiratschancen nicht ganz verbauen." Bei diesen Worten war Martha rot geworden.

Pauline hatte nur mit den Schultern gezuckt und sich gefragt, wie viel ein Mann wert sein konnte, der eine Frau danach bewertete, ob ihre Freundin ein uneheliches Kind hatte. Und trotzdem merkte sie, dass Martha die Situation richtig eingeschätzt hatte. Viele Dorfbewohner wechselten neuerdings die Straßenseite, wenn Pauline vorbeiging. Menschen, die vorher freundlich gegrüßt und einen Plausch mit ihr gehalten hatten, blickten nun zu Boden, wenn Pauline kam. Am tiefsten getroffen hatte Pauline jedoch die Konfrontation mit Fritz' Mutter. Beim Bäcker war sie Frau Damaske vor drei Tagen zufällig begegnet.

„Dass du dich nicht schämst, vor allen zu behaupten, mein Fritz wäre der Vater deines Kindes." Feindselig hatte Frau Damaske Pauline angestarrt. „Mein Fritz würde so etwas nie machen. Jetzt, wo er weit weg ist und sich nicht verteidigen kann, erzählst du deine Lügengeschichten."

„Aber Sie wissen doch, dass wir uns lieben, Frau Damaske. Fritz hat mir sein Medaillon gegeben. Er möchte mich nach Amerika nachholen, damit wir heiraten können." Pauline war äußerlich ruhig geblieben. Innerlich kochte sie.

„Das kannst du dir aus dem Kopf schlagen. Mein Fritz lässt sich kein fremdes Kind unterschieben." Schimpfend war Frau Damaske aus der Bäckerei gerannt und hatte Pauline einfach stehenlassen. Ein Gefühl tiefer Ungerechtigkeit stieg in ihr auf. Was sollte das denn heißen? Glaubte Fritz' Mutter etwa, dass Pauline sich mit anderen Männern außer Fritz eingelassen hatte? Allein der Gedanke machte Pauline wütend. Frau Damaske musste wissen, dass kein anderer als Fritz als Vater in Frage kam. Und doch lief sie durchs Dorf und stellte Pauline als Lügnerin dar. Auch ihre eigene Mutter hatte Pauline in der letzten Woche kaum eines Blickes gewürdigt.

„Dass du so eine Schande über uns bringst. Ausgerechnet meine Tochter", war das Einzige, das sie immer wieder sagte, wenn sie es nicht vermeiden konnte, sich im selben Raum wie Pauline aufzuhalten. Der Einzige, der nach wie vor zu Pauline stand, war ihr Vater, Benno Nöske, zu dem sie schon immer ein besonderes Verhältnis gehabt hatte. Im Gegensatz zu seiner Frau, die ihre Tochter mit Disziplin und Strenge erzog, hatte er ein weiches Herz und konnte Pauline nie lange böse sein.

„Lass die Leute reden. Bald gehst du mit dem Kind nach Amerika. Dann kann dir das Gerede egal sein", sagte er aufmunternd. „Wenn Fritz dich liebt, dann ist das alles, was zählt."

Fast sieben Wochen nach Fritz' und Augusts Abreise, als Pauline die Hoffnung schon fast aufgegeben hatte und dem Postboten aus dem Weg ging, um seine spottenden Blicke und die Sprüche nicht mehr ertragen zu müssen, traf der lang ersehnte Brief von Fritz ein. Der Postbote winkte Pauline dieses Mal schon von Weitem zu. Als er ihr das Schreiben überreichte, zitterten ihre Hände. Der Postbote blickte auf den Brief, als erwarte er von ihr, dass sie das Schreiben nun direkt hier draußen vor seinen Augen öffne. Aber diesen Gefallen würde sie ihm nicht tun. So lange hatte Pauline auf diesen Moment gewartet. Sie stürmte ins Haus, spielte an ihrem goldenen Medaillon herum, wie sie es immer tat, wenn sie nervös war, und hielt es vor Spannung kaum noch aus.

„Air Mail" stand in dicken Lettern auf dem Umschlag. Wie aufregend. Noch nie hatte sie einen Brief aus einem anderen Land in den Händen gehalten. Obwohl sie darauf brannte, zu hören, wie es Fritz ergangen war, kam es nicht in Frage, den Umschlag einfach so aufzureißen. Sorgsam suchte Pauline ein spitzes Messer aus der Schublade, um das Kuvert ordentlich aufzutrennen. Weil ihre Finger so zitterten, dauerte es eine Ewigkeit, bis sie das Briefpapier herausgezogen hatte. Es duftete nach schwerem Parfum. Fremd, aber angenehm männlich. So roch also Amerika. Pauline überkam ein leichter Schauer. Sie atmete noch einmal tief durch, bevor sie das Papier auseinanderfaltete und die Nachricht las.

Liebste Pauline,

schon mehrfach habe ich damit begonnen, Zeilen an Dich zu verfassen. Ich ahne natürlich, wie sehnsüchtig Du auf eine Nachricht von mir wartest. Du hast es ja in Deinen Briefen an mich mehrfach betont. Immer wieder habe ich seit meiner Ankunft hier Sätze zu Papier gebracht, aber gleich darauf die Briefe an Dich zerknüllt und in den Papierkorb geworfen. Ich weiß einfach nicht, wie ich Dir berichten soll, was sich in den letzten Wochen ereignet hat. Ich finde einfach keine Worte.

Nach meiner Ankunft in Amerika bin ich gut bei Onkel Otto aufgenommen worden. Er ist ein guter Mann. Auf dem Hof gibt es viel zu tun, wir arbeiten von früh bis spät. Das ist für mich der einzige Trost, um zu verarbeiten, was sich kurz nach der Überfahrt ereignet hat.

Wie soll ich nur anfangen, Dir alles zu erklären? August und ich haben auf dem Schiff einige Männer getroffen, mit denen wir uns täglich die Zeit beim Kartenspielen vertrieben haben. Zu spät haben wir gemerkt, dass wir es mit Kriminellen zu tun hatten, die sich gegenseitig halfen, um durch Lug und Trug anderen Menschen das Geld aus der Tasche zu ziehen. Doch damit nicht genug. August ist den Männern auf die Schliche gekommen. Er hat bemerkt, dass die Karten gezinkt waren. Ich wünschte, er hätte es niemals erkannt, denn sie haben ihn rücklings erstochen.

Ja, Du liest richtig. Unser August wurde kaltblütig ermordet. Seither vergeht kein Tag, an dem ich mir nicht Vorwürfe mache, dass ich ihm nicht helfen konnte. Ich kann an nichts anderes denken. Wieso ist es mir vergönnt, weiterzuleben, während mein Vetter so jung gestorben ist? Ich kann einfach keine Freude mehr empfinden.

Ich schreibe später mehr. Unendlich viel Kraft hat es mich gekostet, Dir überhaupt diese Dinge zu schildern. Jetzt weißt Du, weshalb ich so lange nichts von mir hören ließ. Ich entschuldige mich bei Dir, dass ich Dich mit solch schrecklichen Nachrichten belasten muss. Auf einmal liegt die Zukunft dunkel und ungewiss vor mir. Verzeih mir, wenn ich dies so schreibe.

Bitte grüß alle Freunde und Nachbarn. Ich weiß, Du wirst Augusts Familie Trost spenden können, besser als ich es je könnte. Dafür danke ich Dir schon jetzt.

In Liebe
Fritz

Paulines Hände zitterten. Sie war wie erstarrt. Immer und immer wieder las sie die Zeilen, die Fritz ihr geschickt hatte. Das konnte doch alles nicht wahr sein. August Mielke sollte tot sein? Das kam ihr vor wie ein schlechter Scherz. Sie dachte an all die Momente, die sie zusammen mit Fritz und August in diesem Sommer erlebt hatte.

Tränen begannen, ihr über das Gesicht zu laufen. Jetzt ergab es einen Sinn, dass Fritz' Brief so spät eintraf. Und doch enthielt er so wenige Worte der Erklärung. Die wenigen Zeilen wirkten so distanziert. Keine einzige Nachfrage, wie es ihr und dem ungeborenen Kind ging. Schlagartig wurde Pauline klar, welche Entfernung zwischen ihnen lag. Natürlich war es völlig klar, dass Fritz nach einem solch schrecklichen Ereignis keine überschwänglichen Liebesbriefe verfassen konnte, aber wie sehr fehlte ihr ein Wort des Trostes und darüber, dass er sie vermisste. Im selben Moment schämte sie sich für diesen Gedanken. Hier dachte sie nur an sich, während August tot war und Fritz am Boden zerstört. Oh, wenn sie bloß bei ihm wäre, um ihm in dieser dunklen Stunde beizustehen.

Zu diesem Zeitpunkt ahnte Pauline noch nicht, dass sie seinen Beistand weit mehr brauchen würde als er ihren. Ihre dunkelste Stunde stand nämlich erst bevor.

Vangerow, 22. Juli 2017

Das Blut läuft langsam die Badewanne herunter und mischt sich mit dem Wasserstrahl. Ich fluche. Mein Bauch ist so dick geworden, dass ich mir beim Rasieren die Klinge ins Schienbein gerammt habe, weil ich kaum an meiner Babykugel vorbei auf meine Beine blicken kann. Es ist mein letzter Abend in Polen. Ich habe gemischte Gefühle. Jurek hat mich zum Essen eingeladen. Nach der Erfahrung letztes Mal ist meine Begeisterung verhalten. Glaubt er eigentlich, er ist so sexy, dass ich darüber hinwegsehe, dass er eine Freundin hat? Meine Begeisterung für liierte Männer hält sich in Grenzen. Wenn ich nur nicht ständig an ihn denken müsste. Das müssen die Schwangerschaftshormone sein. Nur so ist es zu erklären, dass ich nachgegeben habe, als er gebettelt hat, die Sache mit dem geplatzten Date wiedergutmachen zu dürfen.

„Es ist schließlich unser letzter gemeinsamer Abend. Den sollten wir nutzen", hatte er gesagt und mich angeblickt wie ein Schoßhund.

Was auch immer er unter nutzen versteht. Eins ist ganz klar: Ich lasse mich nicht mehr von ihm anflirten. Trotzdem möchte ich, dass Jurek erkennt, was ihm entgeht, wenn ich wieder in Bielefeld bin. Daher werfe ich mich so richtig in Schale. Mein dunkelblaues Empirekleid umspielt die Babykugel perfekt. Aber wenn ich mir jetzt die Beine beim Rasieren vermackele, sollte ich vielleicht doch nicht beinfrei ausgehen. Es ist zum Verrücktwerden. So nervös war ich seit Ewigkeiten nicht mehr. Ich kann mich nicht erinnern, dass eine Verabredung mit Manuel mich je so aus der Fassung gebracht hätte. Dabei wird aus Jurek und mir niemals etwas werden. Trotzdem kriege ich beim Gedanken an ihn weiche Knie. 20 Minuten lang teste ich vor dem Spiegel, welches Outfit ich alternativ zum

Empirekleid tragen könnte. Nur um am Ende festzustellen, dass das Kleid meine erste Wahl bleibt, auch wenn die Beine nicht mehr ganz so ansehnlich sind.

Um Punkt 19 Uhr klingelt mein Telefon. Der Rezeptionist informiert mich, dass Jurek in der Hotellobby wartet, um mich abzuholen. Als ich fünf Minuten später in voller Eleganz die Lobby betrete, umarmt Jurek mich zur Begrüßung.

„Damit du nicht denkst, dass ich dich wieder versetze, bin ich dieses Mal extra früher gekommen." Da ist es wieder, dieses Grinsen, das meine Knie weich werden lässt. Jurek hakt mich unter und steckt mir eine Margerite ins Haar, die er unterwegs für mich gepflückt hat. Wie süß ist das denn?

„Mit wem hast du denn gekämpft?", fragt er mit Blick auf mein Schienbein.

„Ach, das war ein Rosenstrauch", flunkere ich.

„Wusste gar nicht, dass hier im Hotel Rosen wachsen. Und normalerweise muss sich doch der Prinz durch die Rosen vorkämpfen. Dornröschen bleibt im Schloss sitzen und wartet. Aber ich sehe schon, du nimmst den Kampf lieber selbst auf." Jurek hakt mich unter und führt mich zum Auto.

„Naja, in der heutigen Zeit kann man sonst lange auf seinen Prinzen warten. Die Geschichte ist doch gar nicht mehr zeitgemäß. Die Prinzessin liegt im Schloss und verschläft alles. Da hole ich mir lieber ein paar Kratzer und nehme mein Glück selbst in die Hand."

„Ja, vor allem, wenn der Prinz es vergeigt, aufzukreuzen." Jurek hält mir die Autotür auf.

Oder wenn er schon vergeben ist, denke ich und sage stattdessen: „Naja, Dornröschen ist ja auch nicht ohne Fehler. Sie sollte doch eigentlich erst in freudiger Erwartung sein, nachdem ihr Prinz sie wach geküsst hat und nicht schon zuvor den falschen Frosch geknutscht haben. Leider verwandelt sich nicht jeder Frosch in einen Prinzen, wenn man ihn an die Wand klatscht."

„Ja, so ist das im echten Leben – da geht Rapunzel zum Friseur und die Prinzessin auf der Erbse ist allergisch gegen ihre Daunenkissen. Aber ist doch auch viel spannender, als wenn das Märchen immer mit der Traumhochzeit endet, oder? Richtig spannend ist erst, was alles danach kommt, wenn das Märchenpaar vom Alltag eingeholt wird." Jurek fädelt seinen alten Opel geschickt in den Verkehr ein.

Eine Viertelstunde später stößt er mit mir auf unseren erfolgreichen Arbeitseinsatz in Omas Haus an. Netterweise erwähnt Jurek dabei mit keinem Wort, dass er wesentlich mehr gearbeitet hat als ich. Er nimmt einen kräftigen Schluck Bier, während ich an meinem Mineralwasser nippe. Wir reden darüber, was man alles aus Omas Häuschen machen könnte und ich verspreche Jurek, Oma Wilhelmine von seinen großartigen handwerklichen Fähigkeiten zu berichten.

Ich bezweifle zwar, dass ich sie dazu bringen kann, mit mir über das Haus zu reden, aber Jurek hat tausend Ideen, wie man das alte Gebäude wiederherrichten und nutzen könnte. Wenn er so erzählt, kann ich mir direkt vorstellen, wie toll alles aussehen würde.

„Ich werde nicht eher Ruhe geben, bis Oma dich als Hausmeister engagiert", scherze ich.

„Na gut. Ich nehme dich beim Wort. Und weil du dich so für mich einsetzt, habe ich auch etwas für dich." Er zieht aus seiner Hosentasche einen zusammengefalteten Zettel. „Ich habe recherchiert. Du hast gesagt, du konntest nicht herausfinden, wohin es August Mielke in den USA verschlagen hat. Das ist auch kein Wunder."

„Wieso?" Jetzt bin ich neugierig.

„August Mielke ist am selben Tag gestorben, als das Schiff Amerika erreicht hat. Es gibt Internetseiten für Genealogen, auf denen amerikanische Grabsteine abgebildet sind. Da bin ich fündig geworden. Als Todesdatum ist der 11. November 1934 angegeben."

„Was? Das kann doch nicht sein." Ich blicke auf Jureks Zettel. Er hat Recht. Ich selber habe das Thema gar nicht weiter verfolgt, weil mich Augusts Biografie nicht sonderlich interessiert hat. Aber die Nachricht, dass er das Ziel seiner Reise über den Großen Teich gar nicht erreicht hat, macht mich betroffen.

„Hier steht leider nicht, woran er gestorben ist. Vielleicht hat er sich auf der Überfahrt mit einer Krankheit angesteckt. Sicher ist nur, dass Fritz von da an auf seinen Reisebegleiter verzichten musste. Seine einzige Verbindung zur Heimat in der neuen Welt war also abgerissen. Vielleicht war es danach für Fritz am einfachsten, die Gedanken an sein altes Leben zu verdrängen und in Amerika neu anzufangen", mutmaßt Jurek.

Den restlichen Abend über spekulieren wir darüber, was für ein Typ Mann Fritz war und weshalb er die schwangere Pauline sitzen gelassen hat.

„Vielleicht war es am Ende auch die Entfernung, die seine Gefühle ausgelöscht hat. Oder er war wie mein Vater", sagt Jurek. „Der ist abgehauen, als meine Schwester und ich ganz klein waren. Hat mir versprochen, dass ich ein Spielzeugauto kriege, wenn ich zu Hause brav auf ihn warte, mich um meine Schwester kümmere und Mama nicht sage, dass er uns den Nachmittag über alleine gelassen hat. Er ging einfach zur Tür raus und das war das letzte Mal, dass ich ihn gesehen habe." Jurek spielt mit seinem Bierdeckel. „Ich weiß bis heute nicht, wo er abgeblieben ist."

„Das ist krass. Hast du nie nach ihm gesucht?"

„Als kleiner Junge war ich sicher, dass er zurückkommt. Ich habe mir vorgestellt, dass er eine Art Superheld ist und eine wichtige Aufgabe zu erfüllen hat, bevor er zu uns zurückkommen kann. Später habe ich mich gefragt, ob ihm etwas passiert ist, so dass er nicht zurückkehren konnte." Jurek blickt mich ernst an. „Heute bin ich mir sicher, dass er gegangen ist, ohne einen zweiten Gedanken an uns zu verschwenden. Ich habe aufgehört, nach ihm zu suchen. Er soll bleiben, wo der Pfeffer wächst. Wer sich sein ganzes Leben nicht um seine Kinder kümmert, der hat es nicht verdient, dass man ihm nachweint."

Ich muss schlucken. Ich sehe, dass ihm nicht egal ist, wo sein Vater abgeblieben ist, und lege meine Hand auf seinen Arm. Jurek lächelt mich an, beugt sich vor und schaut mir tief in die Augen. Nur wenige Zentimeter trennen seine Lippen von meinen. Mir wird heiß. Es kribbelt überall in meinem Körper. Ich kann richtig fühlen, wie es zwischen uns knistert. Ich schließe die Augen. Gleich wird es passieren. Er wird mich küssen.

„Möchten Sie noch etwas zu trinken?" Die Kellnerin steht neben uns am Tisch und schaut uns gelangweilt an.

Jurek zuckt zurück. Ich lasse seinen Arm los. Der Moment zwischen uns ist vorbei. Wir bestellen noch ein Getränk. Mein Kopf glüht. Was war denn das bloß eben?

„Meine Mutter ist gestorben, als ich ganz klein war", bricht es auf einmal aus mir heraus. Sonst rede ich nie mit anderen über meine Mutter. Ich weiß nicht, warum ich bei Jurek eine Ausnahme mache. Vielleicht bin ich einfach froh, ein neues Thema ansprechen zu können, um die Szene eben so schnell wie möglich zu vergessen.

„Was, Leonie? Das ist ja schrecklich. Dann sind wir beide nur bei einem Elternteil aufgewachsen."

Ich nicke. „Mein Vater hat sein Möglichstes getan, um mir trotzdem eine schöne Kindheit zu ermöglichen. Einen

Großteil meiner Kindheit habe ich aber bei Oma Wilhelmine verbracht. Vielleicht ist das der Grund, weshalb mir ihre Geheimniskrämerei keine Ruhe lässt."

Jetzt ist es Jurek, der meine Hand greift. „Sieht so aus, als ob wir beide keine einfache Kindheit hatten", sagt er. „Dass du mehr über deine Oma wissen willst, ist verständlich. Ich bin jetzt auch neugierig, was ihre Geschichte ist, obwohl ich sie gar nicht kenne. Vielleicht erfährst du ja bei deinem Zwischenstopp in Berlin etwas Interessantes."

„Ja, vielleicht." Erst jetzt wird mir klar, dass ich mich gleich von Jurek verabschieden muss. Bei dem Gedanken, ihn nicht mehr zu sehen, fühle ich mich niedergeschlagen. Freundin hin oder her. Ich habe Schmetterlinge im Bauch.

„Hey, nicht so traurig gucken. Wenn das Baby erst da ist, kannst du jederzeit wiederkommen und den Garten des Geisterhauses umgraben. Es läuft ja nicht weg. Auch wenn es kein optimaler Wohnort für eine Mutter mit Kleinkind ist." Jurek zwinkert mir zu.

Dass es nicht unbedingt das Haus ist, das ich am meisten vermissen werde, muss ich ihm ja nicht gleich auf die Nase binden. So gut wie heute Abend habe ich mich selten amüsiert. In Jureks Gesellschaft vergehen die Stunden wie im Fluge. Als wir am späten Abend das Restaurant verlassen und zu Jureks Auto gehen, kann ich mir gar nicht vorstellen, dass ich ihn nun zum letzten Mal gesehen habe. Ich krame in meiner Handtasche nach meinem Handy, um auf dem Parkplatz noch ein Selfie von uns beiden zu schießen, damit ich mich später immer an den schönen Abend erinnern kann.

Leider richte ich meine Augen einen Moment zu lange auf meine Tasche. Auf einmal kracht es und ich bilde mir ein, Sterne zu sehen. Mein Kopf dröhnt und ich muss nach Luft schnappen. Ich nehme benommen wahr, wie Jurek meinen Namen ruft und seinen Arm um mich legt.

Als ich wieder sehen kann, begreife ich, dass ein riesiger Mann mir im Vorbeigehen eine Bierflasche an den Kopf gedonnert haben muss. Ich taste nach meiner Stirn und fühle eine leichte Wölbung. Der Hüne, der seine Flasche immer noch festhält, schwankt und riecht stark nach Alkohol. Trotz fehlender Polnischkenntnisse ist nicht zu überhören, dass er mich gerade ziemlich übel beschimpft. Jurek schimpft zurück. Ich bin froh, dass ich von dem Wortgefecht nichts verstehen kann, denn schön hört sich das Ganze nicht an.

Mir dröhnt der Kopf und ich möchte einfach nur nach Hause. „Lass gut sein, Jurek. Lass uns fahren. Ich hätte besser aufpassen sollen. War meine Schuld." Ich versuche, Jurek am Arm zu seinem Auto zu ziehen. Der alkoholisierte Mann wendet sich ab, zeigt Jurek den Mittelfinger und steuert dann auf ein Auto zu. Er öffnet die Tür, schwankt kurz und setzt sich hinters Steuer.

„Der will ja wohl nicht Auto fahren, so besoffen, wie er ist, oder?" Jurek ist außer sich. Er sprintet zu dem Fremden hinüber und entreißt ihm den Autoschlüssel. Der Betrunkene schreit Jurek an. Dann langt er zu und haut Jurek mitten auf die Nase.

„Jurek", rufe ich entsetzt, als ich sehe, dass Blut aus seiner Nase schießt. Ich suche nach einem Taschentuch. Doch der Hüne lässt nicht von Jurek ab. Er schlägt mit den Fäusten auf Jurek ein. Zum Glück schwankt er so sehr, dass er keinen richtigen Treffer landen kann. Jetzt teilt Jurek ebenfalls einen festen Schlag aus. Der Hüne taumelt zurück und greift nach Jureks Hemd. Es macht mehrmals plopp, als Jureks Hemdknöpfe einer nach dem anderen abreißen und durch die Gegend fliegen. Der Hüne liegt halb am Boden und umklammert Jureks Beine, so dass Jurek ebenfalls zu Boden geht. Kurze Zeit später sind beide völlig miteinander verknotet und liegen ringend auf dem Kopfsteinpflaster. Jurek kämpft mit offenem Hemd. Er sieht aus wie ein wild gewordener Torero. Ich höre, wie es jedes Mal ein dumpfes Geräusch macht, wenn einer der Männer einen Schlag landet.

„Aufhören. Aufhören." Meine Schreie dringen gar nicht zu den Männern durch. Jurek teilt nun genauso heftig aus wie sein Kontrahent. Jureks Lippe blutet. Der Hüne hat einen langen Kratzer auf der Stirn. Beide trommeln wie wild mit den Fäusten aufeinander ein. „Jurek, jetzt hört doch endlich auf. Ihr schlagt euch noch gegenseitig halb tot." Jetzt wird mir schlecht. Blut konnte ich noch nie sehen. Ich habe das Gefühl, jeden Moment ohnmächtig zu werden. Ich halte mir die Hand vor die Augen, um nicht hinsehen zu müssen. „Hilfe", schreie ich, so laut ich kann.

Vor dem Restaurant stehen zwei Männer und rauchen. Die müssen doch sehen, was hier abgeht. Erst nach einer gefühlten Ewigkeit kommen sie zögerlich zu uns herüber und betrachten die Kämpfer von oben herab.

„Jetzt machen Sie doch endlich was", brülle ich. Auch wenn die Männer kein Deutsch verstehen, ist ja wohl klar, was ich ihnen sagen will. Wie kann man nur so tatenlos hier rumstehen und glotzen?

Endlich bewegen sich die beiden Männer. Jeder von ihnen schmeißt sich auf einen der beiden Raufbolde. Zuerst sieht es so aus, als ob der Ringkampf nun zu viert weitergeht, doch dann lässt Jurek von dem anderen Mann ab. Ich sehe, dass sein Kontrahent einen Bissabdruck von Jurek am Oberarm hat und bin entsetzt. Alle vier Männer sind völlig außer Atem. Einer der beiden Raucher zückt sein Handy und ruft die Polizei.

Als das Polizeiauto wenige Minuten später auf den Parkplatz gefahren kommt, sind Jureks Lippe und Nase auf die doppelte Größe angeschwollen. Seine ganze linke Gesichtshälfte ist mit Schürfwunden übersät. Schweigend sitzt er neben mir und kühlt sich die blutige Nase mit einem Eiswürfel. Er sagt kein Wort und meidet Blickkontakt mit mir. Stattdessen schaut er auf den Boden.

Nachdem seine Personalien aufgenommen sind, nehme ich Jureks Autoschlüssel und fahre uns zum Hotel zurück. Dort steigen wir in meinen Polo um und ich bringe Jurek bis nach Hause. Wir reden die ganze Fahrt über kein Wort miteinander.

Noch nie in meinem Leben ist eins meiner Dates so aus dem Ruder gelaufen, wenn man davon absieht, dass ich ungewollt schwanger geworden bin. Die ganze Zeit habe ich die Bilder im Kopf, wie Jurek auf den anderen Mann einschlägt. So viel Blut habe ich noch nie gesehen. Dass Jurek so ein Schlägertyp ist, enttäuscht mich. Zwar hat der andere Mann ihn zuerst geschlagen, aber eine bloße Verteidigung war das nicht. Ich habe miterlebt, wie Jurek total ausgerastet ist. Ich kriege eine Gänsehaut. Wer weiß, wozu er noch so fähig ist.

„Wir sind da“, breche ich das Schweigen, als wir den Vangerower Ortskern erreicht haben.

„Danke, Leonie.“ Zum ersten Mal schaut Jurek mich an. Sein Gesicht sieht zum Fürchten aus.

„Dir auch danke für die Hilfe mit Omas Haus. Und gute Besserung.“

Jurek steigt aus dem Auto. Er öffnet den Mund und sieht aus, als wollte er etwas sagen. Dann überlegt er es sich anders. Ich warte mehrere Sekunden, um zu sehen, ob das alles war. Doch Erklärungen scheinen nicht Jureks Stärke zu sein.

„Tut mir leid, dass der Abend so geendet ist“, sagt er schließlich. „Auf Wiedersehen, Leonie.“

„Auf Wiedersehen, Jurek.“

Er schlägt die Autotür zu und ich fahre langsam los. Im Rückspiegel sehe ich, wie Jurek meinem Polo nachblickt.

Im Spiegel wird er immer kleiner, bis er ganz verschwunden ist. „Auf Wiedersehen, Jurek", flüstere ich noch einmal. Ich fühle mich schrecklich. Mein Magen krampft sich zusammen. Wie konnte ich mich nur so in Jurek täuschen?

Vangerow, 13. Januar 1935

Was war nur auf einmal mit ihrem Leben los? Es war, als ob ein Fluch auf ihr lastete, seitdem Fritz Vangerow verlassen hatte. Als ob Augusts Tod, Fritz' Abwesenheit und die verächtlichen Blicke der Dorfbewohner nicht schon schlimm genug waren, war Paulines Vater vor zwei Tagen auch noch beim Holzhacken verunglückt. Er war abgerutscht und hatte sich die Axtklinge in den Unterschenkel gerammt. Seither hatte er das Krankenbett nicht verlassen können. Nachts konnte Pauline nicht schlafen, weil sie ihren Vater vor Schmerz stöhnen hörte.

Als sie an diesem Morgen in sein Zimmer kam, um seinen Verband zu wechseln, sah er noch schlimmer aus als gestern. „Vater, wie geht es dir?" Sie versuchte, das Zittern in ihrer Stimme zu unterdrücken.

„Pauline, bist du es?" Benno atmete flach und schnell. „Komm her an mein Bett." Er streckte die Hand nach ihr aus.

Als Pauline danach griff, erschrak sie. Viel zu heiß fühlte sich Benno an. Als sie ihre Hand auf seine Stirn legte, konnte sie fühlen, dass sie glühte. „Vater, ich muss dir kalte Wickel machen." Pauline wollte aufstehen, doch Benno zog sie zurück.

„Warte. Ich muss dir erst etwas Wichtiges sagen."

„Das kannst du doch gleich noch tun." Pauline wurde nervös. Sie musste etwas unternehmen, um ihrem Vater zu helfen.

„Bitte setz dich", forderte Benno sie noch einmal auf und sie wagte es nicht, ihm die Bitte auszuschlagen.

„Pauline, ich weiß, dass du nach Amerika gehen wirst und dann mit Fritz für euer Kind sorgen wirst. Aber es gibt eines, worum ich dich bitten will."

„Ach Vater, ich möchte wirklich mein Bestes tun, um mich um Mutter zu kümmern, aber ich glaube nicht, dass ich sie überreden kann, mit mir in die USA zu gehen. Außerdem würde sie dich nie verlassen."

„Das ist es nicht, worum ich dich bitten möchte." Bennos Worte waren nun kaum noch zu verstehen, so sehr strengte ihn das Atmen an. „Pauline, ich weiß, dass Fritz ein guter Mann ist. Aber wenn aus irgendeinem Grund etwas schiefgeht und er dich nicht nachholen kann, dann möchte ich, dass du Henry heiratest." Benno schloss die Augen.

„Vater, was sagst du da?" Erschrocken riss Pauline ihre Augen auf. „Wie kommst du denn auf Henry? Das ist doch völlig verrückt."

„Henry wird sich um dich kümmern." Benno stand nun der Schweiß auf der Stirn. Seine Augen wirkten abwesend.

„Vater, du fantasierst." Panisch rief Pauline nach ihrer Mutter. Gemeinsam versuchten sie, das Fieber mit kalten Wadenwickeln zu senken.

„Pauline. Es hilft alles nichts. Geh und lauf zu Erich Bahlow, so schnell du nur kannst. Wenn uns jemand helfen kann, dann ist es Erich." Zum ersten Mal seit Tagen sprach Paulines Mutter mit ihr, ohne dass sie ihr Vorwürfe machte. Und genau das machte Pauline mehr Angst als alles andere. So schnell sie konnte, rannte sie los, um den Gutsknecht zu Hilfe zu holen.

„Es sieht nicht gut aus", verkündete Erich Bahlow, nachdem er Benno untersucht hatte. „Ich würde sagen, er hat eine Blutvergiftung. Sein Puls rast, der Blutdruck ist niedrig und die Atmung schnell. Dazu das Fieber. Wenn ihr meinen Rat hören wollt, muss er dringend in ein Krankenhaus."

In diesem Moment wurde Pauline klar, dass es keine Hilfe für ihren Vater gab. Wie sollten sie ihn mit seiner

Verletzung den weiten Weg bis zum Krankenhaus bringen? In Vangerow gab es nur ein einziges Auto. Das gehörte den von Bonins. Als sie zum Schloss lief, um die Baronin darum zu bitten, sich das Auto für einen Krankentransport leihen zu dürfen, schlug Pauline das Herz bis zum Hals.

„Aber natürlich müsst ihr das Auto nehmen. Ich sage dem Fahrer Bescheid", sagte Freifrau von Bonin großherzig und nahm Pauline in den Arm. Im Schloss befand sich auch das einzige Telefon im Dorf. Damit kontaktierte die Freifrau nun den Arzt in Neustettin. Der versprach, sich direkt aufs Fahrrad zu schwingen und dem Auto mit dem Kranken entgegenzufahren.

Als Pauline neben dem Fahrer ins Auto stieg, schickte sie ein Stoßgebet zum Himmel. Selbst wenn ihr Vater das Krankenhaus erreichen würde, war die Chance gering, dass die Ärzte ihm helfen konnten. Hatte Pauline nicht von Benno selbst gehört, dass im Krieg mehr Soldaten infolge von Wundbrand, Tetanus und Blutvergiftung gestorben waren als durch direkte tödliche Schüsse? Es gab kaum ein Mittel, die Blutvergiftung zu behandeln. War es richtig, ihm mit diesem Wissen den Transport bis nach Neustettin zuzumuten?

Als sie mit dem Fahrer vor dem Elternhaus ankam, hatte sie das Gefühl, ihr bleibe das Herz stehen. Ihre Mutter stand mit den Nachbarinnen vor dem Haus. Die Frauen hielten sich in den Armen und wehklagten. Es war also bereits zu spät. Und anstatt bei ihrem Vater zu sein, wie er es sich sicherlich gewünscht hätte, war Pauline auf dem Weg zum Schloss gewesen, obwohl sie doch längst gewusst hatte, dass alles vergebens war. Wie sollte sie sich das jemals verzeihen?

Vangerow, 23. Juli 2017

Was ist das nur für ein nervtötendes Geräusch? Ich wälze mich in meinem Kissen hin und her. Jetzt fängt es auch noch an, zu hämmern. Nur langsam komme ich zu Bewusstsein. Ich stelle fest, dass es mein Handywecker ist, der in einer Lautstärke piept, dass einem die Ohren abfallen könnten. Jetzt hämmert es wieder. Jemand schlägt gegen meine Tür und flucht. Ich wühle eine Zeit lang in meiner Bettdecke herum, bis ich endlich das Handy finde und den Wecker ausmachen kann. Das Hämmern an meiner Tür stoppt. Da habe ich wohl unabsichtlich meinen Zimmernachbarn aus seinen Träumen gerissen.

Zerknirscht gehe ich eine halbe Stunde später zum Frühstück. Heute will mir nichts so recht schmecken. Der O-Saft erinnert eher an Orangensirup und bei dem Gedanken daran, was für eine lange Rückfahrt ich vor mir habe, vergeht mir der Appetit. Ich frage mich, wie es Jurek wohl heute Morgen geht. Kurz überlege ich, ob ich vor der Rückfahrt noch einmal schnell bei ihm vorbeischauen soll. Das gestern war kein schöner Abschied. Schnell verwerfe ich den Gedanken. Vermutlich ist er bei Agnieszka und lässt sich trösten. Ich ärgere mich, dass mich das eifersüchtig macht. Nach der Schlägerei gestern sollte ich jeden Gedanken an ihn verdrängen.

Als ich wenig später aus dem Hotel ausgecheckt habe und im Polo sitze, bin ich einfach nur enttäuscht. Insgeheim hatte ich gehofft, dass Jurek sich verabschiedet. Dass meine Reise mit so einem Abschied enden muss, vermiest mir den Gedanken an die Zeit, die wir in Omas Haus verbracht haben. Außerdem ist die Aussicht auf die Dinge, die mich zu Hause erwarten, auch nicht gerade zum Lachen. Wenn ich an die enge Wohnung zu Hause denke und an Manuel, dem ich bestimmt nicht ewig aus dem Weg gehen kann, weiß ich gar nicht, was ich zu Hause möchte. Aber ich habe Ruth versprochen, dass ich sie in Berlin besuchen komme. Und was ich verspreche, das halte ich auch. Auch wenn ich daran zweifle, dass sie mir wirklich weiterhelfen kann.

Vangerow, 25. Januar 1935

Pauline lag auf ihrem Bett und starrte an die Decke. Sie aß kaum noch und stand nicht mehr jeden Tag aus ihrem Bett auf. Ihre Mutter sprach kaum noch mit ihr. Pauline vermisste die vertrauten Gespräche mit ihrem Vater. Er hatte es immer verstanden, in jeder Situation aufmunternde Worte zu finden. Paulines Babybauch wurde immer größer. Mit seiner Größe nahm auch der Tratsch im Dorf zu. Die Leute bemühten sich nicht einmal, die Stimme zu senken, wenn sie im Beisein von Pauline lästerten.

Seit einiger Zeit hatte Pauline ziehende Schmerzen im Unterleib. Sie versuchte, diese so gut es ging zu ignorieren. Es gab ohnehin niemanden, den sie um Hilfe bitten konnte. Ihre Mutter wollte nichts mit der Schwangerschaft zu tun haben. Sie hatte ganz andere Probleme.

Benno fehlte als Ernährer der Familie. Das Geld, das Mutter nach Hause brachte, reichte nicht einmal, um satt zu werden, geschweige denn, um für ein Dach über dem Kopf zu sorgen. Die von Bonins, denen die meisten Häuser rund um das Gut gehörten, hatten Pauline und ihrer Mutter gestattet, noch einige Zeit hier zu wohnen, weil die Familie Nöske seit Jahren im Dienste der Gutsfamilie gestanden hatte. Aber lange konnten sie auf diese Milde nicht vertrauen.

Mutter war seit Jahren zu gebrechlich für die harte Arbeit auf dem Feld. Jetzt, wo Vater tot und Pauline in anderen Umständen war, konnten sie von Glück reden, dass sie nicht längst aus dem Haus geschmissen worden waren, das sie sich mit zwei weiteren Arbeiterfamilien teilten.

Pauline war sich nicht zu schade gewesen, noch einmal im Gutshaus vorzusprechen. Vielleicht würde die Baronin ihr in dieser Notlage doch eine Arbeit geben. Die Freifrau hatte ihre Bitte höflich, aber unmissverständlich abgelehnt. Daraufhin hatte Pauline mehrere Briefe an Fritz geschrieben und ihm von Bennos Tod berichtet. Sie hatte Fritz vorgeschlagen, Onkel Otto um einen Vorschuss zu bitten, damit sie ihm noch vor der Geburt des Kindes nach Amerika folgen konnte. Sie war sich sicher, dass es in Vangerow weder für sie noch für das Kind eine Zukunft gab.

Pauline wusste nicht, wie lange sie so dagelegen und die Decke angestarrt hatte. Vielleicht ein paar Stunden. Vielleicht auch mehrere Tage. Sie hatte kein Zeitgefühl mehr. Als es klopfte, blieb sie einfach regungslos liegen.

„Pauline? Hörst du mich?" Ihre Mutter stand direkt neben ihr. „Jetzt sieh mich an. So kann es nicht weitergehen."

Pauline starrte weiter vor sich hin. Mit ihrer Mutter wollte sie jetzt am allerwenigsten reden.

„Du musst jetzt zuhören. Das hier muss ein Ende haben." Mutters Stimme klang schrill in ihren Ohren. „Bald wirst du Mutter und wir haben schon jetzt nicht genug zu essen. Sie werden dir das Kind wegnehmen. Du bist gerade einmal 16 Jahre alt. Fritz ist weit weg. Wer soll dann für dich und das Kind sorgen? Ich kann es jedenfalls nicht."

Pauline verabscheute ihre Mutter. Dass sie eine solche Last für sie war, machte es noch schlimmer. Widerstrebend löste sie den Blick von der Decke und blickte ihre Mutter an.

„Ich verlange nicht von dir, dass du für mich sorgst", sagte sie mit fester Stimme. „Fritz wird mich nach Amerika holen. Es wird nicht mehr lange dauern. Ich habe ihm von Vaters Tod geschrieben. Er wird sich um alles kümmern. Wenn die Post nicht so lange brauchen würde, hätten wir längst Nachricht."

„Wir müssen den Tatsachen ins Auge sehen. Fritz hat entweder keine Möglichkeit gefunden, dich nachzuholen, oder er hatte es von Anfang an nicht vor. Sonst hätten wir längst von ihm gehört. Du musst also die einzig andere Option wählen, die dir noch bleibt."

„Was, wovon redest du?" Pauline wünschte, Mutter würde den Raum verlassen. Sie fühlte schon wieder das starke Ziehen in ihrem Bauch, das nun immer häufiger auftrat.

„Du musst heiraten." Mutters Ton war jetzt scharf.

„Ja, aber das möchte ich doch. Sobald es geht."

„Du solltest nicht mehr auf Fritz warten. Sonst ist es zu spät. Du musst akzeptieren, dass es mit Fritz keine Zukunft gibt. Hätte er das gewollt, hätte er dich von vornherein mitgenommen. Von ihm brauchen wir nichts zu erwarten. Aber Henry, der ist hier. Der ist tüchtig und der hatte schon immer eine Schwäche für dich. So lange ich denken kann. Der ist ein guter Mann. Er steht in Lohn und Brot und versorgt das Anwesen seiner Eltern so gut wie alleine. Das ist ein Mann, der für Frau und Kind sorgen kann."

„Henry? Wie kommt ihr denn immer auf Henry?" Schlagartig erinnerte sich Pauline wieder an die letzten Worte ihres Vaters. Sie hatte nicht länger darüber nachgedacht, sondern vermutet, dass er im Fieberwahn wirres Zeug von sich gegeben hatte. „Wieso sollte Henry mich heiraten, wenn ich ein Kind von Fritz erwarte? Das ist absurd. Henry und ich sind Freunde. Dass wir heiraten, ist doch verrückt."

„Ach wirklich?" Mutter sah Pauline abfällig an. „Es scheint, du hast mehr Glück als Verstand."

„Mutter, wovon redest du? Das ist doch wirklich Unsinn."

„Still jetzt." Mutters Blick ließ keine Widerrede zu. „Da du nicht weißt, was du tust, bestimme ich jetzt, was gemacht wird. Ich habe mit Henrys Mutter gesprochen. Sie kann es genauso wenig begreifen wie ich, aber er liebt dich seit Jahren. Selbst jetzt noch, wo das ganze Dorf über uns tratscht. Er braucht für seinen Hof eine Frau, die mit anpackt. Nur leider ist er nicht bereit, sich zu binden, weil er einzig und allein Augen für dich hat." Mutter machte eine bedeutungsschwere Pause. „Henry hat eine Lehre in der Maschinenfabrik der Gebrüder Brandenburg in Neustettin gemacht. Das ist weit mehr als Fritz vorzuweisen hat. Henry ist ein Mann, der eine Familie ernähren kann. Auf ein Kind mehr oder weniger kommt es da nicht wirklich an. Wenn ihr heiratet, bevor das Kind da ist, hätte das Baby einen Vater und ihr wärt versorgt."

„Das Kind hat auch so einen Vater." Pauline konnte nicht glauben, dass ihre Mutter das wirklich ernst meinte und sogar mit Henrys Mutter darüber gesprochen hatte. „Was für ein Kuhhandel soll das überhaupt sein? Du glaubst doch nicht, dass Henry sich so einfach ein Kind andrehen lässt."

„Doch. Es war seine eigene Idee. Er weiß, dass die Gefahr besteht, dass sie dir das Baby wegnehmen. Er redet von nichts anderem. Er ist bereit, dich zu heiraten und für das Baby zu sorgen. Seine Mutter ist nicht begeistert, nach all dem, was im Dorf erzählt wird. Aber sie will, dass ihr Sohn glücklich ist. Und sie kennt dich von klein auf. Sie mag dich. Das Problem sehen wir beide nicht bei Henry, sondern bei dir. Du bist zu stur, um dir Fritz aus dem Kopf zu schlagen. Aber wenn du schlau bist, hörst du auf, herumzuerzählen, dass Fritz der Vater ist. Sag einfach, es wäre Henry. Ich bin mir sicher, er wäre mehr als geschmeichelt und auf einen besseren Mann kannst du nicht hoffen."

„Mutter, das kann nicht euer Ernst sein." Pauline rang nach Luft. „Ich liebe Henry nicht. Es wäre abscheulich, ihn so auszunutzen. Außerdem ist mit Fritz alles längst geklärt."

„Dafür hält er dich aber lange hin. Und Liebe ist schön und gut, aber sie füllt deinen Magen nicht. Wenn es nur um dich ginge, wäre es mir egal, aber du hast jetzt Verantwortung für zwei."

Pauline wäre am liebsten aus dem Zimmer gerannt. „Du wirst uns bald los sein. Wenn es nach mir ginge, wären wir längst auf dem Weg zu Fritz, dann müsstest du uns nicht mehr um dich haben. Wenn wir erst weg sind, kannst du im Dorf über mich und dein Enkelkind erzählen, was du willst. Ich bin mir sicher, du und Frau Damaske, ihr werdet euch blendend verstehen. Ihr seid euch ja einig, dass Fritz und ich ein ganz schlechtes Paar abgeben."

„Es reicht." Pauline hatte ihre Mutter zwar schon oft zornig erlebt, aber jetzt war sie so wütend, dass ihre Unterlippe bebte. „Ich gebe dir und Fritz noch diesen Monat Zeit, um eure Situation zu klären. Danach werde ich zu meiner Schwester Frieda ziehen. Sie kann mit ihren sechs Kindern meine Hilfe im Haushalt gut gebrauchen. Bis dahin bist du entweder auf dem Weg nach Amerika, oder du heiratest Henry. Was das angeht, dulde ich keinen Widerspruch."

Birchwood (Wisconsin), 1. Februar 1935

Am liebsten hätte er Paulines Briefe allesamt ungelesen in den Ofen geworfen. Obwohl er ihr nie auf ihre Post antwortete, kam fast wöchentlich ein neuer Brief bei ihm an. Er verstand ja, dass ihr das Leben in letzter Zeit übel mitgespielt hatte. Seit der Abreise nach Amerika war alles furchtbar schiefgelaufen. Und jetzt war auch noch ihr Vater tot. Viel schlimmer konnte es nicht kommen. Benno fiel als Ernährer der Familie aus. Da war es nur logisch, dass Pauline von ihm forderte, Onkel Otto um einen Vorschuss zu bitten, um sie nach Amerika nachzuholen.

Beim bloßen Gedanken daran, dass sie ihm folgen und auf Onkel Ottos Farm auftauchen könnte, lief ihm der Schweiß kalt den Rücken herunter. Er hatte schon Alpträume gehabt, dass sie mit dem Kind plötzlich vor seiner Tür stand. Er hatte keine Wahl. Er musste ihr schreiben, dass er sie nicht heiraten würde. Aber wie sollte er das anstellen, ohne ihre Gefühle zu verletzen? Erst die Zeilen, die er heute von ihr gelesen hatte, gaben ihm wieder Hoffnung. Erzürnt hatte Pauline berichtet, dass ihre Mutter von ihr forderte, Henry zu heiraten, wenn sie nicht nach Amerika auswandern könne. Angesichts dieser Nachricht hatte er vor Erleichterung fast einen Luftsprung gemacht. Es war nicht die feine Art, Probleme auf andere abzuwälzen, aber Henry war ein guter Mensch. Bei ihm wären Pauline und das Baby versorgt. Und mehr als das. Henry liebte Pauline aus ganzem Herzen. Dessen war er sich sicher. Was konnte Pauline und dem Kind Besseres passieren?

Nächtelang lag er wach und machte sich Gedanken darüber, wie er Pauline am elegantesten loswerden konnte. Gewissensbisse quälten ihn. Da er nachts kaum Schlaf fand, war er tagsüber müde und unkonzentriert. Er konnte keinen klaren Gedanken fassen. So schob er es immer weiter vor sich her, Pauline zu antworten. Das führte dazu, dass die Gewissensbisse noch größer wurden. Das musste ein Ende haben. Mit dieser Last würde er nie ein neues Leben beginnen können.

Seufzend saß er am Schreibtisch und starrte auf den leeren Bogen Briefpapier. Er hob die Füllfeder und begann mit der Anrede „Liebste Pauline". Heute würde er es schaffen. Er würde nicht aufstehen, bevor er seinen Brief beendet hatte. Er wusste, dass er ihren Lebenstraum mit seinem Brief zerstören würde. Aber sie musste wissen, dass es die Zukunft, auf die sie hoffte, nicht geben konnte. Als er seinen Brief beendet hatte, überkam ihn ein Gefühl der Erleichterung. Jetzt endlich konnte er nach vorne blicken und neu beginnen. Er würde den Amerikanern zeigen, was ein Fritz Damaske zu leisten vermochte. Er würde arbeiten wie besessen. Und endlich frei sein.

War er ein schlechter Mensch, weil er Pauline und das Baby nicht versorgen konnte? Oder weil er seinen Freund auf der Überfahrt nicht hatte retten können? Weil er lebte, obwohl andere tot waren? Vermutlich lautete die Antwort auf diese Fragen ja. Aber hier in Amerika wusste niemand etwas von seinen Verfehlungen. Der Preis für sein neues Leben war, dass er mit seiner Vergangenheit abschließen musste. Der Brief an Pauline sollte sein letzter Kontakt nach Deutschland sein. Jetzt gab es nur noch sein neues Leben. Und das würde er verdammt noch mal leben.

Vangerow, 14. Februar 1935

Verzweifelt schleuderte Pauline ihre goldene Halskette in die Küddow. Das Medaillon mit Fritz' Foto wurde von der Strömung erfasst. Pauline konnte den Anblick nicht ertragen. Wie liebte sie dieses Medaillon. Zuzusehen, wie es in der Küddow davontrieb, zerriss sie innerlich. Da trieb es hin, ihr Schmuckstück. Genau wie ihre Träume von einer Zukunft mit Fritz. „Du musst Henry heiraten", dieser Satz wollte ihr nicht aus dem Kopf gehen. Aus dem Mund ihrer Mutter klang er schon verrückt genug. Dass Fritz ihrer Mutter Recht gab, war in ihren Augen Verrat. Ein weiteres Mal faltete sie den Brief auseinander, obwohl sie die Zeilen schon fast auswendig kannte.

Liebste Pauline,

es tut mir leid, dass es dich und deine Familie so hart getroffen hat. Du weißt, wie lieb mir dein Vater war. Ich weiß auch, dass er euch gut versorgt hat und ihr nun völlig auf euch gestellt seid.

Dein Vorschlag, einen Vorschuss von Onkel Otto zu erbeten, ist daher nur allzu verständlich. Trotzdem kann ich deiner Bitte nicht nachkommen. Ich sehe, dass Onkel Otto große finanzielle Opfer gebracht hat, um mich nach Amerika zu holen. Das Land steckt mitten in einer wirtschaftlichen Krise. Mein Gewissen verbietet es mir, Onkel Otto so kurz nach meiner Ankunft um noch mehr Geld für mich zu bitten. Die Lage hier ist momentan nicht besser als in Vangerow. Ich bin als einer der Wenigen in der glücklichen Lage, dass ich Arbeit habe. Die Farm meines Onkels kann uns ernähren. Es ist aber keinesfalls ein Ort, an den ich dich und das Kind nachholen möchte.

Hier wäre für dich nicht viel zu tun. Du hättest keine Freunde oder Verwandte, auf deren Hilfe du zählen könntest. Onkel Otto und ich arbeiten den ganzen Tag auf dem Feld. Das kennst du ja aus Vangerow. Die nächste Schule ist weit weg. Genau wie die nächste Stadt. Die Menschen sprechen alle Englisch. Du würdest über kurz oder lang vereinsamen.

Ich weiß, dass der Vorschlag deiner Mutter dich verärgert. Auch ich hätte lieber eine Zukunft mit dir. Wir haben uns das alles in unserer Naivität so einfach vorgestellt. Aber auch Amerika ist nicht das Land der unbegrenzten Möglichkeiten, als dass wir es uns so oft erträumt haben.

Alles hat sich ganz anders entwickelt als gedacht. Aus Gründen der Vernunft solltest du deshalb dem Vorschlag deiner Mutter folgen und Henry heiraten. Ich weiß, ich lasse dich und das Kind im Stich, aber es gibt für mich keine andere Möglichkeit.

Ich bitte dich eindringlich, mit Henry zu sprechen. Er ist ein guter Mann. Er kann dir eine gute Zukunft bieten. Ich weiß, dass ich dich unendlich enttäusche, aber ich werde keinen inneren Frieden finden, wenn ich nicht weiß, dass du und das Baby sicher versorgt seid.

Glaub mir, dies ist keine Entscheidung, die ich leichtfertig getroffen habe, aber sie ist endgültig. Versuche nicht, mich umzustimmen. Mein Gewissen sagt mir, dass es nicht richtig ist, dich und das Kind im Stich zu lassen, aber mein Kopf weiß, dass es keine andere Möglichkeit gibt. Wenn es sie gäbe, hätte ich davon Gebrauch gemacht.

Dies wird mein letzter Brief an euch sein. Ich kann es nicht ertragen, zwischen beiden Welten zu stehen. Wir müssen beide weitermachen. Du in Deutschland und ich in Amerika. Bitte akzeptiere meine Entscheidung. Ich wünsche dir mit Henry viel Glück und dass das Leben noch ganz viel Gutes für dich bereithält.

Ich werde dich nie vergessen.

Dein Fritz

Durch die Tränen verschwammen die Worte vor Paulines Augen. Die Worte, mit denen Fritz ihre gemeinsame Zukunft einfach beerdigte. Langsam öffnete sie die Hand und ließ seinen Abschiedsbrief in die Küddow fallen. Nach wenigen Sekunden war das Papier durchweicht und Fritz' letzte Worte an sie für immer ausgelöscht.

Pauline schloss die Augen. Sie erinnerte sich an den Tag, an dem sie mit Fritz an der Küddow gesessen hatte. Wie selbstverständlich hatte er sie im Arm gehalten und ihr seine Liebe beteuert. Wie viel davon war überhaupt wahr gewesen? Pauline wusste es nicht. Nur dass ihre Gefühle echt waren. Was hätte sie darum gegeben, ihn noch einmal hier an ihrer Seite zu haben.

Pauline hatte immer über Frauen gelacht, die sich von einem Mann schamlos ausnutzen ließen. Jetzt war es ihr selbst passiert. Sie fühlte sich elend. Jedes Wort hatte sie Fritz geglaubt. Er hatte bekommen, was er wollte. Weder sie noch das Kind hatten in seinen Plänen von Amerika jemals eine Rolle gespielt. Für ihn war das alles nur ein Spiel gewesen, das sie nicht durchschaut hatte. Pauline schämte sich. Zum einen, weil sie sich so in ihm getäuscht hatte. Zum anderen, weil sie nicht wusste, wie sie den Leuten im Dorf noch unter die Augen treten sollte. Hatten sie es nicht alle von Anfang an gewusst, dass Fritz nur mit ihr gespielt hatte? Nur sie selbst war bis zuletzt blind gewesen.

Am Grund der Küddow sah Pauline das Medaillon aufblitzen. Sie schluchzte auf. In dieser Sekunde bereute sie plötzlich, dass sie das Schmuckstück weggeworfen hatte. Es war ein Teil von ihr. Und sollte es ganz schlimm kommen, könnte sie das Gold zu Geld machen. Kurzentschlossen griff sich Pauline einen langen Stock und stocherte damit nach der Goldkette. Als sie sie fast erwischt hatte, riss die Strömung das Schmuckstück nur weiter mit sich fort. Pauline fluchte. Mit schnellen Schritten lief sie am Ufer entlang flussabwärts und versuchte, das Medaillon im Wasser auszumachen. An einer Brombeerranke riss sie sich Waden und Schienbeine auf. Sie bemerkte es kaum.

„Halt", rief sie mit brüchiger Stimme dem Fluss entgegen und verfluchte die Strömung, die fortwährend am Medaillon zerrte. Mit einer Hand streckte sie den Ast aus, um das Schmuckstück zu erreichen. Mit der anderen klammerte sie sich an einem bemoosten Baumstumpf fest, um nicht das Gleichgewicht zu verlieren. Pauline reckte sich, soweit es nur eben ging. Wenn sie es jetzt nicht schaffte, wäre das Medaillon für alle Zeit verloren, denn die Strömung nahm immer weiter zu. Pauline schloss die Augen und schob den Ast noch ein kleines Stück weiter nach vorn. Plötzlich rutschte sie im moosigen Gelände ab und fiel der Länge nach in die eisige Küddow. Sie stieß einen Schrei aus. Dann fühlte sie nur noch Kälte. Pauline rang nach Luft. Ihr Körper krümmte sich vor Kälte. Auch wenn der Fluss an dieser Stelle nur hüfthoch Wasser führte, konnte sie sich mit den vollgesogenen Kleidern und dem dicken Bauch aus eigener Kraft nicht wieder emporziehen. Es fühlte sich an, als reiße ihr jemand das

Kind aus dem Leibe. Sie war kurz davor, ohnmächtig zu werden.

Ganz langsam spürte sie, wie sie immer tiefer in der Küddow versank. Schließlich glitt auch ihr Gesicht unter die Wasseroberfläche. Es ist vorbei, dachte sie. Es wurde schwarz. Als Pauline wieder zu sich kam, hatte sie keine Ahnung, wo sie sich befand. Sie hatte das Gefühl, über ihrem Körper zu schweben. Es war eiskalt. Sie konnte sich nicht rühren.

„Pauline, hörst du mich?" Ob das Fritz war, der da nach ihr rief? Ihr war, als rüttelte jemand an ihr. Wer konnte das sein? Sie wollte nur schlafen.

„Pauline, sieh mich an!" Wieder das Rufen. Sie konnte den Wind eiskalt auf ihrer Haut fühlen. Entfernt hörte sie das Rauschen der Küddow. Ansonsten nahm sie nur ihren eigenen Atem wahr. Immer noch hielt sie die Augen fest geschlossen. Adrenalin schoss durch ihren Körper.

Und dann kam mit einem Schlag die Erinnerung zurück. Sie war in die Küddow gefallen. Ob es dem Baby gut ging? Wie war sie bloß wieder herausgekommen? Sie schlug die Augen auf und blickte in zwei himmelblaue Augen und ein mit Sommersprossen übersätes Gesicht. „Pauline, hörst du mich?"

„Henry? Was machst du denn hier?"

„Zum Glück, du lebst!" Henrys Stimme klang tief besorgt. Sein rotes Haar klebte an seinen Schläfen. Er war klitschnass. Für einen Augenblick war es, als könne sie direkt in seine Seele sehen. Sie wollte nach seiner Hand greifen, aber konnte sich nicht bewegen.

Kalt pfiff der Wind über sie hinweg. Wassertropfen rannen über Henrys sommersprossiges Gesicht.

„Das hier gehört wohl dir." Henry sprach mit ruhiger Stimme und ließ Paulines Halskette mit dem Medaillon in ihre Handfläche gleiten. „Konnte ich gerade noch so aus dem Fluss fischen. Genau wie dich." Er errötete.

Pauline war kaum imstande, ein Wort über ihre Lippen zu bringen. Wenn sie doch bloß ihren Körper wieder rühren könnte.

Henry strich ihr über den Arm. „Kannst du aufstehen?" Pauline schüttelte den Kopf.

„Ich würde dir gerne eine trockene Jacke anbieten, aber meine Kleidung ist auch nass. Wir müssen sehen, dass wir schnell nach Hause kommen, nicht dass du dir den Tod holst und das Baby zu Schaden kommt." Henry legte seinen großen, schlaksigen Arm um Pauline. Zum ersten Mal seit Monaten hatte sie das Gefühl, dass endlich wieder jemand da war, der sich um alles kümmerte.

„Ich versuche, dich hochzuziehen", sagte Henry.

Doch ihre Beine versagten. „Ich falle um."

„Keine Sorge, ich stütze dich." Henry hakte Pauline unter und führte sie Schritt für Schritt in Richtung Dorf. Schweigend gingen sie den ganzen Weg nebeneinander her. Sie ließ sich einfach von Henry nach Hause führen.

Als sie vor ihrer Tür standen, blickte er ihr in die Augen. „Pauline, ich weiß, dass du mich nicht liebst."

So erwachsen war er ihr noch nie vorgekommen.

„Das ist für mich in Ordnung. Ich würde dich trotzdem heiraten. Ich liebe dich für uns beide. Ich habe dich schon immer geliebt. Ich weiß, dass auch Fritz' Abwesenheit deine Gefühle für mich nicht ändern kann, aber wenn du es zulässt, werde ich für dich da sein. Ich könnte ein Vater für dein Baby sein. Überleg es dir."

Bevor sie etwas erwidern konnte, öffnete ihre Mutter die Tür. „Was hast du jetzt wieder gemacht?", schrie sie ihr entgegen. „Mir bleibt aber auch nichts erspart."

Sie hatte Henry noch danken wollen, doch während ihre Mutter schimpfte, hatte der es vorgezogen, sich so still wie möglich aus dem Staub zu machen.

Mutter zerrte und zog an Pauline, um sie aus den eiskalten Kleidern zu schälen. Sie erhitzte Wasser über der Herdflamme, um damit eine Wärmflasche zu füllen. Dann steckte sie ihre Tochter mit der Wärmflasche ins Bett. Paulines Haut fühlte sich an, als würden ihr tausend Nadelstiche zugefügt, während langsam das Gefühl in ihren Körper zurückkehrte. Lange lag sie im Bett und dachte über Henrys Worte nach.

***

Am nächsten Morgen erwachte Pauline mit Kopfschmerzen und einem starken Ziehen im Unterbauch. Zunächst versuchte sie, die Schmerzen zu ignorieren, wie sie es schon so oft getan hatte. Doch als sie aus dem Bett kletterte, sah sie, dass die Laken blutig waren. Sie erstarrte. Das Baby sollte nicht vor März zur Welt kommen. Es durfte nicht sein, dass sie nach Fritz nun auch noch sein Kind verlor. „Mutter, Hilfe!“, schrie sie. „Ich brauche Hilfe.“

Nur wenige Sekunden später stand Paulines Mutter neben ihr in der Kammer. „Mutter. Die Laken sind voller Blut.“ Paulines Stimme zitterte.

„Still. Bleib ganz ruhig liegen. Ich hole Hilfe.“ Schon hatte Mutter auf dem Absatz kehrtgemacht und war verschwunden. Die Sekunden und Minuten danach dehnten sich für Pauline zur Unendlichkeit aus. Jetzt war alles verloren. Ohne das Baby hatte ihr Leben keinen Sinn mehr.

Vangerow, 17. Februar 1935

Pauline starrte an die Decke. Sie strich über ihren Bauch, konnte aber keine Bewegungen feststellen. Eine Träne rollte ihre Wange herunter.

„Nicht weinen. Eines Tages wirst du eine Mutter sein. Und eine sehr gute Mutter", versuchte Martha sie zu trösten. Martha war die Einzige, die Pauline am Krankenbett besucht hatte. Besorgt strich sie der Freundin über die Hand.

„Herr Bahlow hat gesagt, es ist nicht deine Schuld. Manchmal passiert so etwas, ohne dass jemand die Schuld trägt."

„Und glaubst du ihm?"

„Nun ja, wenn er es sagt, muss es stimmen, oder?", druckste Martha herum.

„Muss es das? Oder stimmt es vielleicht, was alle anderen sagen, dass das die Strafe Gottes ist, weil ich unverheiratet in andere Umstände gekommen bin?" Pauline biss sich auf die Lippen. Die Tränen kullerten auf ihr Kopfkissen herab. Sie wusste, dass es Martha Überwindung gekostet hatte, überhaupt herzukommen. Trotzdem hatte sie nicht vergessen, wie selbst ihre Freundin noch vor kurzem über ihre Schwangerschaft gedacht hatte.

„Pauline, so darfst du nicht denken. Bitte verzeih mir, dass ich in der letzten Zeit nicht für dich da war. Dass ich nicht mit dir gesehen werden wollte. Ich schäme mich wirklich." Martha blickte Pauline aus ihren großen, runden Augen an und Pauline wusste, dass es Martha aufrichtig leidtat. „Ich bin mir sicher, dass Gott dich nicht bestrafen möchte. Du hast es doch schon schwer genug getroffen mit Fritz' Abreise und dem Tod deines Vaters."

Pauline brachte es nicht fertig, Martha zu antworten oder ihr ins Gesicht zu sehen. „Ich glaube, die Leute haben

Recht. Es ist die Strafe Gottes. Ich büße jetzt für meine Sünden."

„Sag doch sowas nicht." Martha rutschte unruhig auf dem Holzschemel hin und her. „Herr Bahlow sagt, so etwas passiert."

„Der Pfarrer würde da sicherlich nicht zustimmen. Herr Bahlow ist kein Arzt. Er kennt sich bloß mit Tieren aus."

„Ja, aber er ist ein gottesfürchtiger Mann, der hart arbeitet. Er genießt im Dorf einen guten Ruf." Bei diesen Worten errötete Martha.

„Du willst nicht etwa sagen, dass er dir gefällt?" Pauline starrte Martha ungläubig an. „Er wirkt so alt."

„Er ist so alt wie Henry." Martha schaute verlegen zur Seite.

„Ist es das, was im Dorf getratscht wird? Dass ich nun Henry heiraten kann, wo das Baby nicht mehr da ist? Dass es doch eigentlich besser so für alle ist?" Pauline war außer sich.

„Aber nein, Pauline. Natürlich denke ich das nicht. Natürlich freue ich mich, wenn du Henry heiratest. Ich mag ihn. Das weißt du. Aber natürlich denkt niemand, es ist besser, dass du das Baby verloren hast."

„Ach nein?" Pauline schluchzte. „Ich habe gesündigt und jetzt muss ich dafür bezahlen."

5

Auf Spurensuche in Berlin

Berlin, 23. Juli 2017

Mein Budget ist nicht das größte und die Blumenhändler in Berlin sind geschäftstüchtig. Daher fällt der Blumenstrauß in meiner Hand etwas mickrig aus, als ich in Berlin-Mariendorf auf Ruth Wolters Türschwelle stehe.

Ruth begrüßt mich mit einer herzlichen Umarmung und ich versinke fast in ihren fülligen Armen. „Ich habe Maracujatorte gemacht. Nach einem Familienrezept. Du bist viel zu dünn für eine Schwangere." Ruth redet drauf los, als ob sie mich schon immer kennt. Sie eilt zwischen Küche und Wohnzimmer hin und her. Ich frage mich derweil, an welchen Körperstellen ich ihrer Meinung nach noch zunehmen sollte, ohne zu platzen. In Ruths Haus fühle ich mich in die 1950er Jahre zurückversetzt. Die Tapete im Wohnzimmer ist garantiert seit 70 Jahren nicht erneuert worden. Das olivgrüne Blumenmuster und die dottergelbe Sofagarnitur wirken total aus der Zeit gerückt. Als Ruth dampfenden Tee in geblümten Porzellantassen mit Goldrand serviert, ist mein Eindruck von einer Zeitreise perfekt.

„Danke, dass ich vorbeikommen durfte." Ich bestaune die bestickten Deckchen, die auf dem Couchtisch, dem Esstisch und sogar auf der Fensterbank als Unterleger für die Blumenvasen ausgebreitet sind.

„Das ist doch selbstverständlich. Meine Mutter und dein Uropa waren immerhin Cousine und Cousin. Außerdem freue ich mich immer über Besuch.“ Ruth ist jetzt fertig mit dem Eindecken des Tischs und lässt sich auf dem dottergelben Sofa nieder.

„Meine Mutter wäre in diesem Jahr 100 geworden. Leider ist sie seit 13 Jahren tot.“ Ruth füllt mir ein riesiges Stück Torte auf meinen Teller. „Seit ihrem Tod stapeln sich auf dem Dachboden viele Kisten mit ihren Sachen. Ich muss gestehen, es ist wirklich ein Chaos. Meine Mutter hat so viele Briefe geschrieben, dass ich Monate lang beschäftigt wäre, wenn ich alle lesen wollte. Trotzdem habe ich etwas gefunden, das dich interessieren wird.“

Ich brenne darauf, zu hören, was genau das ist. Antworten kann ich Ruth gerade nicht, weil mein Mund voller Maracujatorte ist. Aber davon lässt Ruth sich nicht beirren.

„Allein die Rezeptbücher meiner Mutter füllen das ganze Küchenregal. Kochen und Backen waren ihre große Leidenschaft.“ Ruth ist eine echte Frohnatur. Sie plappert ohne Pause vor sich hin. Sie erzählt mir, dass sie ihr Leben lang in diesem Haus gewohnt hat. Zunächst mit beiden Eltern, später nur mit ihrer Mutter und seit 13 Jahren ganz alleine. Sie selbst war weder verheiratet, noch hat sie Kinder. „Ich habe viele Freunde. Alleine fühle ich mich nie.“ Stolz berichtet sie mir von ihrer Strickgruppe, ihrem Frauen-Bingo-Club und ihrer Arbeit bei der Tafel. Ruths Energie scheint schier endlos zu sein. Dass sie 71 Jahre alt ist, sieht man ihr nicht an.

Ebenso begeistert, wie sie von ihren Hobbys berichtet, hört sie mir zu, als ich von meiner Reise nach Polen, Omas Haus, Jurek und dem Medaillon mit Fritz’ Foto erzähle.

„Das ist ja spannender als in jedem Krimi.“ Bewundernd dreht Ruth Paulines Medaillon in ihrer Hand hin und her und betrachtet Fritz’ Foto. „Was für ein hübscher Mann. Diese Augen. Aber deine Uroma Pauline ist auf dem anderen Foto auch bildhübsch. Kein Wunder, dass Henry einen Nebenbuhler hatte."

„Naja, Fritz war doch längst in Amerika, als Pauline Henry geheiratet hat. Er ist 1934 ausgewandert. Da war Pauline mit einem Kind von ihm schwanger, das sie später verloren hat. Ich hatte gehofft, dass ich hier in Erfahrung bringen kann, was danach passiert ist. Meine Oma ist 1936 geboren, also muss Pauline recht bald danach Henry geheiratet haben und wieder schwanger geworden sein."

Ruth verzieht eine Augenbraue, als sie meinen Blick sieht. „Leonie, bist du dir wirklich ganz sicher, dass du das alles wissen möchtest? Ich habe einige Einträge gelesen und deiner Uroma ist es elend ergangen." Sie sieht mich durchdringend an.

„Ja, natürlich." Ich nicke. „Ich meine, es ist schrecklich, zu wissen, dass meine Uroma ihr Kind und ihre große Liebe verloren hat, aber all das ist jetzt lange her. Ich kann nichts mehr daran ändern und ich weiß ja, dass sie danach glücklich war. Auch wenn Fritz vielleicht ihre Jugendliebe war, war sie bis ins hohe Alter mit Henry verheiratet und sie beide waren sehr glücklich miteinander."

„Das freut mich." Ruth tätschelt mir den Arm. „Henry muss ein guter Mann gewesen sein. Das belegen auch die Aufzeichnungen meiner Mutter. Wenn du also entschlossen bist, alles zu erfahren, dann solltest du das hier lesen." Sie überreicht mir ein fingerdickes Notizbuch. „Das Tagebuch meiner Mutter", erklärt sie. „Oder besser gesagt eines ihrer vielen Tagebücher. Nachdem du mich angerufen hast, habe ich angefangen, darin zu lesen. Eigentlich war ich immer der Meinung, was in einem Tagebuch steht, sollte auch nach dem Tod nicht von mir oder anderen Personen gelesen werden, aber nach deinem Anruf war ich doch zu neugierig." Sie zuckt mit den Schultern.

„Und im Tagebuch schreibt sie über Pauline?" Ungläubig nehme ich Erna Wolters Tagebuch entgegen.

„Ja. Lies es am besten selbst. Aber sage nicht, ich hätte dich nicht gewarnt. Manchmal hat es einen Grund, weshalb Menschen ihre Geheimnisse für sich behalten." Ruth schenkt mir Tee nach. „Am besten, du beginnst ab hier. Der Eintrag ist von 1935. Da war meine Mutter 19 Jahre alt." Sie deutet auf eine Passage etwa in der Mitte des Tagebuchs.

2. April 1935

Für mich ist es ein Segen, dass Pauline nun seit drei Wochen bei uns ist. In ihrer Gesellschaft kommen mir die Tage viel erträglicher vor. Ich weiß, es ist eigennützig von mir, so zu denken, aber ich habe sie gleich in meine Obhut genommen, so wie Vetter Henry es von mir erbeten hat. Er ist so besorgt um seine Verlobte und hofft, dass es ihr wohlergehen möge. Er verzehrt sich fast vor Sorge um sie, ist aber selbst in Vangerow für die Arbeit rund um das Schloss unentbehrlich.

Pauline ist zu beneiden. Was würde ich drum geben, einen Mann wie Henry an meiner Seite zu haben. Dann könnte ich Mutter und das ganze Elend hier endlich hinter mir lassen. Wenn Henry hier ist, hat er nur Augen für Pauline. Jeder kann sehen, dass er seine junge Verlobte aus ganzem Herzen liebt. Pauline ist ja auch eine Schönheit und klug noch dazu. So sehr ich sie auch mag, werde ich doch das Gefühl nicht los, dass sie seine Gefühle eher halbherzig erwidert. Sie gibt sich alle Mühe, fröhlich und heiter zu erscheinen, aber irgendetwas bedrückt sie. Das sehe ich. Und es ist nicht nur die Tatsache, dass sie so weit von ihrer Heimat weg ist. Fast könnte man meinen, Henrys Zunei-

gung ist ihr unangenehm. Dabei ist er einer der freundlichsten Menschen, die mir hier begegnen. Genau wie Pauline. Aber jedes Mal, wenn ich mit beiden zusammen bin, ist die Stimmung gedrückt.

Letztens waren wir zu dritt spazieren, Mutter hatte mich als Anstandsdame mitgeschickt. Ich habe Pauline unauffällig gefragt, ob ich sie und Henry vorgehen lassen soll. Da hat sie mich ganz erschreckt aus großen Augen angesehen und geflüstert, dass ich bitte bleiben solle. Mutter behandelt Pauline schlecht. Sie lässt sie bis zur Erschöpfung arbeiten und hat nie ein gutes Wort für sie übrig. Sie ist der Meinung, dass Tante Auguste die Verlobung zwischen Henry und Pauline hätte verhindern müssen. Sie meint, Henry würde sehenden Auges in sein Unglück laufen. Aber wer Mutter kennt, weiß ja, wie missgünstig sie sein kann. Ich hoffe sehr, dass sie nicht Recht behält.

Berlin, 3. April 1935

Pauline blinzelte mit den Augen. Das Tageslicht war fast verschwunden. Obwohl die Nähmaschine am Fenster stand, konnte sie kaum genug erkennen, um den Faden durch das kleine Öhr der Nadel zu fädeln. Ihr schmerzte der Rücken. Seit dem frühen Morgen saß sie fast ohne Unterbrechung auf dem harten Stuhl an der Maschine und nähte Kragen und Manschetten. Sie blickte zu Erna herüber, deren Stapel mit den fertigen Arbeiten viel höher war als ihr eigener. In zwei Tagen musste alles fertig sein. Und noch war kein Ende in Sicht. Die Nachbarn waren immer schneller mit der Heimarbeit fertig. Pauline wusste, dass sie einfach zu langsam war und wieder Ernas Hilfe brauchen würde, um alle Kragen bis zur Abholung fertig zu kriegen.

„Ich bekomme es einfach nicht hin." Pauline seufzte. „Ich bin nicht für die Handarbeit gemacht. Ich bin die Arbeit auf dem Feld gewohnt. Schau nur, wie sauber deine Kragen verarbeitet sind im Vergleich zu meinen."

„Nicht aufgeben. Du wirst immer besser." Prüfend ließ Erna Paulines fertige Kragen durch die Hände gleiten. „An dieser Stelle kann ich gleich noch einmal etwas nacharbeiten. Aber ansonsten ist es doch gut geworden", sagte Erna mit gewohnt ruhiger Stimme.

„Danke dir." Pauline lächelte matt.

„Kein Problem. Ich bin froh, dass du hier bist. So habe ich wenigstens Unterhaltung. Sonst habe ich Jahr um Jahr so ganz alleine in dieser dunklen Stube vor mich hingearbeitet. Mit dir kommt es mir gleich viel erträglicher vor."

Pauline seufzte erneut. „Deine Mutter wird nicht zufrieden sein. Wenn sie sieht, wie wenig ich geschafft habe, wird sie mir wieder vorhalten, dass sie mich durchfüttern muss."

Mit erhobenen Augenbrauen nahm Erna mehrere Kragen von ihrem Stapel und legte sie auf Paulines Stapel. „Nein, heute wird sie nichts sagen." Erna lächelte verschwörerisch. Dann betätigte sie mit dem Fuß wieder das Pedal ihrer Maschine und setzte ihre Arbeit schnell und ordentlich fort.

„Vielen Dank", Pauline wusste nicht, was sie sagen sollte.

Eine weitere Stunde arbeiteten die jungen Frauen schweigend vor sich hin, bis Ernas Mutter die Stube betrat und die Arbeit der Frauen kritisch musterte. „Du willst mir doch nicht sagen, dass du die alle genäht hast". Verächtlich schaute sie Pauline an. „Mich kannst du nicht täuschen. Bei Henry mögen deine Rehaugen ja Wirkung zeigen, aber solange du in meinem Haushalt lebst, musst du genauso mitarbeiten wie alle anderen."

Pauline schwieg und spielte nervös mit ihrem Finger mit dem Medaillon, das sie wie jeden Tag um ihren Hals trug. „Hör auf damit. Das macht einen ja wahnsinnig", fuhr Ernas Mutter sie an. „Wenn du schon kaum Geld beisteuerst, können wir ja schauen, ob wir beim Pfandleiher um die Ecke deine Kette eintauschen können."

„Die Kette tausche ich nicht ein, Frau Ahrens." Pauline blickte zu Boden.

„Auch noch frech werden und widersprechen. Denkst du, dass wir dich einfach ohne Gegenleistung durchfüttern können? Die Lebensmittelpreise steigen und steigen." Ruths Mutter sah Pauline abschätzig an.

„Nein, das denke ich nicht. Ich nähe ja hier von morgens bis spät. Ich bemühe mich, Ihnen nicht zur Last zu fallen."

„Ja, aber leider gelingt dir das nicht besonders gut.“ Mit diesen Worten drehte sich Frau Ahrens um und verließ den Raum. Auf der Türschwelle blieb sie stehen und schaute Pauline noch einmal streng an: „Ach, ich habe dir zwei alte Wollpullover der Nachbarskinder aufs Bett gelegt. Die kannst du aufribbeln und daraus einen neuen Pulli für den Nachbarsjungen stricken. Abends nach der Arbeit hier hast du ja genug Zeit. Der Junge wächst und wächst. Die Arbeit bringt uns im Tausch ein paar Lebensmittel ein. Die können wir gut brauchen.“

Bevor Pauline etwas erwidern konnte, war Frau Ahrens schon verschwunden. Mit einem Krachen fiel die Tür hinter ihr zu.

***

Pauline tauchte ihre Hände in den Eimer mit dem Wischwasser. Ihre Haut brannte wie Feuer. Sie ignorierte es.

„Hast du den Pulli inzwischen fertig?“ Leise wie ein Fuchs hatte sich Frau Ahrens in den Raum geschlichen. Wie machte diese Frau das bloß, ständig überall aufzutauchen und einem einen Schrecken einzujagen?

„So gut wie. Ich denke, heute oder morgen Abend ist alles fertig, Frau Ahrens.“

„Also nein. Dass du aber auch immer so faul bist. Du hattest doch jetzt zwei Wochen Zeit. Wie lange sollen die Nachbarn denn noch warten? Mit dir kann man einfach nichts anfangen. Henry ist zu bedauern.“ Mit in die Seite gestemmten Armen blickte Frau Ahrens Pauline feindselig an.

Pauline kniete auf dem Boden und schrubbte das Parkett. Sie schwieg und hoffte, dass Frau Ahrens endlich den Raum verlassen würde, damit sie mit dem Putzen weitermachen konnte.

Doch die dachte nicht daran, zu verschwinden. Stattdessen stand sie da und gaffte – die Arme in die Seiten gestemmt. „Da ist noch ein Fleck." Mit dem Zeigefinger deutete Frau Ahrens auf die schäbigen Holzdielen, denen man ihr Alter durch die ständige Abnutzung mehr als ansah.

„Ich weiß. Da bin ich jetzt schon mehrfach drübergegangen. Er geht einfach nicht raus", erwiderte Pauline.

„Ach, schon wieder frech werden. Wenn du nur nicht so faul wärst", kreischte Frau Ahrens in Paulines Ohr. Dann packte sie Pauline im Nacken und drückte sie in Richtung Boden.

„Au", schrie Pauline auf. „Was machen Sie denn? Lassen Sie mich los."

„Das könnte dir so passen. Du unverschämtes Ding." Als Frau Ahrens endlich ihren Griff um Paulines Nacken lockerte, spürte diese einen kurzen Ruck. Mit Schrecken stellte Pauline fest, dass ihre Kette gerissen war. Das Medaillon schlug auf der Erde auf und blieb neben Frau Ahrens Füßen liegen.

„Sie haben meine Kette zerrissen." Paulines Augen weiteten sich vor Schreck. Sie versuchte, das Medaillon mit einem Sprung zu greifen, doch Frau Ahrens war schneller und schnappte das Schmuckstück vom Boden.

„Wer sich so nachlässig um Dinge kümmert, hat es nicht verdient", sagte sie gehässig. Dann fingerte sie mit ihren wurstigen Fingern an dem Medaillon herum.

„Bitte geben Sie mir mein Medaillon zurück. Es ist ein Erbstück." Pauline streckte flehend die Hand aus.

„Nichts da." Nun schnappte das Medaillon auf und Frau Ahrens sog hörbar die Luft ein. „Das ist ja ein Ding. Meinem lieben Neffen möchtest du die Treue schwören, aber trägst hier ein Foto eines anderen an deinem Busen."

„Geben Sie mir bitte das Medaillon“, flüsterte Pauline. Am liebsten wäre sie von hier fortgelaufen, doch Fritz' Foto wollte sie auf keinen Fall zurücklassen.

„Gar nichts werde ich. Das könnte dir so passen. Das bleibt schön bei mir. Ich werde Henry schon zeigen, was für eine Art von Frau seine Verlobte ist.“

„Bitte“, setzte Pauline noch einmal an. Doch Frau Ahrens hielt das Schmuckstück fest in ihrer dicken Faust umklammert. Als sie spöttisch lächelnd aus dem Raum lief, ließ sich Pauline zitternd vor Verzweiflung zu Boden sinken.

Berlin, 21. April 1935

Pauline warf einen scheuen Blick in den Spiegel. Fast erschreckte sie sich vor ihrem eigenen, müden Spiegelbild. Heute war also der Tag ihrer Hochzeit gekommen. Henry war extra aus Vangerow angereist. Es war ihr erster freier Tag seit ihrer Ankunft hier in Berlin. Sie fühlte sich ausgelaugt. Es würde keine Feier geben. Ihre Familien waren in der Heimat und Frau Ahrens hatte klar gemacht, dass ein freier Tag mehr war, als sie Pauline eigentlich zugestehen konnte. Pauline war froh. Sie fühlte sich verlogen. Sie mochte Henry. Und trotzdem dachte sie die ganze Zeit darüber nach, dass es eigentlich Fritz war, der heute an ihrer Seite stehen sollte. Das machte ihr Gewissensbisse. Hatte Henry nicht eine bessere Frau verdient?

„Du siehst wunderbar aus. Wollen wir losgehen? An so einem Tag wollen wir doch nicht zu spät kommen." Henry lächelte sie an und streckte ihr die Hand entgegen, um sie unterzuhaken.

„Henry, mein Guter. Warte doch einen Moment." Als Pauline sich umblickte, sah sie Frau Ahrens in der Tür stehen, die ein falsches Lächeln aufgesetzt hatte. „Ich möchte euch nicht aufhalten, aber ich wollte dir noch etwas geben." Sie streckte ihre speckige Hand nach Henry aus. Pauline sah etwas golden aufblitzen und erkannte ihr Medaillon.

„Das ist meins", entfuhr es ihr. Nach all den Wochen hatte sie nicht mehr damit gerechnet, es wiederzusehen. Sie hatte vermutet, dass Frau Ahrens es längst zu Geld gemacht hatte.

„Ja, da hast du wohl recht, Liebes." Frau Ahrens setzte eine Unschuldsmiene auf. „Die Kette ist Pauline letztens beim Schrubben gerissen. Dabei ist das Schmuckstück ihr so wichtig. Vielleicht liegt es an dem Foto des jungen

Mannes, das sie immer bei sich trägt." Triumphierend blickte Frau Ahrens Henry an.

Der nahm das Medaillon an sich. „Vielen Dank, Tante. Ja, es ist tatsächlich ein Erbstück. Es ist sehr wichtig für Pauline. Danke, dass du so gut darauf aufgepasst hast. Ich werde mich darum kümmern, dass es repariert wird." Und an Pauline gewandt sagte er: „Liebe Pauline, als kleine Überraschung und Geschenk zu unserer Hochzeit könnten wir heute nach der Trauung zum Fotografen gehen und eine Aufnahme von uns beiden machen lassen. Dann kannst du es als immer bleibende Erinnerung an diesen Tag in dein Medaillon aufnehmen. Es ist ja noch Platz neben Fritz' Bild." Mit einem Lächeln blickte Henry Pauline in die Augen.

„Was für eine schöne Idee. Ich freue mich sehr." Pauline errötete. Sie schämte sich. Gleichzeitig war sie Henry dankbar. Mit keinem Wort hatte er beanstandet, dass Fritz' Bild immer noch in dem Amulett eingefasst war.

Henry hakte Pauline unter. „Bereit, mein junges Fräulein?", fragte er gutgelaunt.

„Bereit." Pauline schaute in Henrys sommersprossiges Gesicht, das so viel Zuversicht ausstrahlte.

„Dann gehen wir los. Der Standesbeamte wartet nicht." Mit diesen Worten stolzierten sie Arm in Arm zur Tür hinaus. Frau Ahrens stand mit offenem Mund im Hausflur und blickte ihnen nach. Sie sah aus, als wäre sie einer Ohnmacht nahe.

„Das ist doch unerhört", murmelte sie. „Unerhört!"

Berlin, 1. Juli 1937

Pauline saß an der kleinen Nähmaschine. Neben ihr stapelten sich die Kragen. Kaum zu glauben, wie viele Kragen sie tagein, tagaus genäht hatte. Jetzt war sie schon fast zweieinhalb Jahre in Berlin. Aber was war das für ein Leben?

Unter ihrem Tisch saß Wilhelmine mit ihrer Puppe, die Pauline aus Stroh und ein paar Stoffresten gefertigt hatte. Pauline hielt inne, um ihr kurz über das Haar zu streichen. Was hatte sie für ein Glück, dass das Mädchen so ruhig und ausgeglichen war. Die ersten Monate hatte das Mädchen fast nur geschlafen. Inzwischen konnte es laufen. Trotzdem saß sie die meiste Zeit friedlich unter dem Tisch und spielte, während Pauline und Erna ihre Näharbeiten verrichteten.

Wenn Frau Ahrens in der Nähe war, schien das Kind sich unsichtbar zu machen. Es hatte trotz seines jungen Alters feine Antennen dafür, wem man besser nicht zu nahe kam.

„Hast du etwas von Henry gehört?", fragte Erna genau in dem Moment, als die Tür aufging und ihre Mutter in die Stube kam.

„Ihr sollt euch nicht unterhalten, sondern arbeiten." Drohend hob Frau Ahrens einen Teppichklopfer auf, der an der Wand gelehnt hatte.

Wilhelmine, die eben noch friedlich ihre Puppe im Arm gewiegt hatte, fing an zu weinen. Dicke Tränen kullerten über ihre rosige Haut.

„Dieses schreckliche Kind", Frau Ahrens stieß mit dem Teppichklopfer nach Wilhelmine. „Kommt ganz nach ihrer Mutter."

„Aufhören", sofort sprang Pauline auf und stellte sich schützend vor das Kleinkind.

„Du hast mir gar nichts zu sagen. Schiebst meinem Neffen einfach ein Kind unter, dabei weiß jeder, dass das Kind nicht von ihm ist.“

„Mutter, was sagst du denn da?“, versuchte Erna für Pauline Partei zu ergreifen.

„Still! Wir lassen uns nicht für dumm verkaufen. Wir haben Pauline aufgenommen, als sie hochschwanger war. Aber warum? Wäre es Henrys Kind, dann hättet ihr einfach heiraten können. So ein Skandal wäre das nicht gewesen. Stattdessen versteckt er dich hier und alle Welt soll glauben, du hättest das Kind verloren. So ist es doch.“ Abschätzig sah Frau Ahrens Pauline an.

„Was sagst du da, Mutter?“ Erna blickte ihre Mutter entsetzt an. „Aber das ist doch nicht wahr. Pauline liebt Henry. Natürlich ist das Kind von ihm.“

„Ach, ist es das?“ Höhnisch blickte Frau Ahrens Pauline an. „Nicht einmal Erna hast du also die Wahrheit erzählt. Ich dachte, ihr seid Freundinnen. Da kannst du mal sehen, was Pauline für ein Mensch ist.“ Sie ließ den Teppichklopfer vor Paulines Füße fallen.

„Aber Pauline, das stimmt doch nicht. Sag Mutter, dass das nicht stimmt.“ Erna legte Pauline beruhigend eine Hand auf den Arm.

Doch Pauline schüttelte nur den Kopf. „Deine Mutter hat recht. Das Kind ist nicht von Henry. Meine und seine Mutter haben mich hierher geschickt, als ich Schwangerschaftskomplikationen hatte. Sie haben vorgetäuscht, ich hätte eine Fehlgeburt gehabt und wollten, dass ich das Kind hier kriegen und Henry heiraten kann. Sie sind der Meinung, wenn nur genug Zeit vergangen ist, kann ich nach Vangerow zurückkommen und keiner wird anzweifeln, dass Henry der Vater ist.“ Pauline vermied es, Erna in die Augen zu sehen.

„Da hörst du es." Frau Ahrens trat mit einem Fuß in Richtung Wilhelmine, die sich inzwischen hinter Pauline versteckt hatte. „Ich werde euch hier nicht länger dulden. Ich habe bereits an Henry geschrieben, dass er euch abholen soll. In meinem Haus seid ihr nicht mehr willkommen. Wenn ihr auch den Rest der Welt für dumm verkaufen wollt, mit mir könnt ihr es nicht mehr machen."

Mit energischen Schritten war Frau Ahrens aus der Stube gestürmt. Pauline schluchzte leise vor sich hin, während sie Wilhelmine eng umklammerte. Sie wusste nicht, ob sie vor Wut weinte, oder vor Erleichterung. Endlich hatte die schreckliche Zeit in Berlin ein Ende. Endlich würde sie mit Wilhelmine nach Vangerow zurückkehren können.

Berlin, 23. Juli 2017

„Pauline war noch schwanger? Ich dachte, sie ist nach Berlin gekommen, um sich von der Fehlgeburt zu erholen.“ Ich lasse das Tagebuch auf meinen Schoß sinken.

Ruth schüttelt den Kopf und deutet auf das Tagebuch. „Meine Mutter hat alles genau rekonstruiert. Deine Oma ist 1935 geboren, einige Monate nach Paulines Ankunft hier in Berlin.“

„Wie kann das sein? Wir dachten immer, sie wäre erst ein Jahr später geboren.“

„So wie es aussieht, war das auch die Absicht ihres Aufenthalts hier, meinst du nicht?“ Ruth sieht mich ernst an. „Pauline und ihr Kind sind kurz darauf wieder nach Vangerow zurückgekehrt. Vermutlich haben sie da einfach an ihrer Geschichte festgehalten. Vielleicht haben die Leute in der Heimat etwas geahnt, aber wieso hätten sie die Vergangenheit aufwärmen sollen? Deine Urgroßeltern waren glücklich verheiratet. Glaubst du nicht, dass es am Ende besser so war?“

„Darauf weiß ich keine Antwort. Wirklich nicht.“

„Kind, nimm noch ein Stück Torte. Du bist ja ganz blass. Das ist doch alles lange her.“

Ich schüttele den Kopf. „Lange her, ja. Aber weißt du, was das bedeutet?“

Sie nickt. „Henry ist nicht Wilhelmines Vater.“

Ich blicke sie entsetzt an. „Ruth. Das ist furchtbar. Egal, wie lange das auch immer her ist. Oma wird am Boden zerstört sein, wenn sie das erfährt.“

„Ach Kindchen“, Ruth sieht mich nun mitleidig an. „Ich wollte nicht, dass dich das alles so mitnimmt.“

„Schon gut“, wiegele ich ab. „Gibt es noch mehr Dinge, die ich wissen sollte?“

„Nein, das war es tatsächlich. Meine Mutter hat kurz nach Paulines Abreise nach Vangerow meinen Vater kennengelernt. Die nächsten Tagebuchseiten sind gefüllt mit Liebeserklärungen an meinen Vater. Kurz darauf haben meine Eltern geheiratet. Da war Erna 22. Dann kam der Krieg, mein Vater wurde eingezogen und so bin ich erst nach dem Krieg auf die Welt gekommen. Geschwister habe ich leider nicht. Wie oft habe ich mir gewünscht, es wäre anders."

„Das scheint ein Schicksal unserer Familie zu sein. Lauter Einzelkinder. Meine Cousine Friederike und ich sind Einzelkinder, meine Oma Wilhelmine war Einzelkind, nur sie selbst hat zwei Kinder bekommen. Aber meine Mutter ist früh gestorben. Kinderreich war unsere Familie wohl nie."

„Aber immerhin ist das nächste Kind schon auf dem Weg." Ruth legt ihre Hand vorsichtig auf meinen Bauch. Ich lasse sie gewähren, obwohl ich es eigentlich überhaupt nicht mag, wenn fremde Menschen meinen Bauch anfassen. Aber Ruth ist ja eigentlich keine Fremde. Immerhin ist ein Teil unserer Geschichte miteinander verknüpft.

„Leider wird wohl auch dieses Kind ein Einzelkind bleiben. Mit Männern habe ich einfach kein Glück", sage ich.

„Ach, du bist ja noch jung. Da kann noch viel passieren. Sieht man ja in diesem alten Tagebuch." Ruth streicht über den alten Ledereinband.

„Darf ich die Einträge vielleicht mit meinem Handy abfotografieren?", erkundige ich mich.

„Selbstverständlich. Ich hatte schon überlegt, dir eine Kopie zu machen, aber dafür müsste ich erstmal zum Copy Shop. So ist es viel einfacher."

„Danke.“ Jetzt habe ich den Beweis, dass Henry nicht mein Uropa war, praktisch in meiner Handtasche abgelegt.

„Was wirst du als nächstes tun?“

„Ich weiß es nicht“, antworte ich wahrheitsgemäß. „Eigentlich kann ich das alles auf keinen Fall mit Oma Wilhelmine besprechen. Wenn ich ihr sage, dass Henry nicht ihr Vater war, bricht für sie eine Welt zusammen. Andererseits muss sie doch erfahren, dass es Fritz gab. Oder nicht?“

Ruth antwortet nicht sofort, sondern sieht mich nachdenklich an. Erst nach langem Zögern sagt sie: „Ich bin ein Mensch, der an die Wahrheit glaubt. Egal, wie schmerzhaft sie auch sein mag.“

Vangerow, 3. September 1937

Pauline sog die warme Luft tief in ihre Lungen ein. Wie hatte sie den Geruch der Fichtenwälder in den vergangenen Jahren vermisst. Dazu der Duft des Getreides, der immer intensiver wurde, je höher die Sonne am Himmel stand. Wie froh sie war, der Tristesse der Großstadt endlich entkommen zu sein. Ebenso den Beschimpfungen und Demütigungen von Frau Ahrens. Nur Erna fehlte ihr. Sie hatte sie oft mit dem Baby unterstützt.

Ihr Verhältnis zu Henry hatte sich seit der Rückkehr nach Vangerow verändert. Ihr Körper würde sich nie so bedingungslos zu ihm hingezogen fühlen, wie es bei Fritz der Fall gewesen war, aber das Leben mit ihm war angenehm. Er verlor nie ein böses Wort, hatte stets ein Lächeln auf den Lippen und was er anpackte, gelang. Pauline empfand für Henry eine große Bewunderung. Er war selbstlos, tüchtig und in sich ruhend. Mit der Zeit konnte sie sich nicht mehr vorstellen, ein Leben ohne ihn zu führen. Auch sonst hatte sich seit ihrer Rückkehr alles zum Positiven verändert. Pauline wurde von den Leuten im Dorf nicht mehr gemieden, sondern höflich gegrüßt. So sehr die Dorfbewohner über Pauline Nöske getratscht hatten, so sehr hofierten sie nun Pauline Woidtke. Dass sie die Frau an Henrys Seite war, änderte alles.

Sogar Frau Damaske hatte letztens vor dem Gottesdienst höflich gegrüßt und sich erkundigt, wie es Wilhelmine gehe. „Sie sieht ganz aus wie der Vater. Also wirklich kein Zweifel, lieber Herr Woidtke. Das haben Sie ganz ausgezeichnet hingekriegt", hatte sie mit einem Blick auf das Kleinkind betont.

Nicht ein einziges Mal hatte jemand in Paulines Gegenwart Fritz erwähnt. Je länger Wilhelmine auf der Welt war, desto mehr vergaß sogar Pauline, dass Henry nicht der leibliche Vater war. Selbst Martha kam regelmäßig im Hause Woidtke vorbei, um Pauline und Wilhelmine zu besuchen. Es war beinahe, als hätte es Fritz niemals gegeben. Wenn nicht dieser kleine Stich in Paulines Herzen sie Tag für Tag an ihn erinnert hätte. An jedem neuen Morgen dachte sie zuerst an ihn. Und auch der letzte Gedanke des Tages war zumeist mit Fritz verbunden. Nicht selten schämte Pauline sich für ihre Gefühle. Vor allem, wenn sie sah, wie liebevoll Henry sich um Wilhelmine kümmerte.

6

Unverhofftes Wiedersehen

Bielefeld, 24. Juli 2017

Die Schmutzwäsche vor der Waschmaschine türmt sich so hoch, dass ich kaum durch den Raum gehen kann, ohne zu stürzen. Im Spülbecken in der Küche befinden sich mehr Teller und Gläser als in den Schränken. So wie es aussieht, hatte Papa Wichtigeres zu tun, als hinter sich aufzuräumen. Die Wohnung riecht, als wäre seit meiner Abreise nicht mehr gelüftet worden. Ich reiße die Fenster auf und räume eine erste Ladung Geschirr in die Spülmaschine. Als ich das Gerät gerade angestellt habe, klingelt mein Handy. Es ist Friederike. Als sie mir vorschlägt, dass wir uns auf einen Kaffee treffen könnten, bin ich froh, dass ich die Wohnung verlassen kann. Eine halbe Stunde später sitzen wir vor dem ausgedienten Straßenbahnwaggon auf dem Siegfriedplatz.

Ich schlürfe Orangenlimonade durch einen knallroten Strohhalm, während Friederike einen dampfenden Pott Kaffee vor sich hat. Das Aroma steigt mir in die Nase. Auch wenn ich selbst nie Kaffee trinke, liebe ich diesen Duft. Als Kind habe ich oft an Oma Wilhelmines Kaffeebohnen geschnüffelt. Das hatte immer eine beruhigende Wirkung auf mich. So ist es auch jetzt, obwohl die Details, die Friederike über ihre Trennung von Stephan berichtet, alles andere als angenehm sind.

„Letztens habe ich Stephan in der Stadt gesehen. Er hat bereits eine neue Freundin. Franzi“, berichtet Friederike.

„Sie hat eine Superfigur. Hing förmlich an seinem Arm, während ich völlig verloren herumstand und versucht habe, zu lächeln. Eigentlich hätte ich beide erwürgen können."

„Verrückt. Wo hat Stephan die denn so schnell kennengelernt? Er ist doch sonst nicht der Kontaktfreudigste", wundere ich mich und hoffe, dass mir Friederike meine Wertung über ihren Ex nicht übel nimmt.

„Das war bei seinem Kumpel Arndt. Dem hat er beim Umzug geholfen. Allerdings schon vor acht Monaten."

„Autsch", erwidere ich.

„Ja, genau. Auch wenn er sagt, da wäre vor unserer Trennung nichts gelaufen, will ich gar nicht wissen, wie lange er mich schon mit Franzi betrogen hat." Friederike pustet in ihren Kaffee. Sie sieht verletzt aus.

„Dann ist er es auch nicht wert. Sei froh, dass du ihn los bist. Diese Franzi ist bestimmt sowieso total die Langweilerin. Das wird er schnell merken", versuche ich Friederike aufzuheitern.

„Von wegen langweilig. Franzi reist um die Welt und arbeitet immer nur so lange, bis sie wieder Geld für die nächste Reise zusammen hat. Beamte wie ich sind dagegen Oberspießer", klärt mich Friederike auf. „An Franzi ist einfach alles cool. Sie läuft Marathon, springt Bungee und hat lauter exotische Tattoos. Fünf Jahre jünger als ich ist sie auch noch." Friederike seufzt. „Stephan hatte einfach keine Lust mehr auf ständigen Zoff ums Wohnungputzen, auf langweilige Abende zu Zweit auf dem Sofa und ein eintöniges Leben mit mir. Mein Wunsch nach einer Familie hat ihn genervt. Da hat er lieber den Absprung gemacht." Friederike schnäuzt sich die Nase. Sie sieht verheult aus, auch wenn sie behauptet, das wäre Heuschnupfen. Soweit ich weiß, hatte Friederike in ihrem Leben noch nie Heuschnupfen oder Allergien. Aber selbst mit verquollenen Augen und verschnupfter Nase sieht sie perfekt aus.

„Also, für mich hört sich diese Franzi anstrengend an. Kannst du dir vorstellen, wie Stephan, der ja übrigens auch ein langweiliger Beamter ist, sich mit ihr am Bungeeseil von der Todesbrücke stürzt oder durch den australischen Dschungel kämpft? Jetzt mal ehrlich, Stephan ist doch gar nicht der Typ für sowas. Das wird dem doch nach kurzer Zeit viel zu stressig“, sage ich.

Zum ersten Mal grinst Friederike. „Meinst du?“

„Klar. Da wird er sich noch manchen langweiligen Abend zu zweit auf dem Sofa zurückwünschen“, bekräftige ich.

Friederike schüttelt den Kopf. „Wie auch immer. Er war für mich der Eine. Ich wollte nie einen anderen haben. Jetzt bleibe ich bestimmt für immer Single. Du hast ja wenigstens bald ein Kind, aber ich habe nicht einmal das.“

„Also, jetzt hör' aber auf. Ich würde liebend gerne mit dir tauschen, das kannst du mir glauben. So toll ist es nicht, ungewollt schwanger zu sein. Du hast alle Zeit der Welt, einen Mann zu finden, der Tattoos und Extremsportarten hasst und gegen entspannte Abende auf dem Sofa überhaupt nichts einzuwenden hat. Wenn wir zusammen durch die Fußgängerzone gehen, sehe ich doch, wie die Männer sich nach dir umdrehen. Ich hätte nichts dagegen, mit dir zu tauschen.“

„Wirklich?“ Verdutzt schaut Friederike mich an. „Ich dachte, du kannst mich nicht leiden.“

„Was? Wie kommst du denn darauf? Das ist doch Quatsch. Aber du machst es einem echt nicht leicht. Du bist so perfekt, dass meine eigenen Fehler nur umso stärker hervorstechen.“

„Aber Leonie, das ist doch Blödsinn. Klar, ich kann die Männer begeistern. Auf den ersten Blick. Aber danach langweile ich sie zu Tode. Du bist die, mit der man Spaß haben kann, die Unkomplizierte. Die Powerfrau, die auch ohne Mann einfach ihr Ding macht."

Jetzt werde ich rot. „Warum haben wir uns eigentlich immer so gezankt? Zusammen würden wir vielleicht ein gutes Team abgeben."

„Da hast du recht. Aber noch ist es ja nicht zu spät." Friederike grinst mich an. Ich grinse zurück. Zum ersten Mal freue ich mich darüber, sie als Cousine zu haben.

Nachdem Friederike und ich eine große Portion Pommes vertilgt haben, erzähle ich ihr von Omas Haus in Vangerow, Jurek und dem Besuch bei Ruth in Berlin.

„Leonie, das ist ja der Hammer. Ich jammere hier über Stephan, während du hochschwanger nach Polen fährst und einfach mal so mir nichts dir nichts ein Familiengeheimnis aufdeckst und mit einem polnischen Mann flirtest, der vergeben ist und sich dann auch noch prügelt. Mein Leben ist dagegen wirklich eintönig."

„Ach, jetzt hör doch damit auf. Zwischen Jurek und mir ist nichts. Und Oma Wilhelmines Geheimnis betrifft uns beide gleichermaßen."

„Wenn du meinst. Aber was sollen wir denn jetzt machen? Wir können ihr doch unmöglich sagen, dass Henry nicht ihr Vater ist."

„Wir müssen. Stell dir vor, du wärst an ihrer Stelle. Würdest du es nicht auch wissen wollen?"

„Irgendwie schon, aber irgendwie auch nicht. Da sowohl Henry als auch Fritz heute schon lange tot sind, macht es doch eigentlich keinen Unterschied mehr. Sollten wir ihr da nicht lieber ihren Seelenfrieden lassen?"

„Und sie belügen? Hat sie nicht ein Recht darauf, die Wahrheit zu erfahren? Also, ich würde es wissen wollen. Definitiv."

So sitzen wir noch eine ganze Weile zusammen und diskutieren, was für Oma Wilhelmine das Beste wäre. Am Ende einigen wir uns darauf, Oma am nächsten Tag gemeinsam zu besuchen und ihr die Wahrheit schonend beizubringen.

Als ich am nächsten Tag aufwache, fühle ich mich total übermüdet. Nachts habe ich kaum ein Auge zugetan. Wenn ich einmal doch weggenickt bin, ist mir Oma Wilhelmine im Traum erschienen und hat mich angeschrien: „Nur weil dein Kind keinen Vater hat, brauchst du mir jetzt nicht meinen wegzunehmen." Ich bin schweißgebadet und nicht mehr so überzeugt, dass wir gestern Abend die richtige Entscheidung getroffen haben.

Als Friederike und ich bei Oma angekommen, richte ich ihr erst einmal viele Grüße von Ruth aus, die sie dankend zur Kenntnis nimmt. Danach reden wir über das Wetter (heiß), das Essen im Seniorenheim (allenfalls lauwarm) und die aktuellen Beziehungen zwischen den USA und Russland (abgekühlt).

Als ich mich langsam frage, wie ich das Thema überhaupt noch anschneiden soll, haut Oma plötzlich mit der Faust auf den Tisch. „Genug gequatscht. Jetzt erzähl schon, Leonie. Wie war es in Vangerow? Wie war deine Reise? Und was macht das Haus?"

Friederike verschluckt sich vor Überraschung beinah an ihrem Kaugummi. Ich muss ihr kräftig auf den Rücken hauen, um Schlimmeres zu verhindern.

„Das Haus steht noch." Ich zücke mein Smartphone, um Oma ein Foto zu zeigen. „Ist ein bisschen in die Jahre gekommen. Aber von seinem Charme hat es nichts verloren. Wenn man einen kundigen Handwerker durchschicken und danach ein paar Eimer Farbe verwenden würde, wäre es bestimmt eine Augenweide."

„Hmm." Oma schließt die Augen und scheint ganz weit weg zu sein. Zum ersten Mal seit Ewigkeiten sieht sie zufrieden aus. „Ich kann das Plätschern der Küddow immer noch hören, wenn ich die Augen schließe. Auch wenn es so viele Jahrzehnte her ist. Der Geruch der Fichten, das Klappern der Pferdehufe und das Zwitschern der Vögel in den Bäumen. Der Geruch nach Getreidefeldern im Sommer. Die russische Kälte im Winter." Omas Blick ist verklärt. Schließlich öffnet sie die Augen wieder. „Und sonst? Mehr hast du von deinem Urlaub nicht zu berichten?"

„Doch, schon." Ich räuspere mich. „Also, das Haus ist wie gesagt wunderschön. Nur der fehlende Wasser- und Gasanschluss ist gewöhnungsbedürftig. Abgesichert gegen Einbrecher ist das Haus jetzt erstmal. Ich habe da einen netten Nachbarn getroffen, der mir ein bisschen zur Hand gehen konnte."

„Und auch sonst hat er Leonie ziemlich imponiert." Friederike grinst und springt geschickt beiseite, als ich versuche, ihr meinen Ellenbogen in die Seite zu rammen.

„Könnt ihr denn nie aufhören, euch zu streiten?" Oma blickt uns tadelnd an.

„Doch", sage ich. „Ich habe dir auch etwas mitgebracht. Ein Familienerbstück sozusagen." Ich krame in meiner Handtasche und lasse Paulines Medaillon vorsichtig aus einem Schmuckkästchen in Omas mit Falten überzogene Hand gleiten. „Das hat Jurek im Kartoffelkeller gefunden. Beim Spielen. Als er ganz klein war."

Oma Wilhelmine starrt auf das Medaillon. Erst nach einer ganzen Weile findet sie ihre Sprache wieder. „Das hat meine Mutter immer getragen. Ich kann mich noch gut daran erinnern. Eines Tages war es weg. Ganz plötzlich. Sie hat mir nie verraten, wo es geblieben ist."

Behutsam öffnet Oma Wilhelmine die Fotokammer und betrachtet das Hochzeitsfoto ihrer Eltern. Ein Lächeln umspielt ihre Lippen. „Die Zwei waren schon ein gutes Paar."

„Ja. Also Oma, das sind die Fotos, die ich euch schon per Handy geschickt habe. Du weißt schon, da ist auch das Foto von dem Mann dabei, den wir nicht zuordnen konnten."

Oma klappt die Fotokammer um und begutachtet Fritz' Porträt. Auf einmal bin ich richtig nervös. Friederike geht es ähnlich. Ich sehe, wie sie von einem Bein aufs andere tritt, als müsse sie dringend zur Toilette.

„So wie du aussiehst, hast du vermutlich rausgefunden, um wen es sich handelt. Und wirst du es mir auch sagen?" Oma schaut mich streng an.

„Ja, natürlich." Wie kommt es, dass sie bloß immer weiß, was los ist, bevor ich auch nur den Mund aufmache?

„Also, ich bin so gut wie sicher, dass der Mann auf dem Foto Fritz heißt und Oma Pauline sehr wichtig war", starte ich vorsichtig.

Oma nickt gedankenverloren und studiert das Foto. „Dann bin ich mir sicher, dass du Recht hast. Als Journalistin hattest du in solchen Dingen schon oft den richtigen Riecher."

„Ja. Fritz ist in jungen Jahren in die USA ausgewandert. Aber vorher war er wohl mit Oma Pauline liiert, könnte man sagen." Wie soll ich Oma das alles bloß erklären?

„Was du nicht sagst? So also sah er in jungen Jahren aus." Oma hält den Blick auf das Foto gerichtet. „Ich hätte ihn nicht erkannt. Im Alter hatte er viel von seinem Charme verloren."

Friederike und ich werfen uns einen erstaunten Blick zu. „Du kennst Fritz?" Wieder einmal weiß ich nicht, was ich sagen soll. Wie so oft habe ich meine Oma wohl auch dieses Mal unterschätzt.

„Ich bin ihm einmal begegnet. Das ist schon lange her." Oma Wilhelmine legt das Medaillon zurück auf den Tisch und lässt sich zurück in ihr Stuhlkissen sinken. „Aber da war er bereits ein alter Mann. Der junge Kerl auf diesem Foto, der sieht ihm wirklich nicht ähnlich."

„Aber Oma, wie ist es möglich, dass du Fritz begegnet bist?" Friederike spricht die Frage aus, die mir auch auf der Zunge liegt. „Leonie hat doch herausgefunden, dass er in die USA ausgewandert ist. Wir dachten, er wäre nie wieder nach Deutschland zurückgekehrt."

„Ach was." Oma legt vorsichtig das Medaillon zur Seite. „Er hat fast sein ganzes Leben in den USA verbracht. Und wenn es nach eurer Uroma gegangen wäre, dann hätte ich auch nie von seiner Existenz erfahren. Erst als ich selbst schon Mutter war, habe ich gehört, dass es ihn gibt. Natürlich wollte meine Mutter mir nie verraten, wer er wirklich war. Aber die Wahrheit kommt immer irgendwann ans Licht. Nennt es Zufall, oder nennt es Schicksal. Und genauso ist es ja bis heute. Auch vor euch beiden hat die Wahrheit ja nicht Halt gemacht. Warum redet ihr noch um den heißen Brei herum? Ich vermute, ihr habt längst herausgefunden, dass Fritz mein leiblicher Vater ist?" Sie blickt uns streng an.

Ich spüre, wie meine Wangen rot werden. Wieder hat sie mich eiskalt erwischt. „Ja, Oma, das haben wir tatsächlich. Und ich habe die ganze Nacht nicht geschlafen, weil ich mir Sorgen gemacht habe, wie du die Nachricht aufnehmen würdest. Und jetzt höre ich, dass du es längst weißt."

„Und das enttäuscht dich?"

„Ach Quatsch. Aber jetzt blicke ich nicht mehr durch. Weshalb die ganze Geheimniskrämerei?"

Oma seufzt und blickt uns ernst an. „Leiblicher Vater hin oder her. Mein Vater ist und bleibt für mich Henry, nur damit das klar ist“, sagt Oma Wilhelmine trotzig. „Ich habe nicht darum gebeten, dass Fritz in meinem Leben auftaucht. Trotzdem wäre keine von uns Dreien ohne ihn je geboren. Er ist aber nicht nur mein Vater und euer Urgroßvater, sondern noch viel mehr. Leonie hat ihm in gewisser Weise gleich zweimal ihr Leben zu verdanken.“

„Ich? Was meinst du denn damit, Oma?“

„Eigentlich hatte ich mich dazu entschieden, mit euch gar nicht über dieses Thema zu reden. Aber nun sehe ich ein, dass die Wahrheit immer irgendwie ihren Weg findet. Irgendjemand da oben scheint zu wollen, dass ihr Bescheid wisst.“

„Also Oma, ich weiß nicht, vielleicht kann Leonie auch einfach nur gut recherchieren“, wirft Friederike ein.

„Du meinst, sie kann es nie lassen, ihre Nase in Angelegenheiten zu stecken, die sie nichts angehen.“ Oma sieht mich tadelnd an.

„Ach, Oma, nur weil ich wissen möchte, wo meine Familie herkommt?“

„Manchmal hat es seinen Grund, weshalb Menschen über Dinge schweigen. Das solltest auch du akzeptieren lernen. Aber jetzt ist die Büchse der Pandora geöffnet, daher gibt es sowieso kein Zurück mehr.“ Wilhelmine greift nach dem Medaillon vor sich auf dem Tisch. „Ich habe eine schwere Schuld auf mich geladen. Nach all den Jahren ist es an der Zeit, diese nun zu beichten. Vor dem jüngsten Gericht werde ich ohnehin nichts verheimlichen können.“ Oma Wilhelmine ist kalkweiß im Gesicht.

„Oma, so schlimm kann es doch nicht sein. Du kannst mit uns wirklich über alles reden. Wir wissen, was für ein guter Mensch du bist.“ Ich nehme ihre Hand, die sich eiskalt anfühlt.

„Ein guter Mensch? Pah. Mein Geheimnis ist noch viel schlimmer als ihr es euch ausmalen könnt“, sagt sie. „Ich bin Schuld an Fritz’ Tod.“

Bielefeld, 4. Mai 1990

„So kann es nicht weitergehen. Sehen Sie sich doch an, wie blass meine Tochter ist. Sieht so eine gesunde 20-Jährige aus? Da müssen Sie doch irgendwas machen können." Wilhelmine redete energisch auf Dr. Gerlach ein, während Hannelore zusammengesunken neben ihr auf einem Bürostuhl im Behandlungszimmer kauerte. Seit ihrer Kindheit litt Hannelore nun unter der Nierenschwäche. Eine leichte Gesichtsblässe war für sie nichts Ungewöhnliches. Doch seit einiger Zeit hatte sich Hannelores Zustand besorgniserregend verschlechtert. „Ihre Beine sind geschwollen, das Wasser geht gar nicht mehr weg. Dazu hat sie Wadenkrämpfe und kriegt kaum Luft." Wilhelmine tätschelte ihrer Tochter die Hand, als säße sie neben einer Fünfjährigen. Hannelore blickte in die Ferne, als wäre sie gar nicht im Behandlungszimmer, während Dr. Gerlach sich Notizen machte.

Das Verhalten des Arztes brachte Wilhelmine an den Rand des Wahnsinns. Wenn er nicht immer so stoisch dasitzen, sondern sich ein einziges Mal dazu herablassen würde, ihr zu erklären, was los war. Wozu hatte er Medizin studiert, wenn er Hannelore doch nicht helfen konnte.

„Frau Nottebrock, ich will offen mit Ihnen und Ihrer Tochter reden." Endlich legte Dr. Gerlach seinen Kugelschreiber zur Seite. Der Arzt war so schmächtig, dass Wilhelmine erwartete, sein Körper würde jeden Moment von dem weißen Kittel verschluckt.

„Es sieht nicht gut aus. Die Niereninsuffizienz Ihrer Tochter schreitet schnell voran. Besorgniserregend schnell. Wenn es so weitergeht, wird auch die Dialyse bald nicht mehr helfen." Dr. Gerlach nahm seine Brille von der Nase und begann, die Gläser mit einem weißen Tuch zu polieren. „Wenn ihre Tochter keine neue Niere bekommt, sind ihre Überlebenschancen schlecht. Eine Transplantation ist die letzte Möglichkeit. Viel Zeit bleibt uns nicht. Vielleicht ein halbes Jahr, aber garantieren würde ich dafür nicht." Er setzte sich die Brille wieder auf die Nase, vermied es aber, Hannelore anzusehen.

„Ein halbes Jahr? Dann unternehmen sie etwas. Wir stimmen einer OP auf jeden Fall zu, wenn das meine Tochter rettet."

„Ganz so einfach ist es nicht. Leider sind die Wartezeiten auf ein passendes Organ lang. Im Durchschnitt sieben Jahre. Ihre Tochter hat aber leider Blutgruppe 0. Das ist nicht günstig", erklärt Dr. Gerlach. „Am besten stehen die Chancen, wenn man Blutgruppe AB hat, denn in diesem Fall kann man Organe von allen anderen Menschen empfangen. Personen mit der Blutgruppe A können nur von Menschen mit der Blutgruppe A oder 0 empfangen, für Menschen mit Blutgruppe B kommen als Spender nur Personen der Blutgruppen B oder 0 infrage. Aber Patienten wie ihre Tochter, die Blutgruppe 0 haben, können nur Organe von Menschen empfangen, die ebenfalls Blutgruppe 0 haben. Deswegen könnte es bis zu zwölf Jahre dauern, eine geeignete Niere für ihre Tochter zu bekommen. Es gibt zu wenige Menschen, die sich bereiterklären, nach ihrem Tod Organspender zu werden."

Wilhelmine kam es vor, als rattere Dr. Gerlach einfach Fakten aus einem Lehrbuch herunter. Das persönliche Schicksal ihrer Tochter schien ihn völlig kalt zu lassen. „Sie haben doch eben gesagt, dass Sie ihr nur noch ein halbes Jahr Zeit geben. Wie sollen wir da zwölf Jahre warten?"

„Zu diesem Punkt wollte ich gerade kommen. Die meisten Menschen haben zwei gesunde Nieren. Man kann aber auch mit einer gesunden Niere leben. Wenn Sie also jemanden finden, der bereit ist, ihrer Tochter eine Niere zu spenden, dann wäre das eine Möglichkeit, ihr Leben zu retten. Vielleicht sogar die einzige Möglichkeit." Dr. Gerlach wippte langsam auf seinem Stuhl hin und her.

„Herr Doktor, wir reden hier über meine Tochter. Ich würde alles tun, was nötig ist, um ihr Leben zu retten." Wilhelmine saß wie erstarrt auf ihrem Stuhl. Allein der Gedanke an die OP rief in ihr das blanke Entsetzen und einen Fluchtreflex hervor. Aber lieber würde sie selbst sterben, als ihrer Tochter beim Sterben zuzusehen.

„Dass Sie spenden möchten, ehrt Sie. Aber ganz so einfach ist das nicht." Dr. Gerlach räusperte sich. „Auch im Falle der Lebendspende müssen wir leider vorab testen, ob sie die gleiche Blutgruppe haben wie ihre Tochter, damit das Organ nicht abgestoßen wird. Nur dann kommen Sie als Spenderin in Frage. Ansonsten ist die Idee gut, einen Spender aus dem Bekanntenkreis zu suchen. Neben der Blutgruppe müssen auch die HLA-Gewebemerkmale übereinstimmen. Bei Eltern und Kindern beträgt die Übereinstimmung dieser Merkmale 50 Prozent. Das ist schon ganz gut. Je näher der Spender mit dem Empfänger verwandt ist, desto besser die Übereinstimmung. Aber überlegen Sie sich erst noch einmal in Ruhe, ob so etwas überhaupt für Sie infrage kommt. Das ist keine Entscheidung, die man übers Knie bricht."

„Herr Dr. Gerlach, mein Mann und ich würden alles tun, um unserer Tochter zu helfen. Das steht außer Frage." Wilhelmine wollte nur noch aus dem Besprechungszimmer flüchten. Wie sie diesen Arzt und seine ganze Art hasste. Schützend legte sie den Arm um Hannelore, die die ganze Zeit über geschwiegen hatte und fortwährend auf einen imaginären Punkt an der Wand starrte.

„Wie gesagt, das ist eine Entscheidung, die wohl überlegt sein will, Frau Nottebrock." Dr. Gerlach zog aus seiner Schreibtischschublade einen Flyer. „Hier sind einige

Informationen zum Thema Nierenlebendspende aufgeführt. Über das Mindestalter des Spenders gibt es unterschiedliche Auffassungen. In vielen Quellen wird 40 bis 45 Jahre als Untergrenze angeben, die Interessengemeinschaft Nierenlebendspende empfiehlt sogar, dass der Spender ein Mindestalter von 50 Jahren haben sollte. Er sollte nicht rauchen, nicht viel Alkohol trinken, kein Diabetes haben und gesund sein. Auch, was die obere Altersgrenze angeht, gibt es Spielraum. In der Theorie sagt man oft, der Spender sollte nicht älter als 65 Jahre sein, aber wenn man es medizinisch vertreten kann, spricht auch nichts gegen einen noch älteren Spender, also beispielsweise Hannelores Großeltern. Wichtig ist nur, dass man aus einem Kranken nicht zwei macht."

Wilhelmine nahm den Infoflyer entgegen. Sie war so aufgewühlt, dass die Buchstaben vor ihren Augen verschwammen. Ihr Bauch verkrampfte sich vor Angst. Sie würde alles tun, um Hannelore zu retten. Alles. Ohne zu Zögern würde sie ihr eigenes Leben geben, wenn das nur Hannelore gesund machen würde.

„Lesen Sie sich das bitte genau durch. Wir sprechen danach noch einmal ausführlich miteinander. Um zu erfahren, ob Sie überhaupt als Spenderin infrage kommen, kann ich Ihnen schon jetzt etwas Blut abnehmen. Dann wissen wir morgen, welche Blutgruppe Sie haben." Dr. Gerlach griff nach Spritze und Kanüle. Als er die Nadel in ihre Armbeuge stach, hatte Wilhelmine das Gefühl, dass sich der Raum drehte. Die Wände schienen auf sie zuzurücken. Das sterile Weiß des Behandlungszimmers prallte auf sie ein wie tausend grelle Blitze. Einen Moment lang glaubte sie, sich übergeben zu müssen.

„Atmen Sie tief ein und aus. Es ist schon vorbei", hörte sie Dr. Gerlach sagen.

Sie spürte, wie er ihr einen kalten Waschlappen auf die Stirn presste und dann zum Fenster ging, um es weit aufzureißen. Schon nach wenigen Sekunden strömte frische Luft herein. Eine Wohltat für ihre Lungen. Allmählich hörte ihre Umgebung auf, sich zu drehen.

Dr. Gerlach schüttelte beiden Frauen die Hand und versprach, sich telefonisch zu melden, sobald die Ergebnisse aus dem Labor eintrafen. „Schicken Sie Ihren Mann auch gerne vorbei, dann machen wir mit ihm auch eine Blutuntersuchung. Er kann jederzeit im Sprechzimmer Bescheid sagen, dann kommt er auch ohne Termin an die Reihe. Das geht ja schnell."

Wilhelmine bildete sich ein, in Dr. Gerlachs Augen zu sehen, wie erleichtert er darüber war, sie endlich los zu sein.

Bielefeld, 6. Mai 1990

Wilhelmine starrte das grüne Telefon mit der durchsichtigen Wählscheibe feindselig an. Den ganzen Vormittag über hatte sie schon darauf gewartet, dass es endlich klingeln würde. Doch alles blieb still. Zweimal schon hatte sie in der Praxis von Dr. Gerlach angerufen. Jedes Mal hatte ihr die Sprechstundenhilfe höflich, aber mit Nachdruck gesagt, dass die Laborwerte noch nicht vorlägen und dass sie sie sofort benachrichtigen würde, wenn es etwas Neues gäbe.

Sie selbst schied als Spenderin aus. Das wusste sie bereits. Lang und breit hatte Dr. Gerlach ihr am Tag zuvor erklärt, dass sie Blutgruppe A hatte. A0, um genau zu sein. Das bedeutete, dass Sie ihre 0 an Hannelore weitervererbt hatte, ohne selbst Blutgruppe 0 zu haben. Aber wie sah es mit Siegfried aus? Ihr Mann hatte sich direkt am nächsten Tag auf den Weg in die Arztpraxis gemacht, um sich Blut abnehmen zu lassen. Gleiches galt für Pauline und Henry. Als Großeltern hatten sie sofort zugestimmt, ihrer Enkelin eine Niere zu spenden, falls sie infrage kommen sollten. Sogar Cordula hatte sich testen lassen und war felsenfest entschlossen, ihrer Schwester zu helfen, auch wenn die Ärzte eindrücklich davor warnten, in ihrem jungen Alter eine Niere zu spenden. Wilhelmine wollte endlich Gewissheit über das Ergebnis der Tests haben. Das lange Warten machte sie mürbe.

Sie wagte es nicht, das Radio einzuschalten oder das Wohnzimmer zu verlassen. Sie wollte nicht riskieren, das Klingeln zu überhören. Sie schob die Wohnzimmergardine beiseite. Von ihrem Fenster aus blickte sie auf die Petrikirche. Nur drei Gehminuten entfernt befand sich die Bielefelder Radrennbahn. An einem Tag wie heute waren die Parkanlagen brechend voll. Fußballmannschaften trainierten auf den Sportplätzen. Neben den Feldern ließen sich an lauen Sommertagen die Zuschauer nieder, oft mit Picknickkorb und Strandmatte. Auch Cordula und Hannelore hatte sie dorthin geschickt. Ihre kranke Tochter sollte jede Gelegenheit nutzen, ein Leben zu führen, das so normal wie eben möglich war. Auch deshalb hoffte sie, dass Dr. Gerlach sich nun endlich melden würde. Hannelore sollte das Telefonat auf keinen Fall mithören können. Sie machte sich schon genug Sorgen.

Zum dritten Mal an diesem Vormittag wischte Wilhelmine mit dem Staubwedel über das Bücherregal. Mittlerweile glänzte das Eichenholz regelrecht. Staub war längst keiner mehr vorhanden, aber es war allemal besser als dazusitzen und nichts zu tun. Als das Telefon endlich klingelte, machte Wilhelmine vor Schreck einen Satz nach vorne, ließ den Staubwedel aus der Hand fallen und stürzte zum Telefon. Bereits beim zweiten Schellen riss sie den Hörer von der Gabel.

„Wilhelmine Nottebrock?"

„Hallo, hier ist deine Mutter. Hast du schon Nachricht von Dr. Gerlach?", tönte ihr Paulines Stimme entgegen.

„Mama, du blockierst die Leitung. Was, wenn Dr. Gerlach jetzt anruft und mich nicht erreichen kann?" Wilhelmines Stimme klang hysterisch.

„Immer mit der Ruhe. Er wird sich schon nochmal melden, wenn er dich nicht erreicht."

„Da wäre ich mir nicht so sicher. Vielleicht ist er auch froh, dass keiner abnimmt und er in Ruhe weiter seine medizinischen Fachbücher studieren kann."

„Also Kind, wo denkst du nur hin? Dr. Gerlach ist ein belesener Mann, aber das macht ihn noch lange nicht zu einem schlechten Menschen."

„Mama, ich habe jetzt wirklich keine Zeit, über sowas zu diskutieren. Ich muss auflegen. Ich melde mich später bei dir." Wilhelmine schmiss den Hörer auf die Gabel und kontrollierte noch zweimal, dass er auch wirklich richtig aufgelegt war, damit der Anschluss frei war.

Danach sah sie ein, dass das Regal staubfrei war, und ging stattdessen dazu über, die Fenster zu putzen. Von innen hatte sie die drei Fensterflächen sowie die Balkontür gerade fertig und überlegte, ob sie erst die Gardinen und Blumen wieder an ihren Platz hängen sollte, oder mit den äußeren Flächen beginnen sollte, als es an der Tür schellte. Das hatte Wilhelmine gerade noch gefehlt. Hoffentlich waren das nicht Hannelore und Cordula. Die konnte sie nun wirklich nicht so früh hier zu Hause gebrauchen.

Statt der beiden Töchter stand Pauline auf der Türschwelle. „So, jetzt pack mal deine Putzlappen weg und schnapp dir deine Handtasche. Wir gehen jetzt zu Dr. Gerlach." Pauline kippte das Wischwasser mit hohem Schwung in den Balkonkasten.

Wäre Wilhelmine nicht so nervös gewesen, hätte sie ihrer Mutter jetzt erzählt, dass man die Geranien bei einer solchen Mittagshitze nicht mit Wasser überschüttet. Stattdessen schnappte sie sich ihre Handtasche und merkte, wie erleichtert sie war, dass ihre Mutter jetzt die Sache in ihre Hände nahm.

Keine halbe Stunde später standen die beiden vor dem Empfangstresen der Arztpraxis. Die blonde Sprechstundenhilfe, die hinter dem Tresen auf einem gepolsterten Drehstuhl saß, war gerade mit einem Telefonat beschäftigt. Sie tippte mit ihren manikürten Plastikfingernägeln gelangweilt auf dem Tresen herum und winkte Wilhelmine und Pauline in den Wartebereich. In den Sesseln saßen bereits ein Teenager, der den Arm in einer Schlinge trug, eine ältere Dame, die ins Goldene Blatt vertieft war, und ein Mann um die 50, der ausgiebig in sein Taschentuch schnäuzte.

„Meine Schwester kommt am Wochenende nach Bielefeld", berichtete die Sprechstundenhilfe ihrem Gesprächspartner, nachdem Wilhelmine und Pauline Platz genommen hatten. „Ich weiß nicht genau, was ich ihr zeigen soll. Nachmittags gehen wir vielleicht zur Sparrenburg oder nach Olderdissen. Aber abends." Wilhelmine konnte nicht hören, welche Vorschläge die blonde Sprechstundenhilfe daraufhin entgegennahm, aber da sie mit „Gute Idee", „Darauf hätte ich auch kommen können" und „Na klar, das ist perfekt", antwortete, mussten die Ausflugstipps wohl zufriedenstellend sein.

„Hören Sie mal, junges Fräulein." Jetzt hatte Pauline sich aus ihrem Stuhl erhoben und baute sich in voller Größe vor dem Tresen auf. „Können Sie Ihre Privatgespräche vielleicht nach den Schließzeiten der Praxis führen? Ich bin mir sicher, Dr. Gerlach wäre es gar nicht recht, wenn er wüsste, dass Sie Patienten hier einfach so warten lassen."

Die ältere Patientin im Wartezimmer blickte aus dem Goldenen Blatt auf, das wohl doch nicht so spannend war wie der Konflikt, der sich soeben am Praxistresen anbahnte. Auch der Teenager schaute interessiert herüber.

Die Mine der Sprechstundenhilfe verfinsterte sich. „Ich rufe dich zurück", hauchte sie ins Telefon, bevor sie den Hörer auf die Gabel legte, ein Zahnpastalächeln aufsetzte und sich Pauline zuwandte. „Was kann ich für Sie tun?", flötete sie.

„Mein Name ist Pauline Woidtke. Und dort drüben sitzt meine Tochter Wilhelmine Nottebrock. Wir warten auf dringende Laborergebnisse. Der Mann meiner Tochter, Siegfried Nottebrock, mein Mann, Henry Woidtke, meine Enkelin und ich haben uns alle gestern Blut abnehmen lassen, um zu erfahren, ob wir als Organspender für meine Enkelin infrage kommen."

„Ah." Der riesige Schmollmund der Sprechstundenhilfe, der dick mit Lippenstift bemalt war, verzog sich zu einem schmalen Strich. „Ich hatte Frau Nottebrock bereits heute Morgen am Telefon gesagt, dass wir uns melden, sobald die Laborwerte vorliegen. Und generell darf ich telefonisch keine Auskünfte geben. Das muss Herr Dr. Gerlach schon selber machen und er hat noch einige Patienten zu behandeln."

„Sie selber haben wohl keine Kinder, was?"

„Nein. Aber ich wüsste nicht, was das mit diesem Thema zu tun hat." Die blonde Empfangsdame ordnete einen Stapel Papiere von links nach rechts.

„Wenn Sie selbst Mutter wären, könnten Sie sich vielleicht vorstellen, wie es ist, wenn das eigene Kind schwer krank ist und man darum bangen muss, es zu verlieren. In so einer Situation fühlt sich jede Minute an wie eine Ewigkeit. Da Ihnen die nötige Einfühlungsgabe für diese Situation offenkundig fehlt, muss ich mich wohl direkt an Dr. Gerlach wenden." Mit diesen Worten marschierte Pauline schnurstracks am Tresen vorbei auf das Behandlungszimmer zu.

„Was machen Sie denn da? Halt. Warten Sie. Sie können da nicht rein. Das ist ein Behandlungsraum. Dr. Gerlach hat Patienten." Die Sprechstundenhilfe eilte neben Pauline her und versuchte, sie am Betreten des Raumes zu hindern.

„Ist mir egal." Pauline hatte ihre Hand bereits auf der Türklinke, drehte sich aber zur Empfangsdame um. „Ich sage Ihnen jetzt mal etwas. Entweder, wir sind die nächsten, die dieses Zimmer betreten dürfen, oder ich gehe jetzt rein. Ist mir auch egal, wenn da jemand mit runtergelassener Hose steht."

Keine fünf Minuten später saßen Wilhelmine und Pauline im steril-weißen Sprechzimmer von Dr. Gerlach und

Wilhelmine fragte sich, warum sie nicht mehr wie ihre resolute Mutter war. Wenn Pauline etwas wollte, dann bekam sie es auch.

„Entschuldigen Sie vielmals. Dass Sie noch nicht angerufen wurden, bedaure ich sehr. Es wird nicht wieder vorkommen." Dr. Gerlach bemühte sich, Pauline milde zu stimmen. War er auch sonst ein Theoretiker, hatte er eines sehr wohl verstanden: Mit einer Frau wie Pauline legte man sich besser nicht an.

„Mir ist das alles sehr unangenehm." Dr. Gerlachs Wangen hatten eine rötliche Färbung angenommen. „Also, ich weiß jetzt gar nicht recht, wie ich anfangen soll."

„Jetzt lassen Sie mal gut sein und sagen Sie uns einfach, wie die Ergebnisse sind. Das ist alles, was wir von ihnen wissen wollen."

„Das ist ja gerade mein Problem. Ich hätte mich schon bei Ihnen gemeldet, aber ich konnte im Labor niemanden erreichen."

„Sie wollen doch nicht behaupten, dass sie die Ergebnisse immer noch nicht vorliegen haben?" Pauline war deutlich anzusehen, dass sie gleich die Geduld verlor, und Wilhelmine war froh, dass sie neben ihr auf der richtigen Seite des Schreibtisches saß und nicht in Dr. Gerlachs Haut steckte.

„Die Ergebnisse liegen vor, das ist es nicht." Dr. Gerlach wedelte in der Luft mit vier Papierbögen herum. „Ihr Schwiegersohn Siegfried und ihre Enkeltochter Cordula scheiden als Spender genauso aus wie Sie und Ihr Mann Henry. Keiner von Ihnen hat Blutgruppe Null. Somit gibt es im engsten Familienkreis keinen geeigneten Spender" Dr. Gerlach hatte sich nun wieder gefangen.

„Ist das sicher?" Pauline sah aus, als habe sie soeben einen Tritt in den Magen erhalten.

Wilhelmine stöhnte und fühlte sich einer Ohnmacht nahe.

„Die Ergebnisse sagen sicher, dass keiner von Ihnen Gruppe Null hat. Allerdings bin ich mir nicht so sicher, ob da nicht im Labor etwas schiefgegangen ist, was die Zuordnung der Namen zu den Proben angeht." Dr. Gerlach sah jetzt alles andere als glücklich aus.

„Wie meinen Sie das?" Jetzt schaltete sich erstmals Wilhelmine in das Gespräch ein. „Was gibt Ihnen Grund zu einer solchen Annahme?"

„Wie erkläre ich das jetzt am besten?" Dr. Gerlach wich Paulines Blick aus und wandte sich Wilhelmine zu. „Also, Sie, Frau Nottebrock, haben laut unserem Test vor zwei Tagen Blutgruppe A. Jeder Mensch besitzt zwei Blutgruppenmerkmale, eines vom Vater und eines von der Mutter. In Ihrem Fall verfügen Sie über ein A und eine 0. Da das A dominant ist, haben Sie Blutgruppe A. An Ihre Tochter Hannelore haben Sie jedoch das Blutgruppenmerkmal Null vererbt, was zusammen mit dem zweiten Blutgruppenmerkmal ihres Vaters, der B0 ist und ihr ebenfalls die Null vererbt hat, 00 als Blutgruppe Ihrer Tochter ergibt."

Wilhelmine zuckte mit den Achseln. Sie verstand kein Wort.

„Ihre Eltern haben beide die Blutgruppe AB." Erklärte Dr. Gerlach weiter. „Und genau da liegt das Problem."

„Weil sie nicht als Spender infrage kommen?" Wilhelmine versuchte Dr. Gerlach zu folgen.

„Das ist natürlich auch ein Problem. Aber nicht das, was ich meine. Eltern, die beide die Blutgruppe AB haben, können keine Tochter haben, die Blutgruppe A0 hat. Möglich wäre AA, BB oder AB. Aber A0 ist absolut ausgeschlossen." „Das bedeutet, dass das Labor einen Fehler bei der Analyse des Blutes gemacht haben muss? Oder dass das Blut vertauscht wurde?"

„Das könnte man annehmen. Ansonsten gäbe es natürlich noch eine andere Schlussfolgerung." Dr. Gerlach starrte auf die Tischplatte und schwieg.

„Welche denn? Worauf wollen Sie hinaus?" Wilhelmine war das ganze Gerede über Blutgruppen und Vererbung zu hoch. In der Schule hatte sie so etwas nie gelernt. Wieso konnte Dr. Gerlach nicht einfach aufhören, Fachsprache mit ihr zu reden, und sich klar ausdrücken? „Ich verstehe nicht, was Sie uns sagen wollen."

„Er will sagen, dass eine weitere Möglichkeit ist, dass Henry nicht dein leiblicher Vater ist." Pauline taxierte Dr. Gerlach mit dem Blick. Der aber wich ihrem Blick aus und starrte auf den Boden.

„Was? Aber das ist ja völliger Blödsinn, Mutter. Wie kann er denn so etwas denken?"

„Natürlich wollte ich damit nicht sagen, dass ich daran glaube. Deswegen versuche ich ja, das Labor zu erreichen. Am besten wäre es, Henry käme noch einmal vorbei und wir wiederholen den Test." Dr. Gerlach griff nach dem Telefonhörer.

„Nicht nötig. Das können wir uns sparen. Vielen Dank für ihre Hilfe, Dr. Gerlach." Als Pauline aufstand und dem Arzt distanziert die Hand schüttelte, hatte Wilhelmine das Gefühl, dass ihr der Boden unter den Füßen wegdriftete.

Bielefeld, 25. Juli 2017

„Der Moment, in dem mir klar wurde, dass Henry nicht mein Vater ist, war schrecklich." Wilhelmine blickt Friederike und mich traurig an. „Ich hatte mein Leben lang ein besonderes Verhältnis zu Henry. Wir haben uns immer blind verstanden. Wenn Mutter mal wieder mit dem Kopf durch die Wand wollte, haben wir uns verbündet und unser eigenes Ding gemacht. Henry war mein Seelenverwandter."

„Das muss wirklich schrecklich gewesen sein." Friederike streicht Oma über den Rücken.

Ich hingegen beginne zu verstehen, weshalb sie uns gegenüber bis heute nie ein Wort darüber verloren hat.

„Dieses Erlebnis hat alles auf den Kopf gestellt. Eines war mir aber sofort klar: Ich wollte meinen richtigen Vater nicht kennenlernen. Er hat sich nie um mich gekümmert. Ich habe ihn gehasst", sagt Oma Wilhelmine.

„Ach, Oma. Vielleicht hatte Fritz einfach keine Wahl. Vielleicht hat ihm seine Lage keine andere Möglichkeit gelassen." Friederike sieht Oma mitleidig an.

„Man hat immer eine Wahl. Zumindest schreiben hätte er in all den Jahren können. Er war einfach froh, mich los zu sein. Heute spielt es keine Rolle mehr. Fritz ist lange tot. Und damals spielte es auch keine Rolle, ob ich ihn sehen wollte. Klar war, dass ich versuchen musste, ihn zu finden. Er war die einzige Hoffnung für Hannelore, nachdem wir anderen als Spender nicht infrage kamen."

„Ihr habt Fritz gesucht, um zu fragen, ob er Tante Hannelore eine Niere spendet?" Friederikes Augen werden weit.

„Wir hatten wie gesagt keine andere Wahl. Die Medizin war noch nicht so weit wie heute. Mittlerweile ist es möglich, Transplantationen durchzuführen, bei denen Spender und Empfänger nicht die gleiche Blutgruppe haben. 1990, als Hannelore eine neue Niere brauchte, war so etwas undenkbar.“ Wilhelmine greift mit der Hand in das Sofakissen, als wolle sie es zerrupfen. Ich sehe, wie schwer es ihr fällt, über all das zu reden.

„Und ihr habt Fritz gefunden, Oma?“, frage ich gespannt. Sie schweigt und nickt.

Bielefeld, 20. Mai 1990

Er hielt den Blick starr auf den Boden gerichtet und mied jeden Blickkontakt. Einerseits war Wilhelmine froh, dass sie keine Konversation betreiben musste, andererseits hasste sie ihn dafür nur umso mehr. All die Jahre hatte er sich einen Dreck um sie und ihre Mutter geschert. Jetzt war er hier, aber es war klar, dass es ihm nicht behagte, in ihrer Nähe zu sein. Nach all den Jahren bot er ihr kein Wort der Erklärung an. Er bemühte sich nicht einmal.

Was hatte ihre Mutter bloß an diesem Mann gefunden? Henrys Platz würde er niemals einnehmen können. Nie würde sie ihn als ihren Vater ansehen.

Zwar hatte sie von Anfang an gewusst, dass sie Fritz gar nicht kennenlernen wollte. Und doch war die Begegnung noch ernüchternder als befürchtet. Wut stieg in ihr auf. Fritz sollte bloß wieder aus ihrem Leben verschwinden.

Tagelang hatten sie und Pauline darauf verwendet, Fritz in den USA ausfindig zu machen. Immer wieder hatten sie überlegt, wie sie ihn davon überzeugen könnten, sein Blut testen zu lassen, um seiner Enkelin zu helfen.

Als sie seine Kontaktdaten endlich ausfindig gemacht hatten, hatte Pauline mit zitternden Händen seine Nummer gewählt. Ein Ferngespräch in die USA kostete ein Vermögen. Die wenigen Brocken Englisch, die sie beide sprachen, hätten ihnen nicht einmal helfen können, um im Restaurant eine Mahlzeit zu bestellen. Aber das alles hatte in diesem Moment keine Rolle gespielt. Das Einzige, was zählte, war, dass Fritz Hannelores letzte Hoffnung war.

Umso überraschter war Wilhelmine gewesen, wie glatt alles am Ende gelaufen war. Fritz hatte Pauline weder abgewimmelt, noch war er mit einer Ausrede um die Ecke gekommen. Von dem Moment ihres Anrufs an hatte er ihre Angelegenheit zu seiner erklärt. Zur Überraschung der beiden Frauen hatte er die medizinischen Tests in Rekordzeit hinter sich gebracht. Trotz seiner 67 Jahre war er gesundheitlich in Topform. Als klar gewesen war, dass seine Blutgruppe passte, hatte er mitten in der Nacht bei Pauline angerufen. Das alles war nur wenige Tage her. Fritz hatte sich daraufhin ins Flugzeug gesetzt und war um die halbe Welt geflogen. Einfach so. Nach Jahrzehnten, in denen er kein einziges Lebenszeichen geschickt hatte.

Jetzt saß er nur zwei Meter von ihr entfernt auf einem der unbequemen Stühle in Dr. Gerlachs Arztpraxis. Trotzdem war er nicht in der Lage, seiner Tochter in die Augen zu sehen. Die Zeit, die sie nun schon schweigend im Wartezimmer verbracht hatten, dehnte sich für Wilhelmine ins Unendliche aus. Während sie nur warten konnten, checkte der Nierenspezialist Hannelore noch einmal gründlich durch. Wenn alle Werte in Ordnung wären, könnte er im Anschluss mit allen Beteiligten ein umfassendes Aufklärungsgespräch führen, bevor er Hannelore und Fritz zu weiteren Tests in die Klinik einweisen würde. Ob Fritz nervös war? Er sah nicht so aus.

„Ich kann es verstehen, wenn du mich hasst“, sagte er plötzlich. Noch immer schaute er sie nicht an.

Hatte er tatsächlich gerade mit ihr gesprochen, oder hatte sie sich das nur eingebildet? Er saß völlig unverändert da. Sein massiger Körper war viel zu groß für den kleinen Stuhl.

„Ich weiß, dass ich euch im Stich gelassen habe“, hörte sie ihn sagen. „Als ihr angerufen und von Hannelore erzählt habt, war für mich klar, dass ich kommen und helfen muss. Ich weiß, dass ich all die Jahre, in denen ich mich nicht gemeldet habe, nicht ungeschehen machen kann, aber ich bin froh, dass ich etwas für euch tun kann. Nach all den Dingen, die ich nicht getan habe."

„Hier ist niemand froh, dass Sie hier sind", konterte Wilhelmine spitz. „Es geht um Hannelores Leben. Wenn es nicht unbedingt nötig gewesen wäre, hätten wir Sie nie kontaktiert. Wir wollen keinen Kontakt zu Ihnen. Henry ist mein Vater. Er war und ist immer für uns da." Wilhelmine verspürte Erleichterung darüber, dass sie ihrer Wut endlich Luft machen konnte.

„Das verstehe ich", entgegnete Fritz ruhig.

„Das glaube ich kaum. Sie verstehen gar nichts. Hannelore darf auf keinen Fall erfahren, wer Sie sind. Sie denkt, dass Sie ein entfernter Verwandter sind. Und dabei soll es auch bleiben. Sie ist krank und geschwächt und soll auf keinen Fall erfahren, dass Henry nicht ihr Opa ist. Wir können sie jetzt nicht noch mit so etwas belasten."

„Von mir erfährt sie nichts. Du kannst mich ruhig duzen." Zum ersten Mal sah Fritz auf. Als sich ihre Blicke trafen, nahm Wilhelmine wahr, wie traurig er wirkte.

Sie straffte die Schultern und wandte sich ab.

„Ich will mich nicht in euer Leben einmischen. Ich möchte einfach helfen. Wenn man so alt ist wie ich, denkt man oft über die Fehler nach, die man im Leben gemacht hat. Man bekommt nicht oft die Chance, etwas wiedergutzumachen."

„Hier gibt es nichts wiedergutzumachen. Wie gesagt: Henry ist mein Vater. Und nur, weil Sie jetzt hier sitzen und Hannelore helfen wollen, ändert das nichts."

Fritz nickte. „Das kann ich verstehen und damit kann ich leben. Aber zumindest ich selbst werde ein besseres Gefühl haben, wenn ich ihr helfen konnte. Dann ist mein Leben doch zu etwas nütze gewesen."

Wilhelmine wusste nicht, was sie darauf erwidern sollte.

„Auch mir ist es übrigens lieber, wenn Hannelore weiterhin denkt, dass Henry ihr Opa ist. Ich kann auf keinen Fall dauerhaft in Deutschland bleiben. Ich möchte hier so wenig wie möglich in Unruhe bringen“.

„Schon klar. Und so wenig wie möglich Verantwortung übernehmen“, kommentierte Wilhelmine. Aber im Grunde war sie froh. Es würde keinem nützen, wenn er blieb und ihr, Paulines und Hannelores Leben durcheinanderbrachte. Nüchtern betrachtet war es am besten, alles so zu belassen, wie es war.

„Ich kann dir leider nicht widersprechen. Ich habe es verpasst, an den richtigen Stellen in meinem Leben Verantwortung zu übernehmen.“

Wenigstens war er ehrlich. Den Rest der Zeit verbrachten Wilhelmine und Fritz schweigend mit Warten. Als die Tür zum Arztzimmer sich öffnete, war es Wilhelmine, als fiele ihr ein Stein vom Herzen. Hauptsache Fritz hielt auch Wort, was seine Bereitschaft zu einer Nierenspende anging. Sie traute dem Ganzen nicht. Wenn es nach ihr ginge, könnte er direkt nach der Spende wieder ins Flugzeug steigen und aus ihrem Leben verschwinden. Da ahnte Wilhelmine noch nicht, dass es ganz anders kommen sollte.

Bielefeld, 25. Juli 2017

„Fritz hat deiner Mutter das Leben gerettet. Er war der Einzige im Familienkreis, dessen Blutgruppe passte. Dass wir so viel Glück hatten, kann ich bis heute kaum glauben. Trotzdem war Dr. Gerlach zunächst skeptisch, ihn als Spender zu akzeptieren."

Noch immer sitzen Friederike und ich bei Oma im Seniorenheim und können nicht glauben, was Oma Wilhelmine uns da erzählt.

„Wieso? War Fritz nicht gesund? Eigentlich hätte der Arzt sich doch freuen müssen, seine Patientin retten zu können", sage ich.

„Ja schon. Fritz war topfit. Aber Dr. Gerlach hatte das Gefühl, dass Fritz mit der Nierenspende eine Schuld begleichen will. Weil er sich all die Jahre nicht gekümmert hat. Und Dr. Gerlach war der Meinung, dass Schuldgefühle kein Grund für eine Spende sein sollten." Wilhelmine blickt Friederike und mich seufzend an.

„Und glaubst du, Dr. Gerlach hatte recht damit, dass Fritz nur aus Schuldgefühl gespendet hat?", fragt Friederike.

„Kann sein, kann auch nicht sein. Aber was auch immer seine Motive waren, Fritz war auf keinen Fall davon abzubringen, dass er Hannelore eine Niere spenden möchte. Und so hat Dr. Gerlach am Ende eingewilligt. Aus gesundheitlicher Sicht gab es keinen Einwand. Aus medizinischer Sicht war Fritz der perfekte Spender."

Oma Wilhelmine nippt an ihrem Mineralwasser. „In den Tagen vor der OP wäre ich fast verrückt geworden. Ich hatte ständig Angst, dass etwas dazwischenkommt, das die OP unmöglich macht. Als sie dann endlich durchgeführt wurde, stand ich unter Beruhigungsmitteln, sodass ich mich kaum an Einzelheiten erinnere. Wenn dein Kind ums Leben ringt und du nicht helfen kannst, denkst du, du drehst durch."

Ich greife nach Omas Hand. Eine Weile schweigen wir alle drei. Ich kann mir kaum ausmalen, was für Ängste Oma durchgestanden haben muss.

„Obwohl er Hannelore gerettet hat, war ich scheußlich zu Fritz", bricht Oma schließlich das Schweigen. Ich konnte es nicht ertragen, ihn zu sehen. Ich habe mir gewünscht, dass er verschwindet. Ich wollte nicht, dass er glaubt, dass seine Spende irgendetwas an meiner Beziehung zu ihm ändert."

„Glaubst du denn, das war seine Absicht?", frage ich.

Oma schüttelt den Kopf. „Rückblickend glaube ich, dass er wirklich mit sich selbst ins Reine kommen wollte. Mit mir hatte das vermutlich wenig zu tun. Eine letzte gute Tat gegen Ende des Lebens vollbringen, aber sonst keine Verpflichtung eingehen – das beschreibt seine Absicht wohl am besten." Oma drückt meine Hand fester.

„Das hört sich nicht sehr sympathisch an. Du solltest dir keine Vorwürfe machen. Fritz war bestimmt klar, dass seine Tat nichts an deiner Einstellung zu ihm ändert. Aber wenn er sein Gewissen mit der Spende erleichtern konnte, hattet ihr doch alle gewonnen", fasst Friederike die Lage zusammen.

Oma lässt meine Hand los. „Nach der OP war ich mit Pauline kurz bei ihm im Krankenzimmer. Ich hätte ihm für das, was er für Hannelore getan hat, danken sollen. Stattdessen habe ich ihm gesagt, dass ich froh bin, wenn wir unser Leben ohne ihn weiterleben können."

„Aber das ist doch völlig verständlich, wo er sich doch vorher nie gekümmert hatte", beschwichtigt Friederike.

„Ich war egoistisch", übergeht Oma Wilhelmine Friederikes Einwand. „Mir war Fritz völlig egal." Oma blickt betreten zu Boden.

Bielefeld, 30. Mai 1990

Zum ersten Mal seit Ewigkeiten war Farbe in Hannelores Gesicht zurückgekehrt. Die OP lag nun einige Tage zurück. Als Wilhelmine und Pauline die Tür des Krankenzimmers hinter sich schlossen, fiel die Anspannung der letzten Wochen von Wilhelmine ab.

„Sie hat es geschafft", flüsterte sie.

„Ja, Kind." Pauline blieb kurz stehen und nahm ihre Tochter in den Arm. „Ab jetzt darfst du wieder nach vorne sehen. Du solltest dich schonen. Heute Nachmittag kann Henry nach Hannelore sehen, dann kannst du ausruhen."

„Danke. Nicht nötig. Ich fahre nur schnell nach Hause und mache das Essen für Siegfried und Cordula, dann komme ich heute Nachmittag zurück."

Auch wenn Hannelores Gesundheitszustand sich deutlich verbessert hatte, wollte Wilhelmine ihrer Tochter vor Ort beistehen.

„Kind, du solltest dir helfen lassen. Irgendwann kippst du aus den Latschen. Du musst noch stark genug sein, wenn Hannelore zurück nach Hause kommt. Dann braucht sie deine Hilfe erstmal rund um die Uhr."

„Du redest, als ob das eine Belastung ist. Ich bin ihre Mutter." Wilhelmine fühlte sich von Pauline bevormundet.

„Und eine verdammt gute. Trotzdem musst du dir mal eine Pause gönnen", sagte Pauline. „Übrigens wird Fritz heute entlassen. Ich gehe noch schnell zu ihm und gucke, ob er Hilfe braucht. Willst du mitkommen? Er hat die letzten Tage immer wieder nach dir gefragt."

„Nein, danke. Und du solltest auch nicht so viel Zeit mit ihm verbringen." Wilhelmine spürte Ärger in sich hochsteigen. Erst gestern hatte sie mitbekommen, wie Henry zu Hause gesessen und gewartet hatte, während

Pauline im Krankenhaus bei Fritz gewesen war. „Das ist Papa gegenüber nicht fair."

„Das lass mal unsere Sorge sein. Wir sind deine Eltern, nicht umgekehrt."

„Ja, genau. Du und Papa. Aber nicht du und Fritz", entgegnete Wilhelmine trotzig.

„Kind, nun hör doch damit auf. Wir sind alle erwachsen. Und du solltest deinen Groll endlich ablegen und Fritz dankbar sein für das, was er für uns getan hat. Bald ist er wieder in den USA. Bis dahin schadet es nicht, ein wenig nett zu sein."

„Ich verstehe nicht, dass du alles vergessen kannst, was damals war. Er hat dich in deiner Not alleine gelassen."

„Ach, da war er doch selbst noch ein halbes Kind. Und jetzt ist Schluss. Ich sehe jedenfalls kurz nach ihm, ob du nun mitkommst oder nicht."

Wilhelmine war hin- und hergerissen. Einerseits wollte sie Fritz nicht mehr sehen, andererseits wollte sie auch nicht, dass ihre Mutter alleine zu ihm ging, ohne dass Henry dabei war. Also folgte sie Pauline widerstrebend durch die steril-weißen Krankenhausflure.

Als sie vor seinem Zimmer ankamen, wollte sie erneut protestieren. Doch Pauline hatte den Türgriff bereits in der Hand und öffnete die Tür.

„Warten Sie bitte einen Augenblick. Wir sind noch beim Verbandswechsel." Eine junge Krankenschwester stand an Fritz' Bett und schickte Mutter und Tochter wieder hinaus auf den Flur.

Wie ich den Geruch von Krankenhäusern hasse, schoss es Wilhelmine durch den Kopf. Sie war froh, dass sie nun Zeit hatte, sich zu sammeln.

„Guck nicht so finster. Du kannst froh sein, dass die OP so gut verlaufen ist", tadelte Pauline ihre Tochter.

„Ach Mutter." Wilhelmine wollte ihr gerade antworten, als im Zimmer die Geräte Alarm schlugen. Ein lautes Piepen war auf dem Flur zu hören.

„Was ist denn jetzt los?", Pauline trat unruhig von einem Bein auf das andere.

Zwei Ärzte kamen mit wehenden Kitteln den Flur entlang geeilt und verschwanden in Fritz' Zimmer. Pauline versuchte, einen Blick ins Zimmer zu erhaschen, doch die Tür schloss sich wieder.

„Mama, was passiert da drin?" Wilhelmine hatte auf einmal das Gefühl, dass ihre Knie unter ihr nachgaben. Das Schrillen der Geräte hielt an.

„Es wird schon alles gut sein." Pauline redete mit ruhiger Stimme auf Wilhelmine ein. Dabei sah sie selbst alles andere als zuversichtlich aus.

„Du glaubst doch nicht, dass es was Ernstes ist, oder?" Auf einmal fühlte sich Wilhelmines Kehle wie zugeschnürt an. Panik stieg in ihr hoch. Sie wollte zwar nichts mit Fritz zu tun haben, aber sie wünschte ihm auf keinen Fall etwas Schlechtes. Der Lärm der Geräte und die vielen Ärzte und Schwestern, die nun in sein Zimmer rannten, lösten bei ihr ein flaues Gefühl in der Magengegend aus. Als die Tür geöffnet wurde und die Ärzte hineinliefen, versuchte Wilhelmine einen Blick auf Fritz zu erhaschen.

„Bleiben Sie draußen. Wir regeln das." Die Schwester, die zu Beginn den Verbandswechsel durchgeführt hatte, stellte sich in Wilhelmines Sichtfeld und zog die Tür eilig hinter sich zu.

Wilhelmine konnte hören, wie sich die Ärzte im Krankenzimmer gegenseitig etwas zuriefen. Die Geräte piepten weiter. Über der Tür leuchtete ein rotes Licht.

„Wie kann das sein, Mama? Er ist doch gesund. Er sollte doch gleich entlassen werden." Wilhelmine sah ihre

Mutter an, aber die war selbst aschfahl im Gesicht und blickte stumm in die Ferne.

Erst nach einer gefühlten Ewigkeit öffnete sich die Tür des Krankenzimmers wieder. Einige Ärzte gingen schweigend und mit schnellen Schritten an Pauline und Wilhelmine vorbei – den Blick zu Boden gesenkt.

„Sind Sie die Angehörigen?“ Jetzt kam einer der Mediziner auf Pauline zu. Pauline nickte nur.

„Es tut uns leid, aber wir konnten nichts mehr für ihn tun“, sagte der Arzt zu Wilhelmines Mutter.

Wilhelmine registrierte, wie ihre Mutter tief einatmete und auf einen Stuhl sank, den die Krankenschwester aus dem Zimmer herbeigeholt hatte. Ansonsten nahm Wilhelmine die Dinge nur noch dumpf und wie aus der Entfernung wahr. Sie merkte kaum, dass die Krankenschwester sie am Arm packte und ebenfalls zu einem Stuhl führte. Alles um sie herum drang nur noch verschwommen zu ihr vor.

„Aber er sollte doch heute entlassen werden. Wie kann das sein?“, murmelte sie immer wieder.

Bielefeld, 25. Juli 2017

„Er war einfach tot. Eine Embolie“, erklärt Oma uns.

„Kriegt man nach einer OP nicht Spritzen, damit so etwas nicht passiert?“, fragt Friederike.

„Ja. Die hat er auch bekommen. Aber es gibt wohl Fälle, in denen Patienten trotzdem eine Thrombose oder Embolie bekommen. Obwohl die Ärzte direkt da waren, konnten sie ihn nicht zurück ins Leben holen. Es war, als hätte Fritz einfach aufgehört zu kämpfen, weil er seine letzte Aufgabe erfüllt hatte.“ Oma schließt die Augen.

„Du meinst, er hatte Hannelore gerettet und konnte dann in Frieden loslassen?“

Oma nickt. „Wie wir später erfahren haben, hatte Fritz in den USA niemanden mehr, der auf ihn wartete. Seinen Hof hatte er schon einige Jahre vor der OP verkauft. Seine Mietwohnung hat er direkt vor seinem Abflug nach Deutschland gekündigt und alles Finanzielle noch geregelt. Es war für alles Vorsorge getroffen. Als hätte er gewusst, dass er nicht mehr zurückfliegen wird.“

„Das ist ja verrückt“, ist alles, was ich sagen kann.

Oma nickt wieder. „Es war meine Schuld. Ich habe ihm immer wieder gesagt, dass er verschwinden soll und dass er unerwünscht ist. Vielleicht hätte er sonst entschieden, zu kämpfen, denn er war ja gesundheitlich topfit.“

Ich nehme Omas Hand. „Du darfst dir auf keinen Fall die Schuld an seinem Tod geben.“

„Ich schäme mich für die Dinge, die ich ihm an den Kopf geworfen habe. Dass er nicht willkommen bei uns ist. Dass ich ihn als Vater sowieso nicht brauche. Dass er mit nichts wiedergutmachen kann, dass er uns alle so im Stich gelassen hat. Ich habe ihm nicht die kleinste Chance gegeben, dass er und ich uns kennenlernen.“

„Und trotzdem war das nicht die Ursache für seinen Tod. Eine Embolie hätte er doch auch bekommen, wenn es anders zwischen euch gelaufen wäre“, sagt Friederike sofort.

„Davon bin ich nicht überzeugt. Ich lebe seit diesem Tag damit, seinen Tod mitverschuldet zu haben. Ich weiß, es hört sich albern an. Aber als Hannelore viele Jahre später gestorben ist, weil ihre neue Niere doch versagt hat, da habe ich manchmal gedacht, das ist die Strafe dafür, dass ich so herzlos zu meinem Vater war. Deswegen wurde mir mein Kind am Ende auch noch genommen.“

„Oma, so etwas darfst du nicht einmal denken. Das ist doch Unsinn.“ Ich nehme sie in den Arm und drücke meine Nase an ihre faltige Wange. „Hörst du, Oma? Das ist Blödsinn. Mit dir hat weder das eine noch das andere etwas zu tun.“

In diesem Moment kann ich sie besser verstehen, als ich es zugeben möchte. Wie oft habe ich mir ebenfalls Vorwürfe gemacht, Schuld an Mamas Tod zu sein. Ich weiß, dass die Schwangerschaft mit mir Mamas Gesundheit übel zugesetzt hat. Wie oft habe ich mir die gleichen Gedanken gemacht wie Oma. Wäre ich nicht gewesen, wäre meine Mutter vielleicht noch am Leben.

„Oma, es hilft nichts. Mama hätte es niemals zugelassen, dass du so etwas denkst“, sage ich. Und diese Worte sind ebenso sehr an mich selbst gerichtet wie an Oma. Ich sehe, wie ihr die Tränen über das Gesicht laufen und würde sie am liebsten gar nicht mehr loslassen.

„Dass ich euch beide habe, ist ein Segen.“ Oma Wilhelmine schnieft und drückt Friederike und mich an sich. „Dass die Familie zusammenhält, ist immer das Wichtigste im Leben. Vergesst das nicht.“

Plötzlich klingelt mein Handy. Das Despacito-Gedudel holt uns wieder in die Gegenwart zurück. Oma schnäuzt sich die Nase. Friederike streicht ihr über das weiße Haar und ich nehme das Gespräch entgegen.

„Hallo, Leonie, hier ist Jurek. Hast du mich schon vermisst?“, fragt er fröhlich.

„Hallo Jurek. Was für eine Überraschung“, sage ich perplex. Mit einem Anruf von ihm hatte ich nach seinem Ringkampf und unserem nüchternen Abschied nicht gerechnet. Und obwohl mit der Erinnerung an die Schlägerei viele negative Gedanken in mir aufsteigen, merke ich, dass mein Herz einen kleinen Hüpfer macht, vor Freude darüber, von ihm zu hören.

„Du bist mir immer noch böse, weil ich mich geschlagen habe?“, fragt er. „Ich weiß, das war keine Glanzleistung, aber können wir das nicht vergessen?“

„Ich weiß nicht“, sage ich, während ich Omas Zimmer verlasse und in den Garten der Seniorenresidenz gehe, um ungestört reden zu können. Erst soll ich ihm verzeihen, dass er mich versetzt hat, jetzt soll ich die Schlägerei einfach so vergessen. Ich finde, er macht es sich etwas einfach.

„Meine Bekannte hat sich gemeldet“, redet Jurek einfach weiter drauflos. „Sie hat im Archiv die Geburtsurkunde deiner Oma Wilhelmine gefunden. Deine Uroma Pauline hatte keine Fehlgeburt, sondern sie hat in Berlin ihr Kind Wilhelmine zur Welt gebracht.“

„Das stimmt. Es ist allerdings keine Neuigkeit mehr“, sage ich kühl. Dann reiße ich mich zusammen. Jurek erzählt so begeistert von seinen Nachforschungen, dass es mir doch ein wenig leidtut, seine Freude so zu bremsen. Ich berichte ihm, was ich in Berlin herausgefunden habe. Und schließlich erzähle ich ihm auch von Fritz’ Nierenspende an meine Mutter und den Dingen, die Oma uns eben offenbart hat.

„Leonie, das ist ja total verrückt. Das hätten wir über das Archiv nie herausgefunden. Ich habe hier eine Kopie der Geburtsurkunde deiner Oma Wilhelmine. In der Urkunde ist Henry als Vater eingetragen, aber das ist dann wohl kein Wunder, wenn er deine Uroma geheiratet hat und die beiden wollten, dass alle glauben, dass er der leibliche Vater ist."

„Ja. Da haben sie gut getrickst. Hätte meine Mutter keine Niere gebraucht, wäre wohl nie herausgekommen, dass Henry nicht Omas richtiger Vater ist. Jetzt kann ich verstehen, dass meine Oma nie über ihre Vergangenheit gesprochen hat. Wahrscheinlich hat das Haus, in dem sie ihre Kindheit verbracht hat, sie und meine Urgroßeltern zu sehr an all das erinnert."

„Mag sein. Aber das erklärt immer noch nicht, weshalb sie Vangerow so plötzlich verlassen haben. Und vor allem nicht, weshalb das Haus immer noch ihnen gehört, während alle anderen Deutschen nach ihrer Ausreise enteignet wurden", sagt Jurek.

„Da muss ich dir recht geben. Aber vielleicht gibt es gar keine speziellen Gründe. Vielleicht sind sie ja einfach vertrieben worden, wie all die anderen Leute auch. Vielleicht hat das Haus niemanden interessiert, so dass die Eigentumsverhältnisse bestehen blieben", mutmaße ich.

„Glaube ich nicht", sagt Jurek entschieden. „Leonie, was du erzählst, ist spannend, aber alles hast du noch nicht herausgekriegt. Ich habe hier etwas wirklich Krasses entdeckt."

„Wie meinst du das? Wovon redest du?", frage ich vorsichtig. Ich bin nicht sicher, ob ich bereit dazu bin, an diesem Tag noch mehr Dinge aus Omas Vergangenheit zu hören.

„Amtliche Urkunden enthalten oft Verweise darauf, wo andere Urkunden zur betreffenden Person abgelegt sind. So konnte meine Bekannte leicht Paulines und Henrys

Eheurkunde heraussuchen. Und auch dort gab es wieder einen Vermerk. Besser gesagt zwei", sagt Jurek.

„Was für Vermerke?" Der Groschen fällt bei mir nicht. Kann Jurek nicht endlich mal zur Sache kommen?

„Ein Eintrag verweist zurück auf die Geburtsurkunde deiner Oma Wilhelmine. Und dann gibt es noch einen zweiten Verweis auf eine weitere Geburtsurkunde. Und zwar auf Richard Woidtke, gerade mal ein gutes Jahr nach deiner Oma geboren, also ihr kleiner Bruder."

„Omas kleiner Bruder? Oma hat keinen Bruder." Will Jurek mich an der Nase herumführen? „Mit sowas macht man keine Scherze."

„Sowas würdest du mir zutrauen?" Jurek klingt beleidigt. „Du hast zwar erzählt, dass deine Oma Einzelkind ist. Aber hier steht es Schwarz auf Weiß. Ich halte hier die Geburtsurkunde von Richard Woidtke in meiner Hand. Und das ist leider nicht alles." Ich höre, wie Jurek schwer ein- und ausatmet.

„Nicht?" Ich bin mir unsicher, ob ich das alles wirklich hören will.

Aber Jurek ist nicht zu bremsen. „Es gibt auch eine Todesurkunde", eröffnet er mir. „Richard ist am 20. März 1950 gestorben. Genau in dem Jahr, als deine Familie nach Deutschland gegangen ist. Ich denke, damit haben wir den Grund für die Abreise gefunden." Jurek schweigt und wartet auf meine Reaktion.

„Könntest du das bitte noch mal wiederholen? Mir ist das gerade echt ein bisschen zu viel."

„Leonie, das kann ich gut verstehen. Ich hätte dir das alles auch viel lieber persönlich gesagt. Aber es steht außer Zweifel, dass deine Oma laut dieser Urkunde einen Bruder hatte. Und ich bin mir sicher, dass sein Tod dazu geführt hat, dass deine Familie weggegangen ist. Die Daten passen alle zusammen."

„Ich melde mich später wieder bei dir“, sage ich und lege auf. Während ich eben noch geglaubt habe, dass ich Omas Leben enträtselt habe, frage ich mich jetzt, was sie noch alles vor uns geheim hält. Drei Minuten lang lehne ich mich an den Apfelbaum vor ihrem Zimmer, atme tief ein und aus und fühle das Baby in meinem Bauch kräftig strampeln. Erst als der Zigarettenrauch von Omas Zimmernachbarin zu mir weht, entscheide ich, dass die Luft hier draußen doch nicht so angenehm ist wie gedacht. Ich nehme meine Kraft zusammen und gehe zielstrebig auf Omas Terrassentür zu. Jetzt will ich die Wahrheit wissen. Die ganze Wahrheit. So leicht lasse ich Oma Wilhelmine nicht davonkommen.

7

Wilhelmine will es wissen

Birchwood, Washburn County (USA), 5. August 1949

„Bist du sicher, dass du dir das gut überlegt hast?" Der Notar musterte die Unterlagen in seiner Hand kritisch. Seine buschigen Augenbrauen verliehen ihm Respekt.

„Absolut sicher, Johnny." Fritz nickte.

„Du bist echt ein komischer Vogel. Dein Onkel ist keine Woche unter der Erde. Als Alleinerbe könntest du in den Hof investieren oder ihn verkaufen und endlich mal dein Leben genießen nach all der harten Arbeit. Stattdessen kommst du mit dieser verrückten Idee. Ihr Krauts seid alle verrückt. Deswegen habt ihr ja auch den Krieg verloren." Johnny lachte laut auf.

Fritz überhörte den Kommentar. Er kannte Johnny gut genug, um zu wissen, dass der Notar insgeheim Freude an ungewöhnlichen Aufträgen hatte. „Also, wie gesagt, das Mädchen ist 14 Jahre alt. Wilhelmine heißt sie", erklärte er.

„Du bist mir ein echter Schwerenöter. Sie ist deine Tochter und du hast sie nie gesehen?" Ungläubig schüttelte Johnny den Kopf. „Na und jetzt plagt dich das schlechte Gewissen?"

„Wenn du es so formulieren willst." Fritz rückte unkomfortabel auf seinem Stuhl hin und her. Er hielt Johnnys amüsiertem Blick stand. Wieso hatte er dem Notar gegenüber das Gefühl, sich rechtfertigen zu müssen? „Eigentlich wollte ich die Vergangenheit ja ruhen lassen, aber als die Russen gegen Ende des Krieges in Ostdeutschland einmarschiert sind und meine frühere Heimat eingenommen haben, hat mir die Frage, was mit ihr passiert ist, keine Ruhe gelassen. Ich musste einfach wissen, ob sie lebt."

„Das kann ich verstehen, Boy." Johnny kramte mit seinen dicken Fingern in einer der Schreibtischschubladen. „Zigarre?"

„Nein, danke." Fritz schüttelte den Kopf. „Im Krieg selbst gab es in den ostdeutschen Gebieten so gut wie keine Luftangriffe oder Kämpfe. Aber die Besetzung Pommerns muss nach allem, was ich gehört habe, schrecklich gewesen sein. Aber das kannst du dir ja denken."

„Allerdings. Ihr Deutschen habt euch ja in den Nachbarländern auch nicht gerade gut benommen", stichelte er.

Fritz seufzte. Für Amerikaner wie Johnny würde er wohl immer „der Deutsche" bleiben, und er konnte es Johnny nicht übel nehmen. Fritz wusste, dass zwei von Johnnys Brüdern in Japan gekämpft hatten und dass Johnny über alle militärischen Handlungen während der Kriegsjahre bestens Bescheid wusste. „Da, wo ich herkomme, gab es nach dem Einmarsch der Russen Erschießungen, Vergewaltigungen und Enteignungen. Fast alle Deutschen sind mittlerweile aus dem Gebiet vertrieben worden, denn die Polen haben dort alles übernommen. Aber ich weiß aus sicherer Quelle, dass Wilhelmine und ihre Familie noch dort sind. Sie dürfen nicht ausreisen", sagte Fritz.

„Und du willst jetzt von hier aus helfen?"

„Wenn es einen Weg gibt, zu helfen, ja." Für Fritz stand fest, dass er Wilhelmine und Pauline nicht ihrem Schicksal überlassen konnte. Er hatte alle Menschen, die ihm je etwas bedeutet hatten, im Stich gelassen. Seither plagten ihn Schuldgefühle.

Johnny hatte recht. Wenn er sein Gewissen entlasten wollte, musste er sicherstellen, dass es Pauline und Wilhelmine gut ging. Die finanziellen Mittel dazu besaß er nun. Eine Familie hatte er ohnehin nicht. Was sollte er selbst warten, bis er tot umfiel. Wem sollte sein Vermögen dann noch etwas nützen?

„Boy, du bist crazy. Selbst, wenn du dein Geld sicher zu deiner Familie kriegst, glaubst du doch nicht, dass sie das einfach so gebrauchen können, ohne dass die Besatzer das Geld wieder beschlagnahmen."

„Nein. Natürlich glaube ich das nicht. Die einzige Möglichkeit ist, das Geld irgendwie auf einem Konto in Westdeutschland anzulegen. Dann müssen wir dafür sorgen, dass Wilhelmine und ihre Familie ausreisen können. Das Geld könnte ihnen helfen, im Westen eine neue Existenz aufzubauen."

„Wir? Wen meinst du mit wir? Ich habe es ja gesagt, du bist verrückt, Boy!" Johnny sog tief an seiner Zigarre.

„Das heißt, du kannst nichts für mich tun?" Fritz war enttäuscht, auch wenn er diese Reaktion erwartet hatte.

„Boy, natürlich kann ich etwas tun. Lass Johnny nur machen." Verschwörerisch zwinkerte Johnny ihm zu. Der Notar sah aus wie ein kleiner Junge, der sich auf Weihnachten freut. „Ich kenne da genau den richtigen Mann. Einen russischen Offizier. Sehr erfahren. Er hat gute Verbindungen und keine Angst vor schwierigen Aufgaben. Über ihn können wir Kontakt zu deiner Familie aufnehmen und alles in die Wege leiten, um deine Tochter sicher da rauszuholen. Glaub mir, das ist genau unser Mann. Das wird allerdings nicht ganz billig."

„Ja, das ist mir klar." Fritz wusste nicht recht, ob ihm Johnnys Vorschlag behagte. Aber er hatte keine Wahl. Kaum jemand war bereit, einem Deutschen zu helfen. Und jeder Versuch, Wilhelmine zu retten, war besser als nichts zu tun. Er musste es einfach versuchen.

Bielefeld, 25. Juli 2017

„Oma. Was ist mit Richard passiert?", frage ich, kaum dass ich die Terrassentür wieder hinter mir zugezogen habe.

Oma Wilhelmine, die immer noch an ihrem Tischchen sitzt und an ihrer Kaffeetasse nippt, wird leichenblass. Sie stellt die Tasse auf dem Tisch ab. Ich merke, wie sich ihre Finger verkrampfen. Oma sinkt förmlich in ihrem Sessel zusammen.

„Richard? Sag mal Leonie, wer ist denn das schon wieder?" Friederike blickt mich ratlos an. „Sei doch mal ein bisschen sensibler. Bei all dem, was Oma uns eben erzählt hat, kannst du doch jetzt ein bisschen mehr Fingerspitzengefühl beweisen." Da ist er ja doch wieder, Friederikes vorwurfsvoller Blick, den ich so gut kenne.

„Ich finde viel interessanter, was Oma uns nicht erzählt hat." Eigentlich sollte ich Mitleid mit Oma Wilhelmine haben. Wie sie jetzt dasitzt, sieht sie wirklich nicht gut aus. Aber Diplomatie war noch nie meine Stärke. Und als Journalistin habe ich gelernt, dass es vor allem der Moment der Überraschung ist, in dem man die Wahrheit ans Licht bringen kann. Doch Oma sitzt nur da und schweigt.

„Leonie, wer ist Richard?" Friederike seufzt und stemmt die Arme in die Seiten.

„Warum fragst du denn mich? Frag doch Oma."

„Ach, Leonie, jetzt hör doch mal auf. Kannst du nicht einfach sagen, was los ist und Oma in Ruhe lassen?"

„Hört endlich auf, zu streiten." Omas Stimme ist kaum mehr als ein Flüstern. Sofort sind Friederike und ich still. „Du musst noch viel lernen, Leonie", sagt sie zu mir. Sie ist nicht zornig über meine Unverfrorenheit, sondern eine tiefe Traurigkeit schwingt in ihrer Stimme mit. „Manchmal ist es besser, Dinge einfach nicht zu wissen. Nicht jede Information ist für jedes Ohr bestimmt. Wissen kann Schaden anrichten, Beziehungen zerstören. Auch du solltest von Zeit zu Zeit mal Rücksicht auf andere und deren Gefühle nehmen. Vor allem, da du jetzt selbst bald Mutter wirst."

Ich merke, dass mein Gesicht rot wird. Mir ist etwas schwindelig. Ich schäme mich ein bisschen. Aber jetzt gibt es kein Zurück mehr. Ich weiß, dass mir die Suche nach der Wahrheit keine Ruhe lassen würde. Ich muss es einfach wissen.

„Richard war mein Bruder", sagt Oma Wilhelmine so leise, dass ich sie kaum verstehen kann.

„Dein Bruder?" Jetzt ist es Friederike, die blass wird. „Aber Oma, wie kann das sein? Du bist doch Einzelkind."

Oma Wilhelmine blickt durch Friederike hindurch, ohne auf ihre Frage einzugehen. „Er war mein Bruder", wiederholt sie. „Er war nur ein Jahr jünger als ich. Zumindest dachten wir das. Da unsere Eltern mit meinem Geburtsdatum gemogelt haben, lagen wohl tatsächlich zwei Jahre zwischen uns, denn Richard ist kurz nach Mutters Rückkehr von Berlin nach Vangerow geboren. Im Gegensatz zu mir hatte er nicht das Glück, alt zu werden." Omas Hände zittern. „Ich habe ihn von Anfang an so geliebt. Seine roten Wangen, den Babyspeck." Ich kann den Schmerz in Omas Stimme hören. „Als er dann größer war, hatte ich immer das Gefühl, ihn beschützen zu müssen. Zuerst vor den frechen Jungen im Dorf. Später vor den russischen Soldaten, als das Dorf eingenommen wurde." Oma verstummt.

Weder Friederike noch ich trauen uns, etwas zu sagen. Erst nach einer Ewigkeit fährt Oma fort. „Am Ende war es andersherum. Ich konnte ihn nicht schützen, er hat mich geschützt. Als Vangerow eingenommen wurde, war es

Richard, der mir die Haare kurz geschnitten hat, damit ich aussehe wie ein Junge und keine Übergriffe der Soldaten fürchten muss. Und er war es auch, der sich freiwillig zur Arbeit gemeldet hat, damit die neuen Besatzer den Rest unserer Familie in Ruhe lassen." Omas Stimme zittert.

„Erst hatten die Russen das Kommando. Später die Polen. Sie haben Richard schlecht behandelt. Er war schlaksig, klein und dünn. Da kam er nach Henry, der auch erst mit 16 Jahren einen Schuss in die Höhe gemacht hat. Danach überragte er dann alle anderen. Aber Richard, der war ja erst 13. Sein Körper litt unter der schweren Arbeit. Trotzdem hat er sich nie beklagt, geschuftet wie verrückt und viele Misshandlungen über sich ergehen lassen."

Oma hat die Augen geschlossen. Ihr Gesicht wirkt eingefallen. „Es wurde immer unerträglicher, mit anzusehen, wie Richard litt. Immer wieder haben wir nach einer Möglichkeit gesucht, nach Deutschland zu fliehen. Aber es war aussichtslos. Die polnischen Besatzer hätten unseren Vater niemals lebend gehen lassen. Er war unabkömmlich. Nur er wusste, wie man die Maschinen bedient, den Boden bestellt, wie der Betrieb läuft. Die Polen wechselten anfangs die Häuser und Höfe. Es kam daher keine Stetigkeit in den landwirtschaftlichen Betrieb. Unser Vater war der ruhende Pol, eine Art Verwalter des ehemaligen Gutsgeländes. Er hat alles am Laufen gehalten, während alle anderen Deutschen aus unserem Ort längst vertrieben waren."

Oma öffnet die Augen wieder und sieht mich eindringlich an. „Es war schrecklich. Unsere Mutter hat zig Mal versucht, eine Ausreisegenehmigung zu bekommen. Immer wieder wurde ihre Bitte abgelehnt. Unsere Verzweiflung wurde immer größer. Der Krieg war seit fünf Jahren zu Ende. Es gab kaum noch Deutsche, die zurückgeblieben waren. Aber ausgerechnet wir gehörten zu denen, die sie einfach nicht gehen lassen wollten." Eine Träne läuft über Omas Gesicht.

Friederike springt auf und bietet Oma ein Taschentuch an.

„Danke." Oma schnäuzt sich die Nase. „Es wäre alles noch irgendwie erträglich gewesen, wenn wir nicht Richard so leiden gesehen hätten. Er war für die harte Landarbeit nicht gemacht."

Oma Wilhelmine atmet tief ein. „Ich weiß nicht, ob es ein besseres Ende genommen hätte, wenn nicht irgendwann dieser russische Offizier zu uns gekommen wäre. Er kam im Auftrag eines Onkels aus Amerika. Das haben meine Eltern zumindest damals erzählt. Erst viel später, nachdem Hannelore die Nieren-Transplantation hatte, ist mir klar geworden, dass es sich dabei um Fritz gehandelt haben muss." Oma schüttelt den Kopf, als könne sie es selbst nicht glauben.

„Der Offizier hat meinen Eltern gesagt, dass er als Kontaktmann unsere Ausreise nach Deutschland in die Wege geleitet habe. Wir sollten sicheres Geleit durch einen polnischen Soldaten erhalten."

„Das ist ja krass. Wie im Film." Friederikes Augen sind weit aufgerissen. Sie schaut Oma ebenso gebannt an wie ich.

„Ja. Nur dass es eben kein Film war. Wir waren so erleichtert. Vor allem Richard. Ein Neuanfang in Deutschland, das war wie ein Traum, der in Erfüllung geht. Aber der polnische Soldat, der uns begleiten sollte, muss uns verraten haben. An dem Abend, als wir uns auf den Weg machen wollten, wurden wir abgefangen. Der russische Offizier, der uns informiert hatte, wurde abgeführt. Ich habe danach nie wieder etwas von ihm gehört oder gesehen."

„Das ist ja furchtbar, Oma." Friederike legt den Arm um Oma Wilhelmine.

Oma nickt gedankenverloren. „Ja. Auch unser Vater wurde abgeführt. Aber wir hatten mehr Glück als Verstand. Einige Tage später stand er plötzlich wieder vor unserer Haustür. Sie haben ihn laufen lassen. Wohl, weil er für seine Arbeit so geschätzt wurde. Aber unsere Chance, auszureisen, war dahin."

Oma schüttelt sich. „Uns blieb nur noch eine Option. Der russische Offizier hatte uns etwas Geld gegeben. Ich bin mir sicher, dieses Geld kam von Fritz. Eigentlich war es als Notgroschen für unsere Flucht nach Deutschland vorgesehen. Es war immerhin so viel, dass es reichte, um für einen von uns erneut eine Ausreise in die Wege zu leiten. Aber anstatt Richard aus der Gefahrenzone zu schicken, haben meine Eltern bestimmt, dass ich dieser jemand sein sollte." Oma Wilhelmine stockt in ihrer Erzählung.

„Du, Oma? Du meine Güte." Ich stelle mir vor, was für eine schreckliche Angst Oma Wilhelmine gehabt haben muss. „Aber warum ausgerechnet du?"

„Das konnte ich damals auch nicht verstehen, aber meine Eltern ließen nicht mit sich reden. Sie erklärten mir, dass es auf jeden Fall ich sein müsste. Der Onkel in Amerika habe in Deutschland ein Konto auf meinen Namen eingerichtet, zu dem nur ich Zugang hätte. Ich sollte ausreisen, den Onkel kontaktieren und mit seiner Hilfe noch einmal versuchen, eine sichere Ausreisemöglichkeit für die anderen zu organisieren." Oma wischt sich mit ihrem Stofftaschentuch den Schweiß von der Stirn.

„Fritz wollte, dass du gerettet wirst. Weil du seine Tochter bist. Du warst ihm also doch wichtig." Friederike reicht Oma ein neues Taschentuch.

Oma nickt gedankenverloren. „Aber sein Plan war von vornherein nicht richtig durchdacht. Trotzdem hielten meine Eltern es für die einzige Möglichkeit, dass wir alle nach Deutschland kommen."

„Was ist schiefgegangen?" Friederike flüstert ihre Frage mehr, als dass sie spricht.

„Es fing damit an, dass Richard totunglücklich war. Er wollte auf keinen Fall, dass ich alleine gehe. Er wollte mich nicht fortgehen lassen. Hat immer wieder gefragt, weshalb er nicht die Reise antreten könne. Das sei doch viel sicherer. Genau wie ich hat er nicht verstanden, worum es damals wirklich ging. Fritz wollte mich aus der Gefahrenzone bringen. Ob er den Rest der Familie je nachgeholt hätte, ist eine Frage, auf die ich bis heute keine Antwort habe. Aber es ist ja sowieso alles ganz anders gekommen."

Vangerow, 13. März 1950

„Ich lasse mich nicht länger behandeln wie ein Kind." Trotzig schleuderte Richard einen Stein in die Küddow. Wilhelmine sah zu, wie der Kiesel mehrfach auf der Wasseroberfläche aufsprang, bevor er im Flussbett versank.

„Ach, Richard. Ich verstehe, dass du sauer bist. Aber ich verspreche dir, dass ich alles tun werde, um euch so schnell wie möglich eine Ausreisegenehmigung zu besorgen." Wilhelmine legte den Arm um ihren kleinen Bruder. Bei der Umarmung bemerkte sie mit Schrecken, wie dünn er geworden war. Die Rippen stachen so sehr hervor, dass sie zusammenzuckte.

„Wie können Vater und Mutti dich einer solchen Gefahr aussetzen? Ganz alleine zu fliehen und dann noch als Frau, das ist viel zu gefährlich. Wir haben doch gesehen, was mit den Mädchen passiert, wenn sie nur zur falschen Zeit auf die Straße gehen." Richards Stimme klang zornig. Obwohl er so klein war, sah er nicht mehr aus wie ein Kind. Die körperliche Arbeit und die schrecklichen Erlebnisse der vergangenen Jahre hatten seinen Gesichtszügen eine Härte verliehen, die Wilhelmine beängstigte. Er kümmerte sich um die Familie wie ein Erwachsener. Wilhelmine konnte sich nicht daran erinnern, wann sie ihren Bruder zum letzten Mal lachen gesehen hatte.

„Es wäre viel sicherer, wenn ich gehe. Auf ein paar Prügel mehr oder weniger kommt es nicht an. Dass Vater das nicht verstehen will." Richards Wangen waren gerötet vor Entrüstung.

„Ich gebe zu, mir wäre es auch lieber, wenn du an meiner Stelle gehst. Aber du hast so viel für uns getan. Jetzt bin ich an der Reihe." Wilhelmine streichelte über die lange Narbe, die quer über Richards Wange verlief. „In ein paar Wochen sind wir alle glücklich in Sicherheit und kümmern uns um einen Neuanfang. Du wirst sehen, es wird alles gut."

Richard schüttelte den Kopf. „Du bist Vaters Ein und Alles. Wenn dir etwas passiert, würde er nie wieder froh. Allein deswegen darfst nicht du es sein, die geht."

„Aber Richard, das ist doch nicht wahr. Vater wäre genauso verzweifelt, wenn dir etwas zustieße." Wilhelmine konnte es nicht zulassen, dass Richard sich selbst immer als weniger geliebt wahrnahm, auch wenn sie zugeben musste, dass sie tatsächlich das bessere Verhältnis zu Henry hatte. Vater und sie waren Seelenverwandte. Richard hatte das stets akzeptiert, ohne sich zu beklagen. Er hatte sein eigenes Ding gemacht. Vielleicht war er deshalb so schnell erwachsen geworden.

„Dieses Mal werde ich nicht auf Vater hören. Es ist einfach nicht richtig." Richard ballte seine Hand zur Faust.

„Ach Richard, sei doch vernünftig. Du kannst nicht gegen Vaters Willen handeln." Wilhelmine wünschte, ihr Bruder wäre nicht so stur.

„Soll ich hierbleiben und mich zu Tode schlagen lassen? Wenn sie merken, dass du heimlich ausgereist bist, werden sie ihre Wut an mir auslassen." Er sah sie nicht an, als er das sagte, aber er wusste, dass er sie damit umstimmen würde. Niemals würde Wilhelmine zulassen, dass er ihretwegen leiden musste.

„Sag mir, was wir tun können", flüsterte Wilhelmine. Ihr war unbehaglich bei dem Gedanken, Vaters Anweisung zu missachten, aber sie war sich sicher, dass er am Ende einverstanden wäre, wenn sie erst alle sicher in Deutschland wären.

„Du musst dich verstecken. Wenn es soweit ist, abzureisen, musst du einfach unauffindbar sein. Wenn sie die

Ausreise veranlasst haben und du nicht zu finden bist, werden sie mich an deiner Stelle schicken."

„Aber Richard, das können wir doch nicht machen. Sie werden furchtbar böse sein, wenn ich einfach so weg bin."

„Nicht einfach so. Wir tun so, als wäre jemand dahintergekommen, dass du ausreisen willst. Jemand, der dich nun festhält, um Lösegeld zu erpressen. Das Geld, das sie aus Amerika bekommen haben. Wenn sie mir das übergeben, habe ich genug, um sicher aus dem Land zu kommen und niemand wird dir böse sein, weil alle froh sein werden, dass du heile wieder zu Hause bist. Dass wir selbst es sind, die dich versteckt haben und das Lösegeld fordern, wird nie jemand erfahren. Noch dazu wird bei der Aufregung niemand auf mich achten. Eine optimale Möglichkeit, mich unauffällig aus dem Staub zu machen."

Wilhelmine sog die Luft stoßartig durch ihre zusammengepressten Zähne ein. „Richard, das ist doch wohl nicht dein Ernst. So etwas können wir nicht tun. Sie werden sich zu Tode ängstigen."

„Dann ist es dir also lieber, wenn ich totgeprügelt werde?" Wieder blitzte der Zorn aus seinen Augen.

Wilhelmine erkannte ihn kaum wieder. Am liebsten wäre sie zu ihren Eltern gerannt und hätte ihnen von dem schrecklichen Plan berichtet. Aber dann hätte sie Richard im Stich gelassen. Das konnte sie nicht. In diesem Moment hasste sie sich selbst, als sie mit belegter Stimme antwortete: „Natürlich nicht. Ich mache es ja. Aber trotzdem finde ich es widerwärtig."

Bielefeld, 25. Juli 2017

Wie gebannt hängen Friederike und ich an Omas Lippen. Ich habe eine Gänsehaut, als sie uns von Richards Plan erzählt. Doch dann auf einmal, mitten in ihrer Erzählung, steht sie auf: „So. Und jetzt packt ihr meinen Koffer. Den Rest erzähle ich euch unterwegs."

„Deinen Koffer packen? Oma, wir können dich nicht mit nach Hause nehmen. Das haben wir doch mehrfach diskutiert." Besorgt gibt Friederike mir zu verstehen, dass wir Oma für heute genug belastet haben und uns vielleicht besser auf den Weg nach Hause machen sollten.

„Wer redet denn davon, dass ich zu euch nach Hause will? Wir werden jetzt alle drei zusammen eine Reise machen."

„Eine Reise? Wie meinst du das?" Friederike sieht immer unglücklicher aus.

„Ja, eine Reise. Ihr wolltet doch wissen, was es mit meinem Haus und meinem Leben auf sich hat. Also werden wir uns jetzt Antworten auf unsere Fragen holen. Zeit für einen Kurztrip haben wir ja wohl. Also worauf wartet ihr?"

„Oma, ich weiß nicht, ob du hier so einfach wegfahren kannst, ohne das in der Seniorenresidenz vorher anzumelden. Wir sollten nichts überstürzen", versuche ich, sie zu bremsen.

„So, ihr zwei, jetzt hört ihr mir mal zu. Wenn ich meine Abreise aus Pommern vorher angekündigt hätte, säße ich vermutlich heute noch in Polen. Dann hätte es euch nie gegeben. Manchmal muss man einfach handeln. Wer fragt, kriegt auch Antworten. Wer keine Antwort haben will, der macht sich einfach auf den Weg. Die werden schon merken, dass wir weg sind."

„Aber was ist, wenn Leonies Baby unterwegs kommt? Es ist nicht mehr so lange bis zum Geburtstermin", sagt Friederike.

„Darum sorgt euch nicht um den morgigen Tag. Er wird für das Seine sorgen." Oma blickt uns streng an. „Außerdem dachte ich, die hätten auch in Polen Krankenhäuser. War es nicht so?"

Ich nicke nur und schlucke.

„Oma, was ist, wenn die Heimleitung die Polizei ruft und dich als vermisst meldet?" Friederike steht die Verzweiflung ins Gesicht geschrieben. Als Lehrerin ist sie es gewohnt, sich an Vorschriften zu halten. Sie will noch mehr Dinge sagen, aber ich sehe, dass Oma die Entscheidung längst getroffen hat. Und bei diesem Gedanken macht mein Herz einen Sprung, denn ich kann es kaum erwarten, Jurek und Omas Haus endlich wiederzusehen.

„So. Wer mit will, der kommt mit. Wer nicht will, der bleibt hier. Aber ich gehe. Wir können ja heute Abend die Pflegerinnen anrufen und sie ins Bild setzen." Oma Wilhelmine ist bereits in ihrem Mantel und auf dem Weg zum Schuhschrank.

„Oma, wirklich", hebt Friederike noch einmal zum Protest an.

„Lass gut sein. Du siehst doch, dass Oma nach Polen fahren möchte. Und ganz ehrlich. Das wird bestimmt ein Abenteuer. Also lass uns packen." Ich grinse Friederike an und sehe, dass sie mich für total übergeschnappt hält. Doch dann beginnt sie, Omas Blusen und Hosen ordentlich zu falten und in den Koffer zu legen. Ohne ein weiteres Wort der Widerrede. Minuten später wuchtet sie den schweren Koffer den Flur der Seniorenresidenz entlang. Ich würde ihr ja gerne beim Tragen helfen, aber da ich schwanger bin, besteht Oma darauf, dass Friederike den Koffer alleine trägt. Wie zwei Entenküken folgen wir Oma, die den Korridor der Seniorenresidenz so majestätisch wie Queen Mum entlangschreitet.

Vangerow, 20. März 1950

Richard hockte auf der Treppe, die nach oben zu den Schlafräumen führte und beobachtete seinen Vater, der wie versteinert am Küchentisch hockte. Alle Farbe war aus Henrys Gesicht gewichen. Auf dem Stuhl neben ihm kauerte Erich Bahlow. Beide schwiegen seit einer gefühlten Ewigkeit. Henry hatte Pauline ins Bett gebracht. Nachdem sie den Brief gelesen hatte, war sie einem Nervenzusammenbruch nahe gewesen. Auch jetzt hörte Richard von Zeit zu Zeit ein lautes Wehklagen aus dem Schlafzimmer.

„Nicht unsere Wilhelmine", sagte Henry schließlich zu seinem Freund. „Wir müssen ihnen das Geld geben. Wenn ihr etwas geschieht, können wir genauso gut hierbleiben. Es ist alles zwecklos. Sollen sie doch das Geld haben. Auch wenn dann unser Schicksal besiegelt ist und wir nie mehr nach Deutschland kommen. Das alles ist egal, wenn nur Wilhelmine gesund wieder zurück kommt."

Erich Bahlow nickte und schwieg. Außer den vier Woidtkes waren er und seine Tochter Elisabeth die einzigen verbliebenen Deutschen in Vangerow. Die heilenden Hände des ehemaligen Gutsknechtes waren auch den Polen nicht verborgen geblieben. Richard war sich sicher, dass sie Erich Bahlow niemals ausreisen lassen würden. Erich lebte mit seiner Tochter in einem Haus am Waldrand. Vor dem Krieg hatte er sich um die Tiere des Gutes gekümmert. Deren Bestand war zwar mittlerweile stark dezimiert, doch noch immer erfüllte er seine Aufgabe mit großem Pflichtbewusstsein. Mit Menschen sprach Erich nur selten. Trotzdem war er von den damaligen Vangerowern sehr geschätzt worden. Mit dem Wissen, das ihm half, kranke Tiere gesund zu pflegen, hatte er auch so manchen Nachbarn von starken Schmerzen befreit. Richard hatte den Eindruck, dass Erich Bahlow sich einigermaßen damit arrangiert hatte, hier festzuhängen. Die Polen ließen Erich weitestgehend in Ruhe seine Arbeit verrichten. Er war jemand, vor dem sie Respekt hatten. Doch jetzt saß er genauso kraftlos auf seinem Stuhl wie Henry. Vor den beiden Männern auf dem Tisch befand sich der Brief mit der Lösegeldforderung.

Zunächst hatte Richard damit gerechnet, dass sie sofort durchschauen würden, dass er selbst hinter diesem Brief steckte. Er konnte seine Nervosität kaum verbergen. Doch die beiden Männer hatten ihn den ganzen Nachmittag über nicht eines einzigen Blickes gewürdigt. Sie waren kaum zu einem klaren Gedanken fähig. Kurz hatte Richard Gewissensbisse. Doch dann war ihm wieder in den Sinn gekommen, wie hartnäckig sein Vater darauf bestanden hatte, Wilhelmine alleine auf die Flucht zu schicken. Henry war selber Schuld, dass er jetzt vor Sorge fast verging. Welche Qualen hätte er erst erlitten, wenn Wilhelmine tatsächlich unterwegs auf der Flucht etwas zugestoßen wäre.

Da die beiden Männer am Tisch kaum ein Wort wechselten, blieb Richard ebenfalls stumm und wartete ab. Er sah auf die Uhr und rechnete aus, wie viel Zeit ihm noch blieb. In zwei Stunden müsste er im Wald sein. Dort sollte die Übergabe des Lösegeldes stattfinden. Daran, dass Henry und Erich Bahlow zum vereinbarten Treffpunkt kommen würden, bestand für ihn kein Zweifel. Er würde sich mit dem Geld direkt auf den Weg in Richtung deutscher Grenze machen. Schon bald würde er seine Familie hier rausholen. Dann würde endlich alles gut.

Bielefeld, 26. Juli 2017

Seit Stunden sitzen wir in meinem Polo. Friederike und ich wechseln uns mit dem Fahren ab. Während Oma auf dem Beifahrersitz noch am meisten Platz hat, weiß ich nicht mehr, wie ich mich drehen soll, um meinen Rücken zu entlasten. Auch das Baby scheint keine Lust mehr aufs Autofahren zu haben. Es strampelt unaufhörlich. Ich bin froh, als ich selbst wieder auf den Fahrersitz wechseln darf. Doch kurz darauf klingelt mein Handy.

„Das ist bestimmt Jurek. Er hat Sehnsucht", neckt mich Friederike.

„Kannst du mal drangehen? Ich kann nicht gleichzeitig fahren und sprechen."

„Wieso besorgst du dir keine Freisprechanlage?" Es muss Friederike wieder besser gehen. Sie kann schon wieder schlaue Tipps geben.

„Ist gar nicht Jurek", verkündet sie jetzt. „Unbekannte Nummer."

„Oh, drück den Anruf einfach weg."

„Kommt gar nicht in Frage", erwidert sie. „Vielleicht ist es etwas Wichtiges." – „Oh, hallo Manuel. Nein, hier ist nicht Leonie, hier ist Friederike."

Oh, nee, Manuel. An den hatte ich gar nicht mehr gedacht. Er hat also den Trick mit der gesperrten Nummer durchschaut.

„Kannst du bitte auflegen?" Wenn ich nicht fahren müsste, würde ich Friederike das Handy sofort aus der Hand reißen.

Sie ignoriert mich. „Wirklich? Aha. Ich verstehe", höre ich sie sagen. „Das ist schlecht."

„Was will er denn? Sag, ich rufe zurück."

„Das ist also der Vater deines Kindes?", flüstert Friederike mir zu. „Ist nicht gerade der Netteste."

Ich bin wie vom Schlag getroffen. Alles zu spät. Friederike sollte niemals von Manuel erfahren. Jetzt wird sie mich mein Leben lang damit aufziehen.

„Ja, nee, sie kann gerade nicht. Sie fährt Auto. Und sie hat sowieso kein Interesse. Sie hat längst einen neuen Freund."

„Was erzählst du denn da?" Ich versuche, mich umzudrehen, um Friederike das Handy zu entreißen.

„Aufhören", sagt Oma streng. „Guck auf die Straße."

„Du denkst doch nicht, dass du der Einzige bist, der sie gut findet. Leonie ist heiß begehrt. Hättest du besser vorher drüber nachdenken sollen." Mit diesen Worten beendet Friederike das Gespräch.

„Was soll denn das? Spinnst du? Wieso erzählst du ihm, ich hätte einen neuen Freund? Das stimmt doch gar nicht."

„Ach. Das ist doch nur eine Frage der Zeit. So wie die Sache mit Jurek aussieht, bist du so gut wie vergeben."

„Du hast sie doch nicht alle. Was wollte er denn überhaupt?"

„Paartherapie."

„Was bitte?"

„Er wollte mit dir zur Paartherapie gehen."

„Wieso denn das? Beim letzten Mal wollte er das alleinige Sorgerecht für das Kind."

„Ja, dann hat er sich vermutlich inzwischen informiert und festgestellt, dass er das nicht bekommen wird." Friederike legt mein Handy in die Zwischenkonsole. „Jetzt will er euch eine zweite Chance geben."

„Das fehlte mir gerade noch. Was musstest du auch drangehen?"

„Du könntest mir ruhig danken. Immerhin weiß er jetzt, dass du vergeben bist. Du musstest nicht einmal mit ihm sprechen." Friederike schiebt die Unterlippe vor und schmollt.

Die nächsten zehn Minuten verbringen wir alle schweigend. Ich hänge meinen Gedanken nach. Ich hoffe, dass Manuel mich nun in Ruhe lassen wird. Wer weiß, mit welcher Idee er als Nächstes um die Ecke kommt.

Gerade will ich vorschlagen, dass wir eine Toilettenpause machen, als Oma auf einmal unverhofft ihre Geschichte fortsetzt. „Ich saß damals zwei Tage lang im Holzschuppen eines verlassenen Hauses. Noch nie in meinem Leben hatte ich solche Angst", sagt sie völlig aus dem Zusammenhang gerissen. „Eigentlich hatte Richard versprochen, dass er direkt nach der Lösegeldübergabe zu mir kommen wollte. Schon als er in der ersten Nacht nicht auftauchte, war mir klar, dass etwas schief gegangen sein musste. Bei jedem Geräusch bin ich zusammengezuckt. Ich hatte Angst, dass die Polen mich finden. So ganz alleine so weit ab von anderen Häusern. Aber genauso viel Angst hatte ich vor meinen Eltern. Wenn sie die Gegend durchsucht und mich gefunden hätten, hätten sie sofort erkannt, dass ich gar nicht gegen meinen Willen festgehalten wurde. Je länger ich im Schuppen saß, desto weniger konnte ich einfach so aufstehen und gehen. Die Angst um Richard und diese schreckliche Lüge lagen so schwer auf mir, dass ich fast verrückt geworden wäre."

Ich schalte das Radio aus und Friederike lehnt sich vom Rücksitz so weit es geht nach vorne, um kein Wort von Omas Erzählung zu verpassen.

„Aber irgendwann musst du ja wieder aus dem Schuppen gekommen sein", sage ich.

Oma wendet sich ab und blickt aus dem Autofenster. Die Landschaft fliegt nur so an uns vorbei, aber sie sieht nicht so aus, als ob sie die Umgebung wahrnimmt. „Ja. Ich war irgendwann so durchgefroren und hungrig, dass mir keine Wahl mehr blieb. Ich konnte die Ungewissheit nicht mehr ertragen. Ich bin zu uns nach Hause gelaufen. Ich habe mir den ganzen Weg über vorgestellt, welches Donnerwetter dort über mich hereinbrechen würde, wenn sie von unserem verrückten Plan erfahren."

Ich fühle mit Oma. In ihrer Haut hätte ich nicht stecken wollen. „Was ist passiert, als du nach Hause kamst?"

„Es war noch schrecklicher als erwartet." Oma nimmt ihr Stofftaschentuch aus ihrer Handtasche und schnäuzt sich die Nase. „Als ich nach Hause kam, saß Henry zusammen mit dem polnischen Ortsvorsteher am Küchentisch. Hat wohl geglaubt, er sieht ein Gespenst, als ich zur Tür reinkam."

Ich merke, wie schwer es Oma fällt, über dieses Erlebnis zu sprechen.

„Ich habe mich so geschämt. Bevor ich etwas sagen konnte, ist Henry auf mich losstürmt. Hat mich gar nicht mehr losgelassen. Unter Tränen hat er mir gesagt, dass ich jetzt ganz stark sein muss, weil Richard tot ist."

„Tot?", bringt Friederike entsetzt hervor. „Was ist denn passiert?"

„Das weiß ich bis heute nicht. Meine Eltern waren der Meinung, dass Richard von derselben Person umgebracht wurde, die mich entführt hat. Der ganze Ort hat nach seinem Mörder gesucht. Alle möglichen Leute haben mich immer wieder gefragt, wie mein Entführer aussah. Ich habe schwammige Angaben gemacht und behauptet, dass ich ihn nie richtig gesehen hätte. Ich habe es einfach nicht geschafft, ihnen die Wahrheit zu sagen, dass es gar keinen Entführer gab." Oma sieht nun richtig verzweifelt aus. „Ich habe sie in dem Glauben gelassen, dass sie mit ihrer Theorie richtig liegen. Richards Mörder konnte vielleicht unbehelligt davonkommen, weil ich es nicht über mich bringen konnte, zu erzählen, dass wir die Entführung nur vorgetäuscht hatten."

„Ach Oma“, Friederike streichelt Oma, die vor ihr auf dem Beifahrersitz kauert, über den Arm. Was für eine Last Oma Wilhelmine ihr ganzes Leben mit sich herumgetragen haben muss. Kein Wunder, dass sie nie über ihre Vergangenheit reden wollte.

„Bis heute werde ich nachts wach, weil ich mich frage, was damals eigentlich passiert ist. Ich weiß nicht, wer Richard umgebracht hat. Es könnte jeder gewesen sein. Dass er nachts im Wald als Deutscher herumschleicht, hätte sicherlich als Grund ausgereicht.“ Oma sieht verzweifelt aus. „Am schlimmsten ist für mich, dass ich sinnlos im Schuppen gehockt habe und nicht da war, um ihm beizustehen.“ Oma vergräbt das Gesicht tief in ihren Händen.

„Aber Oma, du darfst dir keine Vorwürfe machen. Dass so etwas passieren würde, konntest du doch nicht vorhersehen“, sagt Friederike.

„Meine Eltern haben Richard einige Tage später in aller Stille beigesetzt. Die Tat hat den polnischen Ortsvorsteher dazu bewegt, uns sicheres Geleit für eine sofortige Ausreise zu organisieren. Das Verbrechen hatte im Ort für einige Unruhen gesorgt. Vielleicht hatte der Ortsvorsteher Angst, dass auch wir Opfer weiterer Gewaltausbrüche werden. Vielleicht wollte er die Stimmung auch einfach wieder beruhigen. Auf einmal sollten wir so schnell wie möglich verschwinden. In einer Nacht- und Nebelaktion wurden wir aus dem Land gebracht.“ Oma laufen Tränen über die Wange.

„Und ihr habt nie herausgefunden, was mit Richard passiert ist?“ Ich bin entsetzt. Mit was für Fragen muss Oma Wilhelmine sich all die Jahre herumgequält haben, ohne dass ich auch nur je etwas gemerkt habe.

„Nein. Nie. Meine Eltern haben nie über Richards Tod gesprochen. Um ehrlich zu sein, haben sie überhaupt gar nicht mehr über ihn gesprochen. Es war, als hätte es ihn nie gegeben. Zuerst war ich darüber erleichtert, weil ich auch nicht mehr über seinen Tod sprechen musste. Je länger das alles her war, desto weniger konnte ich meinen Eltern die Wahrheit sagen. Dass Richard noch leben würde, wenn wir nicht auf die Idee mit der vorgetäuschten Entführung gekommen wären." Oma Wilhelmine sieht sehr unglücklich aus. „Ich hätte Richard das ausreden müssen. Ich war die ältere Schwester. Ich bin Schuld an seinem Tod. Das habe ich mir bis heute nicht verziehen. Diese Schuld werde ich mit bis in mein eigenes Grab nehmen müssen. Außerdem denke ich heute, ich habe Richard durch mein Schweigen ein zweites Mal sterben lassen. Nicht einmal euer Großvater hat je erfahren, dass ich mal einen Bruder hatte."

Vangerow, 27. Juli 2017

Ich kann kaum aus dem Bett aufstehen. Mein Bauch ist so schwer, dass ich das Gefühl habe, vornüber zu fallen. Doch es nützt alles nichts: Meine Blase ist voll. Mühsam taste ich mich im Dunkeln bis zum Bad vor. Ich möchte Friederike, mit der ich mir ein Hotelzimmer teile, nicht wecken. Das ist mindestens das vierte Mal in dieser Nacht, dass ich aufstehen muss. Dabei sagt mir ein Blick auf den Wecker, dass es 5 Uhr und damit immer noch nicht Zeit zum Aufstehen ist. Ich blicke auf mein Handy. Eine neue Nachricht von Manuel. „Leonie, ich liebe Dich. Lass es uns noch einmal versuchen." Ach du meine Güte. Jetzt ist er völlig übergeschnappt.

Nachdem ich im Bad war, liege ich wach und kann trotz aller Müdigkeit nicht mehr schlafen. Was Oma uns da gestern erzählt hat, lässt mir keine Ruhe. Dass sie zuvor nie über Richard sprechen wollte, kann ich verstehen. Aber warum haben meine Urgroßeltern nie etwas erzählt? Sein Kind zu verlieren, muss das Schlimmste sein, was einem passieren kann. Das Ganze dann aber totzuschweigen, macht es noch fürchterlicher. Zwei Stunden später sitzen wir zu dritt am Frühstückstisch. Es herrscht eine beklemmende Stimmung. Oma sieht um Jahre gealtert aus. Auch Friederike spricht kaum ein Wort. Umso erleichterter bin ich, als Oma verkündet, dass sie fertig ist und in 30 Minuten aufbrechen möchte. Zu meiner Überraschung soll ihr Haus nicht unser erstes Ziel an diesem Tag sein.

„Ich möchte erst an Richards Grab Halt machen", verkündet sie.

Da wir auf die Schnelle keinen Blumenladen finden, hole ich vom Kiosk neben dem Friedhof ein Grablicht. Dann machen wir uns auf in Richtung Vangerow. Schon bevor wir die alten Stallgebäude des Gutes erreichen, bedeutet Oma mir, das Auto zu stoppen.

„Ist der Friedhof nicht neben der Kirche?“ Erst jetzt fällt mir auf, dass ich bisher noch keinen Friedhof in Vangerow gesehen habe.

Oma schüttelt den Kopf. „Der alte Friedhof war hier links. Direkt am Wald, noch vor dem Schloss“, sagt sie.

Wald sehen wir tatsächlich. Aber dort, wo Oma den Friedhof vermutet, ist nichts zu finden. „Bist du dir sicher, dass es hier war, Oma? Vielleicht vertust du dich. Sicher sah es früher ganz anders aus als heute“, sagt Friederike.

„Ich weiß genau, wo der Friedhof war.“ Oma stapft unbeirrt weiter in den Wald hinein. Entlang des Weges wachsen Springkraut und Brennnesseln. Trotzdem versucht Oma, sich über einen schmalen Pfad ins Dickicht vorzukämpfen.

Ich sehe mit Unbehagen zu, wie sie über Äste und Baumstümpfe steigt. Wenn sie ausrutscht und sich ein Bein bricht, haben wir ein echtes Problem. Wir haben sie quasi aus der Seniorenresidenz entführt. Wenn sie sich jetzt auch noch verletzt, sind wir in der Verantwortung.

„Aha“, ruft sie auf einmal und entfernt mit ihrem Zeigefinger Moos von einem großen Stein. „Das hier ist ein Grabstein“, sagt sie demonstrativ, um uns zu verstehen zu geben, dass jeder Zweifel an ihrem Orientierungssinn absolut fehl am Platze ist.

„Tatsächlich.“ Friederike bückt sich. „Aber alles ist total verwittert. Die Inschrift kann man jedenfalls nicht mehr lesen.“

An der einen oder anderen Stelle ist noch auszumachen, dass dort früher ein Grab gewesen sein muss. Gelegentlich sind noch Bruchstücke alter Grabsteine zu sehen. Abgesehen davon hat sich die Natur diese letzte Ruhestätte zurückgeholt. Wir haben keine Chance, herauszufinden, wo Richards Grabstelle einmal war. Da ich aber sehe, wie wichtig die Sache für Oma Wilhelmine ist, laufen wir noch weitere 30 Minuten durch den Wald und drehen jedes Steinchen um, in der Hoffnung, doch noch etwas zu finden.

Schließlich verkündet Oma Wilhelmine, was ich von Anfang an wusste: „Es ist zwecklos."

So stellen wir das Grablicht einfach mitten auf eine zerbrochene Steinplatte – stellvertretend für all die vergessenen Toten hier. Ich lege meinen Arm um Oma. Friederike umfasst Oma von der anderen Seite. So stehen wir eine ganze Weile schweigend da. Jede von uns ist in Gedanken versunken.

Schließlich gehen wir zurück zum Auto. Dort sehe ich, dass eine Fahrradfahrerin direkt neben meinem Polo Halt gemacht hat.

„Leonie, was für eine Überraschung", spricht mich die Frau an. Erst jetzt erkenne ich, dass es Elisabeth Nowak ist.

„Allerdings", sage ich. Dass wir Elisabeth hier mitten im Wald treffen, macht mich stutzig.

Doch sie erklärt mir, dass sie jede Woche hierher kommt, um für ihre verstorbene Mutter ein Licht anzuzünden. „Ich habe sie nie kennengelernt und da sie während der Einnahme des Dorfes umgekommen ist, gibt es auch kein Grab, zu dem ich gehen könnte. Aber sie stammte aus Vangerow. Daher habe ich den alten Friedhof als meinen Ort des Gedenkens gewählt", erklärt sie. „Die meisten Grabsteine sind nicht mehr da", fügt sie hinzu. „Aber das habt ihr wahrscheinlich selbst schon festgestellt."

„Ja, das haben wir", sage ich. „Obwohl es einen wundert. Eigentlich überdauert Stein doch die Zeit."

„Ja, normalerweise schon. Aber die Steine wurden nach dem Krieg hier weggeholt und teilweise als Uferbegrenzung entlang der Küddow verbaut“, erklärt Elisabeth.

„Was für eine Schande“, sagt Oma.

Erst jetzt fällt mir auf, dass ich Elisabeth meine beiden Mitreisenden noch gar nicht vorgestellt habe. „Das hier sind übrigens meine Oma Wilhelmine und meine Cousine Friederike.“ Und an Oma und Friederike gewandt sage ich: „Und das ist Elisabeth Nowak. Sie hat als Kind auch in Vangerow gewohnt.“

Oma steht stocksteif da. Sie mustert Elisabeth von oben bis unten. „Liesbeth, es kann nicht wahr sein“, sagt sie, als sie wieder zur Besinnung findet. „Dass ich dich noch einmal wiedersehen würde. Das grenzt an ein Wunder. Wie oft habe ich mich gefragt, was aus euch geworden ist.“

„Wilhelmine.“ Mehr bringt Elisabeth nicht heraus.

Beide Frauen umarmen sich und ich frage mich, welche Erlebnisse sie wohl verbinden.

„Ihr habt euch nie von uns verabschiedet.“ Der Vorwurf in Elisabeths Stimme ist nicht zu überhören.

„Ach, Liesbeth, du hast ja keine Ahnung. Es ging alles so schnell. Wir konnten gar nicht denken.“

„Aber in all den Jahren danach, da hättet ihr doch mal von euch hören lassen können.“

„Wir wollten einfach nur vergessen.“ Oma schaut zu Boden. „Wir haben nur nach vorne geblickt. Für alles andere war kein Platz.“ Ihre Stimme klingt nun brüchig. Sie verstummt.

Ein längeres Schweigen breitet sich aus. Mir wird die Situation langsam unangenehm.

„Wir wollten gerade ins Auto steigen und zu Omas Haus weiterfahren“, nehme ich das Gespräch wieder auf, als ich merke, dass keine der beiden Frauen mehr etwas sagen wird.

„Möchtest du uns dorthin begleiten? Es ist ja nicht weit." Da Oma und Elisabeth alte Bekannte sind, erscheint es mir als das einzig Richtige, Elisabeth zu bitten, uns Gesellschaft zu leisten.

„Oh, vielen Dank." Eilig weist Elisabeth mein Angebot ab. „Ich gehe hier noch in Ruhe zum Friedhof."

Irgendwie habe ich das Gefühl, dass Elisabeth noch etwas auf dem Herzen hat, aber sie schweigt.

„Dann noch einen schönen Tag", sagt Friederike höflich.

„Euch auch. Wenn ihr in Ruhe alles angeschaut habt, seid ihr herzlich eingeladen, heute Nachmittag auf eine Tasse Kaffee oder Tee bei mir vorbeizuschauen. Ich würde mich freuen, euch als Gäste in Empfang zu nehmen", schlägt Elisabeth überraschend vor.

„Gerne. Danke für die Einladung", erwidere ich. Ein Seitenblick auf Oma sagt mir, dass sie weniger begeistert ist. Schweigend steigt sie ins Auto.

Nur wenige Minuten später haben wir den Dorfplatz von Vangerow erreicht. Oma blickt auf die alte Kirche. „Hier ist die Zeit stehen geblieben", sagt sie.

Ich steige aus und öffne Oma die Tür. Ich sehe, dass sie zögert, auszusteigen. Friederike und ich haken Oma links und rechts unter und spazieren gemeinsam mit ihr bis ans Ende der Sackgasse auf ihr Häuschen zu. Ich öffne das Tor zu ihrem Garten und gemeinsam schreiten wir hindurch. In Omas Garten fliegen Schmetterlinge umher. Die Vögel zwitschern um die Wette und die Äste des Apfelbaumes wiegen sich leicht im Wind. Wie ich sehe, hat Jurek eine Schale mit Blumen vor Omas Haustür gestellt. Einige der Holzbalken sind frisch ausgebessert und neue Farbe ist auch aufgetragen. Omas Haus ist wunderschön. Als wäre es frisch aus dem Dornröschenschlaf erwacht. Oma atmet schwer. Ich hoffe, unsere Reise überfordert sie nicht. Ein

Duft von Klee, Blütenpollen und gemähtem Gras liegt in der Luft.

„Willkommen zuhause, Oma Wilhelmine", sage ich, als ich sehe, wie schwer es ihr fällt, weiterzugehen.

„Hallo, die Damen." Mein Herz macht einen Aussetzer. Ich drehe mich um und blicke direkt in Jureks lachendes Gesicht. „Ich habe ein bisschen Hand angelegt. Ich hoffe, das war okay?", sagt Jurek und deutet mit dem Kopf in Richtung Haus, als keine von uns etwas erwidert.

„Hallo, du musst Jurek sein. Leonie hat schon viel von dir erzählt", bricht Friederike das Schweigen. Sie grinst über das ganze Gesicht, geht auf Jurek zu und umarmt ihn, als kenne sie ihn schon ewig.

„Dann bist du bestimmt Friederike", sagt Jurek fröhlich und gibt ihr einen Handkuss. Sofort fühle ich einen kleinen Stich in meinem Herzen. Neben Friederike sieht jede Frau aus wie eine Mauerblume. Ich in meinem speziellen Fall wie eine sehr dicke Mauerblume, die kurz davor steht, zu explodieren.

„Und das ist meine Oma Wilhelmine", sage ich schnell, um Jureks Aufmerksamkeit von Friederike abzulenken.

Oma gibt Jurek die Hand und mustert ihn streng. Dass sie nichts sagt, deute ich als Wohlwollen.

Jetzt geht Jurek auf mich zu und nimmt mich einfach in den Arm. Er riecht unbeschreiblich gut. Als mein Gesicht seine Wange mit den dunkelblonden Bartstoppeln streicht, kribbelt es überall in meinem Körper. Ich muss mir eingestehen, dass ich ihn vermisst habe.

Jurek bietet Oma seinen Arm an. „Darf ich Sie zur Tür führen?", fragt er.

„Sehe ich so gebrechlich aus?", entgegnet sie und schreitet dann an ihm vorbei auf das Haus zu. „Bitte sehr, dann öffnen Sie mal die Tür." Gebieterisch reicht Oma Jurek den Schlüssel für das neu eingebaute Türschloss.

„Aber gerne." Er schmunzelt. Nur wenige Sekunden später drückt Jurek die Tür auf. „Hereinspaziert, die Damen."

Oma zögert einen Moment lang, dann setzt sie ihren Fuß über die Türschwelle. Friederike und ich folgen Oma und Jurek ins Haus. Es ist angenehm kühl. Zum bekannten Geruch nach feuchter Erde und abgestandener Asche mischt sich nun ein neuer Duft nach frischer Farbe und Sägespänen. Da ist es plötzlich wieder, dieses eigenartige Gefühl, dass das Haus mir etwas erzählen möchte. Auch die anderen scheinen es zu spüren. Ehrfürchtig schweigen sie. Eine Gänsehaut bildet sich auf meinen Armen. Es ist merkwürdig still. Nicht einmal das Zwitschern der Vögel ist zu hören.

„Das ist es also", sagt Oma nach einer langen Zeit der Besinnung. „Hier bin ich groß geworden. Von hier sind wir runter zur Küddow gelaufen und haben gebadet. Wir waren den ganzen Tag draußen unterwegs. Im Wald, auf den Feldern. Ich hatte das alles schon fast vergessen, aber jetzt kommt es wieder zurück. Der Geruch. Es ist, als ob Mutti jeden Moment um die Ecke kommt und uns den Eimer in die Hand drückt, damit wir Pfifferlinge fürs Abendessen sammeln gehen."

Bei diesem Gedanken muss ich schmunzeln. Auch ich kann mir Uroma Pauline hier bestens vorstellen.

„Würdet Ihr mich für einen Augenblick alleine lassen?" Oma lässt sich auf einem der Stühle nieder, während wir leise in den Garten zurückgehen.

Vangerow, 27. Juli 2017

Wie ich den Geruch von frischen Reibekuchen mit Apfelmus liebe. Elisabeth steht in der Küche. In der großen Bratpfanne auf dem Herd zischt es, als sie etwas Fett hinzugibt und die geriebenen Kartoffeln goldbraun anbrät. Das Wasser läuft mir im Mund zusammen. Kartoffeln sind mein absolutes Leibgericht. Egal, ob Pellkartoffeln, Pommes, Bratkartoffeln, Gratin oder Kartoffelpuffer – ich liebe alle Gerichte, die man mit der dicken Knolle zubereiten kann.

„Das hast du von deiner Uroma Pauline", hatte Oma Wilhelmine, als ich ein Kind war, immer zu mir gesagt, während andere nur den Kopf darüber schütteln konnten, dass ich sogar Steckrübeneintopf begeistert herunterschlinge.

„Danke für die Einladung zum Essen", sage ich zu Elisabeth, als sie einen dampfenden Kartoffelpuffer auf meinen Teller legt.

„Aber das ist doch selbstverständlich, Kind." Elisabeth verteilt eine ordentliche Portion Apfelmus auf unseren Tellern. „Du hast dieselben grünen Augen wie Wilhelmine", stellt sie fest.

Ich nicke. Auch meine Mutter und Uroma Pauline hatten grüne Augen. Nur Friederike fällt mit ihrem Himmelblau aus der Reihe.

„Liesbeth, sag mal, ist eigentlich nach unserer Abreise damals noch weiter ermittelt worden? Also, hast du mal gehört, ob sie versucht haben, aufzuklären, wie Richard ums Leben gekommen ist?" Oma Wilhelmine blickt Elisabeth hoffnungsvoll an.

Elisabeth schaut Oma perplex an. „Ich weiß nicht, wovon du redest", sagt sie. „Ich habe immer gedacht, Richard sei mit euch nach Deutschland gegangen."

„Was? Nein. Sein Tod war doch der Grund dafür, dass wir überhaupt fortgegangen sind."

Elisabeth schaut Oma verstört an. „Das tut mir so leid, Wilhelmine. Ich war ja damals erst fünf Jahre alt. Ich habe Vater immer gefragt, was passiert ist. Ich habe so an dir gehangen. So oft, wie du auf mich aufgepasst hast. Aber dass Richard gestorben ist, hat er mir nie erzählt. Ich bin bis gerade eben davon ausgegangen, dass er mit euch zusammen Vangerow verlassen hat."

„Das ist ja total verrückt", sagt Wilhelmine. „Aber dann wieder verständlich. Ich würde meiner fünfjährigen Tochter so etwas vermutlich auch nicht erzählen."

„Vermutlich nicht", stimme ich ihr zu und denke an all die Dinge, die sie meiner Mutter und uns verschwiegen hat.

„Ich glaube nicht, dass sein Tod groß im Ort diskutiert wurde, sonst hätte ich davon gehört", überlegt Elisabeth.

„Das stimmt. Aber der Ortsvorsteher war bemüht, den Vorfall nicht zu groß aufzuhängen. Er hat unsere Familie ausreisen lassen, um die Wogen zu glätten. Damit war die Sache für ihn wahrscheinlich erledigt. Dass ein Deutscher zu Tode gekommen war, der nachts im Wald herumlief, interessierte die meisten Leute nicht weiter. Nachts hatte sowieso niemand im Wald zu sein. Da gab es klare Anordnungen. Es ist wohl nicht verwunderlich, dass du von der Sache nichts mehr gehört hast." Oma seufzt.

„Vielleicht gibt es bei der Polizei alte Akten zu der Sache, die du einsehen kannst", sagt Friederike. „Ich kann verstehen, dass du wissen möchtest, was damals passiert ist."

„Ich muss es einfach wissen. Wenn ich Richard seinen verrückten Plan damals ausgeredet hätte, wäre das alles niemals passiert."

„Was für einen Plan?", fragt Elisabeth.

„Ach, das ist eine lange Geschichte." Oma lässt ihre Gabel sinken. Während ich mir weiter Kartoffelpuffer auftische, berichtet sie Elisabeth, was sie Friederike und mir bereits erzählt hat. Selbst jetzt, wo ich die Geschichte zum zweiten Mal höre, kann ich es immer noch nicht fassen.

„Eigentlich ist es fast egal, wer Richard auf dem Gewissen hat. Für mich war immer klar, dass ich selbst die Schuld an seinem Tod trage", schließt Oma mit ihren Erzählungen. „Aber jetzt, wo ich nach all den Jahren endlich darüber reden konnte, werde ich hier nicht weggehen, bevor ich erfahre, wer Richard getötet hat." Sie sieht entschlossen aus.

Ich schlucke. Da das Verbrechen, über das wir hier reden, seit mehr als sieben Jahrzehnten ungeklärt ist, liegt die Chance, dass wir es innerhalb der nächsten Tage aufklären werden, wohl bei null. Genau wie die Chance, dass wir Oma wieder mit nach Hause kriegen, bevor sie ihr Vorhaben in die Tat umgesetzt hat. Mir bleibt nur noch ein Monat bis zum Entbindungstermin und ich möchte ehrlich gesagt doch lieber zu Hause in Bielefeld entbinden, auch wenn ich Friederike vorher so vollmundig erzählt habe, dass es mir egal ist, welche Sprache die Hebammen sprechen. Jetzt stecke ich wirklich in der Klemme.

Elisabeth räuspert sich. Sie sieht plötzlich ganz blass aus.

„Ist alles okay?", frage ich besorgt.

„Ich bin mir nicht sicher." Hastig schenkt sie sich Wasser nach. „Ich muss kurz an die frische Luft. Hier ist es so stickig." Elisabeth steht auf und öffnet die winzige Balkontür.

„Sollen wir gehen?", fragt Friederike beunruhigt. „Wir wollten dich nicht durcheinanderbringen."

„Nein, nein, bitte gebt mir einen Augenblick. Ich bin gleich wieder bei euch." Elisabeth atmet tief ein und aus.

„Oje, da habe ich was angerichtet“, sagt Oma. Dann sitzen wir schweigend um den Tisch herum. Nur mein Handy stört die Stille. Es piept, als eine Nachricht von Manuel ankommt.

„Leonie, bitte melde Dich!!!! Wir gehören zusammen!“, lese ich.

„Na, hat er immer noch nicht aufgegeben? Wann beginnt denn eure Paartherapie?“ Friederike blickt mir spöttisch über die Schulter.

„Lass mich bloß in Ruhe. Immerhin geht er nicht Bungeespringen.“

Bevor Friederike etwas entgegnen kann, kommt Elisabeth zurück ins Zimmer. Sie hat sich wieder gefangen. Die Farbe ist in ihr Gesicht zurückgekehrt. „Danke, Wilhelmine, dass du so offen mit uns über die Sache mit Richard geredet hast.“ Sie drückt Omas Hand. „Ich möchte euch auch etwas erzählen. Bisher habe ich der Sache keine zu große Bedeutung beigemessen, aber nachdem ich jetzt von Richards Tod gehört habe, glaube ich, dass ihr es wissen solltet.“

Oma blickt Elisabeth fragend an. „Bist du dir wirklich sicher? Du solltest nichts überstürzen. Jeder hat das Recht, Dinge, die ihm unangenehm sind, für sich zu behalten. Es sei denn, er hat eine Enkelin, die einfach keine Ruhe gibt.“ Sie wirft mir einen strafenden Blick zu.

„So ist es nicht.“ Elisabeth sieht Oma entschlossen an. „Um ehrlich zu sein, ist es auch keine greifbare Erinnerung. Ich habe es bisher immer für einen Traum gehalten. Aber jetzt bin ich mir sicher, dass es kein Traum gewesen sein kann.“

Friederike rutscht unruhig auf ihrem Stuhl herum. Omas Geschichte hat sie mitgenommen. Ich sehe ihr an, dass ihr die ganze Situation nicht behagt. Aber es bleibt ihr nichts anderes übrig, als sitzen zu bleiben und zuzuhören.

Ich selbst kann vor Neugier kaum an mich halten. Als Journalistin habe ich keine Hemmungen, in der Vergangenheit anderer Leute herumzustochern. Friederike würde mich taktlos nennen. Vielleicht hat sie recht. Aber ich brenne darauf, zu hören, was Elisabeth uns zu sagen hat.

„Überlege es dir gut“, sagt Oma noch einmal. „Du kannst gerne eine Nacht darüber schlafen. Wir laufen ja nicht weg.“

Doch Elisabeth winkt ab. „Ich muss es jetzt loswerden. Ich bin mir sicher, dass es Schicksal ist, dass dieses Leben uns noch einmal zusammengeführt hat. Vielleicht kann ich nach all den Jahren inneren Frieden finden.“

„Sollen Leonie und ich euch alleine lassen?“, fragt Friederike vorsichtig. Ich werfe ihr einen bösen Blick zu. Sie weiß doch genau, wie neugierig ich bin.

„Ach was. Meine Geschichte hängt mit eurer zusammen. Da bin ich mir nun sicher.“

In mir macht sich Erleichterung breit.

„Ich war ja erst fünf, als das alles passiert ist. Mein Vater hat mir gar nichts von Richard erzählt, aber dafür erinnere ich mich an eine Nacht kurz vor eurer Abreise. Ich musste Vater hoch und heilig versprechen, im Bett zu bleiben.“ Elisabeth schlägt die Augen nieder. „Natürlich wollte ich mich an dieses Versprechen halten, aber dann habe ich Schreie aus dem Wald gehört.“

„Schreie? Was für Schreie?“ Omas Augen werden groß.

„Die Schreie einer Frau. Ein furchtbares Wehklagen. Immer wieder.“

„Oh“, sagt Oma. Ich höre die Enttäuschung in ihrer Stimme. „Aber wie soll das mit Richard zu tun haben?“

„Ich habe mich aus dem Bett geschlichen. Von meinem Zimmerfenster aus konnte ich direkt auf den Waldweg sehen. Ich wollte ja wissen, wer da geschrien hat“, entschuldigt sie sich. „Auf einmal war alles totenstill. Ich wollte schon wieder ins Bett gehen, aber ich konnte einfach nicht. Kurz darauf habe ich gesehen, wie Vater aus dem Wald kam. Er trug einen Mann."

„Einen Mann?", raune ich entsetzt und ernte einen bösen Blick von Oma, weil ich Elisabeth unterbrochen habe.

„Ja, sein Körper hing ganz schlaff herunter, wie ein Sack Kartoffeln. Vater hat den Mann später mit unserem Pferd irgendwo hingebracht. Das ist alles, was ich weiß. Ich habe ihn nie auf die Sache angesprochen, weil ich mein Versprechen gebrochen hatte, im Bett zu bleiben. Ich war mir auch nie sicher, ob das alles passiert ist, oder ob ich das alles geträumt habe. Diese Erinnerung hat mich mein Leben lang in meinen Träumen gejagt. Erst jetzt, wo du mir von Richard erzählt hast, bin ich mir sicher, dass es passiert sein muss und dass es einen Zusammenhang mit Richards Verschwinden geben muss."

„Dein Vater hätte Richard nie etwas angetan." Oma Wilhelmine ringt sichtlich um Fassung.

„Vielleicht nicht, aber das kann doch kein Zufall gewesen sein." Elisabeth wirkt nicht überzeugt.

„Es muss eine logische Erklärung für das geben, was du gesehen hast. Eine, die mit Richard nichts zu tun hat." Oma spielt nervös an ihrem goldenen Ehering, den sie auch nach Opas Tod nie abgelegt hat. „Zu dumm, dass wir deinen Vater nicht mehr fragen können."

„Wieso nicht?" Elisabeth sieht Oma Wilhelmine verblüfft an.

„Du willst damit nicht etwa sagen, dass dein Vater noch lebt? Wie alt müsste der heute sein? 100?"

„102, um genau zu sein. Er ist der Methusalem hier im Ort. Er wohnt trotzdem noch in seinen eigenen vier Wänden. Seine Frau Maria, meine Stiefmutter, ist 20 Jahre jünger. Also auch nicht mehr die Jüngste. Aber sie ist körperlich fit und kümmert sich ganz rührend um ihn."

Ich sehe, wie Oma vor Aufregung fast vom Stuhl kippt. Mir selbst geht es genauso.

„Sei mir nicht böse, Elisabeth, aber ich muss mit deinem Vater reden. Wenn das stimmt, was du mir da erzählt hast, ist er vielleicht der Einzige, der uns helfen kann, die Antwort zu finden. Und auch wenn es nicht stimmt, war er dabei, als Richard verschwunden ist. Er ist einer der wenigen, die Richard überhaupt noch kannten."

Elisabeth sieht jetzt ängstlich aus. „Ich hatte befürchtet, dass du das sagen wirst. Ich selbst möchte es genauso gerne wissen wie du. Aber was, wenn er in die Sache verstrickt ist? Ich habe immer zu ihm aufgeschaut. Ich bin mir nicht sicher, ob ich wirklich hören möchte, was er in jener Nacht gemacht hat." Sie verstummt abrupt.

„Lisbeth, es ist Zeit, dass wir aufhören, zu grübeln, was gewesen sein könnte. Wir brauchen Fakten. Und wenn dein Vater sie uns geben kann, dann müssen wir ihn fragen." Selten habe ich Oma so entschlossen erlebt. Sie wird nicht Ruhe geben, bevor die Sache aufgeklärt ist.

Vangerow, 28. Juli 2017

Den nächsten Tag verbringen Oma, Friederike und ich in Omas Garten. Friederike und Oma zupfen Unkraut, während ich auf der Türschwelle sitze und eine Nachricht an Janina in mein Handy tippe.

„Ihr drei seid ja richtig fleißig!“

Als ich aufblicke, sehe ich Jurek, der eine Schubkarre mit Arbeitsgeräten vor sich herschiebt.

„Naja, zumindest zwei von uns“, sagt Friederike. „Leonie mit ihrer Babykugel haben wir zum Stillsitzen verdonnert.“

„Das ist auch besser so“, lacht er. „Ich dachte, ich bessere mal das Fachwerk aus. Mit etwas neuer Farbe sieht es aus wie neu“, erklärt er.

„Wow, das kannst du?“

„Ja, ist gar nicht so schwer. Die Gefache sind ja aus Lehm. Ich säubere die jetzt erst, dann raue ich sie auf und nässe sie vor. Wenn alles getrocknet ist, kann ich es wieder verfüllen.“

„Klingt gut“, sage ich, obwohl ich keine Ahnung habe.

Mein Handy klingelt. „Ha, dein Verehrer lässt nicht locker.“ Friederike hält in ihrer Arbeit inne.

„Dein Verehrer?“ Jurek schaut mich interessiert an.

„Ja, sie ist gerade sehr beliebt bei den Männern“, entgegnet Friederike an meiner Stelle.

„So ein Blödsinn“, sage ich sofort.

„Muss ich mir Sorgen machen? Nicht, dass du mit anderen Männern flirtest.“ Jurek schaut mir direkt in die Augen.

Ich werde rot. „Das ist nur Manuel. Der Vater meines Babys. Von dem habe ich mich doch längst getrennt.“ Warum rechtfertige ich mich eigentlich? Jurek ist doch der, der fremdflirtet.

„Scheint trotzdem nicht aufzugeben. Würde ich auch nicht." Jurek zieht eine Augenbraue hoch und setzt seine Arbeit fort. In meinem Bauch kribbelt es. Ich schweige und blicke zur Seite. Ich weiß nicht, was ich auf ein so eindeutiges Kompliment antworten soll. Dass Oma und Friederike in Hörweite sind, scheint ihn gar nicht zu stören. Aber mich hält es davon ab, ihn einfach ganz direkt nach seiner Beziehung zu fragen.

Auf einmal rutscht Jurek mit dem Spachtel ab und ratscht mit der Hand an der Wand entlang. „Autsch", schimpft er leise.

„Oh nein, hast du dich verletzt?" Ich springe auf und suche in meinen Taschen nach einem Taschentuch.

„Nicht so schlimm", sagt Jurek und tupft das Blut ab.

„Warte, ich mache das kurz sauber und klebe dir ein Pflaster drauf, bevor noch Dreck in die Wunde kommt." Als ich Jureks große Hand verbinde und den Duft seines Aftershaves einatme, vergesse ich, dass ich normalerweise kein Blut sehen kann.

„Danke", sagt Jurek. Als er mir in die Augen blickt, habe ich das Gefühl, dass sich um mich herum alles dreht. Jureks Gesicht kommt immer näher. Gleich werden sich unsere Lippen berühren. Ich schließe die Augen. Das Kribbeln in meinem Bauch wird immer stärker.

„Das ist also das kleine Flittchen, wegen dem du neuerdings keine Zeit mehr hast", brüllt mir jemand ins Ohr.

Ich öffne die Augen. Ich habe ein Déjà-vu. Doch dieses Mal ist es keine Kellnerin, die vor uns steht, sondern eine wütende junge Frau in hohen Lederstiefeln und megaknappem Minirock. Sie zielt mit dem Wassereimer auf uns, den Jurek eben noch zum Ausbessern der Wände benutzt hat. Jurek und ich werden klitschnass. Ich stoße einen Schrei aus, als mich das kalte Wasser trifft.

„Ey, sag mal, spinnst du?“ Jurek springt auf und hält sich die Hände abwehrend vor die Brust, während die sportliche Frau beginnt, mit den Fäusten auf ihn einzutrommeln.

Die Frau schimpft, haut und tritt. Was genau sie sagt, kann ich nicht verstehen, weil sie jetzt Polnisch spricht. Aber was auch immer sie sagt, es kann nicht nett sein.

Vom Gepolter angelockt, kommen Friederike und Oma herüber und sehen ebenso hilflos wie ich dabei zu, wie die Fremde Jurek attackiert.

„Agnieszka, hör jetzt auf“, ruft Jurek.

Das also ist Agnieszka, die Frau an Jureks Seite. Sie ist wunderschön, obwohl mehrere Narben quer durch ihr Gesicht laufen.

Das Kribbeln in meinem Bauch ist wie ausgelöscht. Ich würde am liebsten wegrennen. Stattdessen starre ich weiter auf die schlanke, aufgebrezelte Frau, die Jurek mit ihren langen Fingernägeln soeben eine blutige Schramme verpasst hat, die sich quer von seiner Nase bis zum Ohr zieht.

Jetzt gelingt es Jurek, Agnieszkas Handgelenke festzuhalten. Sie zappelt und schreit wie am Spieß. Als das nicht hilft, lässt sich Agnieszka schluchzend in Jureks Arme fallen.

Ich habe genug gesehen. Auf Zehenspitzen flüchte ich, durchquere den Garten und lasse die Pforte hinter mir ins Schloss fallen. Ich möchte einfach nur weg. Niemanden sehen. Niemanden hören. Nicht an Jurek denken, nicht an Agnieszka. Mich einfach verkriechen. Irgendwo verstecken. Hoffen, dass das alles nur ein schlechter Traum ist und ich gleich aufwache.

Mit dem Auto kann ich nicht flüchten. Die Schlüssel liegen in meiner Handtasche auf dem Küchentisch in Omas Haus. Also laufe ich einfach geradeaus. Ohne Ziel.

Bloß weg von hier. Ich laufe quer über den Marktplatz auf die alte Fachwerkkirche zu. Ich greife die Türklinke, drücke sie hinunter. Und ich habe Glück. Die Tür ist nicht verschlossen. So schlüpfe ich einfach hindurch und quetsche mich in eine der Kirchenbänke. Ich schließe die Augen und atme tief aus und ein.

***

„Leonie? Leonie, bist du hier?“ Ich weiß nicht, wie lange ich auf der kalten Kirchenbank gesessen habe, als ich Jureks Stimme hinter mir höre. Auch das noch. Ich will doch bloß meine Ruhe haben.

Ich fühle, wie Jurek mir eine Hand auf die Schulter legt und sich neben mich auf die Kirchenbank setzt. Ich rücke ein Stück von ihm ab.

„Leonie, das alles tut mir echt leid.“

„Was genau?“, frage ich. „Dass du mich fast geküsst hättest, obwohl du eine Freundin hast? Oder dass deine Freundin uns mit Schmutzwasser überschüttet hat?“

„Meine Freundin?“ Jurek stutzt und blickt mich fragend an.

„Ja, deine Freundin. Mensch, tu doch nicht so. Ich weiß doch längst, dass Agnieszka der Grund dafür ist, dass du mich bei unserem ersten Date versetzt hast. Oder willst du das etwa leugnen?“

„Nein, das will ich nicht. Aber es ist echt nicht, wie du denkst, Leonie.“

„Ach nein, wie ist es denn dann?“

„Leonie, du denkst nicht wirklich, dass Agnieszka meine Freundin ist, oder?“ Jurek sieht mich fragend an.

„Doch, ehrlich gesagt denke ich genau das.“ Jetzt merke ich, dass ich wütend werde. „Bei dieser Szene, die sie da gerade gemacht hat, frage ich mich, welche anderen Rückschlüsse ich da ziehen sollte."

„Wenn ich eine Freundin hätte, würde ich doch wohl nicht mit dir flirten, oder?" Jurek sieht mich mit hochgezogenen Augenbrauen an.

„Keine Ahnung, ist das so?" Jetzt weiß ich wirklich nicht mehr, woran ich bin.

„Mensch, Leonie, na klar ist das so." Jurek nimmt meine Hand. „Agnieszka ist meine Schwester."

„Sie ist deine was?" Ich glaube, ich habe mich verhört.

„Ja, Leonie, sie ist meine Schwester." Jurek seufzt. „Ich glaube, ich bin dir eine Erklärung schuldig."

„Ja, das glaube ich auch."

„Ich weiß nicht, wie ich anfangen soll. Du wirst mich für ein echtes Arschloch halten. Ich bin nicht stolz auf die Dinge, die ich dir jetzt erzähle, denn ich habe in meinem Leben so einiges vergeigt." Jurek guckt mir direkt in die Augen. „Du hast mich gefragt, warum ich hier in Vangerow geblieben bin. Warum ich mich hier mit Gelegenheitsjobs durchschlage, anstatt was aus meinem Leben zu machen."

„So habe ich das nie gesagt. Und auch nicht gemeint." Unruhig rutsche ich auf der Bank hin und her.

„Ich weiß. Aber ich meine es so. So zu leben, wie ich es jetzt tue, war nie mein Ziel. Das kannst du mir glauben. Ich wollte immer Geschichte studieren. So lange ich denken kann. Ich wollte werden wie mein Lehrer in der Schule. Der war mein Vorbild." Jurek fährt sich mit der Hand durch die Haare. „Ich wollte nicht werden wie mein Vater, der sich einfach aus dem Staub gemacht hat, als wir noch klein waren. Mein Lehrer hat mir beigebracht, wie wichtig es ist, dass es Menschen gibt, die die Geschichte bewahren, die dafür sorgen, dass man nicht alles Gewesene vergisst. Er hat mich davon überzeugt, dass die

Wahrheit nicht verdreht, verschwiegen oder für patriotische Zwecke genutzt werden sollte. Er war so wie Kierkegaard der Meinung, dass der Blick in die Zukunft immer mit einem Blick zurück beginnen muss." Er sieht mich mit ernsten Augen an.

„Was ist dann passiert? Warum hast du nicht Geschichte studiert?"

„Oh, das habe ich. Vor elf Jahren. Es war so perfekt. Ich hatte mein erstes Semester in Geschichte an der Uni gerade begonnen. Die Welt lag vor mir wie ein großes Meer an Möglichkeiten. Meine Schwester Agnieszka war damals 16. Sie hatte die Nase voll davon, mit unserer Mutter alleine in Vangerow zu wohnen. Sie bat und bettelte, weil sie mich unbedingt an der Uni besuchen wollte. Irgendwann hat sie mich so genervt, dass ich sie zu Hause abgeholt habe, damit sie vier Tage bei mir im Studentenwohnheim leben konnte."

„Das ist nett von dir."

„Pah." Jurek macht eine wegwerfende Handbewegung. „Ich habe Agnieszka den Campus gezeigt. Sie war begeistert von der Freiheit und den vielen jungen Menschen. Sie hat mich angehimmelt und wollte unbedingt so werden wie ich. Aber eigentlich hat sie mich gestört. Ich war egoistisch, wollte das Studentenleben genießen, in Ruhe zu meinen Vorlesungen gehen und nicht der Babysitter für meine Schwester sein."

„Das kann man dir nicht verübeln. Vermutlich denken viele große Brüder so."

„Ich war schlimm. Ich war richtig froh, als mein Mitbewohner Aleksander angeboten hat, dass er Agnieszka nach den vier Tagen wieder zurück nach Vangerow bringt. So musste ich nicht fahren. Ich war erleichtert, sie loszuwerden. An dem Abend war eine Party im Studentenwohnheim. Da bin ich hingegangen und habe gefeiert."

Jurek macht eine Pause und schließt die Augen. „Was würde ich dafür geben, wenn ich das alles rückgängig machen könnte. Auf dem Weg nach Hause hatten die beiden einen schrecklichen Unfall. Meine Schwester ist lebensgefährlich verletzt worden."

„Das tut mir Leid." Ich drücke Jureks Hand.

„Das ist noch nicht alles." Jurek hält sich an der Kirchenbank vor uns fest. „Aleksander hatte getrunken. Er war völlig voll, als er sich ans Steuer gesetzt hat. Ich hätte das wissen müssen. Ich war ja dabei, als er am Abend zuvor gefeiert hat. Ich habe gesehen, was er alles getrunken hat. Ich hätte ihn stoppen müssen und meine Schwester auf keinen Fall in sein Auto steigen lassen dürfen."

„Du kannst doch nichts dafür, wenn er sich betrunken ans Steuer setzt." Mir wird klar, warum Jurek bei unserem ersten Date den angetrunkenen Mann vor dem Restaurant aus dem Auto gezogen und sich mit ihm geprügelt hat.

„Diesen Fehler werde ich nie wieder gutmachen können. Ich hätte Agnieszka selbst zu Hause abliefern müssen. Ich habe unser Leben zerstört." Die Verzweiflung steht Jurek ins Gesicht geschrieben. „Meine Schwester war wochenlang im Krankenhaus. Sie hatte ein Schädel-Hirn-Trauma und mehrere Knochenbrüche. Meine Mutter hat sie jeden Tag besucht. Das war alles zu viel für sie. Sie war ohnehin nicht die Gesündeste. Hatte ein krankes Herz. Ein paar Wochen nach dem Unfall ist sie zu Hause zusammengebrochen und gestorben. Das werde ich mir nie verzeihen. Danach habe ich mein Studium abgebrochen und bin nach Vangerow zurückgekommen, um meine Schwester zu pflegen. Es war ja niemand mehr da. Ich habe sie über Monate gepflegt und nebenbei gejobbt, um für unseren Lebensunterhalt aufzukommen. Und das jetzt fast elf Jahre lang."

„Elf Jahre? Das ist krass. Deine Schwester hat auf mich eben gar nicht krank gewirkt. Also, zuschlagen konnte sie ganz gut“, sage ich und deute auf seinen blutigen Kratzer.

„Ja, austeilen kann sie.“ Jurek senkt die Augen. „Ich habe immer gehofft, dass sie ihre Schule zu Ende macht und ein ganz normales Leben führt.“

„Aber das ist nicht passiert?“

Jurek schüttelt den Kopf. „Die Knochenbrüche sind schon vor langer Zeit verheilt. Körperlich ist sie fit, bis auf die Narben in ihrem Gesicht. Aber sie wirft mir vor, dass sie wegen mir entstellt ist und meint, dass sie wegen der Narben niemals einen Mann und eine Familie haben wird.“

„Und aus diesem Grund hat sie ihre Schule nicht beendet?“, frage ich.

„Nicht direkt. Sie möchte einfach nicht unter Leute gehen. Bis vor sechs Monaten hat sie bei mir gewohnt.“

„Du hast dich die ganzen Jahre gekümmert, obwohl sie wieder gesund ist?“

„So würde ich das nicht sagen.“ Nervös rückt Jurek auf der Kirchenbank hin und her. „Körperlich gesund ja, aber die Seele, die ist krank. Ich hätte sie nie gezwungen, auszuziehen, aber der Arzt hat gesagt, wenn Agnieszka jetzt nicht lernt, auf eigenen Beinen zu stehen und mit der Sache zu leben, dann wird sie ihr ganzes Leben lang von mir abhängig sein.“ Jurek blickt zu Boden.

„Und wie man eben gesehen hat, hat sie nicht gelernt, ohne dich zu leben“, schlussfolgere ich.

Jurek nickt. „An dem Abend, als wir verabredet waren, ist sie ausgerastet. Ich habe ihr erzählt, dass ich eine wunderbare Frau kennengelernt habe. Aber sie hat mir vorgeworfen, dass ich ihr die Chance auf einen Partner versaut habe. Sie meint, es ist nicht fair, wenn ich eine Freundin habe und vielleicht einmal eine Familie gründe, während ich ihr die Chance dazu genommen habe. Sie hat gedroht, sich etwas anzutun. Da bin ich mit ihr zum ärztlichen Notdienst gefahren."

„Jurek. Sie nimmt dir deine Chance, zu leben. Ein paar Narben sind nicht toll, aber kein Grund, weshalb sie nicht ihr Leben leben oder einen Partner finden kann." Ich atme tief ein und aus. „Ich meine, du hast dein Studium aufgegeben, um sie zu pflegen. Du hast sie bei dir wohnen lassen. Wenn du mich fragst, erpresst sie dich und lässt dich mit Absicht leiden."

„Das hört sich jetzt sehr böse an, wenn du so über sie sprichst." Jurek verschränkt die Arme und nimmt eine Verteidigungshaltung ein.

„Ich will mich nicht einmischen, aber du kannst doch nicht auf dein eigenes Leben verzichten. Das macht die Sache doch auch nicht ungeschehen."

„Das hat der Arzt auch gesagt. Agnieszka wohnt jetzt in einer Wohngruppe 30 Minuten von hier entfernt. Und ich möchte ja gar nicht auf mein Leben verzichten. Ich wollte dich ja eben küssen, bevor mir ein Eimer Wasser ins Gesicht geschüttet wurde", sagt Jurek und setzt seinen unschuldigsten Blick auf.

„So, wolltest du?", frage ich.

„Ja." Jurek nickt.

„Na gut." Ich fahre mit der Hand durch Jureks nasses Haar. „Ist Agnieszka denn jetzt in der Nähe, oder können wir es nochmal versuchen?"

„Sie ist weg. Eine Nachbarin kümmert sich um sie, bringt sie zurück zur Wohngruppe."

„Na, wenn das so ist", sage ich und schließe die Augen. Und dieses Mal finden sich unsere Lippen und die Schmetterlinge fliegen in meinem Bauch Pirouetten.

8

Der letzte Zeuge

Vangerow, 29. Juli 2017

Friederike, Oma und ich sind auf dem Weg nach Okonek. Dieses Mal biegen wir an der T-Kreuzung nicht rechts ab, sondern fahren nach links in Richtung Wockingsee. Heute besuchen wir Elisabeths Vater, Erich Bahlow. Er wohnt mit seiner Frau Maria in einem kleinen Backsteinhaus. Elisabeth wartet bereits vor dem Haus auf uns. Das Gebäude ist so marode, dass ich beim Eintreten fürchte, uns könnte ein Ziegel auf den Kopf fallen. Der Putz bröckelt und ich blicke auf freiliegende Stromkabel.

„Kommt herein. Ich kann es kaum erwarten, zu sehen, ob es tatsächlich unsere Wilhelmine ist, die mich heute besucht.“ Erich Bahlow thront in einem Lehnstuhl und winkt uns zu sich heran.

„Guten Tag, Herr Bahlow. Ich freue mich, dass wir uns wiedersehen.“ Oma streckt ihm die Hand entgegen.

„Wahrhaftig, du bist es. Ein paar Jahre älter als damals, aber diese grünen Augen sind unverkennbar.“ Der alte Mann ergreift Omas ausgestreckte Hand und sieht zufrieden aus. Wie ein Schuljunge, der eine Belohnung erhalten hat.

„Und wie ich sehe, hast du deine Enkelinnen mitgebracht.“ Erich Bahlow begrüßt uns mit festem Händedruck.

Trotz seines schlohweißen Haars und der wettergegerbten Haut wirkt sein Gesicht jung. Vermutlich liegt es an seinen Augen, die wach und neugierig umhersehen.

Aus dem Krückstock, der neben dem Lehnstuhl steht, schließe ich, dass Erich Bahlow nicht mehr so gut zu Fuß ist. Ansonsten aber sind ihm die 102 Jahre nicht anzusehen.

„Meine Füße spielen nicht mehr so mit, aber im Kopf bin ich noch topfit", sagt Erich Bahlow, als könne er meine Gedanken lesen. Vermutlich bin ich nicht die Erste, die überrascht über seine gute Verfassung ist.

„Du warst damals noch ein Küken." Erich Bahlow mustert Oma. Während er das sagt, zeichnet sich eine tiefe Falte auf seiner Stirn ab. „Und nun kommst du zurück und bist eine Großmutter." Er schüttelt ungläubig den Kopf und ich frage mich, ob es wirklich Omas Alter ist, über das er sich wundert, oder vielmehr die Tatsache, dass sie ihm vor Augen führt, wie betagt er inzwischen selbst geworden ist.

Friederike und ich stehen verloren im Zimmer herum. Nach der kurzen Vorstellung liegt es allein an Elisabeth und Oma, das Gespräch auf Richard zu lenken. Aber zunächst muss Oma berichten, wie es ihr und ihren Eltern nach ihrer Ausreise nach Deutschland ergangen ist.

„Alles unglaublich. Das war eine andere Zeit. Ich habe mich so oft gefragt, was aus euch geworden ist. Wie oft habe ich mir gewünscht, wir hätten mit euch gehen können." Er schweigt und scheint mit den Gedanken weit weg zu sein.

„Warum sind wir nicht mit nach Deutschland gegangen? Gab es dafür einen Grund?", fragt Elisabeth.

„Wir haben nie eine Ausreisegenehmigung bekommen. Und als sie dann kam, war ich längst wieder verheiratet", sagt Herr Bahlow und tätschelt der kleinen, rundlichen Frau neben ihm die Hand.

„Und warum sind Sie und unsere Familie überhaupt so lange hiergeblieben? Als die Russen kamen, hätten Sie doch fliehen können, oder nicht?“ Ich blicke ihn fragend an.

Oma wirft mir einen vorwurfsvollen Blick zu, weil ich wieder mal so vorlaut bin.

Doch Erich Bahlow scheint das nicht zu stören. „Das sagt sich so leicht. Aber es gab absolut keine Gelegenheit zu einer Flucht. Es herrschten chaotische Zustände, als die Russen hier einmarschiert sind. Das hat unser Schicksal mehr oder weniger besiegelt. Manchmal träume ich noch heute von dem Tag, als sie kamen, mit den Maschinengewehren im Anschlag. Wie die Wilden haben sie gehaust. Aber davon hat euch eure Oma ja bestimmt schon oft erzählt.“ Erich Bahlow blickt Oma Wilhelmine an.

Sie senkt den Blick, schüttelt den Kopf und schweigt.

„Naja, ist ja auch schon über 70 Jahre her“, sagt er. „Die Jugend von heute hat ihre eigenen Nöte.“

Ich fühle, wie ich erröte. Da hat er meinen wunden Punkt getroffen. So selbstbezogen, wie ich bin, habe ich Oma nie nach ihrer Vergangenheit gefragt.

„Also, ich würde es schon gerne erfahren. Natürlich nur, wenn Sie es uns erzählen möchten.“

Herr Bahlow sieht mich an und überlegt. Dann nickt er und sagt: „Die Bilder sind in meinem Kopf so präsent, als wäre es erst gestern geschehen. Weihnachten 1944 war das letzte Weihnachtsfest, das wir noch mit der ganzen Dorfgemeinschaft in Vangerow erlebt haben. Die Stimmung war gedrückt, denn von der Front drangen immer wieder beängstigende Nachrichten zu uns durch. Doch selbst die dunkelste Vorahnung konnte nicht so schlimm sein wie das, was uns am Ende tatsächlich bevorstand." Erich Bahlow schließt die Augen und macht eine kurze Pause.

„Wir glaubten viel zu lange daran, dass die Ostfront halten würde. Im Gegensatz zu den deutschen Großstädten und dem westlichen Teil Deutschlands haben wir hier während des Krieges kaum etwas von den Kämpfen mitbekommen. Wir wurden von Luftangriffen verschont. Wir waren daher voller Siegeszuversicht. Die Möglichkeit, dass wir den Krieg verlieren könnten, zogen wir gar nicht in Erwägung. Selbst als die ersten Flüchtlinge durch unseren Kreis zogen und bei uns im Gut um Unterschlupf baten, haben wir uns keine Sorgen gemacht."

Erich Bahlow berichtet, dass die Vangerower sogar noch gelassen blieben, als die Gebiete um Schneidemühl und Deutsch Krone zum Kampfgebiet wurden. Beide grenzen direkt südlich an den Kreis Neustettin an.

„Wir gingen davon aus, dass der russische Vorstoß im Süden an uns vorbei in Richtung Berlin ziehen würde. Außerdem hat Heinrich Himmler ein striktes Räumungsverbot erteilt. Wer sich dem widersetzte, dem drohte die Erschießung."

Oma Wilhelmine nickt. „Wer nicht an den endgültigen Sieg glaubte, galt als Verräter. Nicht nur die Wehrmacht, sondern auch die Zivilbevölkerung war zum letzten Widerstand aufgefordert. Es wurde erwartet, dass man sein Leben ohne jede Frage für den Endsieg opfert."

„Das ist ja abscheulich." Friederike spricht aus, was wir alle denken.

„Selbst als die Russen gewissermaßen vor der Tür standen, wurde kein Räumungsbefehl für Vangerow erteilt. Es galt sogar ein Treckverbot. Eine Ausnahme bildeten der östliche und südliche Teil unseres Kreises, weil diese Bereiche zur unmittelbaren Kampfzone geworden waren. Als die Baronin uns Mitte Januar darüber informierte, dass der Treckbefehl für diese Gebiete gegeben worden war, versetzte diese Nachricht die Leute im Dorf schlagartig in Panik." Herr Bahlow ist blass im Gesicht. Ich hoffe, dass er keinen Schwächeanfall erleidet, aber unterbrechen möchte ich ihn auch nicht.

„Die Behörden in Neustettin waren nicht zu erreichen und die Berichte aus dem Rundfunk waren falsch, so dass uns verlässliche Informationen fehlten. Draußen war es bitterkalt. Bei Temperaturen von minus 20 Grad haben alle bis zuletzt gebetet, dass die Russen niemals bis hier vorrücken."

„Schon bei Matthäus 24,20 heißt es ›Bittet aber, dass eure Flucht nicht geschehe im Winter‹. Aber in diesem Fall haben weder Bitten noch Gebete geholfen." Oma blickt Friederike und mich finster an.

Erich Bahlow nickt. „Zu allem Überfluss kamen Männer vom Volkssturm in unser Dorf und fielen dort durch ihr unangenehmes Verhalten auf. Sie hatten den Befehl, die Küddowbrücken im letzten Augenblick zu sprengen, was sie am Ende aber nicht taten." Der alte Mann atmet schwer.

„Papa, du musst nicht weitererzählen. Wir verstehen, wenn du das nicht möchtest", sagt Elisabeth.

Doch ihr Vater winkt ab. Seine Augen starren geradeaus. Er scheint Dinge zu sehen, die Jahrzehnte her sind. Mir läuft ein Schauder den Rücken herunter.

„Es war der 16. Januar. Alle im Dorf begannen, ihre Koffer zu packen. Nur was zum Leben notwendig war, durfte mit. Lebensmittel, Winterkleidung, Futterkorn für die Pferde. Silber, Leinen und jeglichen sonstigen Besitz mussten die Leute zurücklassen. Dafür war kein Platz. Niemand wollte zurückbleiben. Auch wir natürlich nicht." Er blickt seine Tochter mit feuchten Augen an. „Deine Mutter war hochschwanger. Es war nur eine Frage der

Zeit, wann du zur Welt kommst."

„Weh aber den Schwangeren und Säugerinnen zu der Zeit!", sagt Oma. Als sie unsere verständnislosen Blicke sieht, fügt sie an: „Ebenfalls Matthäusevangelium, Kapitel 24, Vers 19."

„Wie wahr dieses Zitat ist, haben wir am eigenen Leib erfahren", sagt Erich Bahlow. „Eigentlich wollte ich deine Mutter zum Zug nach Lottin bringen, um ihr die Flucht im Treck zu ersparen. Aber dann haben wir gehört, dass der Zugverkehr bereits eingestellt war. Da habe ich zum ersten Mal gedacht, dass jede Hoffnung verloren ist. Der letzte Zug, der aus Lottin abfuhr, ist später auf ein totes Gleis geschoben worden. Wie mir später erzählt wurde, hat sich in den überfüllten Waggons Schreckliches abgespielt."

Ich sehe, wie Elisabeth zittert. „Oh Papa", flüstert sie und streichelt ihrem Vater über die Wange.

Vangerow, 16. Januar 1945

„Wilhelmine, Richard, kommt. Geht eurer Mutter zur Hand. Wir müssen das Brot aus der Backstube einpacken, damit wir Proviant für unterwegs haben", Henry strahlte trotz der Hektik im Dorf die gewohnte innere Ruhe aus.

Wilhelmine hingegen klopfte das Herz bis zum Hals. „Ob es stimmt, dass die Russen bereits so nah sind?", fragte sie ängstlich.

„Darauf kannst du Gift nehmen. Wir haben viel zu lange gewartet." Richard ballte die Fäuste.

Das ganze Dorf war auf den Beinen. Alle 300 Vangerower liefen hektisch hin und her, um die letzten Vorbereitungen für die Flucht zu treffen.

„Aber es ist doch bestimmt noch nicht zu spät?", Wilhelmine verteilte die Brotlaibe mit zitternden Händen auf die großen Körbe.

„Du siehst doch, was hier passiert." Richard schaute verächtlich aus dem Fenster.

„Die Soldaten, die uns eigentlich beschützen sollen, schlachten ungefragt unser Vieh ab und lassen es sich auf unsere Kosten gut gehen." Richards Wangen glühten vor Zorn. „Und ich habe mitbekommen, dass die Soldaten der Wehrmacht in den letzten Tagen noch mehrere Pferde aus den Ställen genommen und für sich beschlagnahmt haben. Die Tiere werden uns jetzt auf der Flucht fehlen."

Wilhelmine blickte aus dem Fenster in Richtung Dorfplatz. Draußen auf den Hofanlagen ruhte die Arbeit. Dieses Bild war ganz ungewohnt. Statt der üblichen Arbeit nachzugehen, half die ganze Dorfgemeinschaft jetzt dem Stellmacher, die Wagen für die Flucht herzurichten.

Wilhelmine nahm ihre einzige Puppe und verstaute sie neben den Körben mit den Broten. „Die muss auf jeden Fall mit." Ihre Stimme klang heiser.

„Das kannst du vergessen. Wir können nur mitnehmen, was unbedingt nötig ist. Selbst die Familie von Bonin hat ihre ganzen Habseligkeiten wie Silber, Porzellan und andere Wertgegenstände bereits im Wald vergraben." Richard klopfte sich das Mehl vom Hemd. Für einen Achtjährigen hatte er die Situation erstaunlich nüchtern analysiert.

Wilhelmine starrte ihren jüngeren Bruder mit offenem Mund an. „Emmi muss mit. Sonst bleibe ich auch hier", sagte sie trotzig.

„Das werden wir ja sehen." Richard schnitt eine Grimasse.

Die Stimmung war aufgeheizt. Seit Tagen warteten sie nun auf den Befehl, zu trecken. Wie viel wertvolle Zeit sie nutzlos hatten verstreichen lassen. Wilhelmine durfte gar nicht daran denken. Sie hatte gehört, wie ihre Eltern abends in der Küche diskutiert hatten. Henry hatte immer wieder betont, dass der landwirtschaftliche Betrieb nicht einfach so mehrere Tage ruhen konnte, ohne dass schwere Folgen zu befürchten waren. Sie hatte ihm angesehen, wie schwer ihm die Entscheidung fiel.

Vor wenigen Tagen hatte ein Pionierkommando vor der Tür gestanden, das die drei Brücken über die Küddow bewachen sollte. Die Männer hatten den Leuten im Dorf dringend dazu geraten, loszuziehen. Trotzdem hatte sich bisher niemand zum Aufbruch durchringen können. Umso beunruhigender war es für Wilhelmine, zu sehen, in welcher Hektik sie nun die wichtigsten Dinge zusammenrafften.

In der folgenden Nacht konnte Wilhelmine kein Auge zutun. Früh am nächsten Morgen würde es losgehen. Sie konnte sich nicht vorstellen, Vangerow für immer zu verlassen. Ihr ganzes Leben hatte sie hier verbracht. Sie wollte nirgendwo anders leben.

In aller Früh stand Wilhelmine auf und blickte aus dem Fenster. Da war er, der Tag, den sie so gefürchtet hatte. Der Schnee lag hoch. Die Landschaft war weiß. In der Ferne stieg Rauch über dem Wald auf. Die Russen mussten in unmittelbarer Nähe sein. Auch über dem Gut Breitenfelde, das gegenüber auf einer Anhöhe lag, war dichter Rauch zu sehen.

„Kind, geh und bring die Körbe zu den Wagen", forderte Pauline ihre Tochter auf.

Wilhelmine gehorchte. Als sie fast alle Körbe verladen hatte, hörte sie auf einmal lautes Geschrei aus Richtung der Ställe. Mit Entsetzen sah sie, dass vor einem der Ställe ein Kampf entbrannt war. Die wenigen Männer, die noch im Ort waren, stürmten mit ihren Mistgabeln auf die Männer des Volkssturms ein, die verhindern wollten, dass Pferde und Wagen mitgenommen wurden. Es knallte laut. Erst jetzt bemerkte Wilhelmine, dass ein älterer Dorfbewohner eine Pistole in der Hand hielt.

„Bist du verrückt? Steck das Ding weg", forderte Erich Bahlow den Mann auf.

„Von wegen verrückt. Denen werde ich es jetzt zeigen. Wir lassen uns doch nicht bestehlen für einen Krieg, der sowieso verloren ist."

Wilhelmine erkannte, dass der Senior längst nicht mehr der Einzige aus dem Dorf war, der eine Waffe in der Hand hielt. Es gab einen Schusswechsel. Dann zogen sich die Männer vom Volkssturm überraschend aus dem Stall zurück. Aus Richtung Lümzow war bereits das Maschinengewehrfeuer der Russen zu hören. Auch den deutschen Soldaten war spätestens jetzt klar, dass es keinen Sinn machte, sich gegen das gesamte Dorf zu stellen, während der Feind jeden Moment hier war.

Es kam Wilhelmine vor, als dauerte es Stunden, bis die Pferde endlich angespannt waren. Sie wollte soeben auf einem der 25 Pferdewagen des Trecks Platz nehmen, als Erich Bahlow auf sie zugestürzt kam.

„Wilhelmine, wo ist deine Mutter?“, rief er verzweifelt. „Bei Martha haben die Wehen eingesetzt. Sie kann unmöglich mittrecken. Sie fragt nach deiner Mutter.“

„Die ist noch im Haus“, antwortete Wilhelmine. Zusammen mit dem Knecht eilte sie aufs Haus zu.

„Pauline, da bist du ja“, die Erleichterung war Erich Bahlow anzusehen. „Martha kriegt ihr Kind. Alle Frauen im Ort, die helfen könnten, sind im Begriff, loszutrecken. Was sollen wir denn jetzt nur machen? Sie kann das unmöglich alleine schaffen.“

„Ich komme. Lauf du schon mal los und bleib bei ihr, bis ich da bin. Ich packe nur schnell ein paar Sachen zusammen.“ Pauline stellte den Korb ab, den sie in der Hand hielt. „Wilhelmine, sag deinem Vater Bescheid. Wir können nicht mittrecken. Ich muss Martha helfen.“

„Was soll das heißen, Mama. Wir müssen doch mit. Die Russen stehen direkt vor der Tür.“ Wilhelmines Stimme zitterte.

„Kind, keine Diskussionen. Tu, was ich gesagt habe. Lauf zu Henry.“

Vangerow, 29. Juli 2017

Ich weiß noch heute, wie ich mich gefühlt habe, als der Treck sich ohne uns in Bewegung setzte. Ich hätte schreien können, als ein Pferdewagen nach dem anderen außer Sichtweite verschwand. Auch ihr Auto und den neuen Holzgastrecker haben die von Bonins mitgenommen. Ich hatte Todesangst und Richard hat sich aufgeführt wie ein Irrer." Wilhelmine schluckt.

„Es war schrecklich. Ratzebuhr stand bereits in Flammen. Jedes zweite Haus haben die Russen angezündet, wie wir später erfahren haben." Erich Bahlow schüttelt den Kopf. „Es war nur eine Frage von Stunden, wann die Russen bei uns in Vangerow auftauchen würden. Pauline hat nicht nur ihr eigenes Leben riskiert, sondern das Leben ihrer ganzen Familie. Aber Martha war ihre beste Freundin aus Kindertagen. Sie hat gesagt, dass sie auf keinen Fall fortgehen wird, während Martha und ihr Kind hier sterben. Das werde ich ihr nie vergessen." Erich Bahlow wischt sich eine Träne von der Wange.

Während er sich sammelt, setzt Oma Wilhelmine die Erzählung fort: „Auch euer Uropa wusste, dass er Pauline nicht hätte umstimmen können. Also ist er geblieben. Zusammen mit Richard und mir. Wir hatten keine andere Wahl."

„Pauline hat Martha in den verlassenen Stall gebracht. Ins Haus haben wir uns nicht gewagt, weil wir uns sicher waren, dass die Russen durch die Gebäude streichen werden, sobald sie kommen. Wir haben alles verdunkelt und zugesehen, dass die Gebäude möglichst verlassen wirken", erzählt Erich Bahlow. „Ich habe Blut und Wasser geschwitzt. Pauline aber war an Marthas Seite – wie ein Engel, während rund um uns die Hölle tobte. Ohne Paulines Unterstützung hätte Martha unsere Elisabeth nicht gesund auf diese Welt gebracht." Erich Bahlow schnäuzt sich.

„Es war ein kleines Wunder", sagt er nach einer Weile. „Ein Wunder, während es sich um uns herum anfühlte wie die Apokalypse. Als du endlich da warst, Elisabeth, war deine Mutter von der Entbindung viel zu geschwächt, um aufzustehen. Sie flehte Pauline und uns anderen an, dass wir ihr geliebtes Baby nehmen und in den Wald fliehen sollten, um dort den Einmarsch der Russen abzuwarten. Wir wollten sie unter keinen Umständen allein lassen, aber sie hat gebettelt und gefleht und gesagt, dass du auf jeden Fall überleben musst. Und als die Russen schon praktisch im Dorf standen, haben wir gemacht, worum sie uns gebeten hat. Wir sind mit dir raus in den Wald. Das war das letzte Mal, dass wir sie gesehen haben." Er hält sich die Hände vor die Augen und beginnt zu schluchzen.

Oma Wilhelmine nickt stumm vor sich hin. Auch ihre Augen sind feucht. Trotzdem setzt sie die Erzählung fort: „Drei Tage sind wir im Wald geblieben. Bei eisiger Kälte. Pauline hatte dich unter ihrer Kleidung auf der nackten Haut. Lisbeth, du warst nicht mehr als ein kleines Bündel Haut und Knochen. Wir haben gebetet, dass du überlebst. Gefüttert haben wir dich mit Kuhmilch, die Henry immer wieder zwischendurch besorgt hat", sagt sie an Elisabeth gewandt.

„Erst als der Einmarsch vorüber war, haben wir uns aus unserem Versteck gewagt. Richard hatte mir die Haare kurz geschnitten, damit die Russen denken, ich wäre ein Junge. Für seine acht Jahre war er verdammt clever." Oma stockt. „Die Russen wollten uns zusammen mit einigen Zurückgebliebenen aus den umliegenden Dörfern nach Sibirien bringen. Aber kurz darauf folgte ein so schwerer Wintereinbruch, dass sie diesen Plan aufgeben mussten.

Fortan stand die ganze Gegend unter russischer Verwaltung. Wir mussten für die Russen arbeiten."

„Oma, das ist ja unvorstellbar." Ich kann mir wirklich kaum vorstellen, dass Oma Wilhelmine diese Dinge am eigenen Leib erlebt hat.

Sie blickt mich gedankenverloren an: „Und trotzdem haben wir es vielleicht noch besser getroffen als unsere Freunde und Nachbarn. Der Treck aus Vangerow ist bis nach Franzburg und Richtenberg gekommen. Am 1. Mai wurden die Pferdewagen dort von den Russen eingeholt. Die Trecks waren viel zu unbeweglich und langsam und wurden deswegen von den motorisierten Sowjetsoldaten überrollt. Es muss fürchterlich gewesen sein."

„Ach Oma, das tut mir so leid." Friederike sieht leichenblass aus.

Oma tupft sich mit dem Taschentuch über die Augen. „24 Tage später, als kein Essen mehr da war, beschlossen die Dorfältesten, zurück nach Vangerow zu fahren. Acht Wagen kehrten daraufhin um. Die meisten Menschen gingen zu Fuß. Auf dem Weg müssen sich nach dem, was wir später gehört haben, fürchterliche Gräueltaten ereignet haben. Als der Treck Anfang Juni wieder hier ankam, kam es zu Vergewaltigungen durch die Russen. Als unsere Landsleute die verbrannten Scheunen und das zerstörte Schloss sahen, waren manche kurz vor der Verzweiflung. In vielen Wohnungen gab es kein Stück Möbel mehr."

„Wie konntet ihr das nur überleben, Oma?" Ich greife nach ihrer Hand.

„Seid fröhlich in Hoffnung, geduldig in Trübsal, beharrlich im Gebet", antwortet Oma. „Außerdem hatten wir keine Wahl, als weiterzumachen. Die Gutsanlagen bewirtschafteten die Russen. Alle, die noch da waren, mussten helfen. Als der Sommer kam, mussten wir Korn einfahren, dreschen und die wenigen Kühe versorgen, die übrig waren. Henry hat in der Schmiede gearbeitet und die Landmaschinen in Ordnung gehalten. Das war einigermaßen zu ertragen. Richtig schlimm wurde es, als wieder Winter war."

Erich Bahlow nickt. „Es gab weder Licht noch Strom. Das besserte sich erst im Herbst 1946, als die Russen abgezogen waren und die Gebiete an die Polen übertragen hatten. Wir mussten die Felder weiter bestellen. Nach und nach wurden die verbliebenen Deutschen enteignet und unsere geliebten Nachbarn bekamen einer nach dem anderen den Packbefehl. Für uns war es jedes Mal schrecklich, sie abfahren zu sehen, wo wir doch wussten, dass wir selber nicht weg durften, weil Henry und ich unabkömmlich waren."

„Unsere Familien haben eng zusammengehalten. Unser Schicksal war nicht voneinander zu trennen", sagt Oma.

„Ja. Zumindest bis zum Jahr 1950. Dann haben sie euch ausreisen lassen. Damit waren Elisabeth und ich die letzten noch Verbliebenen", ergänzt Erich Bahlow. „Erst weitere acht Jahre später wurde uns angeboten, dass wir das Land verlassen dürfen. Aber da hatte ich in Maria meine neue Liebe gefunden. So bin ich bis heute hiergeblieben. In einem Land, das meine Heimat ist, aber doch fremd."

Ich muss erst einmal verdauen, was die beiden uns da berichten. Während ich all die Neuigkeiten noch verarbeite, platzt Elisabeth unvermittelt mit der Frage heraus, wegen der wir hier sind: „Vater, wieso hast du mir nie erzählt, dass Richard gestorben ist? Und weißt du, was damals genau geschehen ist?"

Erst nach einer gefühlten Ewigkeit reagiert Erich Bahlow auf Elisabeths Frage. Er blickt Oma an. „Ist das der Grund, warum du hier bist?"

Oma nickt. „Diese Frage lässt mir seit Jahrzehnten keine Ruhe."

„Das kann ich verstehen. Mir geht es ähnlich." Erich Bahlow blickt betroffen zu Boden. „Wie er gestorben ist, ist niemals geklärt worden. Die Ermittlungen wurden schon nach kurzer Zeit eingestellt."

„Das habe ich mir gedacht." Oma schließt die Augen und atmet tief ein. Kurze Zeit schweigen wir alle und hängen unseren Gedanken nach.

Ganz plötzlich unterbricht Elisabeth die Stille. „Vater, ich habe gesehen, wie du nachts Richards Leiche weggebracht hast. Auf unserem Pferd. Was hast du mit der Sache zu tun?"

Plötzlich ist es so leise im Zimmer, dass nur noch das Ticken der Uhr zu hören ist. Das Schweigen dehnt sich gefühlt bis ins Unendliche aus. Elisabeths Vorwürfe hängen in der Luft und ich wage es kaum, zu atmen. Erich Bahlow sitzt stumm in seinem Lehnstuhl. Ich schaue hinüber zu Oma und Friederike. Omas Gesicht ist angespannt. Friederike hingegen sieht aus, als wolle sie sich in Luft auflösen.

„Vater, bitte sag mir die Wahrheit. Hast du Richard umgebracht?" Elisabeth flüstert ihre Frage, so dass ich mich anstrengen muss, ihre Worte zu hören. Ich spitze die Ohren, aber außer dem Ticken der Wanduhr bleibt es totenstill im Zimmer. So langsam bricht mir der Schweiß aus.

„Du glaubst also, dass ich Richard umgebracht habe?" Als Herr Bahlow endlich antwortet, hört es sich nicht an wie eine Frage, sondern mehr wie eine Feststellung. „Die Sache mit Richard war neben dem Tod deiner Mutter das Tragischste, das je in meinem Leben geschehen ist. Aber ich trage keine Schuld an seinem Tod." Betrübt sieht er seine Tochter an.

„Aber du weißt, was damals passiert ist. Bitte sag es uns. Wir müssen es wissen." Elisabeth scheint unschlüssig zu sein, ob sie ihren Vater in den Arm nehmen soll. Schließlich bleibt sie sitzen und starrt ihn eindringlich an. Ich sehe, wie es in ihr arbeitet und wie sehr sie an die Unschuld ihres Vaters glauben möchte.

Erich Bahlow schüttelt langsam den Kopf. Es ist mehr als deutlich, dass er hierzu nichts sagen möchte.

„Ich habe dich doch gesehen, Vater. Das warst du auf dem Pferd“, setzt Elisabeth noch einmal an.

„Und ich habe ein Versprechen abgegeben“, bricht Erich Bahlow nun sein Schweigen. „Ein Versprechen, dass ich die Wahrheit über Richards Tod mit ins Grab nehme. Und du kennst mich. Wenn ich etwas verspreche, dann halte ich mich auch daran.“

Mir stockt der Atmen. Er kennt also die Wahrheit. Das hätte ich nicht erwartet.

„Aber Vater, Wilhelmine ist den ganzen Weg hierher gekommen, um zu erfahren, was damals passiert ist. Wir können sie doch nicht einfach so wieder gehen lassen.“ Elisabeth tätschelt sein Knie. „Und ich habe mein ganzes Leben lang schreckliche Träume gehabt. Immer wieder habe ich von dir und Richard auf dem Pferd geträumt. Ich konnte das nie einordnen. Aber du kannst mir helfen, das zu tun.“ Ihre Stimme klingt nun bestimmt.

„Es tut mir leid. Ein Versprechen ist ein Versprechen.“ Erich Bahlow verschränkt die Arme vor der Brust und blickt stur geradeaus. Ich bin mir sicher, dass er nicht von seinem Versprechen abrücken wird. Zumal er von seinem Grab allein schon rein rechnerisch keine Ewigkeit mehr entfernt sein kann. Auch wenn ich sein Alter nie und nimmer auf 102 Jahre geschätzt hätte.

„Vater, du musst uns die Wahrheit sagen“, sagt Elisabeth energischer, als ich es ihr zugetraut hätte. „Wilhelmine gibt sich seit über 70 Jahren die Schuld an Richards Tod. Du musst sie von dieser Last erlösen.“

Ich sehe ein Zögern in Herrn Bahlows Augen. „Das ist doch Unsinn. Weshalb sollte Wilhelmine Schuld an Richards Tod sein? Sie war doch gar nicht dabei, als das alles geschehen ist."

„Nein. Ich war nicht dabei. Ich habe in einem Holzschuppen gesteckt und zusammen mit Richard meine eigene Entführung vorgetäuscht. Ich habe zugelassen, dass er sich in Gefahr bringt und dass meine Eltern vor Angst nicht mehr ein noch aus wissen. Wenn es eine Person gibt, die Schuld an seinem Tod ist, dann bin ich es." Oma blickt Erich Bahlow verschämt an. Dann berichtet sie ihm stockend von Richards und ihrem Plan. Ich sehe, wie sich seine Augen ungläubig weiten.

„Ihr habt die Entführung vorgetäuscht? Grundgütiger. Also, das erklärt natürlich einiges", sagt Erich Bahlow, als Oma mit ihren Erzählungen fertig ist. „Ich habe mich immer gefragt, warum du uns damals so wenig über deinen Entführer sagen konntest. Ich hatte erwartet, dass du alles dransetzen wirst, damit der Entführer gefunden wird, um ihn für Richards Tod zu bestrafen. Aber wenn es gar keinen Entführer gab, ist das natürlich einleuchtend."

Oma erwidert nichts. Zum wiederholten Male an diesem Tag sitzen wir einfach da und schweigen. So langsam frage ich mich, ob meine Idee mit der Reise nach Polen und dem Wühlen in Omas Vergangenheit nicht ein richtiger Schuss in den Ofen war. Mit so einem Ergebnis hätte ich niemals gerechnet. Oma Wilhelmine Gewissensbisse zu verursachen, war nicht das Ziel meiner Reise.

Erich Bahlow bemerkt ebenfalls, wie angeschlagen Oma ist. Sie steht kurz davor, in Tränen auszubrechen.

„Ich glaube, es ist besser, wenn wir jetzt gehen", sage ich deshalb. „Das war alles ein bisschen viel. Komm Oma, ich helfe dir hoch." Oma lässt sich wortlos von mir aus dem Sessel führen.

„Einen Moment noch." Auf einmal kommt Leben in Erich Bahlow. „Das, was du da eben erzählt hast, ändert vieles", sagt er schließlich. „Unter diesen Umständen sehe ich mich gezwungen, zum ersten Mal in meinem Leben ein Versprechen, das ich gegeben habe, zu brechen. Die Lebenden sind mir wichtiger als die Toten. Ich kann auf keinen Fall zulassen, dass du dir für den Rest deines Lebens die Schuld an Richards Tod gibst. Damit wärst du nämlich nicht die erste Person, die das tut. Dabei war alles ein schrecklicher Unfall."

Vangerow, 20. März 1950

Pauline hatte das Gefühl, nicht mehr Herrin über ihren eigenen Körper zu sein. Sie hatte so viel geweint, dass sie kaum aus den verquollenen Augen sehen konnte. Ihr Schädel dröhnte und die Angst schnürte ihr den Magen zu. Sie fühlte sich kaum dazu imstande, einen Fuß vor den anderen zu setzen. Trotzdem zwang sie sich, vorwärtszugehen. Sie musste funktionieren. Solange ihre Tochter in der Gewalt eines Verrückten war, konnte sie nicht einfach daliegen und nichts tun. In einer Stunde sollte sie das Geld am vereinbarten Platz im Wald ablegen. Die Botschaft aus dem Brief war ganz klar. Pauline musste allein zum Treffpunkt kommen. Sie musste das Geld ablegen und sich dann wieder entfernen.

Hin und her hatten sie überlegt. Die Geldübergabe war die einzige Chance, den Entführer zu enttarnen. Wenn er das Geld erst an sich genommen hätte, würde er sich für immer ungestraft auf und davon machen können, ohne dass sie den geringsten Hinweis auf Wilhelmines Aufenthaltsort hatten. So weit durfte es auf keinen Fall kommen. Zum Glück war Richard nicht zuhause. Er sollte auf keinen Fall mitbekommen, wie ernst die Situation war. Er war schon genug belastet, seitdem er für die Polen so hart arbeiten musste.

Dies war nur etwas für erwachsene Männer. Und davon gab es in diesem Fall nur noch zwei, denen Pauline in dieser Situation uneingeschränkt trauen konnte: Henry und Erich Bahlow. Gemeinsam waren sie ihren Plan immer wieder durchgegangen. Dass Pauline unter keinen Umständen allein in den Wald gehen könnte, darin waren sie sich einig gewesen. Die beiden Männer mussten sich heimlich im Wald postieren. Nur, wenn sie den Erpresser nach der Geldabholung überwältigten, hätten sie eine

Chance, Wilhelmine zu befreien. Darauf, dass er das Kind tatsächlich laufen ließ, sobald er das Geld hatte, konnten sie sich einfach nicht verlassen.

„Wenn er erst das Geld hat, braucht er das Kind nicht mehr. Sie laufen zu lassen, wäre viel zu gefährlich. Sie könnte ihn verraten. Ich bin mir sicher, dass er das nicht tun wird“, hatte Henry gesagt.

Pauline hielt in ihrer Hand nun das kleine Päckchen, in das sie die Geldscheine eingewickelt hatte. Viel war es nicht, aber ihre letzte Hoffnung auf eine Ausreise nach Deutschland. Sie drückte das Bündel fester an ihren Körper. Sie hoffte nur, dass sie unterwegs nicht aufgehalten wurde. Eigentlich durften Deutsche nach 20 Uhr nicht mehr draußen unterwegs sein. Die Strecke bis zur Schneidemühle legte sie hastig zurück, zwei Mal wäre sie beinahe gestolpert. Als sie den Waldrand erreicht hatte, entspannte sie sich ein wenig.

Hier konnte sie den Weg verlassen und sich im Schutz des Dickichts vorwärts bewegen. Den Wald kannte sie wie ihre Westentasche. Sie wusste genau, an welcher Stelle Henry und Erich sich postiert hatten. Sie hatten sich so versteckt, dass sie dem Täter die kürzesten Fluchtwege aus dem Wald heraus abschneiden konnten. Es war unwahrscheinlich, dass ein Mensch mit geringer Ortskenntnis andere Fluchtwege nutzen würde. Als sie sich der Lichtung näherte, spürte sie, wie ihr Herz raste. Hier befand sich der große Stein mit der Wegmarkierung, der als Ort zum Ablegen des Geldes vereinbart war. Wer auch immer Wilhelmine in seiner Gewalt hatte, hatte diesen Ort geschickt gewählt. Der Platz, an dem sich der Stein befand, lag in einer leichten Senke und war daher von allen Seiten aus einzusehen. Auch, weil rundherum nur wenige Bäume wuchsen. Es gab für Henry und Erich an dieser Stelle keine Chance, sich unauffällig zu verstecken. Der Täter würde sofort sehen, ob Pauline sich an seine Anweisung gehalten hatte, das Geld abzulegen und danach wieder zu verschwinden. Für den Moment der Geldabholung müsste er allerdings selbst kurzzeitig seine Deckung aufgeben. Daher rechnete Pauline damit, dass es sich um einen Offizier handelte oder zumindest um jemanden, der bewaffnet war. Für so jemanden würde es kein Problem darstellen, das Geld an sich zu nehmen und zu fliehen. Zur Not konnte er potenzielle Angreifer ja über den Haufen schießen.

Pauline und Henry hatten in ihrem Haus keine Waffen. Selbst die normalen Küchenmesser waren ihnen von den Besatzern abgenommen worden. Die Werkzeuge, mit denen Henry tagsüber arbeitete, wurden abends von den Verwaltern weggeschlossen. Noch am ehesten hätte Pauline ihre schwere Bratpfanne als Waffe nutzen können, aber auch die war ungeeignet, um gegen einen Mann zu kämpfen, der aller Wahrscheinlichkeit nach eine Schusswaffe trug. Also blieb ihnen nichts anderes übrig, als Henry und Erich auf den möglichen Fluchtwegen im Dickicht zu positionieren, wo sie vor den Blicken des Erpressers verborgen waren.

Pauline legte das Päckchen sorgsam auf den kühlen Boden. Wie oft war sie in diesem Waldstück herumspaziert. Hand in Hand mit Fritz. Auf einmal durchfuhr sie eine Flut von Erinnerungen. An Fritz' braune Augen, seine weichen, warmen Hände, das Kribbeln, das er in ihrem Bauch verursacht hatte. All das war nun eine Ewigkeit her. Es fühlte sich an wie in einem anderen Leben. Pauline sprach nie über Fritz. Sie hatte jedes Mal ein schlechtes Gewissen gegenüber Henry, wenn sie an Fritz dachte. Und doch konnte sie nicht gegen ihre Gefühle ankämpfen. Hier im Wald war sie mit Fritz glücklich gewesen. Wie sehr sehnte sie sich zu dieser unbeschwerten Zeit zurück. Wie sehr hatte sie gestern noch gehofft, Vangerow endlich verlassen und ein neues Leben anfangen zu können. Aber wie könnte sie bloß all das Vertraute hier zurücklassen? All die Gerüche, die ihr die schönen Momente ins Gedächtnis riefen. Manchmal hatte sie Schwierigkeiten, sich Fritz' Gesicht vorzustellen. Wenn sie im Wald war und den Duft der Fichten einatmete, kam die Erinnerung zurück. Sie fürchtete, wenn sie fortging, dass sie auch die Gedanken an Fritz zurücklassen würde.

Paulines Hände berührten den kalten Stein. Sie schob den Umschlag so zurecht, dass er zu einem Teil von Erde bedeckt war, damit kein Windstoß das Geld forttragen konnte. Pauline sah sich prüfend um, um sicherzustellen, dass alles war, wie in dem Brief gefordert. Dann drehte sie sich um und machte sich auf den Rückweg.

Henry und Erich hatten ihr eingeschärft, auf keinen Fall stehenzubleiben, sondern direkt nach Hause zu gehen. Sie hatten befürchtet, dass der Täter sie beobachten und kontrollieren würde, ob sie sich unterwegs im Wald versteckte. Daher folgte sie dem Rat der beiden Männer und lief auf dem direkten Weg und schnellen Schrittes zurück in Richtung Waldrand.

Auf halber Strecke hörte sie plötzlich Männerstimmen. Zwei Polen waren im Wald unterwegs, keine 15 Meter von ihr entfernt. Hastig schlug sie sich ins Gebüsch.

Auf keinen Fall konnte sie den beiden in die Arme laufen. Einerseits könnte es sein, dass es sich um Wilhelmines Entführer handelte. Auch wenn sie das als unwahrscheinlich abtat, weil die beiden sich angeregt unterhielten und nicht auf ihre Umgebung zu achten schienen. Andererseits galt abends für Deutsche eine strikte Ausgangssperre.

Pauline konnte sich nur zu gut vorstellen, was mit einer Frau passieren würde, die sich nicht an dieses Verbot hielt.

Sie kauerte sich hinter einen dichten Busch und hoffte, die Männer würden schnell vorübergehen. Doch stattdessen ließen sie sich zu ihrem Entsetzen in Seelenruhe etwa drei Meter entfernt von ihrem Versteck auf zwei Baumstümpfen nieder. Dort zogen sie eine Flasche Schnaps aus der Tasche und machten es sich bequem.

Pauline konnte es nicht fassen. Solange die Männer in der Nähe waren, konnte sie ihr Versteck auf keinen Fall verlassen. Die Zeit verging, aber die beiden Männer machten keine Anstalten, aufzubrechen. Sie konnte nicht mehr sagen, ob Minuten oder Stunden vergangen waren. Eine Uhr besaß sie nicht mehr. Die hatte sie direkt abgeben müssen, als die Russen gekommen waren. „Uri, Uri", hatten sie gefordert und alle Wertsachen, die sich im Haus befunden hatten, mitgenommen. Ein Radio, ihre Nähmaschine und selbst einen Großteil der Töpfe und Pfannen hatten die Russen aus dem Haus getragen.

Einzig und allein die goldene Kette mit dem Medaillon von Fritz hatte Pauline retten können. Die nämlich hatte Pauline in weiser Voraussicht bereits vor dem Einmarsch der Russen im Kartoffelkeller versteckt. Gut vergraben unter der trockenen Erde lag das Schmuckstück ganz sicher. Jedes Mal freute sie sich, wenn sie daran dachte, dass es ihr gelungen war, das Schmuckstück vor den fremden Männern in Sicherheit zu bringen. Dass das Medaillon neben den Fotos von Henry, Wilhelmine und Richard immer noch ein Bild von Fritz enthielt, war Paulines gut gehütetes Geheimnis. Genauso wie die Tatsache, dass sie das Medaillon noch besaß.

Nicht einmal Henry hatte sie davon erzählt. Sie hatte auch mit dem Gedanken gespielt, die Kette gegen Geld einzutauschen. Doch solche Geschäfte waren riskant. Mit Pech wäre ihr die Kette einfach weggenommen worden und sie hätte mit leeren Händen dagestanden. Jetzt müsste sie es trotz dieser Gefahr vielleicht versuchen. Das Geld aus Amerika war weg und nach den schrecklichen Ereignissen der letzten Tage wollte Pauline keinen Tag länger in Vangerow bleiben. All das ging ihr durch den Kopf, während sie zusah, wie die beiden Polen immer lauter diskutierten und lachten, je mehr Alkohol sie konsumiert hatten.

Inzwischen verspürte Pauline einen deutlichen Druck in ihrer Blase. Lange würde sie nicht mehr in ihrem Versteck ausharren können. Es war zum Verrücktwerden. Wenn sie bloß wüsste, ob es Henry und Erich gelungen war, den Entführer zu überwältigen. Pauline fror. Sie verlagerte ihr Gewicht leicht, weil sich ihr Körper vom Hocken hinter dem Gebüsch bereits ganz steif anfühlte. Dabei knackte ein Zweig. Erschreckt fuhr sie zusammen.

Die beiden Polen sahen sich um und unterbrachen ihr Gespräch. Paulines Herz begann wild zu pochen. Einer der Männer stand nun auf und schwankte auf sie zu. Pauline war starr vor Schock. Am liebsten wollte sie aufspringen und losrennen, aber ihre Beine waren eingeschlafen. Sie konnte sich einfach nicht rühren. Inzwischen trennte sie nur noch ein Meter von dem Mann. Sie schloss die Augen und klemmte ihren Kopf zwischen die Knie, um dem Mann nicht ins Gesicht blicken zu müssen. Sie wartete darauf, dass er sie packen und aus dem Dickicht ziehen würde.

Stattdessen hörte sie auf einmal ein plätscherndes Geräusch und spürte warmes Wasser an ihrem Schienbein herunterlaufen. Am liebsten hätte sie geflucht, wenn sie nicht so erleichtert gewesen wäre. Nur wenige Sekunden später hatte der Pole seine Blase erleichtert und wankte wieder zurück zu seinem Freund. Pauline konnte es kaum fassen, dass er sie nicht entdeckt hatte, obwohl sie direkt neben ihm im Gestrüpp gehockt hatte.

Die beiden Männer wurden so langsam schläfrig und ihr Gerede leiser. Als sie sich endlich aufrichteten und den Rückweg antraten, war Pauline so erleichtert, dass sie am liebsten laut gelacht hätte. Sie richtete sich auf und ein kribbelnder Schmerz fuhr durch ihre Beine, während die Blutzirkulation wieder einsetzte. Sie hockte sich auf eine Baumwurzel, um dort abzuwarten, bis die Polen weit genug weg waren, dass sie ihnen auf ihrem Rückweg nicht in die Arme laufen würde. Sie spürte, wie die Taubheit in ihren Beinen langsam nachließ. Als sie sich gerade erheben wollte, hörte sie das Knacken von Ästen. Dieses Mal kam das Geräusch nicht vom Waldrand aus, sondern aus der Richtung, in der sich der Ort der Geldübergabe befand.

Pauline flüchtete erneut ins Dickicht. Gerade noch rechtzeitig, bevor sie die Gestalt vor sich auftauchen sah. Die Person war schwarz gekleidet, Kopf und Gesicht vollständig vermummt. Die Gestalt blickte sich mehrfach um und war sichtlich bemüht, möglichst wenige Geräusche zu verursachen. Pauline war sich sicher, dass dies der Mann sein musste, der ihre Wilhelmine in seiner Gewalt hatte. Zu ihrer Überraschung hatte er keinen der Fluchtwege gewählt, an denen sich Henry und Erich postiert hatten, sondern nutzte den normalen Weg, obwohl hier die Gefahr am größten war, polnischen Landsleuten in die Arme zu laufen.

Pauline dachte nicht groß nach. Sie folgte dem Mann, auch wenn sie wusste, dass er sie unter keinen Umständen entdecken durfte. Er bewegte sich vorwärts wie ein junges Reh. Er war überraschend schmächtig. Gerade einmal so groß wie Pauline. Wenn sie all ihre Kraft zusammennahm, würde sie mit diesem Mann alleine fertig werden. Sie musste nur nah genug an ihn herankommen, durfte ihm keine Zeit lassen, eine Waffe zu ziehen. Doch er war flink und achtsam. Wie sehr sich Pauline auch bemühte, ihr wurde klar, dass sie sich ihm nicht unerkannt würde nähern können.

Immer wieder blickte er sich um. Je weiter sie an den Waldrand kamen, desto schlechter wurde ihre Deckung. Sie musste eine Entscheidung treffen. Wenn sie ihn aufhalten wollte, dann jetzt. Und in diesem Moment wusste Pauline, dass es ihr egal war, ob sie weiterleben würde. Ohne ihre Tochter, ohne eine Zukunft in Vangerow und ohne Fritz gab es nichts mehr, wofür sie kämpfen wollte. Also entschied sie, alles auf diese letzte Karte zu setzen. Sie gab ihre Deckung auf und stürzte sich auf die dunkle Gestalt. Ein fürchterlicher Schrei gellte durch den Wald. Pauline war zunächst gar nicht klar, dass sie selbst diesen Schrei ausgestoßen hatte. Ihr war völlig gleichgültig, ob sie jemand hörte. Ihr einziges Ziel war es, den Mann vor ihr zu stoppen.

Mit einem Sprung hatte sie ihn zu Fall gebracht. Jetzt schlug sie mit den Fäusten auf ihn ein und grub ihre Fingernägel tief in seine Haut. Zu ihrer Überraschung leistete er kaum Widerstand. Er hielt sich seine Arme vors Gesicht, um sich zu schützen, aber kämpfte nicht zurück.

Pauline war wild entschlossen. Sie war nicht zu bremsen und konnte nicht mehr aufhören, auf den Mann einzuschlagen. Sie hörte, wie es ratschte, als sie einen Teil seiner Kleidung zerriss. Als sie erneut zu einem Hieb ansetzen wollte, gelang es dem Mann, sich aus ihrem Griff zu winden. Er war geschickt und trotz all der Schmerzen, die sie ihm beigebracht haben musste, rappelte er sich auf und sprintete los. Pauline zog sich mit letzter Kraft hoch, um ihm zu folgen. Sie merkte, dass ihr Körper kaum noch gehorchen wollte, und trotzdem zwang sie sich, auch die letzten Reserven zu aktivieren.

Dennoch war ihr bald klar, dass sie keine Chance hatte, den Mann noch einmal zu erwischen. Er war einfach viel flinker als sie. Während sie anfangs dicht auf seinen Fersen gewesen war, eilte er nun bereits fünf Meter voraus. Trotzdem blieb sie nicht stehen. Auch wenn sie noch so weit zurückgefallen war. Als ihr Kontrahent schon fast aus ihrem Sichtfeld verschwunden war, geschah das völlig Unerwartete. Er trat mit seinem Schuh auf eine moosige Baumwurzel. Es ging alles so schnell, dass Pauline es kaum begreifen konnte. Der Mann flog regelrecht durch die Luft, schrie auf und schlug Sekundenbruchteile später mit seinem Hinterkopf auf der Wurzel auf. Pauline hörte einen dumpfen Knall, als sein Kopf auf das Holz traf. Dann regte sich nichts mehr. War das alles ein Trick? Lag er still da, damit er sie packen konnte, sobald sie sich näherte? Pauline war unsicher. Sie fühlte sich zu keiner klaren Entscheidung imstande.

Erst als mehrere Minuten vergangen waren, wagte sie es, sich ihm zu nähern. Ganz still lag er da, den Kopf an die Wurzel gelehnt, als würde er schlafen. Nur die dunkelrote Lache, die sich neben seinem Kopf auf der Baumwurzel gebildet hatte, verriet ihr, dass es nicht so war. Sie streckte ihre Hand nach dem schwarzen Tuch aus, mit dem er sein Gesicht verhüllt hatte. Sie zog mit einem Ruck daran. Der Stoff rutschte herunter und gab Richards lebloses Gesicht frei. Pauline glaubte, ihr Herz würde stehen bleiben. Sie stieß einen markerschütternden Schrei aus, den man mit Sicherheit bis ins Dorf hören konnte. Danach brach sie über dem Leichnam ihres Sohnes zusammen.

Vangerow, 29. Juli 2017

„Als wir Pauline gefunden haben, haben wir es kaum geschafft, sie von Richard wegzuziehen“, sagt Erich Bahlow mit Tränen in den Augen. „Ihre Schreie habe ich bis heute nicht vergessen. Die gingen einem echt durch Mark und Bein. Wir haben ihr eine halbe Flasche Schnaps verabreicht, um sie zu beruhigen. Es grenzt an ein Wunder, dass keiner in den Wald gekommen ist und uns entdeckt hat.“ Er schüttelt den Kopf.

Oma Wilhelmine hat ihre Hände in das Stuhlkissen gekrampft. „Es kann nicht sein, dass alles so geendet ist. Armer Richard. Und arme Mutter. Das werde ich mir nie verzeihen.“

Ich kann sie kaum ansehen, so verzweifelt sieht sie aus. Mir fällt auch nichts ein, das ich sagen könnte, um sie zu trösten.

„Deine Mutter konnte sich das auch nicht verzeihen“, sagt Erich Bahlow. „Sie stand danach total unter Schock. Henry hat sie nach Hause getragen, während ich Richards Leiche genommen und an der Straße nach Ratzebuhr abgelegt habe. Ich wusste nicht, wohin mit ihm. Wären wir zur Polizei gegangen und hätten gesagt, was passiert ist, hätten sie uns vermutlich alle inhaftiert. Wer hätte uns geglaubt, dass es ein Unfall war? So nahm jeder gleich an, dass derjenige, der dich entführt hat, auch für Richards Tod verantwortlich sein musste.“

Oma Wilhelmine sieht aus wie ein Häufchen Elend. „Also haben meine Eltern all die Jahre mit der gleichen Schuld gelebt wie ich: Dass sie Richards Tod zu verantworten haben. Das erklärt, warum sein Tod bei uns zu Hause immer totgeschwiegen wurde. Ich selbst habe mich nie wieder getraut, Richard zu erwähnen und auch meine Eltern haben nicht mehr über ihn geredet, so dass er in gewisser Weise gleich ein zweites Mal gestorben ist. Wahrscheinlich haben wir uns alle so schuldig gefühlt, dass wir es nicht ertragen konnten. Nur indem wir jeden Gedanken an ihn verdrängt haben, konnten wir weiterleben."

„Wenn du mich fragst, war niemand Schuld", sagt Erich Bahlow. „Vielleicht war es einfach Schicksal. Jeder hat so gehandelt, wie er glaubte, dass es am besten für eure Familie sei. Gut möglich, dass ihr ohne Richards Plan alle hier umgekommen und niemals nach Deutschland gekommen wärt." Erich Bahlow sieht Wilhelmine traurig an.

„Für mich ist das kein Trost. Wie oft habe ich mir gewünscht, ich könnte diese paar Tage in meinem Leben ungeschehen machen." Omas Stimme ist belegt.

Erich Bahlow nickt. Dann sagt er leise: „Wer lebt und wer stirbt, können wir uns nicht aussuchen. Aber wenn du nicht gelebt hättest und nach Deutschland gegangen wärst, würde es diese beiden reizenden Frauen hier neben uns nicht geben." Er deutet mit der Hand auf Friederike und mich. „Dass ihr lebt und dass es euch gut geht, ist die beste Ehre, die ihr Richard erweisen könnt. Ich bin mir sicher, dass er sehr zufrieden mit sich wäre, wenn er euch heute hier sehen könnte."

Oma schnäuzt sich die Nase. Ich weiß, wie unangenehm ihr dieser Gefühlsausbruch sein muss. Ihr Leben lang hat sie alles getan, um ihre Sorgen vor Friederike und mir zu verheimlichen.

„Oma, ich bin froh, dass du überlebt hast. Ich kann mir vorstellen, wie schrecklich du dich fühlen musst, aber du konntest auf keinen Fall wissen, wie das alles ausgehen würde. Es hätte ja auch alles gutgehen können. Oder Richard hätte mit dem Geld fliehen können und ihr wärt hier in Polen umgekommen. Das alles weiß man doch erst im Nachhinein. Ich finde, ihr habt alle aus Liebe zueinander gehandelt. Und ich bin stolz auf euch." Als ich sehe, wie Friederike, Elisabeth, Oma Wilhelmine und Herr Bahlow mich anstarren, werde ich rot. Aber auf keinen Fall kann ich meine Oma weiter leiden sehen.

„Auch ich habe lange Schuldgefühle gehabt. Vielleicht ist das am Ende der Grund, weshalb ich so alt geworden bin", sagt Erich Bahlow. „Für meine Hilfe haben deine Eltern mir das Geld aus Amerika überlassen. Sie brauchten es ja für die Ausreise nicht mehr. Ich habe mich immer schuldig gefühlt, dass ich ihnen nicht helfen konnte, nach allem, was sie für meine Familie getan haben." Plötzlich sieht Erich Bahlow doch sehr alt aus.

„Und ich habe befürchtet, du hättest Richard getötet." Elisabeth kann ihrem Vater nicht in die Augen sehen. „All die Jahre habe ich nicht verstanden, was ich damals gesehen habe."

„Ich hätte es dir sagen müssen. Ich habe ja gemerkt, dass du Nacht für Nacht von Alpträumen heimgesucht wurdest." Erich Bahlow zieht mit seiner rechten Hand eine Schublade am Küchentisch auf. „Pauline hat mir etwas hinterlassen." Erich Bahlow hält ein dünnes Lederalbum in der Hand. „Es stammt aus dem Nachlass der Familie Damaske. Nachdem die gesamte Familie tot und Fritz in Amerika war, wurde der karge Hausstand aufgelöst. Viel war es nicht. Dabei hat eine Nachbarin Pauline das Album mitgebracht. Nachkommen gab es ja hier im Ort keine mehr. Pauline hat mich später gebeten, das Album im Kartoffelfeuer zu verbrennen, weil sie es selbst nicht übers Herz bringen konnte. Aber irgendwie konnte ich mich auch nicht dazu überwinden, es zu verbrennen. Ich habe es all die Jahre aufbewahrt." Erich Bahlow blickt schuldbewusst zu mir herüber und legt das kleine Album vor uns auf den Tisch.

Da sich keiner der anderen regt, nehme ich es vorsichtig auf und blättere ein wenig durch die Seiten. Ein Schwarz-Weiß-Foto sticht mir ins Auge.

„Vorsichtig, es fällt schon fast raus“, ermahnt mich Friederike. „Fritz und August, Sommer 1934“, liest sie dann den Text unter der Fotografie vor. „Wirklich ein hübscher Mann, der Fritz. Aber August ist auch ganz ansehnlich.“

Ich beuge mich ebenfalls über das Foto, um mir die beiden jungen Männer anzusehen, die dort Schulter an Schulter vor der alten Vangerower Kirche stehen. Fritz erkenne ich sofort von der Aufnahme in Omas Medaillon wieder. „Du hast Recht. Eigentlich könnte man denken, sie wären Brüder. Von Größe und Statur sind sie fast identisch, aber Fritz hat diese besondere Ausstrahlung. Seine Augen lassen mich einfach nicht mehr los.“

„Brüder waren sie nicht. Aber Vettern“, klärt uns Erich Bahlow auf.

„Tragisch, zu wissen, dass August nur wenige Monate nach dieser Aufnahme gestorben ist“, sagt Friederike.

„Das stimmt. Hier Oma, möchtest du es dir auch ansehen?“ Ich reiche das Album an Oma Wilhelmine weiter.

Die mustert das Foto lange. Vermutlich ist sie froh, dass die Gespräche sich nicht mehr um Richard drehen. „Aber das passt doch nicht“, sagt Oma plötzlich aus heiterem Himmel.

„Was passt nicht, Oma?“, fragt Friederike besorgt.

„Alles“, sagt Oma. „Der Mann, dessen Foto in Paulines Medaillon steckte, ist nicht Fritz“, sagt sie.

„Aber Oma, das kann doch nicht sein. Hier, du siehst doch, dass er auf beiden Bildern genau gleich aussieht.“

Ich suche in meinem Smartphone nach dem Foto, das ich vom Medaillon gemacht habe, und lege das Handy neben das Schwarz-Weiß-Bild. „Hier, Oma, kein Zweifel, dass das Fritz ist."

Erich Bahlow wirft einen Blick auf die Bilder und nickt. „Oh ja. Wenn das nicht Fritz ist, fresse ich einen Besen. Daran besteht kein Zweifel. Hat die jungen Frauen verrückt gemacht", sagt er.

Oma schaut Herrn Bahlow an, als wolle sie prüfen, ob er einen Scherz mit ihr treibt. „Sind Sie sich ganz sicher?", fragt sie.

„Wilhelmine, ich bin mir 100-prozentig sicher. Ich bin vielleicht alt, aber dass das links Fritz ist, erkenne ich ohne jeden Zweifel."

Oma betrachtet das Foto erneut. Lange starrt sie auf die beiden Männer. „Gut. Aber wenn das links Fritz ist, dann ist das zumindest nicht der Mann, der meiner Tochter Hannelore seine Niere gespendet hat."

„Was redest du denn, Oma?" Friederike legt einen Arm um Oma Wilhelmine. „Als Fritz nach Bielefeld gekommen ist, war er doch viel älter. Es ist doch klar, dass er da anders ausgesehen hat." Ich sehe, dass Friederike sich Sorgen macht, dass Oma langsam den Verstand verliert bei all dem psychischen Stress der letzten Stunden.

„Nein. Ich weiß es ganz sicher, dass er es nicht war." Oma springt aus ihrem Sessel auf. „Wenn ich mir eines merken kann, dann sind es Gesichter. Und eines weiß ich ohne jeden Zweifel: Der Mann, der uns damals in Bielefeld besucht hat, war nicht Fritz, sondern August."

Ich bin wie vom Donner gerührt. „Aber Oma, das hätte Uroma Pauline doch sofort gemerkt", werfe ich ein. „Und August ist direkt nach der Überfahrt in die USA gestorben. Jurek hat mir seine Todesanzeige gezeigt."

„Ihr könnt sagen, was ihr wollt. Ich erkenne ihn ohne

Zweifel wieder.“ Oma Wilhelmine stampft mit dem Fuß auf den Boden. Ich sehe in ihren Augen, wie sicher sie sich ist und frage mich, was das alles zu bedeuten hat.

Bielefeld, 18. Mai 1990

Pauline betrachtete die vielen Menschen, die im Wartebereich des Frankfurter Flughafens herumliefen. Zwei Männer im Businessoutfit zogen ihre Trolleys hinter sich her und unterhielten sich, während der eine nebenbei auf sein Handy blickte.

Eine Familie mit drei Kindern wuchtete ihre schweren Koffer zum Check-in-Bereich. Der kleinste Sohn bestand lautstark darauf, seinen Koffer selber zu ziehen. Obwohl das Gepäckstück ihn um eine Kopflänge überragte, brach er jedes Mal in lautstarke Proteste aus, wenn seine Eltern versuchten, ihm zu helfen. Dieser Zwerg erinnerte Pauline an Richard. Sie fühlte einen Stich in ihrem Herzen. Ein Kind zu verlieren, war das Schlimmste, was einem Menschen zustoßen konnte. Sie durfte nicht zulassen, dass Wilhelmine dieses Schicksal teilen musste.

Pauline war schwindelig. Unsicher wie eine 16-Jährige stand sie vor der Glasscheibe, die den Wartebereich vom Ankunftsterminal trennte und blickte auf die Tür, durch die Fritz in wenigen Minuten kommen musste. Das Herz klopfte ihr bis zum Hals. Ihre Knie zitterten. Sie schwitzte und fühlte sich flau, da sie den ganzen Tag über keinen Bissen hatte zu sich nehmen können. Sie hatte sich ihr Leben lang vorgestellt, wie es sein würde, Fritz eines Tages noch einmal wiederzusehen. In ihrem Kopf hatte sie die wildesten Happy Ends konstruiert. Wohl wissend, dass es ein glückliches Ende in der Realität niemals geben konnte. Henry war ihr Happy End. Zusammen hatten sie jede Hürde ihres Lebens genommen. Sie konnte sich keinen besseren Partner an ihrer Seite vorstellen. Auch heute hatte er angeboten, sie zum Flughafen zu fahren, dann aber gleich gesagt, dass er ohnehin noch etwas Wichtiges zu tun habe, als er gemerkt hatte, dass Pauline Fritz lieber allein in Empfang nehmen wollte.

Er hatte ihr voll vertraut. Kein einziges vorwurfsvolles Wort in den Mund genommen, dass Fritz nun einfach so herüberkam und drohte, ihr gemeinsames Leben auf den Kopf zu stellen. Sie beide wussten nur zu gut, dass sie Fritz nicht daran hindern konnten, einen Platz in Wilhelmines Leben einzunehmen.

Paulines Handinnenflächen waren feucht. Sie fühlte sich wie ein Teenager. Wie konnte sie Fritz' nahende Ankunft nur so durcheinanderbringen? Ihre Gefühle spielten völlig verrückt. Sie dachte daran, wie sie auf der Bank vor ihrem Haus gesessen hatten, wie sie im Sommer Kirschen geklaut hatten und im Winter gerodelt waren. Auch an den Einbruch in die Brennerei musste Pauline auf einmal denken und ein Lächeln umspielte ihre Lippen, als sie sich in Erinnerung rief, wie Henry und Fritz im Baum neben der Brennerei gehockt hatten. Was würde sie darum geben, noch einmal zu diesem Tag zurückkehren zu können. Noch einmal als einzige Sorge zu haben, ob die Pommerening-Brüder sie beim Einbruch wohl erwischen würden.

Pauline sah durch die große Scheibe nach draußen. Dort war das Flugzeug aus Amerika soeben gelandet und dockte nun ans Terminal an. Sie sah, wie wenig später die Tür geöffnet wurde und die ersten Fluggäste über das Gateway liefen. Ein wenig Zeit würde Fritz benötigen, um im Ankunftsbereich seinen Koffer von dem großen Rollband zu fischen, aber dann würde er ihr nach all den Jahrzehnten gegenüberstehen.

„Ist Ihnen nicht gut? Sie sehen ganz blass aus. Soll ich Ihnen ein Glas Wasser bringen?" Pauline blickte in das Gesicht einer jungen Stewardess.

„Danke", erwiderte sie und schüttelte den Kopf. „Mir geht es gut. Ich habe nur nicht viel gegessen."

„Dort ist eine Bank. Sie können sich kurz setzen. Dann wird es bestimmt besser", sagte die Stewardess. Sie lächelte Pauline an und stolzierte elegant auf ihren Stöckelschuhen davon, als sie sah, dass Pauline ihren Rat befolgte.

Pauline spürte, wie sie zitterte, als sich die Tür in der Ankunftshalle öffnete und die ersten Passagiere aus Amerika die große Flughafenhalle betraten. Ein Mann mit einem „New York"-T-Shirt wurde von einer blonden Frau im Dirndl begrüßt. Richtig grotesk wirkte dieser Anblick auf Pauline. Sie stand wieder auf, um sicherzugehen, dass sie Fritz im Gedränge nicht verpassen würde. Suchend ließ sie ihren Blick über die Ankömmlinge wandern. Immer wieder öffnete sich die Tür, aber Fritz spuckte sie einfach nicht aus. Irgendwann ebbte die Menschenmenge ab. Es kamen nur noch vereinzelt einige Nachzügler heraus. Außer Pauline stand inzwischen nur noch ein einziger Wartender im Ankunftsbereich. Pauline wühlte nervös in ihrer Handtasche herum. Wo hatte sie bloß den Zettel, auf dem sie sich Fritz' Ankunftszeit notiert hatte? Vielleicht hatte sie sich vertan.

Immer hektischer kramte sie in ihrer Tasche, als die Tür plötzlich erneut aufging. Und da stand er. Pauline brauchte nur den Bruchteil einer Sekunde, um zu erkennen, dass er es war. Trotz seines Altes war er muskulös und sportlich, genau so, wie sie ihn in Erinnerung hatte. Auch wenn er nun Jahrzehnte älter war, erkannte sie sofort, wen sie vor sich hatte.

„August", hauchte sie und hätte vor Schreck fast ihre Tasche fallen lassen. „Ich dachte, du wärst tot." Sie taumelte zurück und ließ sich auf die Bank sinken, auf der sie nur wenige Minuten zuvor schon einmal gesessen hatte.

Mit ernster Mine ließ sich August neben ihr nieder. „Wäre es dir lieber, wenn ich tot wäre?", fragte er.

„Was? Natürlich nicht. Was redest du denn da? Es ist nur so, dass ich nicht damit gerechnet habe, dich hier zu sehen. Ich habe Fritz erwartet." Als sie in seine Augen sah, begann ihr Herz wie wild zu rasen. Sie spürte sofort, dass etwas nicht stimmte. Dass absolut nichts mehr in Ordnung war.

„Pauline, es tut mir unendlich Leid." Er nahm ihre Hand und sah ihr direkt in die Augen.

Nun sah sie auf einmal sein Alter. Sie erkannte, wie gebrechlich er trotz seines athletischen Körperbaus wirkte.

„Ich hätte es dir vor Jahrzehnten sagen sollen, aber Fritz ist tot. Er ist direkt nach unserer Ankunft in den USA gestorben."

Sie zog ihre Hand zurück und rückte von ihm ab. „Das kann nicht sein. Er hat mir geschrieben. Immer wieder. Zuletzt gegen Kriegsende, ganze zehn Jahre nach seiner Ankunft. Er hat mir sogar Geld geschickt."

Traurig schüttelte August den Kopf. „Das war nicht Fritz. Denkst du wirklich, er hätte dir solche Briefe schreiben können? Er hat dich abgöttisch geliebt. Niemals hätte er dich und dein Kind sitzen lassen." August konnte ihrem Blick nicht mehr standhalten.

„Ich verstehe nicht", flüsterte Pauline.

„Das war ich, der dir geschrieben hat. Ich konnte dich nicht nachkommen lassen, dann hättest du sofort gemerkt, dass ich unter seiner Identität ein neues Leben angefangen habe. Du warst die Einzige, die mich hätte enttarnen können. Das Geld habe ich dir geschickt, weil ich mein Gewissen erleichtern wollte. Ich konnte nicht schlafen beim Gedanken daran, was ich dir und deiner Tochter angetan habe."

Pauline hörte seine Worte, aber sie war sich nicht sicher,

ob sie die Bedeutung richtig erfasste.

Jetzt hielt er ihr einen Brief entgegen. „Hier. Das ist der einzige Brief, den Fritz je an dich verfassen konnte. Er war tot, bevor er ihn absenden konnte. Aber ich habe ihn für dich aufbewahrt. Du musst ihn unbedingt lesen." August sah regelrecht verzweifelt aus. Und trotzdem wirkte er, als wäre eine schreckliche Last von ihm gefallen. „Pauline, ich habe einen schrecklichen Fehler gemacht. Ich erwarte nicht, dass du mir verzeihst. Aber ich möchte meinen Fehler wiedergutmachen, nur deshalb bin ich hier. Ich möchte deiner Enkeltochter eine Niere spenden. Das bin ich dir und Fritz schuldig."

Pauline hatte das Gefühl, dass sie sich übergeben musste. Sie zwang sich, tief Luft zu holen und ein- und auszuatmen. „Was ist damals passiert?", fragte sie dann. „Ich muss es wissen, August."

Er seufzte und schloss die Augen. In diesem Moment prallte die Wahrheit mit voller Wucht auf Pauline ein. Er log sie nicht an. Alles, was er sagte, stimmte. Sie wusste nicht, wie es sein konnte, aber es zog ihr fast den Boden unter den Füßen weg.

New York, 11. November 1934

Endlich war das Land in Sicht. Amerika. Fritz atmete tief die salzige Meeresluft ein. Die Zeit auf dem Schiff hatte ein Ende. Noch einmal wollte er sein Notizbuch herausnehmen. Er wollte seinen Brief an Pauline noch einmal überfliegen. Sehen, ob er auch die richtigen Worte gewählt hatte. Einige Formulierungen waren noch nicht perfekt. Jetzt hatte er noch Zeit, sie abzuändern und den Brief sofort nach der Ankunft abzusenden. Doch wie sehr er auch in seinen Taschen kramte, er konnte seinen geliebten Notizblock nicht finden. Er musste auf dem Zwischendeck an ihrem Schlafplatz liegen geblieben sein. Fritz unterdrückte einen Fluch. Aber zum Glück blieb noch Zeit, um zurückzugehen und das kleine Büchlein zu holen. Auf dem Zwischendeck wimmelte es von Leuten. Alle machten sich fertig für die Ankunft. Dort, wo sein Schlaflager gewesen war, konnte Fritz das Notizheft zunächst nicht entdecken. Erst als er sich auf den Boden kniete, hatte er Erfolg. Die Kladde lag hinter zwei großen Koffern, die jemand auf dem Deck abgestellt hatte.

Als Fritz schon wieder gehen wollte, sah er Augusts Tweedmantel über einem Stuhl hängen. Dabei fiel ihm auf, dass er von August schon längere Zeit nichts mehr gesehen hatte. In dem Gedränge hatte er doch wohl nicht vergessen, seinen guten Mantel mitzunehmen? Das gute Stück hier einfach unbeaufsichtigt hängen zu lassen, war wirklich fahrlässig. Fritz schnappte sich den Mantel und schlüpfte hinein. Was für ein Glück, dass er noch einmal zurückgegangen war. August hätte sicher keine gute Laune gehabt, wenn ihm an Land aufgefallen wäre, dass sein neues Kleidungsstück fehlte. Gut gelaunt und pfeifend schlenderte Fritz wieder zurück durch das Schiff. Heute war wirklich ein guter Tag. Jetzt war er wirklich gespannt, ob Amerika für ihn das halten würde, was er sich in seinen Träumen davon versprochen hatte.

***

Der Schnurrbärtige ließ sich von der Masse an Land schieben. Er nahm gar nicht wahr, dass er soeben amerikanischen Boden betreten hatte. Die Registrierung mit medizinischer Visitation würde einige Zeit in Anspruch nehmen. Hier würde August ihm nicht entwischen können. Dachte er zumindest. Tatsächlich aber dauerte es fast eine Viertelstunde, bis er den Gesuchten wieder erblickte. August saß mit dem Rücken an einen Holzpfeiler gelehnt vor dem Schiff und schien auf das Meer zu starren. Er musste so in Gedanken vertieft sein, dass er es nicht einmal hörte, als der Schnurrbartträger ihn mehrfach beim Namen rief. Ungeduldig lief er die letzten Schritte auf August zu, zog ihm von hinten an der Schulter und wartete auf eine Reaktion. Die erfolgte schließlich auch. Allerdings anders als erwartet. Augusts Körper kippte schlapp wie ein Sack Kartoffeln zur Seite vor die Füße des Schnurrbartträgers. Plopp machte es. Erst jetzt sah der Schnurrbärtige die Stichwunde in Augusts Brust. Als er ins aschfahle Gesicht und in die nun teilnahmslosen Augen des Toten blickte, schauderte es dem Schnurrbärtigen. Er hatte das Gefühl, dass ihm das Blut in den Adern gerann.

Die Augen, in die der Schnurrbärtige soeben geblickt hatte, waren zwar kastanienbraun, gehörten aber ganz sicher nicht zu August. Mit Grauen erkannte er, dass er Fritz vor sich hatte. Der Schnurrbärtige wollte schreien, doch seiner Kehle entwich kein einziger Laut. Seine Knie zitterten. Er konnte seinen Blick nicht von Fritz' braunen Augen losreißen, in denen kein Leben mehr zu erkennen war. Sein Gehirn versuchte, zu arbeiten, versuchte, einen

Sinn in dem zu sehen, was er hier vorgefunden hatte. Auf einmal spürte er eine kräftige Hand auf seiner Schulter.

„Was ist hier los?“, schrie August ihn an und schüttelte den Schnurrbärtigen. „Was hast du getan?“

„Alles zu spät“, die Stimme des Schnurrbärtigen war kaum mehr als ein Flüstern. „Ich wollte dich warnen. Die ganze Zeit über habe ich dich gesucht. Und als ich dachte, ich hätte dich gefunden, da war es längst zu spät. Ich bin die ganze Zeit dem falschen Mann hinterhergelaufen. Mit dem Ergebnis, dass er nun tot ist.“

„Was redest du da? Was ist überhaupt passiert? Was hast du gemacht? Wir müssen sofort die Polizei holen“, rief August energisch.

„Keine gute Idee“, sagte der Schnurrbärtige. „Die denken, du hättest Johann umgebracht. Wenn sie uns so sehen, werden sie sofort denken, du hättest Johann und Fritz auf dem Gewissen.“

August hielt mitten in seiner Bewegung inne. „Johann ist auch tot?“ Ungläubig sah er den Schnurrbärtigen an. Er schien zu überlegen, ob er ihn packen und durchschütteln sollte.

„Hör mir zu“, zischte der Schnurrbärtige verschwörerisch. „Ich war auf dem Schiff. Ich habe euch jeden Abend beim Kartenspiel zugesehen. Ich wusste, dass es nicht mit rechten Dingen zugeht. Du bist nicht der Einzige, der das gemerkt hat.“ Die Stimme des Schnurrbärtigen überschlug sich jetzt, als er August erklärte, was geschehen war.

„Johann hat deinen Zettel und die gezinkte Karte entdeckt, die du zusammen mit dem Geld in seine Jackentasche gesteckt hast. Zuerst hat er gedacht, du hättest ihn zum Narren gehalten und dir einen Spaß daraus gemacht, deine Mitspieler an der Nase herumzuführen“, berichtete der Schnurrbärtige außer Atem.

„Warum hätte ich denn sowas tun sollen? Dann hätte ich wohl kaum den Gewinn zurück in die Taschen der Geprellten gelegt." August trat nervös von einem auf den anderen Fuß. Die ganze Situation behagte ihm nicht. Am liebsten hätte er sofort die Polizei gerufen. „Ich habe gesehen, dass Georg betrogen hat. Die Karten waren alle gezinkt. Deswegen habe ich ihm heute Nacht das Geld aus seiner Jacke genommen und zu gleichen Teilen unter den anderen aufgeteilt. Ich selber habe mir nichts genommen."

„Ich weiß. Und einen Zettel dazugelegt mit der Aufschrift „Wettschulden sind Ehrenschulden. Aber nur, wenn man sie sich ehrlich verdient hat. – August". Das weiß ich doch alles", zitierte der Schnurrbärtige den Brief so, wie ihn Georg noch vor kurzem wutentbrannt vorgelesen hatte. „Johann hat das auch kapiert. Zwar nicht sofort, aber doch noch so früh, dass er Georg auf dem Schiff zur Rede gestellt hat." Der Schnurrbärtige schauderte bei der Erinnerung. „Und im Gegensatz zu dir hat er erkannt, dass Georg nicht alleine gehandelt hat, sondern mit Karls Hilfe."

Augusts Augen weiteten sich. „Er hat die beiden zur Rede gestellt. Aber die haben nicht lange gefackelt, sondern ihm ein Messer in den Bauch gerammt. Das Messer, das du gewonnen hast. Der Offizier hat das Messer sofort erkannt, als er die Leiche gefunden hat, deswegen besteht kein Zweifel für ihn, dass du der Mörder bist." Der Schnurrbärtige sah zu, wie seine Worte bei August ankamen, wie der langsam begriff, was er da hörte.

„Das Messer habe ich Karl zurück in seine Jacke gelegt. Ich habe das Spiel ja nur gewonnen, weil ich den Trick mit den gezinkten Karten durchschaut habe. Da fand ich es nicht fair, das Messer zu behalten. Zumal es ein Familienerbstück ist." August schluckte schwer.

„Wenn das überhaupt stimmt mit dem Familienerbstück. Das ist doch alles deren Masche." Der Schnurrbärtige war überzeugt davon, dass Georg und Karl ihren Lebensunterhalt damit bestritten, andere Leute beim Spiel über den Tisch zu ziehen. „Die beiden wollten sich an dir rächen, dafür, dass du das Geld genommen hast. Ich habe gehört, dass sie dich töten wollten. Deswegen wollte ich dich unbedingt finden, um dich zu warnen." Der Schnurrbärtige sah sich um. Nicht auszudenken, was passieren würde, wenn Georg und Karl nun zurückkämen und ihn hier mit August sähen.

„Aber weshalb haben sie dann Fritz umgebracht?"

„Vermutlich aus dem gleichen Grund, aus dem ich die ganze Zeit hinter Fritz hergelaufen bin. Ich dachte, er wäre du. Er hatte den Tweedmantel an. Sie haben vermutlich einfach von hinten zugestochen und sind abgehauen."

Diese Erkenntnis traf August wie ein Schlag vor den Kopf. Im selben Moment, in dem sein Gegenüber diese These laut ausgesprochen hatte, wusste er, dass sie stimmte. Fritz und er ähnelten sich von Statur und Größe. Georg musste geglaubt haben, dass er ihn soeben erledigt hatte und sich dann schnellstmöglich wieder unter die Passagiere gemischt haben. August krümmte sich vor Verzweiflung und raufte sich die Haare. „Oh Gott, das darf nicht sein. Das darf nicht sein. Den Mantel habe ich im Schiff hängen lassen. Von so einem Betrüger wollte ich nichts annehmen. Wieso Fritz ihn hat, weiß ich nicht." Augusts Stimme kippte um. Er schrie und jammerte.

„Wenn du mit heiler Haut hier rauskommen willst, gibt es für dich nur eine Möglichkeit", sagte der Schnurrbärtige. „Du musst mitspielen. Sie dürfen auf keinen Fall erfahren, dass sie den Falschen erwischt haben. Du bist ab sofort Fritz Damaske. August Mielke ist tot."

„Das ist doch verrückt." August sah aus, als wolle er

jeden Moment auf den Schnurrbärtigen losgehen. „Fritz ist mein bester Freund. Wir können die doch nicht einfach so davonkommen lassen. Du hast doch alles gesehen. Wir müssen der Polizei sagen, was Georg gemacht hat. Komm, wir gehen."

„Nein. Dann steht Aussage gegen Aussage und die Polizei wird mir nicht glauben. Ich bin ein verurteilter Straftäter. Außerdem wurde Johann mit deinem Messer erstochen." Der Schnurrbartträger hoffte, dass August einsehen würde, dass es keine andere Möglichkeit gab. Wenn sie beide heile und als unbescholtene, freie Bürger in Amerika einreisen wollten, mussten Tatsachen geschaffen werden. Und zwar sofort.

„Gib mir deinen Ausweis". Der Schnurrbärtige wusste auf einmal, was zu tun war.

August, der immer noch nicht recht verstand, was geschehen war, folgte seiner Aufforderung ohne Widerstand. Dann griff der Schnurrbärtige in die Taschen des leblosen Fritz. Er zog Fritz' Papiere heraus und ließ stattdessen Augusts Pass in die Manteltasche gleiten. Dann reichte er Fritz' Dokumente weiter an August.

„Willkommen in Amerika, Fritz Damaske. Willkommen in deinem neuen Leben." Mit diesen Worten stand der Schnurrbärtige auf und war nur wenige Sekunden später auf Nimmerwiedersehen in der Menge verschwunden.

9

Henry VI.

Bielefeld, 14. August 2017

Inzwischen sind Friederike, Oma Wilhelmine und ich seit zwei Wochen wieder zurück in Bielefeld. Ich habe alles in Bewegung gesetzt, um an die Akten über die Nierentransplantation meiner Mutter aus dem Krankenhaus zu kommen. Ich bin mir sicher, dass ich dort eine Antwort darauf finden werde, ob es tatsächlich August war, der meiner Mutter eine Niere gespendet hat. Mittlerweile ist mein Optimismus allerdings gedämpft. In einem Brief hat mir die Klinik mitgeteilt, dass sie aus Datenschutzgründen keine Akten herausgeben können. Seitdem überlege ich angestrengt, welche Möglichkeiten mir sonst noch bleiben.

Ich bin besessen davon, herauszufinden, was damals passiert ist. Doch außer der Todesanzeige von August habe ich keinerlei Hinweise darauf bekommen, was August für ein Mensch war. Fritz' Leichnam hingegen wurde wenige Wochen nach der Nierenspende in den USA beigesetzt. Auch wenn es laut Oma auf keinen Fall Fritz gewesen sein kann.

Auf jeden Fall hilft die Recherche dabei, mir die Wartezeit zu verkürzen. Ich warte und warte darauf, dass das Baby sich endlich bequemt, auf die Welt zu kommen. Da sich bisher rein gar nichts tut, treffen Friederike und ich uns jeden Tag bei Oma Wilhelmine in der Seniorenresidenz. Die Schwestern haben uns noch nicht verziehen, dass wir Oma Hals über Kopf entführt haben und nur durch viel gutes Zureden durfte sie ihren Platz im Wohnheim behalten.

Allerdings schleichen die Schwestern seither regelrecht um uns herum.

„Die sind in Alarmbereitschaft“, sagt Friederike und grinst, während wir mit Oma in der Cafeteria sitzen und Sahnetorte essen. „Haben wohl Angst, dass wir wieder einen kleinen Ausflug machen.“ Sie zwinkert mir amüsiert zu und ich muss ebenfalls lachen.

„Zwei Wochen bleiben uns noch bis zum Geburtstermin. Ich war noch nie in Schweden“, sage ich und muss lachen, als ich Friederikes Gesichtsausdruck sehe. Ich weiß, wie ungern sie gegen Regeln verstößt. Beim Gedanken daran, dass ich Oma noch einmal mit auf Reisen nehmen könnte, rutscht sie unruhig auf ihrem Stuhl hin und her. „Hey, das war ein Spaß“, füge ich schnell hinzu, um sie zu beruhigen.

„Sehr witzig“, brummt sie, aber ich sehe, dass sie alles andere als amüsiert ist.

„Morgen kommt Jurek“, wechsle ich schnell das Thema. „Er will sich Bielefeld ansehen. Hat sich extra eine ganze Woche frei genommen.“

„Na, ich denke mal, in erster Linie will er dich wiedersehen. Bielefeld ist unter den deutschen Städten ja nicht gerade das top Reiseziel“, neckt mich Friederike.

„Na, hör mal. Mit Münster oder Köln können wir es ja wohl locker aufnehmen“, protestiere ich. „Die Sparrenburg und der Tierpark Olderdissen sind echte Sehenswürdigkeiten.“

„Ja, wer will schon den Kölner Dom sehen, wenn er die Sparrenburg besichtigen kann“, stichelt Friederike.

„Genau. Das ist auch das erste, was ich meinem Baby zeigen werde, wenn es da ist.“ Ich streichle über meinen

Bauch und verschweige diskret, dass ich die Steigung bis zur Burg mit meinem Bauch im Moment um nichts in der Welt mehr erklimmen könnte. Im Notfall muss ich Jurek alleine hochschicken.

„Auf jeden Fall muss er hier vorbeikommen und Hallo sagen." Oma schiebt sich das letzte Stück Torte in den Mund. Inzwischen hat sie sich von unserer Reise erholt. Ich würde sogar sagen, unsere Fahrt nach Vangerow hat sie belebt. Oma wirkt zehn Jahre jünger. „Jurek ist echt ein guter Junge. Nicht so, wie die Typen, mit denen du dich sonst abgibst. Den solltest du dir warm halten", sagt sie an mich gewandt.

Ich ignoriere den Seitenhieb, auch wenn ich mich insgeheim freue, dass Oma Jurek in ihr Herz geschlossen hat.

In diesem Moment klingelt mein Handy. „Entschuldigt mich bitte", murmele ich und schlüpfe schnell hinaus in den Garten, um das Gespräch ungestört annehmen zu können. Zu meiner Überraschung ist es Ruth, bei der ich mich seit meinem Besuch in Berlin gar nicht mehr gemeldet habe.

„Leonie, halt dich fest", sagt sie. „Ich habe etwas gefunden, das dich auf jeden Fall interessieren wird."

„Was ist es?", frage ich neugierig.

„Ein Brief von Pauline an meine Mutter. Er lag in einem alten Notizblock, auf den ich gestoßen bin, als ich mir nach deinem Besuch Mutters Sachen noch einmal genau angesehen habe."

„Und was steht in dem Brief?", frage ich ungeduldig.

„Etwas völlig Verrücktes. Pauline schreibt meiner Mutter, dass sie krank ist und bald sterben wird. Sie wollte meiner Mutter mitteilen, dass sie nun endlich mit ihren Gedanken an die Vergangenheit abschließen kann, weil sie weiß, dass Fritz sie genauso geliebt hat wie sie ihn. Sie schreibt, dass er direkt nach seiner Ankunft in den USA gestorben ist. Er soll von einem Mitreisenden ermordet worden sein. Da August irgendwie in die Sache verwickelt war, hat er daraufhin Fritz' Identität angenommen. Herausgefunden hat Pauline das Ganze laut ihrem Brief, als August nach Deutschland kam, um deiner Mutter eine Niere zu spenden."

Ich atme tief ein und muss erst mal verdauen, was ich da höre. „Ruth, das ist ja Wahnsinn. Oma Wilhelmine ist felsenfest davon überzeugt, dass der Mann, der hier nach Deutschland gekommen ist, nicht Fritz war. Wir haben die ganze Zeit versucht, die Sache zu überprüfen. Der Brief, den du gefunden hast, ist der eindeutige Beleg dafür, dass Oma recht hat. Aber ich verstehe das nicht. Warum hat Pauline Oma denn nicht gesagt, dass es August war und nicht Fritz?"

„Auch das steht hier in dem Brief. August und Pauline haben das so vereinbart. Pauline hatte Angst, dass August in Haft kommt, wenn herauskommt, dass er ein Leben unter falscher Identität führt. Sie wollte die Nierenspende nicht gefährden und hatte mit August vereinbart, die engste Familie erst nach der OP einzuweihen. Da er aber kurz nach der OP gestorben ist, hat sie es dann für sich behalten. Sie schreibt, dass sie immer wieder überlegt hat, es anzusprechen, aber am Ende der Meinung war, dass es nun keine Rolle mehr spielt."

„Das ist ja unglaublich." Ich beginne zu zittern.

„Du hast recht. Dramatischer als in jeder Seifenoper." Ruths Stimme überschlägt sich vor Aufregung. „Aber es kommt noch besser."

„Inwiefern?" Nun bin ich wirklich ungeduldig. Ich habe keine Ahnung, wovon sie spricht.

„August hat Pauline einen Brief überreicht, als er nach Deutschland kam. Einen Brief, den Fritz an Pauline verfasst hat, als er auf der Überfahrt in die USA war. In dem

Brief schreibt er davon, wie sehr er sich auf sein Kind freut. Pauline wollte nicht, dass Wilhelmine den Brief liest, solange Henry noch lebt. Sie wollte Henrys Gefühle nicht verletzen. Da sie selbst nicht mehr lange zu leben hatte, hat sie meiner Mutter den Brief geschickt und sie gebeten, dass sie Pauline das Schreiben überreicht, wenn Henry eines Tages sterben sollte. Allerdings ist meine Mutter dann eher gestorben als Henry. So klemmte der Brief bis heute in ihrem Notizblock."

Eine innere Unruhe macht sich in mir breit. „Das heißt, du hast diesen Brief jetzt vor dir liegen?"

„Ganz genau." Ruth ist total aufgedreht. „Und ich sage dir was. Ich gehe gleich rüber zu meiner Nachbarin und werde sie bitten, den Brief abzufotografieren und dir auf dein Handy zu schicken. Leider weiß ich selbst nicht, wie das geht, aber meine Nachbarin ist immer hilfsbereit. In spätestens zehn Minuten schicken wir dir den Brief. Dann kann Wilhelmine endlich lesen, was ihr Vater zu Papier gebracht hat."

Nachdem Ruth das Gespräch beendet hat, bin ich völlig aufgekratzt. Ich starre wie gebannt auf mein Handy. Auf keinen Fall möchte ich die Nachricht von Ruth verpassen. Dabei hat sie gerade erst vor einer halben Minute aufgehört, mit mir zu sprechen. So schnell kann sie unmöglich schon hinüber zu ihrer Nachbarin gelaufen sein, und trotzdem kann ich erst wieder in die Cafeteria zu Oma und Friederike gehen, wenn ich den Brief auf meinem Smartphone habe. Als sie mir das Foto nach etwas mehr als elf Minuten endlich zusendet, bin ich völlig außer Atmen.

Ich haste zurück in die Cafeteria. „Du hattest Recht, Oma", rufe ich so laut, dass auch die Senioren an den übrigen Tischen zu uns herübersehen. „Ruth hat einen Brief von Pauline an Erna gefunden, in dem sie ihr offenbart hat, dass es August war, der zu ihr nach Bielefeld gekommen ist."

„Da seht ihr's." Oma nickt zufrieden vor sich hin. „Gesichter konnte ich mir schon immer gut merken. Ich habe doch gleich gesagt, dass da was nicht passt."

„Erna hat außerdem einen Brief für dich verwahrt. Einen Brief, den sie dir erst geben sollte, wenn Henry gestorben ist. Allerdings hat Henry dann länger gelebt als Erna, daher hat Ruth den Brief erst jetzt gefunden. Sie hat mir ein Foto geschickt." Ich drücke Oma das Handy in die Hand.

„Das ist aber klein geschrieben", nörgelt sie. Doch ich kann sehen, wie angespannt sie ist. Ich zoome den Textabschnitt näher heran und zeige ihr, wie sie über das Gerät wischen muss, um den Text Abschnitt für Abschnitt zu lesen.

Sie atmet noch einmal tief ein, bevor sie uns den Brief laut vorliest.

Atlantischer Ozean, November 1934

Liebste Pauline,

ich habe einen Fehler begangen. Seitdem ich an Bord dieses Schiffes bin, habe ich verstanden, dass ich niemals ohne dich hätte aufbrechen dürfen. Ich bin so blind gewesen. Wir hätten das Medaillon verkaufen sollen. Das hätte uns ein wenig Geld eingebracht. Irgendwie hätten wir schon den Rest zusammenbekommen, um deine Überfahrt zu bezahlen. Ich hätte darauf bestehen müssen, dass Onkel Otto auch für dich bürgt. Viel zu sehr habe ich mir von Mutter in die Sache hineinreden lassen.

Ich weiß, dass ich dir und dem Kind nur Sicherheiten bieten kann, wenn ich Geld genug verdiene. Aber dich allein zurückzulassen, das war ein großer Fehler.

Ich verspreche dir, ich werde alles tun, um dich so schnell es geht nachzuholen. Ich kann es nicht ertragen, so weit weg von dir zu sein. Unerträglich ist mir der Gedanke, dass ich unser Kind nicht von Anfang an in meine Arme schließen kann. Wie das Kind wohl aussehen wird. Ob es Deine grünen Augen hat?

Ich stelle mir ständig vor, was wir alles zusammen machen und welche Orte wir besuchen werden. Es gibt so vieles, was ich unserem Kind beibringen möchte. Ich will dabei sein, wenn es die ersten Schritte macht, ihm eines Tages das Dorf zeigen, in dem wir aufgewachsen sind. Aber vielleicht wird es auch die Freiheitsstatue sehen, so wie ich sie gerade anblicke, während unser Schiff auf das Land zusteuert.

Egal, was uns auch erwartet, ich wünsche mir nur, dass Ihr glücklich seid. Bis wir wieder zusammen sind, denkt nur daran, wie sehr ich Euch vermisse und dass wir trotzdem eine Familie sind, so weit die Entfernung auch sein mag, die zwischen uns liegt.

In Liebe und Zuneigung.
Fritz

Nachdem Oma den Brief vorgelesen hat, schweigen wir.

Erst nach einer ganzen Weile ergreift Oma das Wort. „Also, das ist wirklich ein netter Brief. Ich bin froh, dass er meine Mutter und mich am Ende doch noch erreicht hat."

Ich nicke und denke, was ich für ein Glück habe, dass ich meine Familie jeden Tag in meiner Nähe habe. Was Pauline und Fritz durchgemacht haben, ist furchtbar. Und auch Henrys Schicksal ist unglaublich.

Während ich noch fasziniert davon bin, wie groß die Liebe meiner Urgroßeltern zueinander war, spüre ich auf einmal einen heftigen Schmerz in meinem Körper. Ich muss mich regelrecht zwingen, auf dem Stuhl sitzen zu bleiben.

„Leonie, was ist passiert? Ist alles okay?" Friederike blickt verängstigt zu mir hinüber.

„Nein. Ist es nicht. Ich glaube, ich muss sterben. Auf dem Brief lag ein Fluch", sage ich.

„So ein Unsinn." Oma blickt amüsiert zu mir herüber. „Es wurde aber auch Zeit, dass das Kind jetzt mal kommt."

Das Kind! Natürlich! Schießt es mir durch den Kopf. Ich habe Wehen. Bei all der Aufregung habe ich fast vergessen, dass ich bald Mutter werde. „Mein Baby wird nie so einen gefühlvollen Brief von seinem Vater bekommen. Höchstens eine Sorgerechtsklage von seinem Anwalt oder eine Einladung zur Familientherapie", sage ich.

„Darüber solltest du dir jetzt keine Gedanken machen. Veratme mal schön deine Wehen, während ich schon mal deine Tasche ins Auto packe, damit wir loskönnen, wenn es soweit ist." Friederike ist in ihrem Element. Sie erteilt Befehle, die Oma und ich befolgen. Sie muss eine super Lehrerin sein. Kommandieren kann sie jedenfalls gut.

Bielefeld, 15. Juli 2017

Ich fühle mich, als hätte ich einen Marathon hinter mir. Ich bin zu schlapp, um auch nur ein Bein zu heben. Trotzdem könnte ich die Welt umarmen. Ich schaue meinen Sohn an, der in Friederikes Arm liegt und selig schlummert. Er ist perfekt. Das hübscheste Kind, das ich je gesehen habe. Und das, obwohl Manuel sein Papa ist.

„Er ist wundervoll", flüstert Friederike. Sie hat Tränen in den Augen. Ich weiß nicht, ob das Kind in ihren Armen der Auslöser ist oder die Tatsache, dass sie acht Stunden mit mir im Kreißsaal war und nicht von meiner Seite gewichen ist. Ich lächele sie dankbar an und schließe kurz die Augen.

Als ich wieder erwache, müssen Stunden vergangen sein. Mein wunderschönes Söhnchen liegt inzwischen neben mir im Bonding-In-Bett. Friederike ist in dem Stuhl vor meinem Bett eingeschlafen. Eine Weile betrachte ich sie und frage mich, weshalb wir uns all die Jahre eigentlich nie mochten. Jetzt bin ich unsagbar froh, sie an meiner Seite zu haben.

Es klopft an der Tür.

„Ja?", rufe ich. Jureks blonder Haarschopf taucht im Türrahmen auf. Er hat Oma im Schlepptau, trägt einen riesigen Blumenstrauß und grinst bis über beide Ohren.

„Jurek? Du hier?" Ich ziehe die Bettdecke bis unter mein Kinn. So sollte er mich eigentlich auf keinen Fall zu Gesicht bekommen. Ich habe es nicht einmal bis unter die Dusche geschafft.

„Leonie, du siehst wundervoll aus", sagt er und ich frage mich, ob er mich auf den Arm nehmen will, aber als er und Oma ans Babybettchen treten, haben wir alle nur noch Augen für mein Kind. Friederike räkelt sich neben mir auf dem Stuhl. Sie sieht fertiger aus als ich und ich frage mich, ob ich ihr ein Plätzchen neben mir im Bett anbieten sollte.

„Ein Junge also“, grinst meine Oma, als sie den blauen Strampler betrachtet. „Wie heißt er denn?“

„Ich will ihn nach einem Mann benennen, ohne den wir alle heute nicht die Frauen wären, die wir sind“, sage ich feierlich.

„Du machst es aber spannend. Richard?“, fragt Friederike sofort.

„Oder Fritz?“, gibt Oma ebenfalls einen Tipp ab.

Ich schüttele den Kopf. „Darf ich euch Henry vorstellen? Für mich ist es egal, ob er Friederikes und mein leiblicher Uropa war oder nicht. Wie er all die Jahre zu Uroma Pauline gehalten hat, obwohl er wusste, dass ihr Herz auch immer ein bisschen Fritz gehörte, ist für mich der größte Liebesbeweis.“

Oma Wilhelmine lächelt. Ich sehe, dass sie sich alle Mühe gibt, die Tränen zu unterdrücken.

„Wow Leonie“, sagt Friederike. „Das hast du echt super hingekriegt. Und Henry hat Glück. Er muss nicht lange alleine bleiben. In einem halben Jahr kann er sich über einen Großcousin oder eine Großcousine freuen.“

„Sag das noch mal.“ Jetzt klappt mir wirklich die Kinnlade herunter.

„Ich bin schwanger.“ Sie grinst bis über beide Ohren.

„Nein. Das kann nicht wahr sein.“

„Meinst du etwa, du bist die Einzige, die Kinder kriegen kann?“

„Natürlich nicht. Aber ich meine, wie kann das sein? Also ohne Freund? So etwas passiert doch sonst nur mir.“

„Tja, so wie es aussieht, bin ich eben doch noch für Überraschungen gut. Der Vater ist natürlich Stephan. Aber da der jetzt ausgezogen ist, wollte ich dich fragen, ob du mit Henry vielleicht bei mir einziehen willst. Platz genug hätten wir ja."

„Meinst du das ernst?" Ich weiß gar nicht, was ich sagen soll. „Das wäre echt der Hammer." Wenn ich mich bewegen könnte, würde ich ihr jetzt um den Hals fallen.

„Könnt ihr zwei vielleicht noch einen Mann im Haushalt gebrauchen?", fragt Jurek vorsichtig. „Also, nur wenn ihr wollt, natürlich. Ich habe gehört, Kinder brauchen auch männliche Vorbilder. Und ich habe mich gerade ganz frisch an der Uni Bielefeld für Geschichte eingeschrieben. Geschichte war schon immer mein Interessengebiet und Bielefeld soll fast so schön sein wie Vangerow."

„Ja. Und die Bielefelderinnen erst", sage ich, woraufhin er mir ein Grinsen schenkt, das die Schmetterlinge in meinem Bauch wild losflattern lässt.

„Du bist in unserer WG natürlich herzlich willkommen", sagt Friederike.

„Aber nicht, dass ihr auf die Idee kommt, den beiden Babys zu erzählen, ich wäre ihr leiblicher Vater. Für so eine Verwirrung bin ich nicht zu haben."

Friederike und ich müssen lachen. „Da bleiben wir bei der Wahrheit. Ehrenwort", sage ich und mein Herz macht einen großen Hüpfer.

„Also, wenn ihr zusammen eine WG aufmacht, dann ja wohl nicht ohne mich." Mit entschlossener Mine und verschränkten Armen steht Oma vor meinem Bett. „Wer soll euch denn zeigen, wie man so ein Baby füttert, wer soll euch nachts helfen, wenn ihr völlig übermüdet seid? In meinem Alter braucht man nicht mehr viel Schlaf", sagt sie in einem Ton, der keine Widerrede zulässt.

„Wir helfen uns alle gegenseitig. Bei uns ist Oma sowieso viel besser aufgehoben als in der Seniorenresidenz. Dafür ist sie viel zu fit", pflichte ich ihr bei.

„Und siehe, ich bin bei euch alle Tage bis an der Welt Ende." Oma grinst mich an und nun lachen wir alle.

„Dann ist es also beschlossene Sache. Wir haben eine neue WG. Vier Erwachsene und zwei Babys. Wenn ihr mich fragt, wird das ein echtes Abenteuer." Jurek sieht aus wie ein Kind, dem man soeben eine Eisenbahn unter den Weihnachtsbaum gestellt hat.

„Hoffentlich fallen wir uns nicht gegenseitig auf die Nerven", sagt Friederike lachend.

„Die Liebe verträgt alles, sie glaubt alles, sie hofft alles, sie duldet alles. 1. Korinther 13", zitiert Oma. „Und wenn wir es gar nicht mehr aushalten, fahren wir einfach nach Polen in euer Ferienhaus. Ich habe veranlasst, dass euch beiden das Haus überschrieben wird", sagt Oma an Friederike und mich gewandt. „Und ich habe einen pfiffigen Geschichtsstudenten aus Bielefeld engagiert, der sich in seinen Semesterferien sein Taschengeld aufbessern wird, indem er euch mit seinem handwerklichen Talent bei eurem Haus behilflich sein wird", fügt sie mit einem Blick auf Jurek hinzu.

„Wahnsinn, Oma, ich weiß gar nicht, was ich sagen soll."

Doch vorerst bleibt mir eine Antwort erspart, da es schon wieder klopft. Dieses Mal streckt Manuel den Kopf zur Tür herein.

„Hallo Leonie. Du hättest mir ruhig sagen können, dass es losgeht. Ich wäre doch ins Krankenhaus gekommen."

„Ja, genau aus diesem Grund hast du es ja erst jetzt erfahren", sage ich. Mir graust es bei der bloßen Vorstellung, er wäre während der Entbindung neben mir herumgelaufen.

„Hallo, ich bin Jurek." Jurek reicht Manuel amüsiert die Hand. „Leonies Freund. Wir haben eben über dich gesprochen."

„Über mich? Was gibt es da zu sprechen?“ Manuel tritt verunsichert einen Schritt auf mein Bett zu. „Wir waren uns einig, dass das Kind direkt wissen soll, wer sein Vater ist.“

„So? Das will ich auch wohl meinen.“ Manuel streckt die Brust raus und stellt sich auf Zehenspitzen.

„Ja, die Therapie kannst du allerdings alleine machen“, füge ich hinzu.

„Nicht nötig.“ Manuel setzt ein wichtiges Gesicht auf. „Ich wollte es dir ja nicht heute sagen, aber ich habe da jemanden kennengelernt. Das mit uns ist vorbei.“

„Wirklich? Das ist ja wunderbar.“ Vor Freunde würde ich ihn am liebsten umarmen. Doch ich kann gerade nicht aufstehen. „Wir sind also Freunde?“

„Freunde“, bestätigt er und reicht mir versöhnlich die Hand.

Wieder klopft es. So langsam ist das Zimmer aber voll genug. Dieses Mal ist es die Stationsschwester, die mein Zimmer betritt und mir zur Geburt gratuliert. „Wie heißt das Baby denn?“, fragt sie interessiert.

„Ja, wie heißt er?“ Manuel sieht mich fragend an. „Lorenz wäre doch ein guter Name.“

„Nichts da. Von wegen Lorenz. Er heißt Henry“, sage ich feierlich und strahle sie an.

„Wirklich?“ Ihre Stimme klingt enttäuscht.

„Ist doch ein super Name“, sagt Jurek.

„Ja, schon“, entgegnet die Krankenschwester schnell. „Es ist nur in dieser Woche auf unserer Station schon Henry VI.“

Wir schauen uns an und brechen in schallendes Gelächter aus. Henry VI. lässt sich davon nicht beirren und schläft den Schlaf der Gerechten. So wie er aussieht, träumt er bestimmt gerade von einem kleinen Haus in Vangerow direkt am Waldrand und von den Schmetterlingen, die dort über die bunte Blumenwiese fliegen, während die Apfelbäume ihren süßen Duft verströmen.

Epilog: Vangerow, Winter 1950

Das kleine Mädchen steht erneut am Fenster. Wie jede Nacht wartet es darauf, Vater aus dem Wald auftauchen zu sehen. In dieser Nacht verdeckt eine Wolke den Mond. Der Weg zum Wald ist so dunkel, dass das Kind Vater einfach nicht entdecken kann. Wie immer sind die Rufe der Eule aus dem Wald zu vernehmen. Ein kalter Windhauch bläst dem Mädchen ins Gesicht, genau in der Sekunde, als es seinen Vater doch endlich entdeckt. Dieses Mal ist er alleine. Er ist auch gar nicht aus dem Wald gekommen, sondern aus dem Haus. Erst jetzt erkennt das Mädchen, dass der Schimmel bereits gesattelt vor der großen Tür steht. Vater schwingt sich auf den Pferderücken. Dann blickt er plötzlich zum Fenster auf und winkt dem Mädchen freundlich zu. Er scheint nicht böse zu sein, dass das Kind nicht im Bett liegt.

„Es ist Zeit für mich, zu gehen." Seine Stimme dringt so klar an das Ohr des Kindes, als stünde er direkt im Zimmer.

„Wo gehst du hin? Nimm mich mit." In der Stimme des Mädchens liegt nun Angst.

„Da, wo ich hingehe, kann ich nur alleine hingehen. Aber eines Tages wirst du mir folgen. Dann werde ich bereit sein, um dich abzuholen."

„Was ist, wenn ich den Zeitpunkt verpasse und dich nicht finde?" Vater kann sie unmöglich allein zurücklassen.

„Wenn es soweit ist, wirst du es wissen. Du wirst den Weg finden, genau wie all die anderen Menschen, die ihn vor dir gegangen sind. Aber bis es so weit ist, musst du leben, als wäre jeder Tag dein letzter Tag."

Mit einem Lächeln schwingt sich Vater auf den Schimmel. Die Wolke ist verschwunden. Der Mond scheint ihm auf das helle Haar. Ein letztes Mal dreht er sich um und winkt dem Mädchen freundlich zu. Sein Gesicht sieht im Mondlicht auf einmal um Jahrzehnte verjüngt aus. Als er schnellen Schrittes davonreitet, wippt sein jugendlicher Körper beschwingt auf und ab.

Irgendwo hat das kleine Mädchen diese Szene schon einmal gesehen, auch wenn es ihm einfach nicht einfallen will, wo. Eine schreckliche Müdigkeit übermannt das Kind und es schlummert in dieser Nacht so selig, wie es in seinem Leben selten geschlummert hat. Es hat den Eindruck, auf einmal von einer schrecklichen Last befreit zu sein. Am liebsten würde es singen, denn es ist sich sicher, dass der Traum künftig nicht noch einmal wiederkehren wird.

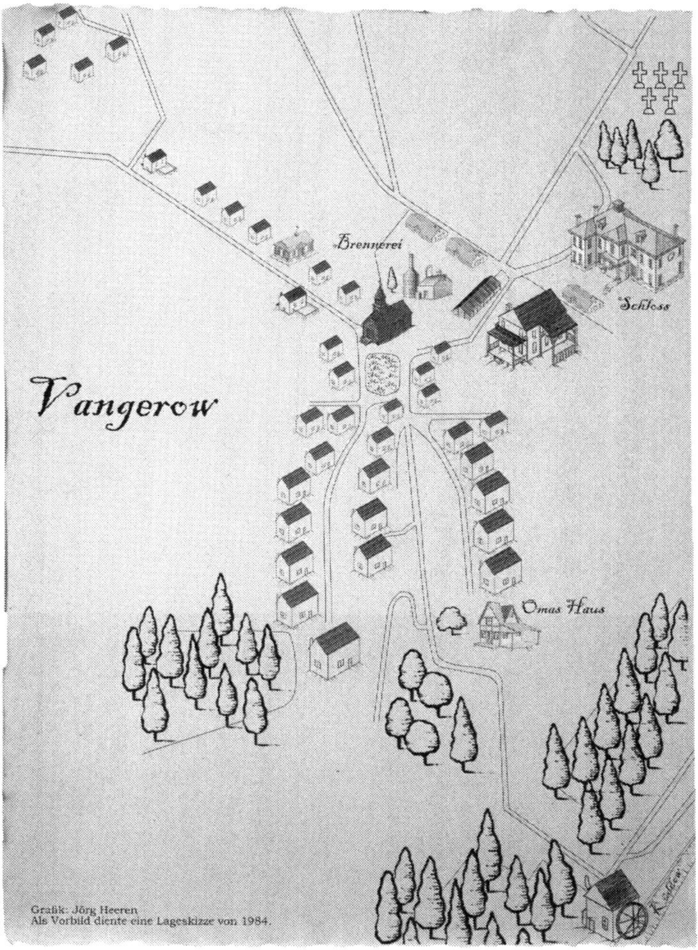
Vangerow
Brennerei
Schloss
Omas Haus
Grafik: Jörg Heeren
Als Vorbild diente eine Lageskizze von 1984.

Die Autorin

Kathi Heeren hat zehn Jahre lang als Redakteurin für das Westfalen-Blatt gearbeitet. Für BILD, Radio Herford und die Neue Westfälische war sie als freie Journalistin tätig. Seit der Geburt ihres zweiten Sohnes arbeitet sie als Grundschullehrerin. Sie ist in Ostwestfalen aufgewachsen, hat an der Universität Bielefeld Germanistik, Sozialwissenschaften und Erziehungswissenschaft studiert und lebt mit ihrem Mann und den drei Kindern in Bielefeld. Genau wie ihre Protagonistin hat sich auch die Autorin im Jahr 2015 auf den Weg nach Vangerow gemacht, um dort Geheimnisse ihrer Vorfahren aufzuspüren. „Das Geheimnis von Vangerow" ist ihr Erstlingswerk.

Printed in Poland
by Amazon Fulfillment
Poland Sp. z o.o., Wrocław

35507410R00192